Teatime mit Tante Alwine

*Die Autorin*

*Ellen Jacobi,* 1960 am Niederrhein geboren, entdeckte als Tochter einer Bibliothekarin und Märchenbuchsammlerin früh ihre Liebe zu Büchern und zum Geschichtenerzählen. Nach einem Literatur- und Anglistikstudium arbeitete sie als Reiseleiterin und Lehrerin in England. In Deutschland war sie als Redakteurin für Tageszeitungen und Magazine tätig. Heute lebt sie mit ihrer Tochter in Köln.

Ellen Jacobi

# Teatime mit Tante Alwine

Roman

Umwelthinweis:
Dieses Buch wurde auf chlorfrei gebleichtem Papier gedruckt.

Ungekürzte Lizenzausgabe
der RM Buch und Medien Vertrieb GmbH
und der angeschlossenen Buchgemeinschaften

Dieses Werk wurde vermittelt durch die Michael Meller
Literary Agency GmbH, München
Textredaktion: Daniela Jarzynka
Einbandgestaltung: Roland Huwendiek unter Verwendung
einer Illustration von Ommo Wille
Satz: Urban SatzKonzept, Düsseldorf
Druck und Bindung: GGP Media GmbH, Pößneck
Printed in Germany 2014
Buch-Nr. 135067

*Für Karl W.*
*Halb Franzose,*
*ganz Filou.*
*Ein Lebenskünstler und Mensch,*
*der in schwierigster Zeit widerstanden hat.*
*See you in heaven!*

# 1. Teil

# 1.

Dem Himmel sei Dank!

Oda Wilhelmi braucht kein neues Herz.

Eine abschließende Untersuchung beim Kardiologen hat ergeben, dass sie nicht an dem unheilbaren Herzfehler leidet, der ihre Mutter viel zu früh das Leben gekostet hat. Lediglich einen automatischen Dings – wie hieß das noch? – Kardioverterdefi irgendwas – muss sie sich in drei Tagen einsetzen lassen. Ein schmerzfreier, kleiner Routineeingriff, versichern die Ärzte. Selbst mit ihren zweiundsiebzig Jahren.

Damit und mit einem Computerchip über dem Schlüsselbein kann sie leben. Er wird ihr häufig stolperndes Herz im Takt halten und ihm einen Stromschock versetzen, sollte es mal ganz vergessen zu schlagen. Angenehm klingt das nicht, aber besser, als tot umzufallen.

Etwa in die Teigschüssel vor ihr, in der sie Hefeteig für Brioches zusammenrührt, na ja, eher zusammenklumpt. Sie hat seit einer Ewigkeit nicht mehr gebacken. Aber das lässt sich lernen. Sie wird überhaupt eine Menge Dinge lernen müssen, um »Ferdinand Wilhelmis Dampffbäckerei gegründet 1919« in Köln-Ehrenfeld wieder zu eröffnen. Natürlich unter anderem Namen. Als »Café Ährensache« will sie die erste Bäckerei ihres Vaters nach mehr als fünfzig Jahren wiederbeleben. Mit Dorkas und für Dorkas. Ein seliges Lächeln umschlängelt ihren Mund.

Es wird die zweite oder dritte Neueröffnung der alten Konditorei »Wilhelmi« nach 1945 werden, aber die erste, an der sie selbst beteiligt ist. Zeitweise war das Ladenlokal mal Bürgerbüro für Obdachlose oder Musikkneipe. Na ja, eher Kaschemme. Oda hat sich nie groß um ihr Erbe gekümmert. Stets Jahre hat sie das Ladenlokal und ehemalige Wohnhaus der Eltern in Köln-Ehrenfeld nur vermietet, nie das Geschäft selbst betrieben oder das Haus bewohnt.

Bald tut sie beides.

»Zum Sterben habe ich momentan wirklich keine Zeit«, teilt sie einem jubilierenden Rotkehlchen in der Birke vor dem Backstubenfenster mit. Oda schlägt die Hand vor den Mund. Jemine, wie albern sie klingt!

Aber vielleicht ist das normal, wenn man Wochen zwischen Bangen und Hoffen und voll endloser Untersuchungen hinter sich hat und dem Tod unverhofft von der Schüppe hüpfen darf. Jetzt kann ihr Leben neu beginnen. Ganz neu. Angeschlagen oder nicht. Ihr Herz ist Optimist geblieben, und das ist gut so, denn sie hat noch viel vor und muss entscheidende Dinge regeln.

Etwa Erbfragen. Die vor allem.

Ihr Lächeln verbreitert sich.

Nie zuvor in ihrem Leben hat Oda über ein Testament nachgedacht. Schon gar nicht mit einem Lächeln auf den Lippen. Es gab ja niemanden, dem sie etwas hätte vererben können. Wechselnde Liebhaber und ihre grantige Schwester Alwine, die ja, aber keinen Ehemann, keine Kinder. Das ist nun anders. Ganz fabelhaft anders! Dank Dorkas.

In Odas Augen stiehlt sich ein Leuchten des Glücks. Wer hätte gedacht, dass sie in ihrem Alter noch einmal Gelegenheit bekommen würde zu lieben. Wirklich und wahrhaftig zu lieben. Fast wie eine Mutter. Was sie nie gewesen ist. Aber fühlen kann sie wie eine. Oh ja, das kann sie, basta. Niemand wird es ihr verbieten. Niemand. Diesmal nicht.

Fühlbar ermuntert streicht sie ihre Schürze glatt. Der Stoff ist neu und steif, überhaupt ist die Schürze ein ungewohntes Kleidungsstück für sie. Genau wie die Bäckerclogs an ihren Füßen. Verzückt betrachtet sie das klobige Schuhwerk. Als ehemalige Schauspielerin fühlt sie sich gern mit Leib und Seele in ihre neue Rolle als künftige Kaffeehausbesitzerin ein. Es muss die Rolle ihres Lebens werden!

Sie will Dorkas Mendel etwas vererben, auf das sie stolz sein kann. Etwas, mit dem sie dem Mädchen eine Zukunft sichern kann. »Dorkas«, murmelt sie so selig wie jemand, der frisch verliebt ist und sein Glück nicht fassen kann.

Wäre ihr Herz nicht aus dem Takt geraten und sie nicht hierher zurückgezogen, hätte sie Dorkas nie kennengelernt. Ein schrecklicher Gedanke. Die junge Frau ist das größte Geschenk, das sie auf ihren letzten Lebensmetern erhalten konnte. Ein Geschenk, das sie sich verdienen will und bei dem der Himmel, jedenfalls eine höhere Instanz, die Hand im Spiel haben muss. Im Alter, findet Oda, darf sie sich diese kindliche Sichtweise wieder gönnen. Sie tröstet ungemein, und ohne den Glauben daran, dass alles im Leben aus gutem Grund geschieht, hätte sie ihr eigenes nicht bewältigt.

Ihr Blick fällt wieder in die Schüssel – an dem Briochesteig ist sie gründlich gescheitert. Sie legt den Rührlöffel beiseite und greift mit beiden Händen hinein. Vielleicht hilft beherztes Kneten.

Mindestens fünf beschwerdefreie Jahre kann ihr dieses Defi-Dings bescheren, haben die Ärzte versprochen. Wahrscheinlich sogar mehr, denn ihre anderen Organe sind tadellos gesund. Sie wird die geschenkte Zeit nutzen. Jeder Morgen ist der Beginn eines neuen Lebens, heißt es. Wenn man wie sie eine zweite Chance bekommt, zu leben und auch noch zu lieben, ist das doppelt wahr!

Ihrer Mutter Friederike war das leider nicht vergönnt. Eben vierzig war sie, als ihr Herz einfach ausgesetzt hat.

»Mumpitz«, meldet sich aus einer ihrer Hirnkammern unwirsch ihre Schwester Alwine zu Wort. Muss eine Rumpelkammer sein. »Heinrich Gimmler hat sie umgebracht, genau wie unseren Vater.«

Oda seufzt. Mit zweiundsiebzig Jahren hat man leider auch ein altes Leben. Dazu gehört Alwine, ihre herrische, unverwüstliche, zwölf Jahre ältere Schwester. Und – Oda verzieht voll Abscheu den Mund – *Heinrich Gimmler.*

Fahrig streut sie mehr Mehl über den Teig, formt ihn zur Kugel und gibt ihr einen zornigen Klaps.

Der Klaps gilt Gimmler.

An den will sie nicht denken. Am liebsten nie mehr. Gewisse Geschichten, die keinen was angehen, wird sie einfach mit ins Grab nehmen. Und gewisse Geheimnisse, für die sie lange genug gebüßt hat.

Oda schürzt die Lippen in stummem Selbsttadel und angelt nach einem Küchentuch, um die Hefekugel abzudecken. »Immer schön ehrlich bleiben, Schätzchen«, ermahnt sie sich streng, »gebüßt ist übertrieben.«

Jetzt aber Schluss mit der Vergangenheit, sie hat genug mit Ferdinands Brioches zu tun. Um halb zehn kommt Alwine, um davon zu kosten und zu entscheiden, ob sie dem »Café Ährensache« einen Startkredit gewähren wird oder nicht.

Flink steckt Oda die Tuchzipfel unter der Schüssel fest und schiebt sie unters Fenster, durch das die warme Septembersonne schielt. Sie zieht eine Backuhr auf. Ob zehn Minuten reichen, damit die Kugel aufgeht?

»Zwanzig, du hibbeliger Wibbelsterz, und das zweimal«, flüstert es in kölscher Tonart in ihrem rechten Ohr. Oda zuckt zusammen. Sie widersteht der Versuchung herumzuwirbeln.

Ihr Vater, Konditormeister Ferdinand Wilhelmi, kann unmöglich hinter ihr stehen. Gleichgültig, wie deutlich sie ihn zu hören glaubt, seit sie vor sechs Monaten aus einem Dorf bei Hamburg in ihr Kölner Geburtshaus zurückgezogen ist. Ferdinand ist wie ihre Mutter Friederike seit bald siebzig Jahren tot.

Muss an ihren hoch dosierten Herzmedikamenten liegen, dass sie seine Stimme hört, beruhigt sie sich. Die Tabletten sorgen anscheinend nicht nur nachts für »lebhaft erhöhte Traumtätigkeit«. Na, sollen sie nur. Ihren Vater hört sie gern. Ob tot oder nicht.

Ferdinand lebt in Odas Erinnerungen als Frohnatur im Bäckerkittel und mit Baskenmütze. Wenn er gehustet hat, stäubte das Mehl vom Kittel auf. Als Kind hat sie geglaubt, er schneit. Und geduftet hat er! Nach Rosinen, Zimt und Vanille. Nicht nur darum hat sie ihn so leidenschaftlich gern umarmt. In Gegenwart ihres Vaters hatte man das Gefühl, einfach zu leben sei schon etwas Großartiges. Und das ist es auch.

In ihrem Herzen hat Ferdinand auf immer einen Ehrenplatz – samt seinem grünsamtenen Ohrensessel. Schon deshalb hätte sie es niemals austauschen lassen wie einen defekten Automotor. Mal davon abgesehen, dass sie in ihrem Alter kaum Chancen auf ein Spenderorgan hätte. Nur gut, dass bald dieser Defi-Dingsda ihr Leben verlängern wird.

Oda öffnet einen Fensterflügel und zerbröselt altes Brot auf dem Fensterbrett. Das Rotkehlchen legt den Kopf schief, ohne seinen perlenden Reviergesang zu unterbrechen. Ihr Sängerknabe scheint seine Kunst ihrem Brot vorzuziehen. Oder er wartet auf die Brioches. Egal, Hauptsache, er ist da.

Oda schließt lächelnd das Fenster. In jungen Jahren war sie so damit beschäftigt, sich die Aufmerksamkeit eines Mannes, Anerkennung, Beifall, eine glanzvolle Zukunft oder auch nur ein bestimmtes Kleid zu wünschen, dass sie häufig vergaß, sich die Welt anzuschauen. Sie nahm keine herrlichen Gebäude, keine Bäume und Rotkehlchen wahr. Oder Kinder. Die schon gar nicht. Heute tut sie das. Keine Frage, ihr Leben hat ungemein an Farbe und Qualität gewonnen, seit sie dem Tod ins Gesicht schauen musste.

Ihr alter Freund, der so rührige wie rührend besorgte Dr. Hilkmar Seelentag, sieht das nach wie vor anders. Beim Auftreten der ersten Symptome ihrer Herzschwäche hat er sofort für ein Spenderorgan plädiert. Sogar eine Scheinehe hat er ihr vorgeschlagen, weil ältere Alleinstehende ohne Partner und Familie nur in sehr seltenen Ausnahmefällen Chancen auf eine Transplantation haben. Sie weisen eine zu hohe Sterblichkeitsrate nach dem Eingriff auf. Ein neues Herz macht eben nicht weniger einsam. Oder jünger.

»Ach, Hilkmar, du gibst eben nie auf«, murmelt Oda.

Der alte Hagestolz ist der Familie Wilhelmi seit einer Ewigkeit verbunden. Ein unverbesserlicher Lebensretter und ritterlicher Mann vom Typ des ewigen Minnesängers.

*Minnesänger?* Jetzt wird sie aber wirklich albern! Der Heiratsantrag war doch nicht ernst gemeint. Ausgeschlossen. Jedenfalls nicht in romantischer Hinsicht. Schließlich hatten sie zuvor jahrelang kaum Kontakt, haben völlig verschiedene Leben gelebt. Er hier in Köln und sie nahe Hamburg.

*Minnesänger!* Also nein, davon hat sie genug gekannt und hinter sich gelassen. Muss am Rotkehlchengesang liegen, dass sie darauf gekommen ist. Hilkmar ist doch wie ein großer Bruder für sie. Ein wundervoller Bruder, den sie von Kindesbeinen an kennt.

Falls er je eine Wilhelmi geliebt haben sollte – also in erotischem Sinne –, dann doch wohl Alwine. Die war die Schönheit der Familie und konnte sich vor Verehrern kaum retten.

Vom Typ her war sie der jungen Hildegard Knef ähnlich, herb und eher abweisend.

Was für eine vergebliche Liebesmüh, sie zu umwerben! Diskrete Affären hat Alwine sich gegönnt, aber mit dem Heiraten hat sie es nur ein einziges Mal versucht. In den frühen Fünfzigern. Nach drei Ehejahren hat sie dann entschieden, dass sie sich nicht herumkommandieren lassen will.

Befehle erteilt sie lieber selber und tut es als Haupterbin der Konditoreikette Wilhelmi und Gründerin eines Cateringservice noch heute. Mit bald fünfundachtzig Jahren ist Alwine die Grand Dame der Kölner Kaffeehausszene. Sehr vermögend, zäh wie Ziegenleder und beißfreudiger als ein Terrier.

Schon merkwürdig, dass der bedächtige, oft grüblerische Hilkmar einen solchen Narren an Alwine gefressen hat. Noch heute glucken die beiden aufeinander, gehen spazieren und rufen sich täglich an, seit Hilkmar verwitwet ist. Sogar seinem Lesezirkel in einer Pfarrbücherei ist Alwine beigetreten.

Nicht um über Bücher zu diskutieren, schon gar nicht mit »betagten Moosgesichtern und Trübetümpeln, die sich über anständige Krimis erhaben fühlen«, um Alwine zu zitieren, sondern um zu streiten. Über Gott und die Welt. Alwines größte Passion seit jeher.

»Widerspruch regt mein Hirn an, und am Ende weiß ich immer, dass ich recht habe«, behauptet sie.

Demnächst will sie mit Hilkmar und dem Lesezirkel sogar verreisen. Zur Feier ihres fünfundachtzigsten Geburtstages spendiert sie allen eine Luxusreise samt rauschendem Abschlussfest. Schöner Höllentrip wird das werden. Für alle Beteiligten. Außer für Alwine. Nur gut, dass sie selber nicht mit von der Partie sein muss, findet Oda. Dorkas und das Café gehen vor.

Sie wird sich ihrer herrischen Schwester nach einer jahrelangen, ach was, jahrzehntelangen Eiszeit, in der sie sich nur per Telefon ausgetauscht haben und einander allenfalls bei Festen und Beerdigungen alter Bekannter begegnet sind, mit Vorsicht annähern.

Und mit Ferdinand Wilhelmis berühmten Brioches.

Apropos. Sie lupft das Tuch und wirft einen Blick auf den Teig. Hm, platt wie ein Pfannkuchen ist der mit einem Mal. Damit kann sie die zänkische Alwine Besserwisser nicht beeindrucken. Das muss sie aber, schließlich braucht sie den Kredit von Alwine. Sie schielt zur Uhr. Himmel, schon bald neun. Um halb zehn kommen Alwine und Hilkmar zum Frühstück.

Oda lupft erneut das Tuch über der Schüssel. Meine Güte, der Teig lässt sich schrecklich viel Zeit.

»Wibbelsterz!«

Jaja, schon gut. Sie schielt erneut in Richtung Backuhr. Gerade mal acht Minuten sind vertickt. Herrje, das dauert aber. Na, Hauptsache, ihr Herz macht keine Kapriolen. Höchstens Freudensprünge. Weil es sich zuhause fühlt. Endlich daheim. Nach über einem halben Jahrhundert.

## 2.

»Du kannst hier nicht links abbiegen, Alwine. Das ist eine Einbahnstraße!« Hilkmar Seelentag tritt auf eine imaginäre Bremse im Fußraum vor dem Beifahrersitz.

»Papperlapapp«, erwidert Alwine schnippisch und schlägt den Lenker ein. »Ich kenn doch den Weg zu meinem Elternhaus.«

»Wann warst du zuletzt in Ehrenfeld?«, will Hilkmar wissen und klammert sich haltsuchend an die Handschuhablage, während Alwine tüchtig Gas gibt.

Seine Fahrerin, ganz Dame in Chanelkostüm und altmodischen Autohandschuhen mit Lochmuster, zuckt mit den schmalen Schultern. »Vor vier, fünf Jahren?«

»Eher vor einem Jahrzehnt. Du bewegst dich doch so gut wie nie aus deinem Café in der Innenstadt weg«, bemerkt Hilkmar so streng wie vergeblich.

Ihrer zum Umhauchen zarten Erscheinung zum Trotz lenkt Alwine ihr Mercedes Coupé tollkühner als Ben Hur.

»Was du machst, ist verkehrswidrig, Alwine!«

»Quatsch, du Bangbüchs. Ich fahre sportlich, und hier ist weit und breit kein Polizist zu sehen!«

Hilkmar gibt sich geschlagen. Ihm liegt viel daran, heute für milde Stimmung zu sorgen. Es gehört sich einfach nicht, dass die beiden Schwestern seit Jahren entfremdet sind, und es tut ihm weh. So lange tut ihm das schon weh.

Die Wilhelmis waren eine ausnehmend glückliche Familie, als er sie kennenlernte. Der Inbegriff einer glücklichen Familie, die fest zusammenhielt, und das in schwerster Zeit. Im Krieg. Mit fortschreitendem Alter wird Hilkmar immer klarer, was für ein seltenes Glück das war. Sein Leben lang wollte er den Schwestern Wilhelmi etwas dafür zurückgeben, dass sie seine Familie waren, seine Heimat, die einzige, die er als Halbwüchsiger kennengelernt hat. Er seufzt leise.

Ohne die Wilhelmis wäre sein Leben unglücklicher verlaufen, vielleicht gäbe es ihn ohne die Wilhelmis nicht mehr. Vielleicht? Ganz sicher nicht. Hinter seinen Brillengläsern zieht Nebel auf, richtig feucht wird es. Herrje, das Alter macht rührselig. Rasch sucht er nach einem Taschentuch und nimmt die Brille zum Putzen ab.

All das darf er Alwine weder sagen noch zeigen. Von Sentimentalitäten hält sie nichts. Manchmal tut sie so, als könne eine zärtliche Gefühlsbezeugung – und sei sie noch so leise – sie umbringen.

Nahe kommt man ihr nur, wenn man einen Streit anbietet. Dann funkt und blitzt Alwine, wird leidenschaftlich, wenn auch in ausfallender und kindischer Weise. Ihr oft irrwitziger Zorn hält Alwine am Leben und dient dem Schutz ihrer zarteren Gefühle. Ein Herz, so zerbrechlich wie ein rohes Ei, verbirgt Alwine unter ihrer Schale aus Panzerstahl. Da ist er sich sicher.

»Weg da«, schimpft seine Freundin soeben und hält auf eine nickende Taube zu, die die Straße überqueren will. »Scheußlich, diese fliegenden Ratten.«

Hilkmar setzt seine Brille wieder auf. Wenn er sich nur nicht so ungern streiten würde. Er tut es nur Alwine zuliebe, und das ist kein richtiges Streiten, findet Alwine. Versuchen wird er es trotzdem. Vielleicht verraucht dann ihr Zorn über Odas geplante Neueröffnung der alten Bäckerei, bevor sie dort ankommen.

Mit einer gefühlvollen Wiedervereinigung der Schwestern will er gar nicht erst rechnen. Sie ist ähnlich utopisch wie eine endgültige Lösung des Nahostkonflikts, aber ein vernünftiges, wenn auch nur geschäftliches Gespräch zwischen Oda und Alwine wäre schon mal ein Fortschritt.

Alwine lässt den Mercedes gerade über einer Bremsschwelle abheben.

»Nimm sofort den Fuß vom Gas. Ich möchte lebend bei Oda ankommen«, schimpft Hilkmar so scharf wie möglich.

»Und ich pünktlich«, antwortet Alwine patzig und behält ihr rasantes Tempo bei. »Ich bin bekannt für meine Pünktlichkeit. Ganz im Gegensatz zu Oda. Wetten, sie hat noch nicht einmal den Kaffee fertig? Und backen will sie auch! Ausgerechnet Oda. Hat vom Backen und Kochen so viel Ahnung wie eine Kuh vom Stricken und kann keine Lauchstange von einem Staubwedel unterscheiden. Was ist das überhaupt für ein Quatsch, Frühstück um halb zehn! Dämliche Schauspielermanieren sind das. Kein Wunder, dass sie es im Leben zu nichts gebracht hat.«

»In deinen Cafés lässt du doch selber Frühstück bis mittags servieren.«

»Das ist was anderes. Meine Gäste können von mir aus um sechs Uhr abends frühstücken samt Drei-Minuten-Ei. Der Kunde hat immer recht.«

Alwines Mercedes rauscht über eine Kreuzung, das Auto hebt über einer weiteren Bodenwelle ab und landet auf einem klackernden Kanaldeckel. Hilkmar greift nach der Handschuhablage, um den Aufprall abzufedern. Himmel, das geht auf die Bandscheiben. Alwines müssen aus Titanstahl sein. Außerdem hat er sich den Kopf am Wageninnendach gestoßen. Alwines Coupé ist für einen Ein-Meter-neunzig-Mann wie ihn zu niedrig gebaut, selbst wenn er es gewohnt ist, stets geneigt durchs Leben zu gehen.

»Alwine, bitte zügele das Tempo und dein Temperament. Das Frühstück ist ein Versöhnungsangebot.«

»Ist es nicht«, widerspricht prompt Alwine. »Oda will mir nur Geld abknöpfen. Für diese Schnapsidee von einem eigenen Café. Als ob ich nicht genug Sorgen hätte.« Ihr Gesicht verfinstert sich.

»Vielleicht ist es gar keine Schnapsidee«, wendet Hilkmar vorsichtig ein. »Oda braucht eine Aufgabe. Oder kannst du dir deine quirlige Schwester beim Entenfüttern im Park vorstellen?«

»Nur bei Sonnenschein, in Stöckelschuhen und falls ein Fotograf in der Nähe ist. Weißt du noch? Als Kind durfte sie kurz nach dem Krieg im Kölner Zoo mal neben dieser Opernsängerin einen Schwan füttern. Für ein herziges Zeitungsfoto. Damit fing der Künstlerblödsinn an! Oda als die Shirley Temple von Köln. Pah. Ich hätte sie in der Bäckerei gebraucht, aber nein, sie wollte unbedingt zur Bühne. Die hofft wahrscheinlich immer noch, dass sie eines Tages wiederentdeckt wird als der Star, der sie nie war. Außer als Tierstimme in Zeichentrickfilmen.«

»Alwine, sei nicht töricht. Oda hat sich ungemein verändert.«

Vor allem seitdem ihr Herz aus dem Takt geraten ist, aber davon darf Hilkmar Alwine nicht einmal ansatzweise etwas verraten. Der ärztlichen Schweigepflicht wegen, und weil es Alwine tatsächlich umbringen könnte. So groß wie Alwines vorgeblicher Zorn auf Oda ist nämlich ihre Liebe für die kleine Schwester. Mit echter Inbrunst zürnt sie nur Menschen, die sie liebt, die anderen straft sie mit Missachtung oder einer Höflichkeit, die an Beleidigung grenzt. Wenn Alwine jemanden wirklich verabscheut, wird sie so höflich, dass man sich wundert, warum sie sich nicht selber siezt.

»Wahrscheinlich will Oda mein schwer erarbeitetes Geld in

ihre Kellnerinnengarderobe investieren«, lästert sie neben ihm unverdrossen weiter, »neckische Schürzchen, enge Röcke, schwankende Stöckelschuhe. Hauptsache, die Pose stimmt und ihre Beine kommen zur Geltung.«

»Alwine, bitte! Oda ist eine Frau von zweiundsiebzig Jahren.«

»Und kein bisschen weise. Wenn sie in einem Café hätte arbeiten wollen, hätte sie das ihr Leben lang tun können. Zu königlichen Bedingungen. Als meine Geschäftspartnerin. Stattdessen haut das Fräulein mit siebzehn Jahren ab nach Hamburg. Wegen der Schauspielerei und bestimmt wegen eines halbseidenen Kerls. Bevor die jemals einen Kuchen anschneidet, lackiert sie sich zunächst die Fingernägel. Könnte ja sein, dass ein Heiratsschwindler mehr als nur ein Stück Herrensahne von ihr möchte.«

»Alwine, rede keinen Unsinn«, begehrt Hilkmar bestürzt auf. »Oda wird das Café nicht selber führen oder darin bedienen, sondern nur im Hintergrund mitarbeiten.«

Alles andere hat er ihr aus gesundheitlichen Gründen verboten und hofft, dass sie sich wenigstens an diesen Ratschlag halten wird.

»Oda kann auch aus dem Hintergrund jedes Geschäft ruinieren«, ätzt Alwine. »Sie hat nicht einmal einen Bäckermeister oder Konditor angestellt! Weder eigenes Brot noch Kuchen darf sie außer Haus verkaufen. Ein Café, das nur Sofortverzehr und teuer zugekaufte Backwaren anbietet, muss sehr erfolgreich sein, um ...«

»Da vorne kommt eine rote Ampel«, lenkt Hilkmar erleichtert ab.

Widerwillig drosselt Alwine das Tempo, bremst, bleibt aber beim Thema.

»Warum ausgerechnet du dich für Odas absurde Geschäftspläne begeisterst, ist mir schleierhaft. Sie riskiert damit einen soliden Teil von Nils' künftigem Erbe.«

Hilkmar windet sich auf seinem Sitz. Das ist noch so ein Thema, das er vermeiden wollte. Die kinderlose Alwine betrachtet seinen Sohn Nikolaus mehr und mehr als ihren Besitz. Erst recht, seit sie ihn als ihren Erben eingesetzt hat.

Als Patentante hat sie ihn stets großzügig bedacht, aber in jüngster Zeit wirkt seine alte Freundin unsagbar fordernd, wenn sie auf Nils zu sprechen kommt. »Fürchte die Danaer, auch wenn sie Geschenke bringen«, blitzt nicht zum ersten Mal eine lateinische Spruchweisheit in Hilkmar auf.

»Nils wird es verkraften, wenn dein Testament für ihn weniger üppig ausfällt«, sagt er vorsichtig. »Er hat eigenes Geld und Pläne für seine Zukunft.«

Falsches Stichwort.

»Pläne nennst du das!«, unterbricht ihn Alwine und versetzt dem Lenkrad einen Schlag. »Der Junge ist komplett durchgedreht! Schmeißt seinen Bankjob hin, um Ganztags-Papa zu spielen, und gibt sich seit über drei Jahren unnötigem Herzeleid wegen seiner Scheidung hin. Der dumme Junge braucht eine Aufgabe und endlich eine neue Frau. Ich werde dafür sorgen, dass er beides bekommt.«

»Eine neue Frau? Wie meinst du das?«, will ein alarmierter Hilkmar wissen.

Alwine übergeht die Frage. »Nils ist die Zukunft des Unternehmens Wilhelmi«, fährt sie fort, »es wird Zeit, dass er sich nicht länger wie ein unreifer Bengel benimmt.«

Der Bengel ist immerhin zweiunddreißig, denkt Hilkmar, und alles andere als unreif. Im Gegenteil hat er sich nach seiner viel zu frühen Heirat und einer sehr, sehr hässlichen Scheidung äußerst verantwortungsbewusst gezeigt, was seinen achtjährigen Sohn betrifft.

Hilkmars Vaterstolz gebietet einen Verteidigungsversuch, während Alwine mit aufjaulendem Motor wieder anfährt. »Nils hat seine Karriere als Investmentbanker aufgegeben, weil er sich in der Finanzwelt fehl am Platz fühlt. Er passt dort nicht hinein, und er hat viel nachzuholen.«

»Was denn bitte?!«, protestiert Alwine.

»Sein Leben! Ich meine, ein wirkliches Leben. Nils will nicht länger sechzehn Stunden vor Computern verbringen oder durch die Weltgeschichte fliegen, um windige Finanzprodukte zu verkaufen. Er möchte für Jurek da sein, nachdem die Mutter einfach abgehauen ist.«

»Wofür er dem lieben Gott ein Kerzchen anstecken sollte! Diese Tina ist kalt wie Hundeschnauze, immer schon gewesen.«

»Eben darum begrüße ich Nils' Entscheidung, sich intensiv um seinen Jurek zu kümmern, und was eine berufliche Aufgabe angeht, ist Nils mit seiner derzeitigen Aufgabe zufrieden ...«

»Als Teilzeit-Reiseleiter auf Honorarbasis? Noch dazu für ein Busunternehmen! Kegelbrüdern und Schnapsleichen Paris zu erklären ist doch keine Aufgabe!«

»Bei Beutel-Reisen handelt sich um eine Gesellschaft für gehobene Kulturreisen, wie du sehr wohl weißt. Immerhin hast du deine Geburtstagsreise dort gebucht.«

»Nur um Nils den Reiseleiterblödsinn auszureden. Am Telefon hört dein Sohn mir ja nicht zu. Ebenso wenig wie Oda. Die beiden sind die Nägel zu meinem Sarg ...«

»Vorsicht Alwine, von links kommt ein Auto!«

»Dann habe ich Vorfahrt«, sagt sie.

»Nicht in einer EINBAHNSTRASSE.«

Hilkmar bremst mit beiden Füßen. Leider nur auf der Vorlegematte. Der herannahende Fahrer steigt ebenfalls in die

Bremsen und bringt sein Auto mit quietschenden Reifen zum Stehen.

»Hasenfuß«, konstatiert Alwine. Sie nickt ihrem kopfschüttelnden Kontrahenten hoheitsvoll durch das Seitenfenster zu und fährt weiter. »Wo waren wir stehengeblieben?«, greift Alwine das Gespräch wieder auf.

»Bei Oda«, lügt Hilkmar beherzt. Das Thema Nils will er unbedingt beenden. »Sie wird als Geschäftsführerin für ihr Café übrigens eine junge Frau einstellen, die Erfahrung im Gastgewerbe hat. Deine Schwester ist höchst angetan von ihr.«

»Hat sie erwähnt«, knurrt Alwine. »Nehme an, es handelt sich um eine hergelaufene Servierkraft, die Oda faustdicke Lügen aufgetischt hat. Taucht aus dem Nichts auf, ohne jegliche Referenzen.«

»Auf mich hat die junge Frau einen guten Eindruck gemacht. Für ihre vierundzwanzig Jahre wirkt sie äußerst zielstrebig. Ein wenig verschlossen vielleicht. Was allerdings kein Wunder ist. Oda sagt, sie habe vor zwei Jahren ihre Eltern bei einem Unfall verloren.«

Alwine schnaubt. »Wer's glaubt, wird selig!«

»Alwine!«

»Ist doch wahr! Meine kleine Schwester ist ihr Leben lang auf Dummschwätzer hereingefallen, die das Blaue vom Himmel gelogen haben. Jetzt scheint sie ihr mütterliches Herz für verdächtige Rumtreiberinnen zu entdecken.«

»Du kennst diese Dorkas doch noch gar nicht.«

»Aber meine Schwester! Naiv wie Jim Knopf. Hat zu viele Kinderfilme synchronisiert. *Dorkas*, was ist das überhaupt für ein affiger, neumodischer Name?«

»Der Name ist nicht neu, sondern sehr alt. Altgriechisch, um genau zu sein«, erläutert Hilkmar und verfällt ins Dozieren, was ihm bedeutend mehr liegt als Zanken. »Dorkas bedeutet

Gazelle und kommt bereits in der Bibel vor, meist in der aramäischen Form Tabita, die Luther mit ›Reh‹ übersetzt hat, was nicht korrekt ist. Dorkas war eine Jüngerin Jesu, bekannt für ihre Hilfsbereitschaft.«

»Weder altgriechische Gazellen noch biblische Rehe haben in anständig geführten Kaffeehäusern was zu suchen. Im Gastgewerbe braucht man eine Ochsennatur. Gazelle, pah! Wenn ich daran denke, an welches Gelichter Oda unser schönes altes Geschäft immer so vermietet hat.«

»*Ihr* Geschäft«, korrigiert Hilkmar.

Alwine überhört es. »Der letzte Mieter war ein Knastbruder!«

Hilkmar runzelt verwirrt die Stirn. »Meinst du den Badezimmer-Ausstatter, der Insolvenz anmelden musste?«

»Wenn der jemals Badezimmer eingerichtet hat, dann bin ich die Hochzeitstortenlieferantin für die Königin von England! Der hat doch nur drei Duschköpfe ins Schaufenster gelegt, um im Hinterzimmer Pferdewetten anzunehmen oder Geld für die Russenmafia zu waschen.«

»Der arme Mann hatte lediglich Ärger mit dem Finanzamt, sagt Oda. Wir leben in wirtschaftlich sehr schwierigen Zeiten.«

»Wem erzählst du das! Aber das Unternehmen Wilhelmi bringt keiner zur Strecke, das verspreche ich dir! Erst recht keine linke Gazelle.«

»Was du meinst, sind linke *Bazillen*. Du solltest weniger Kriminalromane lesen, Alwine. Überall vermutest du Bösewichter. Danach sieht diese Dorkas ganz und gar nicht aus.«

»Na und? Wenn der Teufel mit Hörnern und Bocksfuß rumliefe, würde keiner auf ihn reinfallen. Nicht mal Oda. Merk dir das!«

# 3.

»Trrrrrrrrrr«, schrillt die Backuhr.

Jetzt aber! Oda zieht das Tuch von der Schüssel. Zum Kuckuck noch eins! Mindestens doppelt so hoch müsste der Teig sein und kleine Blasen werfen, damit die Weckchen im Ofen ihr fluffiges, langfaseriges Innenleben entwickeln. Ferdinand würde sich beim Anblick dieser Katastrophe samt Baskenmütze im Grab umdrehen. Wo auch immer das liegen mag. Aus, basta, Schluss mit der Vergangenheit!

Sie versetzt dem zähen Teigklumpen einen verärgerten Klaps und hievt ihn auf ein Holzbrett. Mehl stäubt auf und setzt sich kitzelnd in Odas Nase fest. Sie wendet den Kopf und niest so damenhaft wie möglich in Richtung Fenster.

»Gesundheit und guten Morgen!«

»Dorkas!« Oda wirbelt herum. Ihr Herz macht einen Freudenhüpfer – das kann es wirklich einwandfrei – und hopst verlässlich, sobald sie Dorkas sieht. Ihr Gesicht lädt Oda wie stets zum Verweilen ein. Sie kann sich nicht sattsehen an diesen meergrauen Augen unter dichten Wimpernkränzen, den hohen Wangenknochen. Wundervoll. Ein richtiges Bühnengesicht. Man vergisst es nicht, wenn man es einmal betrachtet hat. So ein Gesicht haben nur wenige Menschen. Zwar steht die Nase darin leicht schief, und kleine kirschförmige Münder sind derzeit völlig aus der Mode, aber alles in allem ist Dorkas zum Anbeißen hübsch.

Wer das nicht sieht, muss blind sein, findet Oda, die sich an den Silberringen in Dorkas' Augenbrauen und dem Peridotsteinchen im linken Nasenflügel nicht stört. Die gefallen dem Mädchen wahrscheinlich, weil es in Indien zur Welt gekommen ist. Ihre Eltern waren in jungen Jahren richtige Abenteurer. In jedem Fall sieht der Schmuck apart aus, genau wie die blau gefärbte Strähne in Dorkas' dunklem Haar.

Sie pustet sie sich gerade aus dem Gesicht, zieht eine Glaskanne aus der Kaffeemaschine und gießt sich einen Becher ein.

»Ich dachte, Sie säßen oben am Computer«, sagt Oda.

Die junge Frau schlängelt sich an einer blitzenden Knetmaschine vorbei zu ihr an den Backtisch.

»Ich musste den Postboten abgefangen«, erklärt sie und hält ein Päckchen hoch, das Oda bislang nicht bemerkt hat. »Da ist was Spannendes für uns drin.«

»Ach ja?«

Dorkas reißt den Umschlag auf und zieht eine vom Alter gelb gewordene Pappbroschüre heraus. »›Zeitgemäße Sparrezepte für die kluge Hausfrau‹. Eine Koch- und Backfibel aus dem Jahr 1947. Gedruckt in Köln. Ich habe es in einem Internetantiquariat für gebrauchte Bücher bestellt. Wussten Sie, dass die ersten Bücher nach 1945 Kochbücher waren? Na ja, eigentlich kein Wunder.« Sie flippt ein paar Seiten mit den Fingern durch. »Dadrin finden wir bestimmt die Nachkriegsrezepte, von denen Sie erzählt haben. Kuchen aus Eichelmehl, Salat aus Vogelmiere und gefärbten Pudding aus Kartoffelstärke mit Aromaersatz. Ich will sie unter dem Stichwort ›Historie‹ auf unsere Café-Homepage stellen. Mit solchen Sachen haben Sie und Ihre Schwester doch damals wieder angefangen. Oh, hier sind sogar handschriftliche Notizen drin.«

»Eh ja, gut, glänzende Idee«, lobt Oda verhalten und wie zerstreut. Sie spielt gern die Zerstreute, wenn sie ein Thema nicht weiterverfolgen will. Zerstreutheit wirkt in ihrem Alter normal, und, wenn man es gekonnt anstellt, sogar charmant. Die

Rolle der leicht tüddeligen älteren Dame eröffnet neue Möglichkeiten, ungestraft nur das zu tun und zu hören, was man auch tun und hören möchte, und den Rest zu ignorieren.

Etwa Dorkas' Idee, die wechselvolle Geschichte des »Café Wilhelmi« im Internet nachzuerzählen.

Bei aller Liebe, dem Vorschlag kann sie nichts abgewinnen. Zumal es eben Geschichten gibt, die sie Dorkas unter keinen Umständen weitergeben kann. Nie und nimmer. Zumindest nicht vor ihrem eigenen Ableben. Kuchen aus Eichelmehl und Brennnesselsuppen sind die eine Sache, ihre Familiengeheimnisse eine andere.

»Nach meinen Recherchen«, fährt Dorkas unbekümmert fort und legt die Broschüre beiseite, »konnte nur eine Hand voll von Bäckern in Köln sofort nach dem Krieg wiedereröffnen, und nur wenige haben einen so glanzvollen Neustart geschafft wie Ihre Schwester. Abgesehen von der Firma Gimmler natürlich. Glauben Sie, dass Ihre Schwester mir nachher mehr über die Familie erzählen kann als Sie?«

»Es wäre mir lieb, wenn Sie die Gimmlers im Beisein meiner Schwester nicht erwähnen«, sagt Oda hastig.

»Aber warum denn nicht? Die Familien müssen sich gekannt haben, und immerhin war Heinrich Gimmler ...«

Rasch wendet Oda sich dem Teig zu und stößt einen genau dosierten, theatralischen Schrei aus. »Gott, der ist das reinste Trauerspiel!«

Das genügt. Heinrich Gimmler ist vergessen. Dorkas betrachtet Odas Werk mit kaum merklich gelupften Brauen. Sie legt die Kochfibel beiseite und tupft einen Finger in den Teig. Der Teig gibt nicht nach.

»Zäh wie Knetgummi«, stöhnt Oda hilflos.

»Haben Sie genügend Hefe genommen?«, fragt Dorkas sachlich.

»Natürlich! Zwei Würfel auf ein Kilo Mehl. Das ist doch richtig, oder?«

»Schon, aber war es vielleicht nur einer?«, fragt Dorkas und fischt ein Päckchen in goldglänzender Folie vom Boden.

»Herrje, das muss mir heruntergefallen sein«, stöhnt Oda. Manchmal ist sie leider wirklich zerstreut.

»Macht nichts«, tröstet Dorkas. »Wir müssen einfach ein bisschen pfuschen. Ich knete rasch einen Zwillingsteig mit Backpulver. Den mengen wir dann unter.« Rasch krempelt sie die Ärmel ihres wild gemusterten Indienhemdchens auf.

Reflexhaft wandern Odas Augen zu Dorkas Handgelenken, die mit bunten Flechtbändern umwickelt sind. Bis fast hinauf zu den Ellbogen. Legt sie die eigentlich nie ab? Hm, auf Dauer geht das nicht in einer Bäckerei.

»Keine Bange«, sagt Dorkas, während sie den Mehlschub aus dem Backtisch zieht und schwungvoll eine Schaufel abmisst, »den Unterschied merkt hinterher keiner.«

Außer Alwine, weiß Oda.

»Gehen Sie ruhig nach vorne und warten Sie auf Ihre Schwester«, sagt Dorkas. »Ich habe bereits einen Tisch gedeckt und Blumen in die Vase gestellt. Rote Gerbera, die mögen Sie doch, oder?«

»Danke, das ist sehr lieb.«

Und typisch Dorkas. Ein so umsichtiges Kind. Mit gerunzelter Stirn betrachtet Oda beim Hinausgehen die »Sparrezepte«. Irgendwie kommt ihr das Büchlein bekannt vor. Na, die hatten nach dem Krieg ja alle. Für Alwine war ein ähnliches Heft bis weit in die Fünfziger ihre liebste Bettlektüre. Außerdem hat sie gefälschte Lebensmittelmarken darin versteckt. Nein, waren das Zeiten!

# 4.

»Alwine, bieg jetzt bitte nicht auch noch rechts ab! Das ist wieder eine Einbahnstraße.«

»Papperlapapp, wir müssen rechts rein, da ist doch die Bäckerei. Einbahnstraßen sind nützlich wie ein Loch im Kopf.«

»Alwine, halt sofort an! Da kommt uns ein Radfahrer entgegen.«

»Das ist ein Briefträger, der kann ausweichen.«

Nicht ohne gewaltig ins Schlingern zu geraten.

Alwine bremst abrupt, der Briefträger auch. Knapp vor Alwines Kühlerhaube kommt er zum Stehen, um ihr einen Vogel zu zeigen. Alwine setzt schimpfend zurück, legt krachend den ersten Gang ein und weicht ihm und einer Schimpfkanonade mit einem Linksschlenker aus.

»Also, ein Benehmen ist das!« Alwine verdreht den Kopf nach dem Postboten und tastet nach dem elektronischen Fensterheber, während der Wagen weiterrollt. »Kein Respekt vor gebrechlichen alten Damen! Diesem Armloch in Uniform werde ich mal Manieren und Anstand beibringen.«

»Alwine! Schau wenigstens geradeaus, wenn du dich schon nicht an die Verkehrsregeln hältst«, fordert Hilkmar und bremst erneut in seinem Fußraum.

»Sei nicht so feige«, kontert Alwine, gibt Gas und dreht zur Abwechslung ihm das Gesicht voll zu. »Ich fahre seit über sechzig Jahren nahezu unfallfrei Auto und ...«

»Halt dich rechts«, schreit Hilkmar.

Zu spät.

Der linke Vorderreifen schrappt mit hässlichem Geräusch an einer Bordsteinkante entlang, es gibt einen Schlag, Blech knirscht, Alwine bringt ihren Mercedes unter Zuhilfenahme der Bürgersteigkante zum Stehen.

Stille.

Bis auf ein feines »Pppppfffft«, das durch das heruntergelassene Fahrerfenster dringt und mit dem zischend der Reifen verendet.

»Jetzt schau dir nur an, was du jetzt wieder angerichtet hast, Hilkmar«, schimpft eine bleiche Alwine.

*»Ich«*, stößt Hilkmar eher verblüfft als empört hervor.

»Natürlich du! Hättest du mich nicht abgelenkt, wäre das nicht passiert. Das Taxi zurück geht auf deine Rechnung, und über die Schadensregulierung reden wir noch.«

## 5.

»Kaffee aus Togo für einen Euro fünfzig. Was soll denn das sein?«, fragt Alwine angriffslustig und blickt von einem Probedruck einer Speise- und Getränkekarte auf. Sie rückt bis zur Stuhlkante vor und fixiert ihre Schwester wie ein Kriminalkommissar, der eine Fangfrage stellt.

Oda schweigt.

»Mit solchen Schleuderpreisen ruinierst du dich und meinen Ruf! Die Wilhelmis servieren keine preiswerte Plörre, die schmeckt, als habe man nur einen braunen Buntstift reingetaucht. Wenn schon afrikanischer Kaffee, dann nimm Bergkaffee aus Äthiopien, aber den kannst du nie und nimmer für einen Euro fünfzig servieren!«

»Afrikanischer Kaffee«, gibt Oda verwirrt zurück. Auf ihrer Karte gibt es keinen afrikanischen Kaffee. Sie runzelt die Stirn. Alwine sieht für ihr Alter zwar blendend aus, scheint aber mental nicht ganz auf dem Posten zu sein, oder ihre Augen haben nachgelassen.

»Ha! Du kennst also nicht einmal die eigene Karte«, triumphiert Alwine. »Hier steht es doch: ›Coffee Togo‹. Auch noch auf Englisch. Reichlich affig. Bei Wilhelmis wird aus Tradition nur die Kölner Mischung von Schamong ausgeschenkt, der besten Rösterei weit und breit.«

Oda kontrolliert die Karte und lacht. »Alwine, das ist ein Druckfehler. Es muss heißen ›Coffee to go‹. Kaffee zum Mitnehmen. Ein Lockangebot für Menschen, die es eilig haben. Wir haben eine Menge umliegender Bürohäuser.«

»Schön für dich«, entgegnet Alwine unbeeindruckt, »aber von Kaffee wird niemand satt. Du hast keine Genehmigung für den Außerhausverkauf von frisch gebackenem Brot, Brötchen und Kuchen, oder? Schließlich *spielst* du nur Bäckermeisterin.« Sie streift Odas gewürfelte Hosen und die Clogs mit angewiderter Miene. »Wobei du wie immer übertreibst!«

Auf diese Einwände ist Oda vorbereitet. »Wir dürfen hausgemachte, abgepackte Quiches, Sandwiches, belegte Brötchen, Salate, Suppen und vorgekochte Gerichte verkaufen. Nur Kuchen servieren wir ausschließlich im Café.«

»Das nennst du Kuchen«, unterbricht Alwine und tippt auf die Karte. »Buchweizenmuffins, Quitten-Kürbis-Tarte und Möhrenkuchen. Hast du dir das ausgedacht?«

»Nein, das sind Dorkas' Spezialitäten. Vor allem der Möhrenkuchen. Du musst ihn versuchen, er ist einzigartig.«

»*Möhrenkuchen?* Das klingt wie direkt nach dem Krieg, als wir nichts Anständiges hatten! Fehlen nur noch Bucheckernkaffee und Kastanienbrot.«

»Also, ich weiß einen Möhrenkuchen durchaus zu schätzen«, wirft Hilkmar von seinem Platz zwischen den Schwestern aus vorsichtig ein. »Meine verstorbene Frau hat zu Ostern immer ...« Weiter kommt er nicht.

»Kastanienbrot ist eine wunderbare Idee«, setzt Oda das Duell mit Alwine fort. »Wir wollen uns nämlich auf vollwertige Backwaren spezialisieren. Natürlich wird es auch eine Sündenecke geben. Dorkas' Schoko-Brownies mit Ahornsirupglasur sind ein Gedicht! Ganz was anderes als altmodische Sahnekuchen. Ehrenfeld entwickelt sich mehr und mehr zu einem jungen Viertel.« Sie lehnt sich betont entspannt in ihrem Stuhl zurück und schlägt elegant die Beine übereinander. So elegant wie das in karierten Bäckerhosen und mit Clogs an den Füßen eben geht.

Verflixt! Sie hätte sich umziehen sollen und kämmen. Richtig schlampig fühlt sie sich, ganz der »wild gewordene Handfeger«, wie Alwine sie früher gern genannt hat. Ihre große Schwester ist ihr in Chanel deutlich überlegen. Die Haare hat sie sich auch frisch legen lassen. Zu Wasserwellen. Welcher Friseur macht so was heute noch? Und dazu so perfekt. Na, wenigstens die Silbertönung ist etwas blaustichig geraten, stellt sie mit einer gewissen Genugtuung fest.

»Ein junges Viertel, soso«, hakt Alwine nach, »dafür habt ihr aber eine reichlich antiquierte Einrichtung, meine Liebe.«

Sie lässt den Blick durch den Raum schweifen, mustert Regale mit alten Tee- und Kaffeebüchsen, einen Vorratsschrank mit Fliegengitter hinter schiefen Türen, Küchentische mit Drechselbeinen und Besteckschubladen. An einem Ohrensessel mit Patchworkbezug bleiben ihre Augen hängen.

»Ich hoffe, da sind nicht die Motten drin. Und dazu diese Regale! Überall blättert der Lack ab.« Sie verdreht die Augen gen Decke und entdeckt einen Kronleuchter, der aus leeren Weinflaschen und Glasscherben gefertigt ist. »Herrje, hast du diesen Krempel vom Sperrmüll?«

»Keineswegs«, feixt Oda. Mit dieser Reaktion hat sie gerechnet. »Bei diesem *Kram* handelt es sich um Vintage- und Designermöbel kombiniert mit Flohmarktteilen. Man nennt das ›shabby chic‹. Wir wollen eine lässige Atmosphäre erzeugen, die zum Verweilen einlädt.«

»Wen?«, biestert Alwine. »Stadtstreicher und Tippelbrüder? Also wirklich, Oda, ein wenig mehr Stil hätte ich selbst dir zugetraut. Und dazu dieser Holzdielenboden. Die Ritzen sind die reinsten Krümelfänger. Es gibt doch herrlich pflegeleichten Granit!«

»Auf dem man herrlich ausrutschen kann«, erwidert Oda. »Nein danke.«

»Das alles war nicht Odas Idee«, meldet sich hinter Alwine

eine junge Frauenstimme zu Wort, »sondern meine. Guten Morgen allerseits.«

Mit reich beladenem Tablett nähert Dorkas sich dem Tisch, begleitet vom Duft warmen Hefegebäcks.

»Da sind Sie ja endlich!« Oda freut sich und wendet sich eifrig ihrer Schwester zu. »Das ist Dorkas Mendel, von der ich dir erzählt habe. Sie hat in Amerika Innenarchitektur studiert, sorgt fürs Marketing, kann fabelhaft backen und ist überhaupt die beste Mitarbeiterin, die man sich wünschen kann.« Oda lehnt sich zurück. Gespannt auf die erste Reaktion ihrer Schwester.

Völlig unverhofft schlägt Alwine einen sehr höflichen Ton an, moduliert ihre Stimme auf extra warmes Moll. Oda schwant, dass Alwine in höflichem Moll nichts Gutes verheißt. Sie kennt doch ihre Schwester!

»Guten Morgen, Fräulein Dorkas, wie schön, Sie endlich persönlich kennenzulernen«, flötet die. »Hilkmar, wo bleiben deine Manieren? Würdest du dem reizenden jungen Mädchen bitte das Tablett abnehmen? Das ist viel zu schwer, und es gehört sich nicht, dass eine künftige *Geschäftsführerin* hier einfach Servierkraft spielt.«

Hilkmar grüßt nickend und macht Anstalten, sich zu erheben.

Dorkas lacht verdutzt und wehrt seine Versuche, sich aus einem niedrigen Cocktailsessel zu erheben, mit einem Kopfschütteln ab.

Hilkmar verharrt in halb gebückter Haltung und erinnert an einen vom Einsturz bedrohten Riesen.

Auch Oda sinkt in sich zusammen. Sie hatte ihre Schwester doch extra um Stillschweigen über die Geschäftsführerpläne gebeten. Zumindest in Dorkas' Gegenwart und bis die Kreditfrage geklärt ist!

»Ich als Geschäftsführerin?«, wundert sich Dorkas prompt

und stellt ihr Tablett auf einem Nachbartisch ab. »Ich bin schon dankbar, dass mich Oda überhaupt in die Backstube lässt, so ganz ohne entsprechende Ausbildung. Und dazu die hübsche Dachwohnung oben. Ohne ihre Schwester stünde ich auf der Straße.«

»Ha«, kommt es triumphierend von Alwine.

»Dorkas ist eine ausgezeichnete Köchin und backt mit viel Liebe«, beeilt sich Oda zu versichern.

»Stimmt«, sagt Dorkas arglos, »ich backe leidenschaftlich gern.«

»Nach ›Dr. Oetkers Schulkochbuch‹, nehme ich an«, murmelt Alwine abfällig.

Oda überhört es angestrengt. »Dorkas hat bereits in diversen Gaststätten gearbeitet.«

»Lauter Tingeltangelbars bestimmt«, argwöhnt Alwine, während Dorkas hinter die Theke schlüpft und eine chromglänzende Kaffeemaschine in Gang setzt. »Trägt die am ganzen Körper Ringe?«

Oda furcht tadelnd die Stirn. Dorkas kommt mit einer Kaffekanne hinter der Theke hervor und beginnt Platten mit warmen Brioches und Miniaturquiches aufzutragen.

»Ich habe wirklich schon in vielen Gaststätten gearbeitet. Im Ausland«, sagt sie gut gelaunt, »aber von Einkauf, Finanzbuchhaltung, Steuern und dergleichen habe ich keine Ahnung.«

»Ja, wie komme ich Dummerle dann nur drauf, dass Sie hier *Geschäftsführerin* werden«, sagt Alwine und fixiert mit grimmiger Faszination Dorkas' beringte Augenbrauen.

Verdammte Schlange, denkt Oda, und spürt Zornesröte in ihren Wangen aufsteigen.

»Nun, äh, Dorkas, das mit der Geschäftsführung sollte eine Überraschung sein«, stammelt sie. »Ich wollte es Ihnen bei der Eröffnung mitteilen. Dieses Café braucht eine junge Hand. Den Einkauf mache selbstverständlich ich ...«

»Das kann ich mir lebhaft vorstellen. Mein Geld verschleudern konntest du schon immer, als gäbe es kein Morgen«, schnaubt Alwine und greift mit spitzen Fingern nach einer Brioche, führt sie schnuppernd zur Nase.

»... und für die Finanzdinge«, redet Oda weiter, »werde ich einen externen Buchhalter engagieren.«

»Und womit willst du den bezahlen?«, kontert Alwine. »Mit einer Tasse afrikanischem Kaffee und Möhrenkuchen?«

»Er ist ein alter Bekannter von mir.«

»Ach, so ist das!«

Alwine spitzt ihre Lippen wie eine sauertöpfische Gouvernante. »Nun, alte Männerbekanntschaften hast du sicher reichlich. Nur schade, dass nie ein Bäcker darunter war. Den könntest du neben deiner *Geschäftsführerin* sicher brauchen.«

Odas Gesicht nimmt eine ungesund bleiche Farbe an.

»Alwine, bitte«, fleht Hilkmar verzweifelt, während Dorkas ihm Kaffee einschenkt.

»Ist doch wahr«, entgegnet Alwine erbost. »Oda hat nicht den Hauch eines Geschäftsplans und will mein gutes Geld verplempern. Soll ich dem armen Nils etwa diese Rumpelkammer und Schulden dazu vererben?«

Oda schließt verzweifelt die Augen. Meine Güte, so schnell wollte sie dieses Thema nicht auf dem Tisch haben. Schon gar nicht in Dorkas' Gegenwart. Am besten sie hält jetzt erst einmal den Mund. Im Schweigen ist sie Alwine eindeutig überlegen. War sie schon immer. Jahrzehntelang. Oh ja, schweigen kann sie wie ein Grab. Hilfe, was für ein schrecklicher Vergleich.

»Nils ist nicht arm«, eilt Hilkmar ihr erregt zu Hilfe. Dankbar spürt sie seine Hand auf ihrem Arm, nein, auf ihrem Handgelenk. Der alte Schlawiner fühlt doch tatsächlich ihren Puls! Und redet dabei weiter. »Es läge meinem Sohn auch völlig fern, sich in Odas Geschäftsideen einzumischen.«

»Dieses Café gehört zum Unternehmen Wilhelmi«, erwidert Alwine scharf. »Dagegen hat Oda nie Einspruch erhoben, und darum habe ich unser Stammhaus in mein Testament aufgenommen. Schließlich bin ich immer für Renovierungs- und Prozesskosten aufgekommen, wenn sich hier wieder mal ein windiger Mieter eingenistet hat oder dahergelaufene Fremde, die Oda für *Geschäftsführer* hielt.«

»Bitte entschuldigt mich kurz«, murmelt ihre Schwester, schiebt ihren Stuhl nach hinten und eilt zur Toilette.

Hilkmar erhebt sich abrupt. Krachend fällt sein Cocktailsessel um.

»Kann man hier nicht mal in Ruhe frühstücken?!«, protestiert Alwine. »Setz dich, Hilkmar.«

Oda nickt in Hilkmars Richtung. Sie will nur einen Moment verschnaufen, eine Tablette schlucken, ohne Alwines Verdacht zu erregen. Dorkas ist unauffällig neben sie getreten.

»Kann ich Ihnen helfen?«, flüstert sie so leise, dass die anderen es nicht hören können.

Ach, was für ein einfühlsames Menschenkind.

Oda schüttelt den Kopf und verschwindet hinter der Tür, schließt sie hinter sich und sucht in ihrer Hosentasche nach den Nitrat-Tabletten gegen das Gefühl der Enge in der Brust.

Ihr Herz beruhigt sich und damit ihre Gedanken.

Geld für einen neuen Backofen kann sie sich auch bei der Bank oder Hilkmar borgen, notfalls kann sie eine Hypothek auf das Haus aufnehmen, und ein Testament kann sie ebenfalls ohne Alwines Zustimmung aufsetzen. Genau, sie nickt und öffnet lautlos die Tür.

»Das Café gehört eindeutig deiner Schwester«, hört Oda einen ungewohnt energischen Hilkmar sagen. »Oda darf damit machen, was sie will! Genau wie Nils mit seinem Leben! Hör endlich auf, dich in anderer Leuts Leben einzumischen.«

Gute Freunde sind Gottes Entschuldigung für Verwandtschaft, denkt Oda erleichtert. Sie schenkt Hilkmar ein dankbares Lächeln und schlüpft zurück auf ihren Stuhl.

»Was du einmischen nennst, nenne ich sich kümmern«, wettert Alwine. »Mit gerade mal siebzehn Jahren hatte ich die volle Verantwortung für Oda, diese Bäckerei und den Rest vom Ganzen. Wenn ich nicht gewesen wäre, wäre das Unternehmen Wilhelmi längst Geschichte!«

Oda muss zugeben, dass Alwine damit recht hat. Allein ihrem Geschick und ihrer angeborenen Tyrannis ist es zu verdanken, dass Ferdinands Bäckereien die Nachkriegszeit überlebt haben. Darauf wäre ihr Vater sehr stolz gewesen. Mehr als das. Es hätte ihn glücklich gemacht. So wie Alwine.

»Mit fast fünfundachtzig Jahren solltest du einsehen, dass Menschen keine Marionetten sind, auch nicht deine«, fährt Hilkmar streng fort und richtet sich zu seiner ganzen beeindruckenden Größe auf. »Vergiss endlich einmal die Firma, Alwine! Es gibt Wichtigeres.«

»Nicht für mich«, sagt Alwine.

Sehr leise sagt sie das und sieht mit einem Mal so verloren und niedergeschlagen aus, dass Oda gern den Arm um sie legen möchte. Am Tisch kehrt Schweigen ein. Bedrücktes Schweigen. Ein feindseliges Schweigen wäre Oda lieber, sogar ein lautstarker Krach um Erbschaftsfragen und vor allem eine streitlustige Alwine.

Die geschrumpfte Alwine gibt Oda das Gefühl, Gevatter Tod säße grinsend mit am Tisch. Gevatter Tod hat das Gesicht von Heinrich Gimmler. Es scheint der Preis für ihre Rückkehr hierher zu sein, dass sie immer und immer wieder an ihn denken muss.

Ach, wenn sie ihrer Schwester nur einfach die Wahrheit sagen könnte, nicht nur über ihr malades Herz, sondern über den ganzen elenden Rest. Vielleicht würde ihre Schwester dann verstehen, dass das »Café Ährensache« keine Laune ist.

Vielleicht würde sie sich sogar mit ihr darüber freuen.

Nein, ausgeschlossen, das könnte sie nicht.

Die Wahrheit ist zu scheußlich. In Teilen jedenfalls.

»Brauchen Sie mich noch?«, will Dorkas die Situation retten. »Ich würde sonst gerne oben am Computer weitermachen. Ich muss noch Flyer für die Eröffnung entwerfen.«

»Ja, gehen Sie nur, meine Liebe«, sagt Oda erleichtert über die Ablenkung. »Wir sind bestens versorgt.«

So ein hellfühliges, umsichtiges Kind. Nein, wirklich, was würde sie nur ohne ihre Dorkas machen. Die Brioches sehen auch besonders gelungen aus.

»Bleiben Sie bitte«, hält Alwine die junge Frau überraschenderweise zurück. »Ich möchte noch etwas besprechen, das auch Sie betrifft.«

Dorkas hebt erstaunt die Brauen, geht zur Theke, um Gläserkartons zu entpacken.

Alwine richtet sich wie von einem kurzen Nickerchen erfrischt auf, greift sich eine Brioche und beißt hinein. Sehr damenhaft mit spitzen Lippen, aber immerhin ohne das Gebäck weiteren Geruchstests zu unterziehen.

»Da ist Safran drin!«

»Äh, tatsächlich«, wundert sich Oda. An Safran als Zutat kann sie sich überhaupt nicht erinnern. Na ja, die Hefe hat sie ja schließlich auch vergessen. Aber dass man Safran schmecken kann, hat sie nicht gewusst.

»Echter Safran, also wirklich, Oda, Safran ist doch unbezahlbar. Damit ruinierst du auf Dauer *dein* Café! Eine Prise Kurkuma macht den Teig genauso gelb.«

## 6.

»Also mir schmeckt's fabelhaft«, freut sich Hilkmar, der das kleine Wörtchen »dein« vor Café als das erkennt, was es sein muss. Eine Kapitulationserklärung Alwines. Ein erstes echtes Versöhnungsangebot. Wer hätte gedacht, dass Zanken sich lohnen kann.

»Und jetzt lassen wir einmal dieses dumme Café beiseite«, sagt Alwine.

Hilkmars Freude wächst.

»Eigentlich bin ich nämlich hergekommen, um dich und Dorkas zu unserer kleinen Busreise einzuladen. Du darfst bei meinem fünfundachtzigsten Geburtstag und dem Fest schließlich nicht fehlen, Schwesterchen.«

Hilkmar setzt sich kerzengerade auf. Das ist geflunkert. Eindeutig geflunkert! Alwine hat nie zuvor eine Einladung Odas auf die Reise erwähnt! Schon gar nicht für Dorkas! Er zieht nachdenklich die Brauen zusammen. Nun, eigentlich ist es eine hervorragende Idee. Oda kann nach dem Einsetzen des Defibrillators einen Urlaub gut gebrauchen, und die Reise ist für ältere Menschen konzipiert. Ein Genießertrip. Das täte Oda sicher gut. Erst recht unter seiner Aufsicht! In gespannter Erwartung auf Odas Antwort rückt er seine Brille gerade.

»Tut mir leid«, erwidert diese nach einer verblüfften Pause, »aber ich kann einen Monat vor der Eröffnung unmöglich mein Café im Stich lassen.«

»Papperlapapp«, fegt Alwine in alter Frische den Einwand beiseite. »Während wir Urlaub machen, wird sich mein Steuerberater um die Kreditfragen kümmern, und einer meiner Konditoren wird sich eure Backstube ansehen. Ich nehme an, da fehlt es an einigem, oder?«

Hilkmar verschluckt sich hustend an seiner Brioche. Das klingt zu gut, um wahr zu sein, und keinesfalls nach einer Kapitulation. Im Gegenteil. Es klingt nach etwas, das Nils im Börsenjargon »feindliche Übernahme« nennt, egal wie freundlich Alwine klingt. Nein, gerade *weil* sie so freundlich klingt.

»Alwine«, wirft er rasch ein. »Ich glaube, die Reise ist mit den Mitgliedern unseres Lesezirkels bereits ausgebucht.«

»Papperlapapp. Wir laden einfach zwei von deinen Bücherwürmern wieder aus. Die können sich das alles auch in Reiseführern anschauen. Ich möchte die Gruppe ohnehin ein wenig umgestalten ...«

»Wohin soll es denn gehen?«, fragt Oda vorsichtig.

»Nach Südengland! Kent, um genau zu sein.«

Im Hintergrund gehen Gläser zu Bruch, ein ganzer Karton. Alle drehen sich in ihren Stühlen und erblicken eine aschfahle Dorkas, die hastig in die Knie geht, um Scherben aufzulesen.

»Nicht mit bloßen Händen, Kindchen«, ruft Oda warnend, »sie könnten sich verletzen.«

Dorkas fasst ungerührt in den Scherbenhaufen.

## 7.

Federnde Hammerschläge hallen durch den Hinterhof. Irgendwo wird ein Dachstuhl erneuert. Das Klopfen setzt aus. »Mahlzeit«, hallt es durch den Hof. Na endlich. Dorkas lauscht in die Stille ihrer Dachwohnung. Träge surrt eine Fliege gegen eine Fensterscheibe. Immer und immer wieder nimmt sie den Kampf mit der unsichtbaren Mauer auf, bis Dorkas das Fenster öffnet und sie in die Freiheit entlässt. Jetzt herrscht Ruhe.

Oda hält im Stockwerk unter ihr ein Mittagsschläfchen. Hilkmar Seelentag hat Oda regelmäßige Pausen verordnet, nachdem man ihr vor einer Woche den Defibrillator eingesetzt hat. Der ambulante Eingriff ist so gut verlaufen, dass sich Oda zunächst gegen Hilkmars Fürsorge und Dorkas als Krankenpflegerin gewehrt hat.

»Mir geht es prachtvoll! Ich muss nicht um halb ein Uhr mittags ins Bett wie ein Kindergartenkind!«, hat sie protestiert, aber sich dann doch gefügt. Sie erholt sich prächtig.

So prächtig, dass sie in zwei Tagen leider die Reise nach England antreten will, um von ihrer Schwester Geld für die Eröffnung von »Café Ährensache« zu bekommen. Dorkas runzelt die Stirn, ihre Miene wird düster. Oda hat die Unterstützung weit nötiger, als anzunehmen war.

»Und Sie kommen mit nach England, Kindchen«, hat Oda entschieden. »Keine Widerrede. Ohne Sie fahre ich nicht.«

Verdammt, verdammt, verdammt! Ausgerechnet England. Die Muskulatur ihrer Magenwände krampft sich schmerzhaft zusammen. Sie will nicht nach England, schon gar nicht nach Kent. Zumindest nicht jetzt.

Nicht nachdem sie endlich eine Spur entdeckt hat, die die Geheimnisse der Familie Gimmler lüften könnte. Ihrer Familie. Zumindest teilweise, zumindest dem Namen nach. Dem Namen ihres Vaters, den er so sehr gehasst hat wie seine gesamte Verwandtschaft. So lange sie denken kann, hat er jeden Kontakt zu ihnen gemieden und die Gimmlers zu ihm. Warum nur? Sie hätten ihm in so vielen Dingen helfen können! Zumindest mit Geld.

Mit zitternden Händen schlägt Dorkas die antiquarische Koch- und Backfibel auf, die sie vor zehn Tagen erhalten hat und die eine völlig unverhoffte Spur zu den Gimmlers birgt.

Die Fibel ist mehr ein Heft, gedruckt auf Nachkriegspapier. Einige Blätter lösen sich bereits aus der Fadenbindung. Muffige Kellergerüche steigen ihr in die Nase. Ihre Augen überfliegen Rezepte für Brennnesselmus und Vogelbeerengelee, bleiben an einer handschriftlichen Notiz unter der Zutatenliste für Kastanienbrot hängen.

Die verblassten Bleistiftzeilen haben nichts mit Kochen oder Backen zu tun. Es handelt sich um eine gereimte Liebesnachricht. Nicht die einzige in dem Heft. In manchen wird flehend um ein Treffen gebeten. Von J. W. Gimmler, geschrieben Köln im Mai 194 … Die letzte Ziffer ist unter einem Fettfleck verschwunden.

Was für eine seltsame Fügung, dass dieses Heft ausgerechnet in ihre Hände gelangt ist. Fügung? Ach was. Ein handfester Wink des Schicksals ist das! Eine Aufforderung weiterzumachen.

J. W. Gimmler kann nur ihr Großvater Joseph Wilhelm gewesen sein. Der Sohn von Heinrich Gimmler, dem Gründer des gleichnamigen Kölner Konditoreiunternehmens, das weit über die Domstadt hinaus lukrative Filialen betreibt. Überdies haben sich die Gimmlers als Wohltäter und schillernde Societygrößen einen Namen gemacht, wie Dorkas durch die Lektüre von Klatschmagazinen herausgefunden hat.

Einmal im Jahr verleihen die Nachfahren sogar eine Gedächtnismedaille mit dem Porträt Heinrich Gimmlers an junge Unternehmer. In wenigen Monaten wollen sie in seinem Namen das achtzigjährige Firmenjubiläum begehen. Ein Event, zu dem Prominente, Politiker, Wirtschaftsgrößen und gekaufte Stars und Sternchen aus ganz Deutschland anreisen sollen. Die Familie ist nicht einfach reich, sondern stinkreich.

Zurück zu J. W. Gimmler, ihrem Großvater. Er scheint ein junger Mann mit Hang zu poetischem Überschwang gewesen zu sein. 1947, im Erscheinungsjahr der Kochfibel, war er wie alt? Siebzehn, knapp achtzehn Jahre, aber das heißt nicht viel. Die Liebeszeilen kann er auch später verfasst haben, das Buch muss lange in Gebrauch gewesen sein.

Nun, das tut nichts zur Sache.

Wichtiger ist, wem diese Fibel gehört hat, und wer sie ihr verkauft hat. Ein Familienmitglied der Gimmlers? Oder wenigstens jemand, der sie kennt? Womöglich gut kennt? Jemand, der ihr Auskunft geben könnte über die Geschichte ihrer Groß- und Urgroßeltern? Und – was das Wichtigste ist – über deren genauen Vermögensverhältnisse.

Dorkas Blick fährt zum Bildschirm ihres aufgeklappten Laptops. Sie hat das Profil des Buchverkäufers auf der Homepage von »Antikbuch Paradies« aufgerufen.

Viel steht da nicht, nur Auskünfte über Lieferbedingungen, eine Angabe zum Wohnort – Köln! – und eine E-Mail-Adresse. Ein paar Tastentipper trennen sie von einer Kontaktaufnahme und möglicherweise wertvollen Auskünften. Trotzdem zögert sie.

Zögert schon seit Tagen, denn es ist eine merkwürdige Mailadresse. Sie zieht den Umschlag hervor, in dem das Kochbuch gesteckt hat, streicht ihn glatt und schüttelt wie immer verwundert den Kopf.

Ein Absender ist nicht vermerkt. Vergessen? Die krakeligen Buchstaben, mit denen ihre Adresse geschrieben ist, stammen entweder von jemand sehr Altem oder von einem Analphabeten, der mit der Rechtschreibung einen vergeblichen Kampf führt. »Dohkas Mändel« heißt sie auf dem Umschlag, und das Wort Straße ist mit drei »s« in der Mitte geschrieben.

Moment mal!

Sie fährt mit dem Zeigefinger die Adresszeile entlang, betrachtet die Schrift mit neuen Augen. Solche Buchstaben könnten auch von Kinderhand stammen. Die Schreibfehler erst recht. Aber natürlich! So muss es sein.

Ist es das, was sie die ganze Zeit beunruhigt und zaudern lassen hat? Sie möchte keinesfalls ein Kind in ihr Vorhaben hineinziehen. Nein, so weit kann sie nicht gehen. Ab einem gewissen Punkt könnte die Angelegenheit nämlich schmutzig werden. Sehr schmutzig, sogar kriminell.

Andererseits ...

Kann sie sich diese Chance entgehen lassen, nachdem alle anderen Versuche, Genaueres über die Gimmlers in Erfahrung zu bringen, gescheitert sind?

Sie muss ja nicht dieses Kind mit Fragen überfallen. Sie könnte einfach so tun, als ob sie das Buch zurückgeben möchte. An die Eltern. Hm, könnte gehen.

Noch immer ist Dorkas unzufrieden. Ein Besuch bei den Eltern könnte ein Kind natürlich auch verstören. Es könnte sich ertappt fühlen und Ärger bekommen, weil es das Buch aus dem Bücherschrank gemopst hat, um sein Taschengeld aufzubessern. Sie war in jungen Jahren selbst äußerst findig darin, sich hinter dem Rücken ihrer Eltern kleine Einnahmequellen zu erschließen, wenn das Geld – wie so oft – bedenklich knapp war.

Dorkas kaut auf ihren Lippen herum. Versuch macht klug, beschließt sie. Falls das Kind nicht antwortet, wird sie den Shopbetreiber um dessen Postadresse bitten und die Eltern persönlich aufsuchen. Sie muss die ehemaligen Besitzer der Fibel einfach kennenlernen. Sie kann diese Chance nicht vergeuden! Die Chance, endlich zu bekommen, was ihr zusteht.

Geld, sehr viel Geld, und damit die Gelegenheit, alles, was sie verbockt hat, wiedergutzumachen. An dem einzigen Menschen, den sie liebt und den sie nicht noch einmal im Stich lassen darf.

Dorkas greift nach ihrem Smartphone, öffnet ihr E-Mail-Programm und richtet eine neue Adresse für sich ein. Ein Handy ist wunderbar anonym. Muss ja nicht gleich jeder wissen, wer sie ist. Ein harmloser Nickname, der Vertrauen erweckt, wäre passend. Irgendetwas Albernes, mit dem sich Surfer gern in Heimwerker- oder Römertopfforen anmelden. Ein Name, der in etwa so albern ist wie die Mailadresse im Verkäuferprofil von »Buchantik Paradies«. Oh, sie hat's! »Bäckerblume«. Das ist schön altmodisch und harmlos.

Sie öffnet ein Mailfenster und beginnt: »Lieber Verkäufer …«

Hoffentlich bekommt sie eine Antwort, bevor es nach England geht. Dann, nur dann, könnte sie es mit gutem Gewissen wagen, dort die Person zu besuchen oder wenigstens anzurufen, für die sie das alles tut. Für die sie alles tun würde.

Erpressung inklusive.

## 8.

Nils Seelentag packt seinen Rollkoffer aus. Eine lästige Beschäftigung, aber sie gehört leider zu seinem Job. Schon übermorgen wird er alles wieder einpacken müssen. Frisch gewaschen, versteht sich. Er zerrt eine Jeans hervor und wirft sie auf einen Haufen Schmutzwäsche. Wandersocken, Sweatshirts und Boxershorts folgen.

Sein Blick streift einen dunkelgrauen Anzug, der in einer Plastikhülle am Kleiderschrank hängt. Ob der in die Reinigung muss? Nein, wird schon reichen. Auf der hinter ihm liegenden Tour nach Schottland hat er den Anzug überhaupt nicht getragen. Aber sein Dinnerjackett muss er kontrollieren. Die »Genießerreise zu Südenglands Schlössern und Gärten«, die vor ihm liegt, beinhaltet Übernachtungen und mehrere Abendessen auf Upton Manor. Ziemlich vornehme Angelegenheit.

Seine Freunde Lord und Lady Darnsdale erscheinen dazu selber zwar in Garderobe, die nach Pferdestall riecht, von Hundehaar übersät ist und aussieht, als hätten ihre Großeltern sie bereits getragen, aber das darf sich nur echter Adel erlauben. Nicht seine Tante Alwine und ihre Bustouristen.

Fragt sich nur, was Jurek bei dieser Gelegenheit tragen soll. Seinen Sohn darf er ausnahmsweise mitnehmen, weil morgen die Herbstferien beginnen. Eine hervorragende Gelegenheit, um dem Kurzen England zu zeigen. Ihre künftige Heimat. Nachdem seine Mutter endgültig nach L. A. übergesiedelt ist, haben auch sie die Chance, einen Neustart zu wagen und zu leben, wie und wo es ihnen gefällt.

Nils greift sich pfeifend den Schmutzwäschestapel, kommt federnd aus der Hocke nach oben und trägt ihn ins Badezimmer. Jurek wird England sicher mögen. Schließlich ist er ein begeisterter Miniatur-Sherlock-Holmes. Im Rahmen der Bustour werden sie an der alten Apfelfarm vorbeikommen, die Nils als ihre künftige Wohn- und Wirkungsstätte im Auge hat. Die Farm gehört zum Besitz seines alten Cambridge-Kumpans Darnsdale und liegt nicht weit entfernt von Upton Manor. Es ist ein verwinkeltes Gebäude mit ächzenden Balken, klappernden Fensterläden und einem geheimnisvollen Dachboden. Ziemlich runtergekommen, aber mit viel Potenzial, wie es im Maklerjargon heißt.

Vielleicht kann er mit Jurek mal in dem Farmhaus übernachten. So eine kleine Extratour und ein Schuss Abenteuer würden ihm guttun. Er wird in jedem Fall Schlafsäcke einpacken. Jurek soll seiner Rolle als kleiner Professor endlich entwachsen. Es muss endgültig Schluss sein mit dem ganzen Hochbegabten- und Frühförderungsquatsch, auf den Jureks Mutter Tina so viel Wert gelegt hat. Er sollte eine perfekte Variation seiner so perfekten wie makellos schönen Mutter werden.

Nils seufzt. Oh ja, Tina war und ist makellos schön. Unter anderem darum hat er sich in Cambridge in sie verliebt. Er war zweiundzwanzig und sie seine erste große Liebe. Für seine Kommilitonin Tina ist er – als Mitglied des legendären Geheimclubs »The Night Climbers« – nachts auf die von Grünspan überzogenen Kuppeln der Colleges und auf Kirchturmspitzen geklettert.

Er verschob das Lernen in die frühen Morgenstunden, zwängte Doppelschichten als Fahrradkurier zwischen Seminare und Vorlesungen, um Tina an Wochenenden in lächerlich teure Restaurants einzuladen. Er verfasste Liebesverse an sie und ließ sie als Papierschiffchen das Flüsschen Cam hinunterschwimmen, wenn sie mit trauerumwölkter Miene wie hingegossen am Ufer lag und las. Schön wie eine präraffaelitische Madonna sah sie aus, das Blondhaar lose im Nacken hochgesteckt.

Trauer umwölkte Tina, weil sie so hartnäckig wie vergeblich um die Zuneigung seines Freundes Lord Darnsdale warb. Ihr Unglück machte sie in Nils' Augen nur noch schöner. Sprach es nicht für ungeheure Gefühlstiefe, dass sie ihm mit kühler Zurückhaltung begegnete und Darnsdale – trotz seines Desinteresses – weiter nachhing?

Nils' Miene verfinstert sich. Weshalb sie ihre anmutigen Leserunden erstaunlich hartnäckig auf die Flusswiesen vor seinem College verlegte und oft in die Abendstunden ausdehnte. Bis die untergehende Sonne ihr Haar eindrucksvoll aufleuchten ließ.

Es gab nichts, was er nicht für Tina getan hätte, und dann – nachdem Darnsdale seine Verlobung mit einer anderen bekanntgegeben hatte – hat sie tatsächlich ihn erhört. Sie begann, sich für sein Leben und seine Familie – vor allem seine Erbtante Alwine – zu interessieren. Sein Misstrauen über ihre spontan entfachte Leidenschaft hielt sich damals in bedauerlichen Grenzen.

Im Sommer seines vierundzwanzigsten Lebensjahres hielt er sich als frischgebackener und frisch verliebter Cambridgeabsolvent für unbesiegbar und den glücklichsten Mann auf Erden. Die Idee einer Ehe mit ihren Schwüren und der unvernünftigen Erwartung, dass ein Mann und eine Frau ein Leben lang gegenseitig alles ineinander finden könnten, was das Herz begehrt, hatte in seiner feurigen und romantischen Seele spontan Widerhall gefunden. Erst recht, als Tina ihm drei Monate später verkündete, sie sei schwanger.

Das Tempo, das Tina für ihre Beziehung vorgab, war schwindelerregend. Nils' Miene wird immer düsterer. Schwindelerregend fürwahr. Erst später – viel zu spät – fragte er sich, ob Tinas überraschende Schwangerschaft und Einwilligung in ihre frühe Ehe nur durch Zufall mit Darnsdales Verlobung und seinem ersten Coup in der Finanzbranche zusammenhingen.

Mit den hochprofitablen Übernahmeverhandlungen für ein Start-up-Unternehmen einiger Technologiestudenten aus Cambridge war Nils' Ein- und Aufstieg in Londons Bankerszene gesichert. Damit war er für Tina, die aus vermögenderen Verhältnissen als er stammte und auf dem besten Weg war, selbst Karriere im Finanzgeschäft zu machen, interessant geworden. Ihrer und seiner Karriere hatte sich alles und jeder anzupassen. Auch das Familienleben. Vor allem Jurek.

Mit einem Jahr war er bereits Mitglied einer zweisprachigen Krabbelgruppe, mit drei Jahren hatte er die erste Geigenstunde, mit vier einen Chinesisch-Kurs, und mit fünf war er nicht nur in der Grund-, sondern auch in einer Computerschule angemeldet. Alles, damit seine »Synapsen optimal vernetzt werden«, wie es ein Ratgeberbuch mit dem Titel »Ein Leben lang Vorsprung« ausdrückte.

Mit der ihr eigenen Effizienz hatte Tina solche Ratgeber während ihrer letzten Schwangerschaftswochen verschlungen. Natürlich besuchte Jurek auch deshalb all diese Nachmittagsgruppen und Zusatzkurse, weil Nils genau wie Tina genug mit ihrer jeweiligen Karriere zu tun hatten. Um ihren eigenen Vorsprung in der Banken- und Immobilienwelt nicht zu verlieren.

Nils verzieht schuldbewusst das Gesicht.

Er hat Tina nicht nur aus Liebesblindheit einfach gewähren lassen. Auch er wollte ein Kind, das seinen Berufsalltag nicht durcheinanderbrachte. Als egozentrische Arschlöcher waren seine Ex-Frau und er sich jahrelang absolut ebenbürtig.

Sie haben den kleinen Jurek nicht als ein Geschenk betrachtet, sondern wie eine Art biologische Aktie, von der sie eine gute Performance erwarteten – wenn man es sehr böse ausdrücken würde. Und man kann es nicht böse genug ausdrücken. Meine Güte, Tina hat sich sogar gefreut, als die Vorschullehrerin eine Lese- und Rechtschreibschwäche bei Jurek erkannt hat. »Er ist Legastheniker wie fast alle Hochbegabten«, hat sie gejubelt.

Nils schüttelt sich unwillkürlich und gibt dem Schmutzwäschehaufen einen Tritt Richtung Waschmaschine.

Mit all diesem Unsinn hätte er viel eher aufhören müssen. Er war einfach zu sehr und zu lange hinter Tina und für sie hinter Geld, Karriere und Position her. Er war ein Junkie, wenn es um Aktien, Fondsmanagement und Investmentstrategien ging. Und um Tina.

Bis der fünfjährige Jurek seltsam still wurde, beinahe stumm, bis er nachts zu schlafwandeln begann und ein Arzt die niederschmetternde Diagnose stellte, dass Jurek nicht hochbegabt, sondern völlig überfordert sei und unter einem beginnenden Burn-out leide.

Nils schluckt, während er einen zusammengeknüllten Pyjama von Jurek wendet. Captain Jack Sparrow alias Johnny Depp prangt auf dem Oberteil. Sein Sohn mag die Piraten der Karibik. Nicht so sehr wegen Johnny Depp. Er bevorzugt Orlando Bloom in der Rolle des Schwertschmiedes Will Turner.

»Weil, der sieht aus wie du, Papa«, meint sein Sohn.

Sehr schmeichelhaft. Nils legt den Schlafanzug behutsam zum Wäschestapel, streichelt gedankenverloren Captain Jacks Piratengesicht.

Die Diagnose Burn-out – was nur ein geschönter Ausdruck für Depressionen ist – hat seine Ehe nicht verkraftet. Tina suchte neue Kurse in kreativen Tanz- und Theatergruppen für

Jurek aus, um seinen Selbstausdruck zu stärken. Sie recherchierte nach Tabletten, die das Übel rasch abstellen würden.

Kurz, Tina wollte den Warnschuss – oder besser den Weckruf – nicht hören und Jureks Überforderung wegmanagen. Weitermachen wie bisher. Das mag ein Akt der Hilflosigkeit gewesen sein, aber in Nils' Augen war es vor allem eins: der letzte Beweis dafür, wie unerträglich ignorant die makellose Tina war.

Schließlich hat er eine Auszeit vom Berufsleben genommen, um ganz für seinen Sohn da zu sein. Die Auszeit wurde zur Dauerlösung. Sie begannen, heftiger zu streiten, und hätten auch nach dem endgültigen Aus ihrer Ehe wohl kaum damit aufgehört, wenn Tina vor einem Jahr nicht ein Jobangebot als Immobilienvermittlerin für eine amerikanische Großbank angenommen hätte.

Tina hat sich auf die landesweite Vermittlung von geeigneten Gebäuden für Yoga-Studios und Multiplexen spezialisiert, die in Kalifornien anscheinend zum seelischen Existenzminimum von Stars, Starlets und einer Horde Gesundheitsfanatiker gehören. Auf diese Weise lassen sich verwaiste Fabrikgebäude in fragwürdigen Gegenden gewinnbringend loswerden.

Von L.A. aus mischt sich Tina kaum noch in Jureks Leben ein, außer in Form überteuerter Geschenke und mit Ernährungstipps, die sich um Sojakrempel, Blaualgen und undurchsichtige Gemüsesäfte drehen.

Nils stopft leise fluchend die Wäsche in die Maschine. Ein wenig mehr Einmischung von Tinas Seite – und das nicht nur in Form von E-Mails – wäre allerdings wünschenswert. Jurek zuliebe. Nils vermutet, dass der Kleine tief in sich eingekapselt das Gefühl hegt, er sei ein Versager und der Hauptschuldige am Auseinanderbrechen der Familie. Man braucht keine Ratgeber zu studieren, um das zu wissen.

Nils schließt das Bullauge der Waschmaschine mit einem Tritt, gibt Pulver in das Schubfach und stellt das Programm ein. Mit einem Klicken setzt sich die Maschine in Gang, Wasser strömt ein, und die Trommel nimmt träge Fahrt auf.

In seiner Hosentasche summt der Blackberry. Lästiges Ding. Wenn er nicht auf Reisen ist, nutzt Nils ihn nur als stummen E-Mail-Lieferanten und deaktiviert die Telefonfunktion. Das hält notorische Quasselstrippen, die in ihren Handys zu wohnen scheinen, auf Abstand.

Er scrollt die Liste eingegangener Nachrichten durch. Verena Beutels Name blinkt auf. Zum vierten Mal an diesem Morgen. Er schnaubt leise. Mit diesem Flirtfunk einer gelangweilten Gattin, den Verena unter ihrem Schreibtisch bei Beutel-Reisen betreibt, während ihr Mann Matthias das Unternehmen führt, muss endgültig Schluss sein. Vor allem, weil beide an der Englandreise teilnehmen werden. Zwecks Qualitätssicherung, wie Matthias Beutel behauptet. Wahrscheinlicher ist, dass er von ihrer kurzen Affäre Wind bekommen hat. Es ist nicht Verenas erste, aber ganz sicher *seine* letzte! Wer je behauptet hat, verheiratete Frauen seien für zwanglos unverbindliche Affären am besten geeignet, kennt nicht Verena Beutel.

Erneut piept der Blackberry. Meine Güte, jetzt übertreibt Verena wirklich. Nein, doch nicht. Die neue Nachricht stammt von einer Unbekannten mit dem Nicknamen »Frau Bäckerblume«. Schätzungsweise irgendein Spam. Halt, nein. Die Nachricht ist für Jurek.

»Lieber Verkäufer MarpleHolmes007«, beginnt sie.

Nils grinst. Sein Sohnemann scheint unter seinem Lieblings-Nickname mal wieder tüchtig Geschäfte zu machen. Über Internetshops und Auktionshäuser bietet Jurek Kleinkram, Schnickschnack und Bücher zum Verkauf an, die Nils beim Umzug nach England nicht mitnehmen will.

Rasch überfliegt er die Mail. Madame Bäckerblume bietet eine Retoursendung an. Sie will ein Koch- und Backbuch mit Randnotizen zurückgeben, »weil es ein kostbares Familienandenken sein muss und die beigefügte Rechnung aus Kinderhand stammt«.

Nils stutzt. Ein Backbuch? Haben er und Tina so etwas jemals besessen? Er schüttelt den Kopf. Und ganz sicher keines mit persönlichen Notizen. Eben die möchte sich Madame Bäckerblume genau wie die Rezepte vor der Rücksendung kopieren, schreibt sie. Das Geld dürfe MarpleHolmes007 dafür gerne behalten, sie brauche nur die Postadresse für die Rücksendung.

Himmel, das muss ja ein ganz ehrliches Muttchen sein, klingt fast ein wenig plemplem. Wer schreibt schon derart verquaste Mails wegen eines vollgekritzelten Backbuchs? Na, da wird er Fräulein Bäckerblume mal eine Freude machen und ihr das Buch schenken.

Backen interessiert ihn nicht die Bohne. Diese Tätigkeit erinnert ihn vehement an seine Patentante Alwine, die ihn in letzter Zeit ständig wegen ihrer Cafés verfolgt. Seinem Erbe, das er gar nicht will. Was soll er mit Cafés in Köln? Oder mit Backbüchern?

»An Familienerinnerungen liegt mir nichts«, tippt er rasch eine Antwort an Bäckerblume. »Viel Spaß mit dem Buch. LG Kolja.«

Fertig. Senden.

Er kraust die Stirn. Ob Kolja, sein Lieblingsnamenskürzel für seinen schrecklich altmodischen Taufnamen Nikolaus, nicht zu persönlich war? Diese verfluchte virtuelle Welt verführt zu unbedachten Vertraulichkeiten. Normalerweise benutzt er Kolja nur bei sehr guten Freunden, ansonsten bleibt er bei Nils. Na, macht nichts. Von Frau Bäckerblume wird er sicher nichts mehr hören.

Als er am Herd steht, um Jureks Lieblingsessen aufzuwärmen – Linsensuppe mit Würstchen –, piept es erneut. Ärgerlich legt er den Löffel beiseite und ruft die E-Mail ab.

»Lieber Herr Kolja, Familienerinnerungen sind unersetzlich. Bitte geben Sie mir Ihre Adresse, dann bringe ich das Buch vorbei.«

Jetzt wird Muttchen aufdringlich.

Er wischt sich die Finger ab und tippt eine rüde Antwort. »Behalten sie das Ding! K.«

Piep, macht es kaum zwei Minuten später.

»Das war nicht nett, Herr Kolja.«

Himmel!

»Ich bin nie nett«, tippt er und macht drei Ausrufezeichen.

Er greift zum Kochlöffel und rührt den simmernden Eintopf durch. Brennt schnell an, das Zeug. Piep.

»Sie sind sogar sehr nett. Sie wollen mir ein wunderbares Buch schenken! Es stehen sogar Liebesgedichte drin. Von Ihren Eltern oder Großeltern?«

Himmel, Herrgottnochmal!

Seine Finger fliegen über die Tasten: »Können wir das bitte SOFORT beenden?«

Nein. Während Nils ein Messer sucht, um Würstchen in die Linsen zu schnippeln, piept es erneut.

»*Ohne deine Liebe ist jeder Tag Last, jede Musik nur Geräusch.* Schön, oder? LG Bäckerblume.«

Scheiße! Der Linseneintopf brennt an. Nils zieht den Topf von der heißen Platte, um wenigstens einen Teller Eintopf zu retten. Während er im Hängeschrank nach einem Suppenteller angelt, piept es erneut.

Das darf nicht wahr sein! Er wird Bäckerblume mit einer Spam-Sperre belegen. Eine Mail-Stalkerin ist das Letzte, was er in seinem Leben braucht. Schon gar keine lyrische.

# II. Teil

# 1.

Der Busmotor brummt im Leerlauf und verteilt veilchenblaue Dieselwolken in der Morgenluft. Es ist kurz vor fünf und stockdunkel auf dem Busparkplatz hinter Kölns Hauptbahnhof. Eine Kehrmaschine fegt in Achterschleifen den Müll der Nacht beiseite.

Im Businneren gähnen neun Passagiere, verstauen knisternde Plastiktüten in Gepäckablagen, packen Butterbrotpakete aus, schrauben an Thermosflaschen herum oder gönnen sich ein Nickerchen, bevor es losgeht, via Calais, zur Kanalfähre. Nach pünktlicher Abreise sieht es allerdings nicht aus.

Alwine furcht unzufrieden die Stirn. »Das ist typisch Oda«, schimpft sie. »Wie immer zu spät.«

»Hauptsache, sie kommt«, sagt Hilkmar neben ihr und späht unruhig ins Dunkel.

»Natürlich kommt sie. Erstens habe ich den telefonischen Weckdienst beauftragt, zweitens hat sie es mir gestern ausdrücklich versprochen, und drittens habe ich die erste Rate für einen neuen Backofen an sie überwiesen. Die zweite gibt es nur nach vollzogener Reise. Ich nehme an, diese scheinheilige Dorkas hat sie aufgehalten. Will ihre Wohltäterin sicher nicht aus den Fingern lassen.«

»Wieso *scheinheilig?*«

»Das, mein Lieber, wirst du noch früh genug erfahren! Ich erwarte in den nächsten Tagen Informationen, die diese gewiefte junge Frau als genau die Erbschleicherin entlarven werden, die ich von Anfang an in ihr vermutet habe.«

Hilkmar fährt entsetzt zu ihr herum. »Was für Informationen?«

»Informationen aus gut unterrichteten Kreisen«, sagt Alwine schnippisch. »Und jetzt hätte ich gerne einen Tee. Die Thermoskanne steckt in meiner Reisetasche. Wir sollten uns langsam an das Zeug gewöhnen.«

Seufzend erhebt sich Hilkmar aus seinem Sitz und kramt die Tasche aus dem Gepäckfach über ihren Köpfen. Sein Sohn Nils schält sich vor ihnen aus der Reiseleiterbank hinter der getönten Panoramascheibe, schreitet den Gang ab und zählt die Köpfe der Mitreisenden durch. Es sind überwiegend graue Köpfe. Achselzuckend kehrt er zu seinem Platz zurück. »Vom Nachzählen werden das nicht mehr«, belehrt ihn Alwine. »Wie wäre es, wenn du mal bei Oda anrufst, mein Junge?«

Der Junge überhört sie. Frechheit. Tut schon die ganze Zeit so, als wäre sie Luft.

»Drei fehlen noch, Papa. Oda Wilhelmi, Dorkas Mendel und einer, den ich nicht aussprechen kann«, zählt Jurek auf, der seinem Vater wie ein Schatten folgt. »Hm, wird so ähnlich geschrieben wie Reis und Popo, kann aber auch 'ne Frau sein.«

Nils schaut nervös auf die Liste. »Du meinst Raissa Popow. Das ist ein russischer Name, Jurek, und es handelt sich um eine Frau.«

Sein Sohn drückt seine kreisrunde Harry-Potter-Brille gegen das Nasenbein und konsultiert die Armbanduhr. »Frau Popo ist ...«

»Popow«, korrigiert sein Vater.

»Ist doch egal. Sie und die anderen sind dreizehn Minuten zu spät. Sogar dreizehn Minuten und zweiundfünfzig Sekunden.« Er schaut stolz zu seinem Vater hoch.

Zahlen lesen kann er ganz wunderbar, freut sich Alwine. Besser als Buchstaben. Ach, das wird schon noch.

»Giovanni, haben Sie einen der fehlenden Fahrgäste inzwischen erreicht?«, wendet sich Nils an den italienischen Busfahrer.

»No.« Ein kleiner, drahtiger Mittsechziger, an dem der Fortschritt der Frisurenmode seit der Ära des Rock 'n' Roll vorbeigangen ist, schüttelt seine graumelierte Elvis-Tolle. »Die haben ihre Handys nichte an. Und die Wecker wohl auch nicht. Liegen sicher alle noch faul auf die Popow. Scusi, i meine natürlich die Popo.«

Er zwinkert Jurek zu, der zwinkert zurück.

»Auch das noch, ein Spaßvogel am Lenkrad«, ätzt Alwine.

Nils nimmt seufzend wieder Platz.

Jurek tut es ihm mit noch tieferem Seufzer nach.

»In spätestens zehn Minuten fahren wir, sonst verpassen wir die geplante Fähre«, kommt es ungehalten von der Bank auf der anderen Gangseite. Busunternehmer Matthias Beutel, der in einer Art beigem Safarianzug den Weltenbummler mimt, wirft Nils einen vorwurfsvollen Blick zu.

Seine Sitznachbarin und Ehefrau Verena schickt einen Blick wie einen Giftpfeil hinterher. »Unsere Geschäftsbedingungen sind da eindeutig«, ergänzt sie. »Wer die Abfahrt verpasst, hat keinerlei Regressansprüche.«

Nils nickt ergeben – zu ergeben für Alwines Geschmack.

»Kundenorientierung und Kulanz sind für diese Beutelratten von Busunternehmern wohl Fremdworte«, zischt sie hinter Nils. Sie steckt ihr Gesicht in den Spalt zwischen dessen und Jureks Sitzlehne. »Sag deinem knauserigen Chef, dass ich ohne Oda unter keinen Umständen abfahre. Schließlich bezahle ich den ganzen Summs!«

Ihr Patensohn scheint taub auf beiden Ohren und schweigt.

»Jetzte mache wir erste Mal Musik«, sagt Giovanni der Busfahrer fröhlich. Er schaltet WDR 4 ein. Auf dem Programm stehen »Melodien für ein gutes Gefühl«.

»Lieb mich ein letztes Mal«, fleht Roland Kaiser über die Bordlautsprecher.

»Der Busfahrer soll dieses scheußliche Gejaule abstellen. Das ist doch keine Butterfahrt«, fordert Alwine von Nils.

Keine Reaktion. Also wirklich!

»Stellen Sie die Musik ruhig lauter, Giovanni«, verlangt überraschend Verena und streicht sich ihre mahagonigetönte Mähne aus dem Gesicht. Dabei fixiert sie Nils erneut, wenn auch weit weniger giftig als zuvor. Eigentlich sogar alles andere als giftig.

»Schenk mir die Zeit, die uns noch bleibt«, verlangt Roland Kaiser.

Ach, so ist das. Bei Alwine fällt der Groschen.

Offenbar auch bei Matthias Beutel. »Seit wann stehst du auf Schlagerfuzzis?«, will er in verärgertem Ton von seiner Angetrauten wissen.

Nils rutscht tiefer in seinen Sitz.

Sehr aufschlussreich, findet Alwine, aber keinesfalls wünschenswert. Sogar alles andere als das. Die Dame Beutel ist schließlich verheiratet, und nach patenter Geschäftsfrau sieht diese Vorstadtsirene wahrlich nicht aus.

Überdies ist sie dürr wie ein wandelndes Röntgenbild. So ein Knochenmobile kann sie im Unternehmen Wilhelmi und als Nils' Ehefrau nicht brauchen. Als Ersatzmama für Jurek taugt sie sicher nichts, und wer weiß, ob sie selber Nachwuchs zustande bringen kann.

Jurek ist ein ausgenommen netter Bengel, Alwine liebt ihn von Herzen, aber das Soll ist mit ihm nicht erfüllt. Wie heißt es so schön im englischen Königshaus? »An heir and a spare« – ein Erbe und ein Ersatz – sind die Minimalgarantie für den Fortbestand eines Familienunternehmens!

Es muss ja kein zweiter Junge sein. Im Gegenteil, ihr wäre ein

Mädchen willkommen. Oh ja, sie mag kleine, unternehmungslustige Mädchen. Mädchen, wie ihre treulose Schwester Oda mal eins war. Allerdings keine kleinen Verenas! Nur gut, dass sie für andere Ehekandidatinnen gesorgt hat. Drei Stück, um genau zu sein.

»Guck mal, Papa, da kommt eine auf den Bus zu«, kräht Jurek und zeigt mit dem Finger auf die Scheibe. »Aber mit ohne graue Haare und auf Schuhen mit doll viel Absatz. Boah, sind die hoch. Ich glaub, das ist Frau Popo!«

»Popow, Jurek, Popow«, korrigiert sein Vater.

»Popow spricht man mit einem weichen ›f‹ am Ende«, mahnt auch Jureks Großvater Hilkmar, muss aber wider Willen lächeln.

Alwine kneift die Augen zusammen und linst erwartungsfroh aus dem Fenster.

Ach du lieber Himmel!

Das darf doch nicht wahr sein.

So eine hat sie nicht bestellt!

Auch Verena erhebt sich und beugt sich weit über ihren Gatten, um besser sehen zu können. »Wer ist denn das?«, ruft sie schrill. »*Solche Personen* nehmen wir für gewöhnlich nicht mit! Die gehört doch nach El Arenal!«

Im gesamten Bus werden interessiert die Köpfe gereckt.

Nils schwingt sich wortlos aus seinem Sitz und springt die Stufen herab nach draußen, um einer sehr blonden Blondine in türkisfarbenen Leggings, hautengem T-Shirt und mit jeder Menge klimperndem Goldschmuck behängt beim Transport eines riesigen Rollkoffers zu helfen.

»Das kann doch Giovanni machen«, ruft Verena ihrem Reiseleiter durch die offene Tür hinterher.

Nils greift unverdrossen nach dem Rollkoffer.

»Giovanni, hören Sie mich nicht?«, ereifert sich Verena in Richtung ihres Fahrers. »Herrje, stellen Sie doch mal diese verdammte Musik leiser!« Dann wendet sie sich an Alwine. »Frau Wilhelmi, gehört diese, äh, Person zu Ihren Gästen? Sie hatten doch zwei Plätze ohne Namensangabe gebucht, nicht wahr?«

»Das war nicht ich, sondern Nils«, behauptet Alwine flugs.

»Was hat er sich denn dabei nur gedacht! Wenn er solche Kunden anschleppt, müssen Matthias und ich uns wirklich überlegen, ob er ein geeigneter Reiseleiter für unser Unternehmen ist.«

»Da stimme ich Ihnen unbedingt zu, gnädige Frau«, lobt Alwine. »Als Reiseleiter ist Nils eine Niete! Nach dieser Reise müssen Sie ihm umgehend kündigen.«

»Nun reg dich ab, Verena«, tadelt Matthias Beutel seine Frau und beobachtet erwartungsfroh die Bustür. »Ein bisschen junges Blut wird uns guttun. Unser Publikum darf nicht völlig vergreisen.«

»Matthias, diese Frau ist eindeutig unter unserem Niveau. Sie sieht aus wie ...« Eine Parfümwolke und der nachfolgende Einstieg von Raissa Popow bringen sie zum Schweigen.

Nicht so Roland Kaiser, der im Doppelpack gesendet wird und passend zum Auftritt der Blondine die Hymne aller Seitenspringer anstimmt: »Manchmal möchte ich schon mit dir ...«

Matthias Beutel nickt den Takt mit.

»Giovanni, schalten Sie sofort das Radio ab«, befiehlt Verena.

»Ach du liebes Himmelchen«, stöhnt Alwine erneut, während Raissa ihre Reiseunterlagen mit bemerkenswerter Instinktsicherheit und aufreizend gewölbtem Brustkorb bei Matthias Beutel vorzeigt.

»Jenügt dat?«, fragt sie mit rauchiger Stimme, aber verblüffenderweise mit rheinisch statt russisch gefärbtem Akzent.

»Vollkommen«, antwortet Matthias Beutel mit Blick in Raissas Ausschnitt. »Wir freuen uns auf die Aussicht, sie in England an unserer Seite zu haben.«

Alwine schüttelt missbilligend den Kopf, als Raissa mit schwingenden Hüften ihre Sitzreihe passiert.

»So ein Flittchen habe ich nun wirklich nicht angefordert«, knurrt sie. »Ich hoffe, die Qualität der Damen steigert sich noch.«

Erbsenhirne mit Ballonbusen kann sie in ihrem Unternehmen nämlich noch weniger gebrauchen als knochige Sirenen à la Verena.

Hilkmar schaut irritiert vom Becher der Thermoskanne auf, in den er eben Tee eingeschenkt hat. »*Angefordert?* Was meinst du denn damit?«, fragt er und versucht, trotz seiner vom Teedampf beschlagenen Brillengläser einen prüfenden Blick auf seine Freundin zu werfen.

Die dreht rasch den Kopf zum Fenster. »Gar nichts. Ich finde nur, dass Frau Popow wirklich nicht nach gehobenem Kulturtourismus aussieht.«

»Warum hast du Sie dann eingeladen?«

»Nun, also«, stottert Alwine.

Himmel, wie kommt sie aus dieser Bredouille nur heraus? Sie hat sich verplappert, und Hilkmar ist manchmal gewitzter, als es auf den ersten Blick scheint.

Allerdings nicht so gewitzt wie sie!

»Tja, also, ich habe mir gedacht, dass ich an meinem Geburtstag Menschen eine Freude machen sollte, die sich solche Reisen normalerweise nicht leisten können. Darum habe ich zwei unserer Busplätze bei einer Rätselzeitschrift verlosen lassen. Das ist eine sehr schöne Werbung für das Unternehmen Wilhelmi. Außerdem kann ich auf diese Weise einen Teil der Reisekosten bei der Steuer absetzen.«

Hilkmar schüttelt missbilligend den Kopf. »Ich verstehe ja, dass du Freunde vom Lesezirkel für deine Schwester und Dorkas ausbrädst, aber für völlig Fremde? Das war nicht nett, Alwine. Gar nicht nett.«

»Es ist meine Geburtstagsreise, da darf ich machen, was ich will. Außerdem ist die eifrige Ingeborg ja noch mit von der Partie. Mit ihr kannst du gerne über Literatur geisteln.«

»Eben nicht«, seufzt Hilkmar. »Frau Lämmle liest bevorzugt Liebesschmonzetten und Naturheilkundebücher über Wechseljahrbeschwerden. Eine Kombination, über die ich als Mann und Arzt lieber Stillschweigen bewahren möchte.«

»Das war jetzt aber nicht nett von dir, mein Lieber. Mit fünfzig Jahren ist man keinesfalls jenseits von Gut und Böse, was Romantik und l'amour betrifft.«

Im Gegenteil, ergänzt sie in Gedanken, das waren in dieser Hinsicht mit ihre besten Jahre.

»Und in Sachen Naturheilkunde«, reißt sie sich selbst aus ihren Reminiszenzen, »kann ich nur sagen, dass mir Klosterfrau Melissengeist gegen alle Beschwerden hervorragend hilft.«

»Aber nur, weil du keine Beschwerden hast, sondern eine gusseiserne Gesundheit«, sagt Hilkmar.

»Apropos Romantik«, erwidert Alwine flüsternd und dreht den Kopf zu Frau Popow, die zwei Reihen hinter ihnen einen Platz gefunden hat. »Hat Nils eine Schwäche für künstlich blondierte, großbusige Flittchen?«

Hilkmar prustet Tee. »Was?! Alwine, welche seltsamen Gedankengänge verfolgst du?«

»Gar keine. Mich wundert nur, dass dein Sohn sich überschlagen hat, um dieser Frau Popo den Koffer nachzutragen, während er mir nicht mal ...«

»Pssst«, mahnt Hilkmar entrüstet. »Frau Pop*ow* könnte uns hören.«

»Kann sie nicht. Sie hat sich gerade solche dämlichen Knöpfe in die Ohren gesteckt, um Musik zu hören.«

Also wirklich! Eine Arbeitsauffassung ist das! Jetzt kramt sie auch noch ein Maniküreset hervor. Fürs Nägelfeilen hat sie diese Person nun wirklich nicht bezahlt.

»Da kommt der Rest«, ruft vor ihr Jurek. »Noch eine graue Frau und eine«, er zögert kurz, »eine blaue!«

»Eine Betrunkene!«, erregt sich Verena.

»Nee«, sagt Jurek. »die hat sich nur eine blaue Strähne ins Haar gefärbt, so wie du bei dir alles rot gemacht hast, aber in cooler.«

»Mein Haar ist nicht gefärbt«, entrüstet sich Verena. »Und außerdem bin ich für dich eine ›Sie‹ und Frau Beutel, verstanden?«

»Ich hab dich doch gar nicht für einen Mann gehalten«, verteidigt sich Jurek verblüfft. »So blöd bin ich nun auch wieder nicht. Ich bin nur nicht hochbegabt.«

»Du bist überhaupt nicht blöd, mein Junge«, tröstet Hilkmar seinen Enkel, während sein Sohn Nils erneut Anstalten macht, nach draußen zu flüchten.

»Nichts da«, hält ihn Verena scharf zurück. »Giovanni ist für das Gepäck zuständig. Du wirst jetzt die Begrüßung über Bordmikro machen. Avanti, Giovanni.«

Nils greift nach dem Mikrofon, das in einer Halterung neben seinem Sitz befestigt ist, knipst es an und wendet sich dem Businneren zu.

»Liebe Gäste, nachdem nun auch die letzten Passagiere eingetroffen sind, kann die Reise losgehen. Wir hoffen, die Fahrt nach Dover in etwas über vier Stunden zu bewältigen. Kurz hinter Brüssel legen wir einen Kaffeestopp ein. Damit Sie unterwegs nicht verhungern, reichen wir Ihnen nun einen kleinen Snack.«

Zustimmendes Gemurmel ist die Antwort.

Nils nickt Jurek zu, der eifrig aus der Bank schlüpft und sich mit bereitstehenden Picknicktüten belädt, die er mit sehr wichtiger Miene austeilt.

»Bevor wir abfahren«, erklärt Nils derweil, »möchte ich Sie bitten, noch einmal nach Ihren Personalausweisen oder Pässen zu schauen. Die Engländer sind in dieser Hinsicht äußerst streng geworden. Auf unserer letzten Wanderreise nach Schottland mussten wir leider einen Gast, dessen Ausweis abgelaufen war, in Calais zurücklassen.«

Der Hinweis löst allgemeines Rucksackkramen aus. Außer bei Alwine, die aufgeregt den Hals reckt, um nach Oda und Dorkas Ausschau zu halten.

»Da sind sie tatsächlich«, ruft sie, winkt heftig und lehnt sich in den Sitzpolstern zurück. »Dann kann's ja losgehen.«

Hilkmar erhebt sich, um Oda beim Einsteigen zu helfen.

Fräulein Dorkas hat sich von ihrem Schock über das Reiseziel also doch noch erholt, freut sich Alwine im Stillen. Erst wollte sie ja unter keinen Umständen mitkommen. Tja, aber nun will sie die Gans, die für sie goldene Eier legen soll, wohl doch nicht aus den Augen lassen. Umso besser. Alwine möchte nämlich zu gern das Gesicht dieser raffinierten Betrügerin sehen, wenn sie sie enttarnen kann.

Das dürfte nur noch eine Frage von Tagen sein.

Die Detektei, die auf Dorkas Mendel angesetzt ist, hat inzwischen festgestellt, dass es in deren Lebenslauf erhebliche Lücken gibt. Und eine dieser Lücken liegt in England! Verstohlen dreht Alwine den Kopf und sucht die Sitzreihen nach einem Glatzkopf in Windjacke ab.

Ah, da sitzt ja ihr Detektiv. Neben Ingeborg Lämmle. Hm, der Kerl sieht zwar aus wie jemand, der hinten im Lager die Spanplatten sortiert, aber das ist zu Tarnungszwecken natürlich wunderbar. Ah, er bemerkt, dass er beobachtet wird. Kurz schaut er hoch. Mit gläsernem Blick, so als erkenne er sie gar nicht. Guter Mann. Horst Schüttpelz heißt er und ist seit mehr als zwei Jahrzehnten im Geschäft.

»Unser bester Mann, wenn es um verdeckte Ermittlung und Personenüberprüfungen geht«, hat sein Boss gesagt. »Ein ganz scharfer Hund. War früher bei der Kripo und verfügt daher über exzellente Kontakte. Eine enorme Erleichterung, wenn man Personalien, Schufa-Einträge und sonstige Melderegister auf unbürokratischem Weg prüfen will.«

Alwine blinzelt Herrn Schüttpelz verschwörerisch zu. Der blinzelt nicht zurück, sondern vertieft sich in ein Buch. Sieht aus wie ein Bilderbuch mit Hochglanzumschlag. Alwine kneift die Augen zusammen und erkennt einen knusprigen Braten auf einer Zinnplatte neben einem schäumenden Bier. »Great British cuisine«, entziffert sie den Titel. Muss ein Restaurantführer sein. Hm, sie wusste bislang gar nicht, dass die Briten überhaupt so etwas wie »cuisine« haben.

Als Backwaren bevorzugen sie jedenfalls lauter staubtrockenes Zeug wie Scones, die entfernt an Mürbchen vom Vortag erinnern, und dann diese nichtssagenden Brote, die beim Reinbeißen nach Mullbinden schmecken, oder Hafermehlkekse. Die würden dieser Dorkas wahrscheinlich Jubelschreie entlocken.

Vielleicht ist Schüttpelz' Kochbuch eine strategische Lektürewahl. So kann der Detektiv unauffällig mit Dorkas ins Gespräch kommen. Falls diese Hochstaplerin wirklich etwas vom Kochen und Backen versteht!

Was Alwine dank der Speisekarte von »Café Ährenwert« nicht glauben will.

*Möhrenkuchen*, also wirklich, dass Oda da nicht sofort stutzig geworden ist!

## 2.

Die See ist ruhig, der Himmel blitzblau, in der Luft liegt der belebende Geruch nach Salz und Tang. Träge löst sich das mehrstöckige Fährschiff vom Abfahrtsterminal. Aus den Schornsteinen dringt in schwindelnder Höhe schwarzer Qualm.

Die »Spirit of Kent« zerteilt mit mächtiger Bugwelle das Wasser, nimmt Kurs auf die Hafenausfahrt von Calais. Sie gleitet vorbei an Kaimauern, heimkehrenden Fähren und Schaluppen, die von den Oberdecks aus klein wie Spielzeugschiffe aussehen. Erst außerhalb der Hafenmolen setzt die Englandfähre – umsegelt von kreischenden Möwen, die wie weiße Kreuze am Himmel leuchten – zum Drehmanöver an. Knapp neunzig Minuten Überfahrt und der Ärmelkanal liegen vor den Passagieren.

Genüsslich schnuppernd hebt Hilkmar Seelentag die Nase und atmet tief ein. »Was für ein Lüftchen, herrlich!«

»Hast du jetzt genug Bojen und Seevögel gesehen?«, mäkelt Alwine. »Ich will unter Deck.«

»Ist dir kalt?«, fragt ihr Freund und beginnt, sich aus seinem Trenchcoat zu nesteln, um ihn ihr anzubieten.

»Ach was! Ich muss Oda und Dorkas finden. Wir haben noch einiges zu besprechen. Etwa, wie sich die beiden überhaupt kennengelernt haben.«

Die Hand fest auf der Reling und mit tastenden Schritten arbeitet Alwine sich auf die Flügeltür zum Innendeck vor, ganz so, als stampfe und rolle die Fähre unter schwerem Seegang und Windstärke acht.

Hilkmar fasst Alwine unterm Ellbogen, um sie im Gleichgewicht zu halten. »Du hast die beiden schon von Brüssel bis Calais unablässig beschwatzt. Gönne ihnen eine Pause.«

Vor allem Oda, denkt er. Die ist merkwürdig still geblieben bei der Unterhaltung. Sicher ist sie noch müde. In jedem Fall braucht sie Ruhe, auch wenn sie den Eingriff vor einigen Tagen bemerkenswert gut überstanden hat.

»Ich schwatze nicht«, reißt Alwine ihn aus seinen Gedanken. »Ich betreibe höfliche Konversation!«

Sie löst sich von der Reling und wartet darauf, dass Hilkmar ihr die Tür zu einer Frühstücksbar aufstößt.

»Du warst etwas zu höflich, meine Liebe«, bemerkt Hilkmar mit warnendem Unterton. »Musstest du die arme Dorkas ständig ›verehrtes Fräulein‹ nennen? Das macht heute kein Mensch mehr, außer um jemanden zu ärgern. Und all deine Fragen über ihre Familie! Das war höchst indiskret. Es klang wie ein Verhör! Zumal ihre Eltern bei einem Unfall umgekommen sind. Hast du nicht gemerkt, dass Dorkas darüber nicht sprechen möchte?« Er öffnet kopfschüttelnd eine schwere Schwingtür.

Alwine schreitet hocherhobenen Hauptes und unvermindert plaudernd an ihm vorbei. »Indiskret? Ich bitte dich! Fragen sind nie indiskret, sondern allenfalls Antworten. Und was sollte ich tun, wenn dieses junge Ding so offensiv mauert!«

*»Offensiv mauert?«*, fragt Hilkmar verdutzt nach.

»So nennt man das in kriminalistischen Fachkreisen«, erläutert Alwine. »Ich weiß noch immer nichts Genaues über ihre Herkunft. Außer dass sie in Indien geboren wurde. Ihre Mutter muss einen Knall gehabt haben. Welche schwangere Frau fährt nach Indien, um ein Kind zur Welt zu bringen?«

»Das ist wohl kaum ein Verbrechen«, merkt Hilkmar an und weicht einem Trupp LKW-Fahrer aus, die mit schwer beladenen Teetabletts nach draußen aufs Raucherdeck streben.

»Ich finde es ausgesprochen verdächtig«, sagt Alwine und schaut sich suchend in der Frühstücksbar um, die sie gerade betreten haben. »Von der merkwürdigen Umtriebigkeit der Eltern mal ganz zu schweigen. Jahrelang sind sie mit dem Baby einfach durch die Weltgeschichte gereist, als seien sie vor irgendetwas auf der Flucht gewesen ...«

»Und danach haben sie jahrelang einen Bio-Bauernhof in Rheinland-Pfalz bewirtschaftet«, wirft Hilkmar ein.

»Pah. Das war bestimmt eine Kommune. Haben wahrscheinlich allesamt Haschisch gespritzt. Und von wegen Bioanbau ...«

»Haschisch spritzt man nicht, Alwine«, unterbricht Hilkmar die Tirade. »Was du meinst, ist Heroin.«

Alwine reißt mit dramatischem Entsetzen die Augen auf. »Heroin? Umso schlimmer! Weiß doch jeder Idiot, dass so eine Sucht einen Rattenschwanz von Verbrechen auslöst. Diebstahl, Hurerei, Betrug, sogar Mord! Und was haben diese Leute am Ende in England getrieben? Ich denke, die mussten die Fliege machen. Abhauen! Warum glaubst du wohl, war diese Dorkas so entsetzt, als wir zum ersten Mal diese Englandreise erwähnten? Einen ganzen Karton Gläser hat sie hingeschmissen!«

»Herrje, Alwine, zügele deine Fantasie. Dorkas Eltern waren junge Menschen, die gerne gereist sind und neue Lebensstile ausprobieren wollten.«

»Aber was für Leute waren es genau, bitte schön? Aus welchen Elternhäusern stammen sie, was haben sie gelernt oder studiert? Außer die Weltgeschichte. Darüber erzählt Dorkas nichts, und statt mir Fragen über ihre eigene Ausbildung zu beantworten, löchert dieses unverfrorene Ding mich mit Fragen über *meine* Familie!«

»Ich finde Dorkas Mendel aufgeweckt und charmant. Es ist

doch wunderbar, wenn junge Leute sich für Vergangenheit und Geschichte interessieren und eine Verbindung zu unserer Generation suchen.«

»Ich sage dir, sie sucht allenfalls Verbindung zu meinem Bankkonto, weil bei Oda nicht genug zu holen ist. So, und wo bitte ist jetzt der Aufgang zum nächsten Deck? Das hier haben wir ja bereits durchsucht.« Alwine schaut sich in der Frühstücksbar um. »Gott, wie riecht das hier eigentlich?«

Hilkmar hebt schnuppernd die Nase. »Typisch britisch, würde ich sagen. Nach Toast, gebratenem Speck und – ach ja – Pommes frites! Um ehrlich zu sein, habe ich Hunger.«

»Pommes frites um Viertel nach zehn am Morgen?«

»Nach englischer Zeit ist es Viertel nach neun, meine Liebe.«

Alwine schüttelt sich. »Das ist ja noch schlimmer! Die Briten müssen Mägen aus Blech haben. Und dieser gemusterte Teppichboden macht mich ganz schwindelig.« Indigniert betrachtet sie grellgelbe Spiralen, die sich auf dunkelblauem Grund drehen. »Wer das entworfen hat, muss betrunken gewesen sein.«

»Die Engländer sind Freunde farbenfroher Teppichböden«, bemerkt Hilkmar. »Ich nehme an, weil ihr Wetter sie gern im Stich lässt.«

»Unsinn, das Muster soll von den festgetretenen Pommes frites ablenken. Also wirklich, wer will in so einer Rummelbude freiwillig essen?«

»Alwine, du übertreibst. Für einen Fährenpub finde ich es hier sehr gemütlich. Die polierte Theke ist urig, die Sessel scheinen bequem, und schau nur, die Spiegeleier machen sie ganz frisch.« Er deutet auf eine Kochzeile hinter dem langen Mahagonitresen, vor dem sich Fährgäste drängen.

»Spiegeleier kann man ja wohl auch schlecht einfrieren«, bemerkt Alwine. »Obwohl ich den Engländern sogar das zutrauen würde.«

Hilkmar seufzt. »Wenn du willst, können wir in der Club Lounge speisen. Die soll ganz phänomenale Panoramafenster haben. Ich möchte auf keinen Fall die weißen Klippen von Dover verpassen.«

»Bleib mir weg mit Felsen, ich muss Oda finden!« Alwine schlängelt sich an Frühstückstischen vorbei auf den Durchgang zum Duty-free-Shop zu.

»Das Schiff hat außen und innen fünf Passagierdecks«, versucht Hilkmar, sie von der Suche abzuhalten. Oda braucht dringend ihre Ruhe. »Bis wir alle Shops, Bars und Spielhallen durchsucht haben, legt die Fähre in England an. Bitte, Alwine, lass uns die Überfahrt genießen. Ihr habt sechs Tage Zeit, um euch über alles zu unterhalten.«

»Nichts da. Ich schlage vor, du suchst die unteren Decks ab, während ich mir die oberen vornehme. Wir treffen uns dann in dreißig Minuten wieder hier. Machen wir einen Uhrenvergleich.«

Sie schiebt den Ärmel ihres nagelneuen Burberry-Mantels zurück. »Zehn Uhr zwanzig. Wir treffen uns also um Punkt elf Uhr.«

»Nein, um Punkt zehn!«

»Zehn ist doch längst vorbei«, schüttelt Alwine den Kopf.

»Nicht in England«, seufzt Hilkmar. »Besser, du stellst sofort deine Uhr zurück.«

»Noch sind wir in Frankreich! Und jetzt begib dich bitte auf die Suche nach Oda.«

»Bist du sicher, dass du alleine hierher zurückfindest?«, fragt Hilkmar skeptisch.

»Ich habe eine exzellente Nase«, sagt Alwine spitz. »Diese schwimmende Imbissbude kann ich gar nicht verpassen. Und jetzt dalli, dalli. Ich lasse dir etwas Vorsprung.«

»Vorsprung?«

»Genau. Und tu überrascht, wenn du Oda triffst. Du musst völlig harmlos aussehen. Na, das jedenfalls kannst du.«

Hilkmar wendet sich kopfschüttelnd ab und macht sich auf den Weg.

## 3.

Alwine wartet ab, bis Hilkmar um eine Ecke verschwunden ist, dann dreht sie sich zur Theke um.

Ha! Hat sie doch richtig gesehen, da sitzt der Herr Privatdetektiv Schüttpelz wie ein Faulpelz und hat sich ein Full English Breakfast bestellt. Mit Bergen von Pommes frites dazu. Um das zu bewältigen, braucht er Stunden. Noch dazu auf ihre Kosten. Dem wird sie Beine machen, und danach ist diese Raissa dran. Das blonde Gift hat sich auf der Busfahrt stundenlang die Nägel gefeilt und nicht den geringsten Versuch unternommen, mit Nils zu flirten. Das ist Alwine zwar eigentlich sehr recht, weil Raissa wirklich nicht die Richtige für ihren Patensohn und ihre Firma ist. Trotzdem soll Madame Popo mal ihren Hintern schwingen und etwas für ihr Geld tun. Etwa könnte sie diese grässliche Verena von Nils fernhalten. Frau Beutel verfolgt ihren Reiseleiter auf Schritt und Tritt.

Gott sei Dank sollen im Verlauf der Reise noch weitere Flirtkandidatinnen auf die Gruppe stoßen. Die Agentur »Love anonymous« hat ihr drei zupackende Singlefrauen mit Niveau und Stil zugesagt. Möglichst mit eigenem Geschäftsbetrieb oder in leitender Funktion in einem handwerklich ausgerichteten Unternehmen. Tausend Euro Vermittlungsgebühr musste sie pro Exemplar hinblättern und dazu die Reisespesen! Dafür darf man ja wohl etwas erwarten. Genau!

Alwine nickt sich selber zu und steuert resolut den Detektiv am Tresen an. »Guten Morgen Herr Schüttpelz«, begrüßt sie seinen Rücken.

Der Detektiv wirbelt wie ertappt auf seinem Barhocker herum.

»Nehmen Sie die Gabel weg«, zischt Alwine. »Oder wollen Sie mich erstechen? Was machen Sie hier überhaupt?«

»Eh, frühstücken«, murmelt der Detektiv mit vage fragendem Unterton.

»Nichts da. Sie sind hier, um Dorkas Mendel zu beschatten. Wissen Sie, wo sie steckt?«

Herr Schüttpelz greift nach einer Papierserviette und tupft sich sorgfältig den Mund ab. »Verehrte gnädige Frau, es ist nicht nötig, sein Überwachungsobjekt ständig zu verfolgen. Im Gegenteil erregt das nur unnötigen Verdacht.«

»Ich habe schon bessere Ausreden für Faulenzerei auf meine Kosten gehört!«

»Ich war keineswegs untätig. Ich habe das hier.« Schüttpelz greift in die Innentasche seiner Windjacke und zieht ein Handy hervor.

Alwine verzieht missbilligend den Mund. »Sie wollen Dorkas am Telefon ausfragen? Das kann ich selber. Sogar ohne Telefon.«

»Sie missverstehen mich«, sagt Schüttpelz und senkt die Stimme. »Das ist Frau Mendels Smartphone.«

»Oh! Wo haben Sie das denn her?«

»Aus ihrem Rucksack.«

Alwine betrachtet interessiert das Mobiltelefon, dann wackelt sie schelmisch den erhobenen Zeigefinger. »Sie böser, böser, kleiner Taschendieb.«

Schüttpelz zuckt die Achseln. »Das sind lediglich Fingerübungen. Ich werde das Handy mit einem winzigen Peilsender versehen. So können wir ein Bewegungsprofil erstellen. Wir werden also rund um die Uhr prüfen können, wo Frau Mendel sich aufhält. Außerdem hoffe ich, die Pin zum Einloggen zu knacken. Dafür gibt es Softwareprogramme. Auf diese Weise könnten wir feststellen, welche Kontakte sie pflegt, ihre Mailbox abrufen und gespeicherte Textnachrichten lesen.«

»Ach, ist das erlaubt?«

»Nein.«

»Na, macht nichts. Aber was ist, wenn Sie diese *Ping* nicht knacken?«

»Dann hat Frau Mendel immerhin bis morgen früh kein Handy und wird heute Abend vielleicht das ein oder andere aufschlussreiche Telefonat von ihrem Hotelzimmer aus führen. Wir wissen ja bereits, dass sie eine Weile auf der Insel gelebt hat und alte Kontakte haben muss.«

»Donnerwetter. Sie wollen sich im Schrank verstecken?«

Der Mann zeigt mehr Einsatz, als sie gedacht hat. Es müsste allerdings ein großer Schrank sein, denn Herr Schüttpelz ist weniger ein Gourmet als ein Gourmand von beachtlichem Leibesumfang.

»In welchem Schrank?«, fragt irritiert der Detektiv und schielt sehnsuchtsvoll nach seinem halbvollen Teller, auf dem die Spiegeleier eine Haut ziehen.

»Na, in einem Schrank von Dorkas' Hotelzimmer. Wie wollen Sie sie sonst belauschen? Unter dem Vorhang schauen bekanntlich immer die Schuhspitzen hervor.« Und sein Bauch ist auch nicht gerade unsichtbar.

»Gnädige Frau, ich verabscheue derart plumpe Manöver. Ich schlage stattdessen vor, dass Sie morgen früh die Telefonabrechnungen von Frau Mendel begleichen. Sie ist doch Ihr Gast. Bitten Sie dabei um eine Verbindungsliste mit Einzelnachweisen. Unsere Agentur hat einen Mann in London, der die Nummern zurückverfolgen wird.«

Alwine schürzt die Lippen. Dieser Kerl ist gut, er ist sogar verdammt gut.

»In Ordnung«, sagt sie. »Sie dürfen weiteressen. Obwohl ich ihre Menüwahl etwas mächtig finde.«

»Wenn du in England bist, iss wie ein Engländer«, erwidert Herr Schüttpelz ungerührt, schiebt allerdings sein kalt gewordenes Frühstück beiseite und ordert ein frisches.

Es sei ihm gegönnt, entscheidet Alwine großzügig.

»Eine letzte Frage noch. Haben Sie diese Raissa irgendwo gesehen? Ich muss sie dringend sprechen.«

»Das gehört zwar nicht zu meinem Auftrag, aber ich würde es an Ihrer Stelle im Duty-free-Shop versuchen. In der Parfüm- oder Schmuckabteilung. Cartier wirbt mit einer Sonderaktion für Ohrringe.«

»Schmuckabteilung?!«, ruft Alwine entsetzt. »Was will sie denn da? Sie sieht doch bereits aus wie ein Christbaum aus Las Vegas.«

Herr Schüttpelz nickt. »Genau. Ich hoffe, Sie haben der Dame keinen Vorschuss gezahlt.«

»Nicht ihr, nur der Agen...«, setzt Alwine an und stoppt sich in letzter Sekunde. Angriffslustig reckt sie den Rücken. »Wie kommen Sie überhaupt darauf, dass ich dieser Person etwas zahle?«

»Das ist mein Beruf, gnädige Frau, und wenn ich Ihnen einen Rat geben darf, erwarten Sie nicht zu viel von der Agentur ›Love anonymous‹. Der Geschäftsführer ist ein ausgesprochen windiger Bursche, der es auch schon mit Seitensprungportalen versucht hat. Seine Lockvögel bezieht er vorzugsweise aus dem Milieu, wenn Sie verstehen, was ich damit meine.«

Empört holt Alwine Luft: »Milieu? Mir wurden ausdrücklich Unternehmerinnen und junge Damen aus dem handwerklichen Gewerbe zugesagt.«

Schüttpelz räuspert sich. »In gewissem Sinne trifft das auf Raissa Popow zu. Sie betreibt ein Nagelstudio in Köln-Nippes.

Und zwar in zweiter Generation. Sie hat das Geschäft von ihrer deutschrussischen Mutter übernommen, daher der Name.«

»Woher wissen Sie das schon wieder?«

»Der Name ›Raissas Rassenägel‹ stand samt Adresse auf jedem Accessoire, das sie während der Busfahrt zur Handpflege benutzt hat. Den Rest konnte ich durch einen kurzen Anruf in Köln klären. Na, wenn Sie Glück haben, schickt die Agentur noch eine verirrte BWL-Studentin hinterher, aber echtes Heiratsmaterial?« Er schüttelt zweifelnd den Kopf.

Was sagt man dazu? Am besten gar nichts, beschließt Alwine und macht sich auf den Weg zum Duty-free-Shop. Weitere Geldausgaben ihres erotischen Lockvogels muss sie unterbinden. So dicke hat sie es schließlich nicht. Nicht mehr!

»Ich würde es linker Hand versuchen«, korrigiert vom Tresen her Herr Schüttpelz, ohne sich umzudrehen. »Rechts kommen sie zurück an Deck.«

Der Mann ist beinahe ein wenig zu gut, findet Alwine.

Hoffentlich kommt er nie auf die Idee, *sie* zu überprüfen. Oder ihre Konten.

## 4.

Nils' Hand liegt fest auf Jureks schmalem Nacken. Er spürt, dass es in der Halsschlagader seines Kurzen heftig pocht. »Noch einen Schritt nach vorn«, schlägt er mit sanfter Stimme vor.

Jurek klammert sich mit durchgedrückten Armen an die Reling einer offenen Decksgalerie und linst wie schockgefroren aufs Meer.

»Dann kannst du besser gucken«, lockt Nils. »Rechts kann man schon die englische Küstenlinie sehen.«

»Ich seh' auch von hier aus alles«, piept sein Sohn und wahrt seinen Sicherheitsabstand zur Reling.

»Du kannst nicht ins Wasser fallen, Jurek. Ich passe auf«, versucht Nils erneut, seinen Sohn zu einem weiteren Schritt nach vorne zu bewegen. »Du willst doch die Bugwelle anschauen.«

Jurek schüttelt den Kopf. »Nee, Papa, das ist mir hier zu hoch. Ich kann doch nur vom Einer springen.«

»Du sollst doch nicht vom Schiff springen«, entgegnet Nils entsetzt.

»Müsste ich aber, wenn es untergeht.«

Nils seufzt. »Jurek, das Schiff ist sehr sicher. Ich habe diese Überfahrt schon häufig gemacht. Vertrau mir.«

»Und warum hängen dann überall Rettungsreifen und Boote?«

Nils gibt auf. Er will kein Vater sein, der seinem Sohn irgendwelche Mutproben abverlangt. Angst ist Angst, und die soll Jurek nicht haben.

»Möchtest du wieder unter ...«, beginnt er, als ihn eine verärgerte Frauenstimme unterbricht.

»Ach, hier steckt ihr!«

Verdammt. Verena. Die kann er jetzt überhaupt nicht gebrauchen. Er zieht Jurek an sich und dreht sich widerstrebend zu ihr um.

Seine Chefin steht hinter ihnen in einer offenen Tür. Wind zerrt an ihrer flammroten Mähne und lässt sie zu Berge stehen. Die Ähnlichkeit mit einer Hexe ist unverkennbar. Einer schönen Hexe zugegeben. Bis auf den beleidigten Zug um den Mund. Verena zwingt ihre Lippen zu einem Lächeln, das in ihrem Gesicht kaum Halt findet, und beugt sich zu Jurek herab. »Sag mal, möchtest du nicht lieber in den ›Kinderclub‹? Da warten Pirat Pete und jede Menge schöne Spiele und Malbücher.«

Knusper, knusper, knäuschen, denkt Nils erzürnt.

»Das ist voll Baby«, mault Jurek.

»Wie wäre es dann mit der Flipperhalle?« Verena nestelt eine Zehn-Pfund-Note aus ihrer Jeanstasche. Es dauert eine Weile, weil die Jeans sehr eng sitzen. »Hier ist ein wenig Taschengeld. Dein Vater und ich haben einiges zu besprechen. Beruflich. Das wäre sehr langweilig für dich.«

»Während der Fährfahrt habe ich Pause«, wirft Nils scharf ein und zieht Jurek enger an sich heran. »Die würde ich gern mit meinem Sohn verbringen.«

»Wenn du nicht aufpasst«, zischt Verena und schnellt nach oben, »hast du demnächst eine Dauerpause!«

»Von mir aus kann ich sie sofort beginnen«, kontert Nils.

Was denkt sich diese Frau eigentlich? Er macht den Job weiß Gott nicht wegen des Geldes.

»Is' schon okay, Papa«, sagt Jurek rasch und schnappt Verena das Geld weg. »Ich flipper ganz gern.«

Nils weiß, dass das gelogen ist. Sein Sohn will ihn nur vor jeglichem Unbill und Streitigkeiten beschützen. Das ist noch so eine Angewohnheit von Jurek seit der Scheidung. Er passt gern auf seinen Vater auf, dabei müsste es doch wirklich andersherum laufen. Er hasst es, wenn Jurek die Verantwortung für ihn übernimmt, und es tut ihm weh.

»Na wunderbar«, flötet Verena ungerührt, »dann nichts wie ab mit dir. Wir kommen sofort nach.«

Jurek löst sich von Nils und taucht unter Verenas Arm, mit dem sie die Tür aufhält, ins Schiffsinnere ab.

»Ich wüsste nicht, was es noch zu besprechen gibt«, raunt Nils seiner Ex-Geliebten zu, während er das Türaufhalten übernimmt. »Die Sache ist vorbei, okay?«

Verena legt ihm die flache Hand auf die Hemdbrust, macht schmale Katzenaugen und lässt ihre Finger die Knopfleiste Richtung Hosenbund hinabspazieren: »Wir müssen ja nicht reden«, haucht sie und zieht Nils am Gürtel ganz nah an sich heran. »Es gibt doch Kabinen an Bord. Erinnerst du dich an unsere letzte gemeinsame Überfahrt vor zwei Monaten?«

Himmel, welchen Teil des Wortes »Nein« versteht Verena nicht? Wenn Frauen wie sie nur endlich lernen würden, dass Männer meist genau das meinen, was sie sagen.

Er will Verena von sich wegschieben, um endlich Jurek zu folgen.

Sie krallt sich fester in seinen Gürtel. »Hör zu, Nils, ich brauche dich, und hier geht es nicht nur um ein bisschen Sex«, sie senkt ihre Stimme zu einem Flüstern, kommt seinem Ohr ganz nahe: »Ich ...«

»Verzeihung«, unterbricht eine sanfte Frauenstimme Verena. »Könnten wir kurz vorbei?«

Nils entdeckt über Verenas Kopf hinweg ein blaues Blitzen. Dorkas Mendel wirft ihre kecke Haarsträhne zurück und mustert ihn mit kühler Beiläufigkeit. Hinter ihr steht lächelnd Oda.

»Natürlich«, sagt Nils rasch und tritt einen Schritt zurück, um die Tür weiter zu öffnen.

Verena löst betont langsam die Hand von seinem Hosenbund, dreht sich mit kokettem Hüftschwung um und drängt sich an Dorkas und Oda vorbei ins Schiff.

»Danke, sehr höflich von dir, uns die Tür aufzuhalten«, sagt Oda zu Nils, während sie mit Dorkas die Galerie betritt. »Tut mir leid, dass wir euch gestört haben.«

»Das habt ihr nicht, überhaupt nicht«, sagt Nils nachdrücklich und folgt Verena mit zusammengebissenen Zähnen.

Wie konnte er diese Vorstadt-Sirene, die sich jedem an den Hals wirft, nur jemals attraktiv finden? Ein kurzer Blick auf die wohlgeformte Rückseite Verenas genügt als Antwort. Verflucht, wird er es nie kapieren? War seine makellose Ex Tina nicht Lehre genug?

Nicht nur Verena, auch er war leicht zu haben. Nie mehr, schwört er sich grimmig. Kein noch so schöner Frauenpo ist es wert, sich derart zum Narren zu machen. Er braucht das nicht mehr und Jurek schon gar nicht. Zudem halten ihn solche dusseligen Affären nur davon ab, endlich eine vernünftige Frau kennenzulernen.

Hm, war das vielleicht der Hauptgrund für den albernen Flirt mit Verena? Die Affäre hat ihn vor tiefgreifenden emotionalen Dummheiten beschützt. Gut so. Für die Liebe ist er noch lange nicht bereit. Jurek geht vor.

»Piep« meldet sich Nils' Blackberry, während er missmutig die Treppe zum Entertainment-Deck hinabtrödelt.

Das Gerät hat wieder ein Netz gefunden. Kurz zieht er es aus der Tasche.

Stimmt, er ist jetzt über die britische Telekom eingeloggt.

Eine Nachricht wird abgerufen. Nein, gleich zwei. Eine ist von seiner Ex-Frau Tina. Die kann warten. Genau wie Verena.

Die zweite Mail ist von Bäckerblume. Geschrieben vor einer Stunde. Nils zögert. Den Namen sollte er endlich vom Mailempfang aussperren. Allmählich läuft diese elektronische Brieffreundschaft aus dem Ruder. Unter immer neuen Vorwänden versucht Muttchen, ihm seine Postadresse zu entlocken, um das dämliche Kochbuch zurückzuschicken. Hat anscheinend sonst nicht viel zu tun in ihrem Leben.

Nachdem ihm vor drei Tagen Jureks Suppe angebrannt ist – was er ihr mit der unmissverständlichen Bitte, ihn endlich in Ruhe zu lassen, mitgeteilt hat –, hat sie ihm prompt Tipps zur Rettung angebrannter Suppen geschickt.

»Neu aufsetzen, rohe Kartoffel unterreiben, Prise Natron – steht auch so in Ihrem alten Kochbuch. Stammt es von Ihrer Oma?«

»Habe keine Kartoffelreibe«, hat er aus einer Laune heraus, die er sich heute noch nicht erklären kann, zurückgemailt.

»Kann ich zusammen mit dem Buch vorbeibringen. Wo darf ich klingeln?«, hat sie geantwortet.

Von fehlenden Küchenutensilien sind sie – weiß der Teufel, wie – in den letzten Tagen auf Sinnfragen des Lebens und jede Menge Blödsinn gekommen. Bäckerblume muss ein verdammt einsames, altes Frauenzimmer sein. Wenn sie wüsste, was er im Moment für ein wenig von ihrer Einsamkeit geben würde!

Er tippt auf Adressbuch, dann auf Buchstabe »B« wie Bäckerblume. Da ist ihre Mailadresse. Seine Augen suchen das Papierkorbsymbol für Löschen. In seinem Zeigefinger zuckt es.

Soll er, soll er nicht?

Na ja, hm.

Eine Weile kann er die Sache wohl noch laufen lassen. Vielleicht tut er damit ja ein gutes Werk. Der Mailverkehr mit Muttchen ist harmlos und irgendwie, irgendwie ... was?

Amüsant. Eine Ablenkung.

Genau.

Mit dieser Unbekannten, die ihr Alter mit »zwischen sieben und siebenundsiebzig, suchen Sie es sich aus« angibt, kann er sich ungezwungen über Dinge austauschen, über die er nicht einmal mit seinen besten Freunden spricht. Weil sie ihm zu peinlich wären. Oder zu abgedreht und kindisch.

Wie die Frage, welche Farben die Wochentage für ihn haben. Der Montag von Bäckerblume, so viel weiß er, ist gelb, er sieht den Montag stets orangerot. Der Samstag ist in Bäckerblumes Augen seltsamerweise totengrau und »gehört aus dem Kalender gestrichen«. Warum, weiß er nicht, und sie wollte es ihm nicht verraten. In Sachen Sonntag konnten sie sich einig werden. Der ist himmelblau, sollte bevorzugt mit einem Frühstück im Bett beginnen und mit Bach oder der Tafelmusik von Telemann, findet Bäckerblume. Festlich jedenfalls. Er hat mit Vivaldis Frühling dagegengehalten, aber den fand das alte Mädchen zu abgegriffen. Sicher stimmt das, er hat von Klassik keine Ahnung und wollte ihr nur einen Gefallen tun. Die Tafelmusik hat er sich dann glatt mal heruntergeladen. Schön ist sie, wunderschön sogar. Strahlend festlich und filigran zugleich, an manchen Stellen ein wenig wehmütig, weil das Leben nicht nur Fest sein kann. Es ist Musik aus einer ganz anderen Welt ... wie Muttchen eben.

»Kommst du?«, tönt es vom Treppenabsatz.

Verdammt. Verena hatte er komplett vergessen. Penetrantes Weibsbild. Klingt kein bisschen nach einem Leben als Fest und himmelblauem Sonntag. Schon gar nicht im Bett!

## 5.

»Ich kann Ihr wunderbares Handy leider nicht finden«, sagt Oda und reicht Dorkas ihre Tasche zurück. »Sie müssen es im Bus gelassen haben. Schade, ich hätte so gerne noch etwas Tippen geübt! Mit ein wenig Training werde ich im Mailschreiben bestimmt irgendwann schneller!«

Dorkas nickt mit abwesendem Blick und schaut so gebannt über das Meer, als sei sie Columbus, der soeben die Küstenlinie Amerikas entdeckt hat. So schaut sie schon eine ganze Weile, während der Wind mit ihrer blauen Strähne Fangen spielt. Endlich streicht sie sie hinter ihr Ohr und wendet sich Oda mit entschlossenem Blick zu.

»Frau Wilhelmi. Wir müssen reden!«

Oda prallt zurück. So grimmig hat sie Dorkas noch nie erlebt. Oder so betrübt. In ihren meergrauen Augen ist bleigrauer Nebel aufgezogen.

»Ich denke, es ist Zeit für die Wahrheit«, sagt Dorkas mit einer Stimme aus Hartmetall und wendet ihren Blick wieder dem Meer zu.

Noch vor anderthalb Wochen hätte Odas Herz bei diesem Satz aus Dorkas' Mund ausgesetzt. Jetzt schlägt es einfach weiter, als wäre nichts geschehen. Es kann ja nicht anders dank des Defi-Dingsdas. Unruhig tastet sie nach ihrem Schlüsselbein. Unter einem sorgfältig geschlungenen Tuch mit fröhlichem Vogelmuster spürt sie das kleine Gerät unter einem Pflaster. Es ist noch immer ein Fremdkörper in ihrer Brust, kein Freund.

»Was meinen Sie mit Wahrheit?«, fragt sie vorsichtig. Wie erbärmlich von ihr.

Neben ihr beißt Dorkas sich auf die Lippen, ihre Augen beenden den Ausflug übers Meer und suchen wieder die ihren.

Mein Gott, was hat dieses Kind für Augen. Unglaublich intensive, sehnsüchtige Augen, die Oda schlagartig an eine Zeit erinnern, in der ihr Leben ebenso intensiv geleuchtet hat und ihr zugleich so grau und verhangen erschien wie Dorkas' Blick. Grau ist eine sträflich unterschätzte Farbe, sie hat unendlich viele Nuancen, sie ist geheimnisvoll und ... Schluss mit den lyrischen Ausweichmanövern, ruft sie sich zur Ordnung. Dorkas will die Wahrheit wissen. Wenn die nur so einfach wäre. »Sei kein Feigling, sag es ihr endlich«, kommt es von einer anderen Tonspur in ihrem Kopf.

Oda holt tief Luft, doch bevor sie etwas sagen kann, ergreift Dorkas das Wort.

Hastig und ohne Atem zu holen, so wie jemand, der ein Geständnis ablegen will. »Ich habe Ihnen etwas vorgelogen, Frau Wilhelmi. Eine Menge sogar.«

*Wie bitte?*

Oda öffnet verblüfft den Mund. Sie ist doch diejenige, die hier etwas zu beichten hat, oder? Und zwar eine ganze Menge, mehr als ein halbes Leben. Aber sie kommt nicht dazu, denn jetzt redet Dorkas.

»Es tut mir entsetzlich leid, weil Sie mich doch so herzlich aufgenommen haben. Ohne groß nachzufragen, warum ich plötzlich vor ihrer Tür stand, obwohl sie mich doch nicht kennen konnten. Ich, ich wollte sie nicht beschwindeln, aber es ist, ich ... ich bin nicht ...« Sie bricht ab.

»Sie sind nicht Dorkas Mendel«, vollendet Oda atemlos – als habe sie tatsächlich gerade selber gebeichtet – den Satz.

Jetzt weiß sie, was mit der Sentenz »das Blut gefror ihr in den

Adern« gemeint ist. Jetzt wäre es wirklich an der Zeit, dass ihr dummes Herz aussetzt. Tut es aber nicht, stattdessen sickert ein Gefühl von Trostlosigkeit in ihren Brustraum ein, saugt sich darin fest wie ein dummer Rotweinfleck in Küchenkrepp, und in ihrem Kopf ertönt ein triumphierendes »Ha!« von Alwine.

Dorkas fährt verblüfft zurück. »Was? Natürlich bin ich Dorkas Mendel! Wer sonst?« Verwundert schüttelt sie den Kopf. »Wie kommen Sie darauf, ich sei es nicht?«

Oda schluckt und tastet haltsuchend nach dem eiskalten Gestänge der Reling. Sie schwankt ein wenig, nicht weil auf dem Meer hoher Seegang herrscht, aber in ihrer Seele. »Weil das eine Wahrheit wäre, die ich nur schlecht verkraften könnte«, sagt sie leise. »Es wäre eine furchtbare Enttäuschung für mich.«

Dorkas schüttelt erneut den Kopf, will vorsichtig die rechte Hand auf Odas Arm legen und zieht sie kurz vor einer Berührung wieder zurück, als habe sie kein Recht auf so viel Intimität. »Nein«, sagt sie. »In diesem Punkt habe ich nicht gelogen. Die Taufurkunde meines Vaters, auf der ich Sie als seine Patin entdeckt habe, ist so echt, wie ich es bin. Es geht um etwas anderes.«

Wieder braucht sie eine Pause. Oda gewährt sie ihr nur allzu gerne. Endlich, endlich spricht das Kind sich aus. Wer weiß, vielleicht hat sie das nie zuvor getan? Ihr Herz wagt einen zaghaften Freudenhüpfer. Dorkas vertraut sich ihr an. Ihr! Sie wird alles tun, um sich dieses Vertrauen zu verdienen. Egal was.

»Ihre Schwester ist, was mich betrifft, zu Recht misstrauisch«, beginnt Dorkas zögernd. »Ich bin nämlich nicht die harmlose junge Frau, für die Sie mich halten.« Pause. »Ich habe auch noch nie in einer richtigen Bäckerei gearbeitet.«

»Aber das weiß ich doch, Kindchen«, sagt Oda erleichtert. »Das haben Sie auch nie behauptet!«

Also, wenn es sonst nichts ist.

»Ich war weder in Amerika, noch habe ich Innenarchitektur studiert«, fährt Dorkas unbeirrt fort, während sich ihr Gesicht zunehmend verdüstert.

»Dann sind Sie eben ein Naturtalent, was Raumgestaltung, ausgefallene Möbel, Licht und Farben angeht«, wirft Oda aufmunternd ein. »Genau wie beim Backen!« Sie kann die düstere Miene der jungen Frau nicht ertragen. Sie muss diesen Nebel aus ihren Augen vertreiben.

»In Bars und Kneipen habe ich mich meistens nicht aufgehalten, um zu arbeiten, sondern um zu trinken«, setzt Dorkas ihr Geständnis fort.

»Das ging mir jahrelang genauso«, erklärt Oda augenzwinkernd. »Mein Gott, wenn Sie wüssten, wie viel Cherry-Brandy ich in jungen Jahren gekippt habe! Und Dujardin. Ich war ein wildes Mädchen.« Zur Untermalung kippt sie ein imaginäres Schnapsglas. »Deswegen muss man doch nicht wie ein frisch ertappter Schwerverbrecher dreinschauen, Dorkas!«

Die junge Frau bringt sie mit einem unwilligen Kopfschütteln zum Schweigen. »Bitte, das ist nicht witzig! Oder haben Sie jemals so viel getrunken, dass sie am Ende eine Kneipe angezündet und dabei das Leben von Menschen aufs Spiel gesetzt haben? Und das von einem dreiundfünfzigjährigen Papagei.«

Jetzt wird Oda blass. »Sie haben ...?«

»Ja, habe ich.« Dorkas nickt mit fast grimmiger Befriedigung. »Auch wenn ich mich nicht mehr richtig erinnern kann, wie ich das genau angestellt habe. Der Laden ist bis auf die Grundmauern abgebrannt. Und weil ich bereits als Teenager ein paarmal beim Ladendiebstahl erwischt worden bin, hat mich der Richter für anderthalb Jahre ins Gefängnis gesteckt.«

»Oh«, sagt Oda nur.

Das ist in der Tat, nun ja, nicht schön.

»Hab ich's doch gewusst«, stänkert Alwine in irgendeiner Rumpelkammer ihres Hirns. »Das Fräulein ist ein falscher Fuffziger!«

Demonstrativ rückt Oda näher an Dorkas heran und zwingt sich zu einem Lächeln. Zunächst wackelt es wie eine morsche Leiter, aber schließlich findet es Halt. »Dann haben Sie Ihre Strafe ja abgebüßt und gut ist«, sagt Oda.

Dorkas zieht verdutzt die Brauen zusammen und spricht sehr betont und mit so lauter Stimme weiter, als halte sie Oda für schwerhörig oder begriffsstutzig: »Verstehen Sie nicht? Ich war bis vor sechs Monaten im Bau! Im Knast! Kochen und Backen habe ich in der Gefängnisküche gelernt.«

»Aber doch nicht mit Safran?!«, kontert Oda hilflos, weil ihr auf die Schnelle nichts Besseres einfällt.

»Nein, so edel ging es im Gefängnis Ihrer Majestät in Sutton Park nicht zu«, schnaubt Dorkas. »Die Feinheiten habe ich mir in der Gefängnisbibliothek angelesen. War ziemlich schwierig, mich danach von den englischen Mengenangaben zu verabschieden. Mehl wiege ich immer noch gern in ounzes ab. Vor allem für scones. Ich liebe scones. Es ist herrlich ehrliches Gebäck ohne Schnörkel und falsche Verzierungen.«

»England? Sie waren in England im Gefängnis?«, hakt Oda überrascht nach.

»Ja. Ich habe ein Ausflugslokal mit Seeblick in der Nähe von Eastbourne abgefackelt. Der Papagei hieß übrigens Polly. Ziemliches Rabenaas, aber ich mochte sie ... Ach, was red' ich ...« Sie schüttelt den Kopf, pausiert kurz, schluckt, dann spricht sie fast flüsternd weiter. »In Eastbourne haben meine Eltern und ich zuletzt gewohnt, bis ...« Sie bricht hilflos ab, fährt sich mit dem Ärmel über die Augen.

»Bis zu dem Unfall«, ergänzt Oda sanft.

Dorkas nickt stumm.

Oda sieht, wie ihr Kehlkopf immer wieder hoch- und heruntersaust. Dorkas schluckt heftig. Da scheinen jede Menge Tränen aufzusteigen, die sie nicht weinen will. Oder allenfalls nach innen. Oda kramt in ihrer Jackentasche nach einem Päckchen Taschentücher, hält es Dorkas hin.

Die schüttelt trotzig den Kopf und sieht dabei aus wie ein Kind, das sehr, sehr verzweifelt um Tapferkeit ringt. Wie das Kind, das sie mit zweiundzwanzig Jahren immer noch gewesen sein muss, als sie so jäh beide Eltern verloren hat. Wer ist in diesem Alter schon ernsthaft erwachsen?

Oda nimmt sich selber ein Taschentuch, putzt sich die Nase. »Seewind soll ja sehr gesund sein, aber er bringt die Augen so zum Tränen«, bietet sie Dorkas eine Erklärung an, um sich endlich ein Taschentuch zu nehmen.

Dorkas geht nicht darauf ein, sondern sucht mit den Augen wieder die Küstenlinie ab.

Über ihnen lacht eine Möwe, der Schiffsboden vibriert. Ansonsten ist es unerträglich still. Die meisten Passagiere drängen zu den Aussichtsplattformen am Bug der Fähre. Englands berühmte Kreidefelsen erheben sich immer deutlicher und in blendendem Weiß aus dem Meer.

Bald kann man sogar die Flaggen auf dem trutzigen Castle von Dover ausmachen. Pastellfarben getünchte Häuschen kleben in den Felsen darunter, die Hafenzeile leuchtet fröhlich bunt. Auf Straßen, die auf diese Entfernung immer noch winzig wie die von Lummerland erscheinen, saust bunter Spielzeugverkehr.

England sieht im Heranfahren genauso aus, wie Shakespeare es in Versen gerühmt hat, denkt Oda. Wie eine »kleine Welt, ein Kleinod in die Silbersee gefasst, die ihr den Dienst einer Mauer leistet«, ein »gesegneter Fleck«. Allerdings wohl kaum für Dorkas.

»Der Unfall Ihrer Eltern hat Sie sicher gehörig aus der Bahn geworfen«, greift Oda das Gespräch wieder auf.

Dorkas wirft den Kopf zurück, strafft die Schultern. »Oh bitte, keine mildernden Umstände. Die haben mir schon die Richter gewährt. Aber ich habe sie nicht verdient.« Sie schüttelt erneut den Kopf. »Ich war nicht einmal bei der Beerdigung«, bricht es unvermittelt aus ihr hervor. »Stattdessen bin ich in den verdammten Pub gegangen, um Gin Tonics zu trinken. Ich, ich war nicht traurig, ich war wütend. Können Sie sich das vorstellen? Ich war einfach nur wütend.«

Oda runzelt missbilligend die Brauen. »Dorkas, Sie waren verdammt jung, und kein Mensch der Welt hat einem vorzuschreiben, wie und wo man über einen derartigen Verlust trauert. An einem Grab, unter der Bettdecke oder in einer Bar.«

Oder in Hamburg auf einer Wöchnerinnenstation, aber das gehört jetzt nicht hierher.

»Man trauert nicht, indem man eine Bar anzündet«, begehrt Dorkas auf. »Kein Wunder, dass die Familie meines Vaters nichts mit mir zu tun haben wollte, als ich sie nach meiner Entlassung besucht habe.«

»Sie haben die Gimmlers besucht? In Köln?« Oda ist fassungslos. Das schockiert sie nun wirklich.

Dorkas nickt.

»Ja. Habe ich. Obwohl mein Vater nie Kontakt zu ihnen hatte. Er hat seine Eltern und seine Geschwister aus irgendwelchen Gründen gehasst und so gut wie nie über sie gesprochen. Es war eine dumme Idee, sie aufzusuchen, aber nach dem Gefängnis wusste ich nicht, wohin. Ich hatte kein Geld. Von der Lebensversicherung meines Vaters mussten die Anwälte und der Wiederaufbau des Pubs bezahlt werden.« Sie stockt kurz und wischt sich über die Augen, aber die sind trocken. »Außerdem wollte ich mehr über meinen Vater erfahren, vom Rest seiner und meiner Familie.«

»Und? Haben Sie mehr erfahren?«, hakt Oda behutsam nach.

Dorkas verneint mit einer kurzen Kopfbewegung. »Nicht viel. Außer dass seine Eltern – also meine Großeltern – seit Langem geschieden sind und dass mein Großvater Joseph verstorben ist. Die Geschwister meines Vaters haben mir einfach die Tür vor der Nase zugeknallt, nachdem ich gesagt habe, ich sei die Tochter ihres Bruders Erich Gimmler. Als sei das ein Verbrechen.«

Dorkas kaut wieder auf ihren Lippen herum. »Als ich es dann mit einem Brief versucht habe, haben sie mir über einen Rechtsanwalt mitteilen lassen, sie wollten nichts mit einer vorbestraften Brandstifterin zu tun haben. Sie müssen ziemlich genau recherchiert haben. Tja, darum bin ich schließlich zu Ihnen gegangen.«

»Und darüber bin ich sehr, sehr glücklich«, sagt Oda energisch. Niemals hätte sie geglaubt, dass sie der elenden Sippschaft Gimmler je im Leben für etwas dankbar sein würde. Nie und nimmer. Jetzt ist sie es. Und wie.

Die Fähre vibriert, der Schiffsführer hat den Antrieb auf Hafenmodus umgeschaltet. Sanft schiebt sich der Schiffskörper auf die Kaimauern zu. Melodiöse Gongtöne und Lautsprecheransagen fordern die Passagiere auf, die Autodecks aufzusuchen.

»Kommen Sie, wir müssen zurück zum Bus.« Oda greift Dorkas beim Ellbogen. Die junge Frau schüttelt sie ab, presst sich die rechte Hand auf den Magen und schluckt hart. Diesmal sind es keine Tränen, gegen die sie ankämpft, das sieht Oda.

»Ich weiß nicht, ob ich das kann«, murmelt Dorkas so leise,

dass Oda sie unter dem Stampfen der Schiffsmotoren und dem Rasseln von Ankertrossen kaum versteht.

Mein Gott, richtig seekrank schaut das Kind aus – mitten im Hafen.

Dorkas deutet mit der Hand vage nach Westen. »Der Unfall ist nicht weit von hier passiert. Bei den Steilklippen von Beachy Head. An einem Septembermorgen wie diesem. Vor ziemlich genau zwei Jahren. Mein Vater ist ... Er ist von der Straße abgekommen.«

»Oh«, macht Oda und schaut nicht hin. Sie will weder den Schauplatz des grauenhaften Unfalls kennen, noch will sie ihn sich ausmalen. Auf keinen Fall. Mitanzusehen, wie Dorkas ihn sich in Erinnerung ruft, ist schrecklich genug. Es ist unerträglich. Wenn sie dem Kind wenigstens den Rücken streicheln dürfte. Ach was, viel lieber würde sie Dorkas fest in die Arme nehmen. Ganz fest, aber das traut sie sich nicht.

»Ich wollte nie mehr englischen Boden betreten«, stößt Dorkas hervor. Erst jetzt verliert sie die Fassung, blinzelt echte Tränen weg. Groß wie Regentropfen sind die.

Endlich, denkt Oda. Endlich.

»Mein liebes Kind«, sagt sie entschlossen. »Wenn Sie möchten, dann können wir mit dem nächsten Schiff umkehren. Vielleicht müssen wir diese Fähre nicht einmal verlassen.« Sie zögert, dann strafft sie die Schultern. »Aber ich glaube, Sie sollten mitkommen. Manche Dinge werden nicht besser, wenn man vor ihnen davonläuft, sondern unerträglich.«

Sagt ausgerechnet sie!

Ja, ausgerechnet sie. Wer sonst? Schließlich weiß sie, wovon sie spricht.

Oda greift nach Dorkas' Handgelenk. Sie bekommt die dicht an dicht sitzenden Flechtbänder zu fassen und zuckt zurück. Herrje, ach herrje! Eine böse Ahnung steigt in ihr hoch, was sich unter diesem seltsamen Armschmuck verbergen könnte: Narben und eine Variante der Selbstbestrafung, die sie Dorkas dringend abgewöhnen muss.

Ja, das wird sie. Dieses Kind wird sie nicht im Stich lassen. Nein, auf keinen Fall. So etwas tut sie nicht noch einmal.

»So wahr mir Gott helfe«, drängt sich als Schwurformel in ihr auf. Klingt übertrieben theatralisch, und theatralisch will sie in dieser Sache nicht werden, aber ein wenig göttlicher Beistand wäre ihr willkommen. Ausgesprochen willkommen.

## 6.

Dieser Busfahrer Giovanni ist ein ausgemachter Flegel! Jawohl. Hat so getan, als höre er nichts, und sie geschlagene zehn Minuten vor dem verschlossenen Bus stehen lassen, um an irgendwelchen Geräten herumzuspielen. Nachdem er die Tür endlich geöffnet hat, hat er sich glatt geweigert, sich an ihrer Suche nach Oda, Dorkas oder Raissa zu beteiligen. Service geht anders.

Alwine ist noch immer empört. Auch wenn sie inzwischen auf ihrem Platz sitzt.

»I habe Pause, signora«, hat dieser Kerl behauptet. »I musse mich ausruhn. Das ist Gesetz. Eine deutsche Gesetz. Das muss man nehmen sehr ernst.«

Pah, von wegen. Die Siesta und das dolce far niente sind ja wohl eindeutig südländische Erfindungen und keine Entschuldigung dafür, eine alte, gebrechliche Dame wie sie auf einem stinkenden, stockfinsteren Parkdeck um Einlass betteln zu lassen.

Zugegeben, sie war zu früh dran, aber nur, weil sie – nach einem Blick auf ihre Armbanduhr – gedacht hat, sie sei zu spät. Ausgerechnet sie! Was kann sie dafür, dass die Briten eine andere Zeit haben als der Rest von Europa. Die leben doch hinter dem Mond mit ihren zurückgedrehten Uhren. Das ist das Problem.

Alwine kramt nach einem Reisefläschchen Eau de Cologne und einem Taschentuch. Großzügig träufelt sie Farina 1709 hinein und hält es sich unter die Nase. Der Dieselgestank, der vom Parkdeck eindringt, ist unerträglich.

Sie stellt das Parfümfläschchen vor sich auf dem Plastiktisch ab und lässt ihre Finger wie für eine Klavieretüde darauf herumwandern. Das hilft gegen Nervosität. Nein, tut es doch nicht, stellt sie nach fünf imaginären Tonleitern fest. Es erinnert sie nur daran, dass es mit ihrem Klavierspiel nicht mehr weit her ist.

Hach, jetzt müssten die anderen Passagiere aber wirklich bald kommen. Erstens hat es schon zweimal Bing-Bong gemacht, zweitens hat man die »Passengers« freundlich aufgefordert, sich zu den »cardecks« zu begeben, und drittens werfen mehr und mehr Lastwagen ihre Motoren an.

Es qualmt und stinkt zum Gotterbarmen. Jetzt sollte dieser Giovanni mal die Bustüren schließen, aber nein, die stehen hinten und vorne offen.

»Giovanni«, ruft Alwine gegen die grauenhafte Sinfonie ratternder und rasselnder Motoren an. »Könnten Sie bitte die Türen schließen?«

»Eh?«, macht der nur und spielt weiter an einem, nein, zwei kleinen Kästchen herum.

»Machen Sie die Türen zu, es zieht!«

»No! Da kommen die Gäste«, erwidert er und deutet mit der Hand vage in Richtung einer blau lackierten Stahltür.

Sie öffnet sich, und der Chef des Unternehmens, Matthias Beutel, erscheint im Rahmen. Galant hält er die Tür auf, und unter seinem Arm hindurch schlüpft Raissa auf das Parkdeck. Sie ist mit mehreren Tüten beladen. Teuren, kleinen Tüten aus steifem Pastellpapier und mit Kordelträgern. Auf einer prangt der schlanke Cartier-Schriftzug.

Schüttpelz hat also recht gehabt! Dieses verschwendungssüchtige Weibsbild hat den halben Duty-free-Shop leergekauft. Nur warum hat Alwine sie dann nicht dort entdeckt?

Die Antwort bekommt sie von Raissa. Beim Einsteigen wendet die lachend den Kopf zu Matthias Beutel um. »Dat war aber escht nett, misch in die teure Lounge einzuladen. Isch wusste gar nischt, dat et Schampus auch in Rosa jibt! Schmeckt janz anders als immer nur Rotkäppschen.«

Meine Güte, ein paar Schluck Schaumwein, und dieser Person entgleist ihr Dialekt vollends, denkt Alwine erzürnt. Diese Russin ist die reinste Karikatur eines rheinischen Mädchens.

Matthias Beutel scheint das nicht zu bemerken. Er nickt eher zerstreut und wendet sich, kaum im Bus abgekommen, sofort an Giovanni.

»Haben Sie meine Frau irgendwo gesehen?«, fragt er mit scharfer Stimme. »Wir waren eigentlich in der Lounge Bar verabredet!«

»I habe genug Ärger mit meine eigene Frauen«, stöhnt Giovanni. Er deutet auf die beiden Kästchen, mit denen er bis gerade eben herumspielt hat. »Zwei Navigationsgeräte! Zwei! Und beide reden die totale Quatsch. Die eine will mich schicken nache links, die andere nache rechts. I muss aber geradeaus! Madonna mia. Immer nur Ärger mit die Frauen.« Giovanni schüttelt erbost den Kopf.

»Schalten Se doch auf eine Männerstimme um«, schlägt Raissa mit interessiertem Blick auf die Navigationsgeräte vor.

Herrjemine, ist die blond, denkt Alwine entgeistert.

»Das iste ja das Problem! Die Männerstimmen finde i nicht«, jammert Giovanni und drückt ein paar Tasten.

Na gut, entscheidet Alwine, Dummheit ist eindeutig keine Frage von Haarfarbe, Herkunft oder Geschlecht. Der liebe Gott hat sie weltweit großzügig unter der Menschheit verteilt.

»Himmel«, explodiert Giovannis Chef. »Sie machen diese Tour doch schon seit Jahren, Giovanni. Wer hat Ihnen diese blöden Dinger aufgeschwatzt?«

»Signora Beutel, Herr Beutel. Sie meint, i mache zu viel

Umwege in die schöne Landschaft von England. Aber Umwege sinde auch Wege, sag i immer!«

»Die soll besser aufpassen, dass sie nicht selber auf Abwege gerät«, knurrt Matthias Beutel, zwängt sich in seinen Sitz und verfällt in finsteres Grübeln.

Holla, denkt Alwine und setzt sich auf. Da ist jemand aber sehr, sehr wütend auf seine holde Angetraute. Wer so wütend ist, ist meistens auch sehr verletzt. Na, die Eheprobleme der Beutels interessieren sie nicht wirklich.

Sie rutscht auf Hilkmars Gangsitzplatz, streckt den Arm heraus wie eine Verkehrspolizistin und stellt zur Sicherheit auch noch den linken Fuß heraus. »Halt«, zischt sie Raissa zu, die sich hüft- und Tüten schwingend auf den Weg zu ihrem Sitzplatz machen will.

Raissa Popow hebt erstaunt ihre gezupften Brauen. »Wat?«

»Wir müssen reden. Sofort!«, raunt Alwine, rutscht zurück auf ihren Fensterplatz und bedeutet Raissa mit einer Kopfbewegung, sich neben sie zu setzen.

Frau Popow stellt mit liebevoller Sorgfalt ihre Tüten im Gang ab und schlüpft neben Alwine. »Isch soll nischt mit Ihnen reden, hat mein Boss jesagt«, murmelt sie. »Dat wär zu auffällisch, meint er. Ich soll mich am besten so unsischtbar machen, dat ich mit dem Tapetenmuster verschmelze!«

Das Tapetenmuster, mit dem Raissa Popow unsichtbar verschmelzen könnte, möchte sich Alwine lieber nicht ausmalen. Dagegen wären englische Teppichböden beruhigend wie eine Zen-Meditation. Egal, sie muss die Dame rasch auf Kurs bringen, bevor der Rest der Passagiere eintrudelt.

»Hören Sie, ich möchte nicht, dass Sie sich ernsthaft an meinen Patensohn heranmachen, verstanden?«

»Niiiischt?«, fragt Raissa mit erstauntem Puppenblick. »Aber dafür haben Se doch bezahlt!«

»Sie sind nicht mein Typ!«

Raissa grinst. »Keine Angst, Ihr Nils ist auch nicht meiner«, sagt sie völlig akzentfrei und zwinkert Alwine zu. »Außerdem bin ich nur die Vorhut. Ich soll ihn ein bisschen locker machen und seine Vorlieben ausspionieren, damit die anderen Mädchen wissen, wo sie ansetzen müssen.« Zu Alwines wachsender Verblüffung spricht sie nicht nur akzentfrei, sondern auch in deutlich tieferer Stimmlage. »Sie können sich gar nicht vorstellen, wie ahnungslos die meisten jungen Frauen in Sachen Männer und Liebe sind«, sagt sie. »Die machen alles falsch.«

Alwine unterbricht Raissa mit schmalen Augen. »Sagen Sie mal, was sind Sie überhaupt? Ein rheinisches Mädchen oder Russin?«

»Kommt ganz drauf an«, erwidert Raissa und betrachtet wohlgefällig ihre Fingernägel, auf denen silberne Delphine kleben. »Als rheinische Dumpfbacke bin ich besonders leicht zu haben. Passt gut zu Seitensprungjobs und Treuetests. Männer werden leichter schwach, wenn Sie Frauen für dumm wie Toast halten.«

»Brot«, korrigiert Alwine, »es heißt dumm wie Brot.«

»Sag ich doch«, kontert Raissa verwirrt, »oder ist Toast kein Brot? Egal. Als raffinierte Russin bin ich natürlich das glatte Gegenteil. Nämlich sehrrrrr verführerisch. Aber das erzähle ich Ihnen nur unter dem Gürtel der Verschwiegenheit.«

»Wie?«

»Meine Methoden müssen geheim bleiben.«

»Dann meinen Sie unter dem *Siegel* der Verschwiegenheit!«

»Mist«, seufzt Raissa, »bei deutschen Sprichwörtern patze ich gelegentlich. Die kamen in der Sprachschule nie vor, und zu Hause haben meine Mutter und ich lieber Russisch gesprochen. Das Russische verwandelt alles in Poesie, wissen Sie. Wir sagen ›Duschenka‹ – Seelchen –, so wie Sie ›Liebling‹ sagen. In Russland interessieren wir uns sehr für die Seele. Egal, Sie wollen also, dass ich Nils in Ruhe lasse?«

»Nein, ich möchte nur, dass Sie ihn nicht *ernsthaft* in sich verliebt machen.«

Wobei Alwine kaum noch Bedenken hat, dass das passieren könnte. Bei ihrer Fahndung nach Oda und Dorkas hat sie Nils in einer Flipperhalle entdeckt. Mit Verena! Sie hat die beiden eine Weile lang beobachtet. Undercover versteht sich, verdeckt von einer Säule.

Die beiden hatten sich allem Anschein nach sehr intime Geständnisse zu machen. Die rote Sirene hing mit ihren Lippen so dicht an Nils' Ohren, als wolle sie darin einziehen! Unter dem Tisch lag ihre Hand auf Nils' Schoß. An einer Stelle, die Alwine nicht einmal in Gedanken benennen möchte. Sie hat nämlich noch gelernt, dass über alles von der Taille abwärts nicht gesprochen wird, außer man hat Würmer oder Durchfall. Nils jedenfalls saß wie vom Blitz getroffen da, ganz steif... Igitt! Was für ein unmögliches Wort in diesem Zusammenhang! Dass der sich nicht schämt!

Dem Himmel sei Dank ist dann Hilkmar aufgetaucht, hat sich dazugesetzt, und Verenas Hand ist zurückgeschnellt. Aber es gilt, ernsthafte Schutzmaßnahmen aufzufahren. Männern rutscht bekanntlich gern der Verstand in die Hose.

Sie wendet sich wieder Raissa zu. »Ein kleiner Flirt mit Nils scheint mir durchaus angebracht«, instruiert Alwine ihre Sitznachbarin flüsternd. »Sie dürfen auch schwere Geschütze auffahren. Bis kurz vor der Bettkante ist alles erlaubt. Möglichst in Gegenwart von dieser Verena. Hauptsache, Sie lenken ihn von ihr ab, und zwar gründlich!«

»Das wird sehrrr, sehrrrr schwer«, gurrt Raissa mit düsterer Miene und russischem Akzent.

Probt sie bereits ihre Rolle als professioneller Vamp? Die scheint sie zu beherrschen.

In normalem Tonfall setzt Raissa fort. »Ich habe mich dank der Unterlagen, die Sie uns über Nils geschickt haben, eingehend auf Ihren Patensohn vorbereitet.«

»Das erwarte ich auch für den Preis, den ich Ihrer Agentur pro Flirtkandidatin zahle«, entgegnet Alwine.

Raissa nickt. »Seinem Horoskopblatt zufolge ist Nils als Liebender ein sinnlicher, zupackender Charakter wie alle Stiere. Was sie einmal besitzen, geben sie ungern her.«

»Sein Horoskopblatt«, fragt Alwine fassungslos. »So einen Quatsch habe ich Ihnen nicht geschickt! Was soll denn dieser Mumpitz?«

Raissa fährt unbeirrt fort. »Zu allem Überfluss steht sein Mond im Krebs. Nils ist durch und durch Familienmensch! Und dazu der Skorpion im Aszendenten ...« Raissa schüttelt betrübt den Kopf. »Die wollen Menschen mit Haut und Haaren besitzen. Sein Deszendent in der Jungfrau bedeutet, dass er zwar streitlustig, aber treu wie Gold ist. Tut mir leid, für Affären ist Ihr Nils geradezu lächerlich unbegabt. Könnte sein, dass die Sache mit Verena ernst ist oder wird.«

Alwine schwirrt der Kopf. Das darf nicht wahr sein!

»Sie haben ja einen Fimmel«, protestiert sie. »Ich bezahle sie nicht für Spökenkiekerei und Horoskope. Außerdem bin ich selber Jungfrau und war nie im Leben streitlustig!«

»Ach nein?«, sagt Raissa mit unschuldigem Augenaufschlag. »Horoskope sind kein Unsinn, sondern meine Spezialität.« Sie zwängt sich aus dem Sitz und greift nach ihrer Tütensammlung. »Ich bin sehr hellfühlig!«

»Hellfühlig?«

»Oh ja. Das russische Blut, Rasputin und so, Sie wissen schon. Und was Nils betrifft, geben mir auch die Tarotkarten recht! Ich habe zweimal den Ritter der Kelche für ihn gezogen. Er ist ein Romantiker und sehr anhänglich, wenn er sich wirklich, wirklich verliebt.« Sie runzelt kurz die Stirn. »Zugegeben, es wundert mich, dass Verena seine Angebetete ist. Eigentlich steht ein Mann wie er auf die verfolgte Unschuld oder Frauen in Herzensnot. Er spielt gern den Helden.«

»Hören Sie mal«, beginnt Alwine heftig. Weiter kommt sie nicht.

Hilkmar ist hinter Raissa aufgetaucht, nickt ihr freundlich zu und schält sich aus seinem Trenchcoat.

Raissa nutzt ihre Chance zur Flucht.

»Da bist du ja, Alwine«, sagt Hilkmar. »Warum hast du dich in dieser Flipperhalle nicht zu uns gesetzt?«

»Ich war nicht in der Flipperhalle«, lügt Alwine.

»Nein, aber hinter einer Säule davor!«

Verdammt, Hilkmar ist manchmal wirklich gewitzter als erwünscht.

»Stell dir vor«, berichtet er weiter. »Jurek hat drei Bonusspiele gewonnen, nachdem Nils mitspielen konnte.« Er senkt die Stimme. »Mein Sohn war sehr erleichtert, dass ich ihn von dieser Verena erlöst habe. So ein impertinentes Frauenzimmer! Wollte mich doch tatsächlich über Nils' Scheidung aushorchen. Über seine Ex-Frau und speziell über seine Vermögensverhältnisse.« Er schüttelt immer noch empört den Kopf. »Sie meinte, als seine Chefin habe sie ein Recht auf diese Informationen. Manchmal ist es wirklich ein Kreuz, dass Nils ein so ansehnlicher Kerl ist.«

Alwine antwortet nicht. Ihr Blick saugt sich an einer Stahltür zum Parkdeck fest. Eben springt Jurek hindurch. Ihm folgt Nils, der Verena mit übertriebener Galanterie die Hand reicht, um ihr über eine mikroskopisch kleine Metallschwelle zu helfen.

Jemine, dieses raffinierte, rote Biest ist doch nicht aus Zucker.

Die Stahltür schwingt zurück Richtung Deck. Bevor sie zuklappt, wird sie wieder aufgerissen. Herr Schüttpelz erscheint in Begleitung von Ingeborg Lämmle, die an Bord Quasselwasser zu sich genommen haben muss. Begleitet von ekstatischen Gebärden redet sie auf den Detektiv ein. Ihre Wangen sind gerötet, ihr schmaler Hals hektisch gefleckt. Beim Einsteigen plappert sie etwas über »gesunde, langkettige Kohlenhydrate« und »schmackhafte vegetarische Küche in Großbritannien«.

Auch das noch, stöhnt Alwine innerlich auf. Ingeborg Lämmle scheint ihr einsames Herz an ihren hochbezahlten Detektiv verloren zu haben. Das lenkt den armen Mann doch nur von der Arbeit ab. Alwine wirft Ingeborg einen strafenden Blick zu.

Die merkt nichts, sondern erklärt dem Objekt ihrer Begierde die Zubereitung von »Grünkernklößchen an veganem Zwiebelschmalz«.

Herr Schüttpelz' Gesicht bleibt neutral wie die Schweiz. Na, wenigstens das.

»Alle an Bord, Giovanni?«, fragt eine bemerkenswert gut gelaunte Verena, die hinter den beiden die Stufen in den Bus erklimmt.

»Mussen Sie selber zählen! I habe zu tun«, antwortet der.

»In zwanzig Metern links abbiegen«, säuselt eine Frauenstimme ihm aus einem der Navigationsgeräte zu.

»Ach, halde die Klappe«, schnauzt Giovanni und schaltet es ab.

»Wo warst du?«, will Matthias Beutel von seiner Frau wissen.

»Eh, ich habe mich ein wenig um diesen reizenden kleinen Jungen gekümmert«, erwidert Verena und deutet auf Jurek, der hinter seiner runden Brille noch rundere Augen macht. »Du weißt doch, wie sehr ich Kinder mag. Ich kann einfach nicht ›Nein‹ sagen, wenn sie mich um was bitten.«

Jurek presst fest die Lippen aufeinander und verdrückt sich flugs auf seinen Sitz.

Alwine wirft Nils einen fragenden Blick zu und entdeckt eine steile Zornesfalte zwischen seinen Augen. Die Zornesfalte gilt Verenas Po, den sie aufreizend weit vorstreckt, während sie ihre Tasche im Gepäckfach verstaut. Nils' Zornesfalte vertieft sich.

Was hat das nun wieder zu bedeuten, wundert sich Alwine. Liebt er diese rote Sirene nun, oder verabscheut er sie? Hm. Wenn sie nicht alles täuscht, vibriert ihr Patensohn geradezu vor Zorn. Ach nein. Das ist der Bus.

Giovanni hat ihn gerade angelassen. Licht flutet das dunkle Parkdeck. Zehn Meter vor ihnen sinkt die riesige Heckklappe der »Spirit of Kent« herab, dahinter liegt England. In Form eines riesigen Parkplatzes.

»Halt«, schreit Alwine, »meine Schwester ist noch nicht da!«

Wo bleibt die nur wieder? Hier macht wirklich jeder, was er will! Und sie bezahlt auch noch dafür. Mit ihren letzten Groschen. So kann das nicht weitergehen!

## 7.

»Die Briten sind anders und stolz darauf.« Nils räuspert sich kurz und nimmt einen Schluck aus einer Wasserflasche, während der Bus eine kurze Steigung und eine Hügelkuppe nimmt.

Der Ärmelkanal und Dovers malerische Kreidefelsen verschwinden aus dem Blickfeld der Passagiere. Giovanni biegt in ein schmales Sträßchen ein, das von dichten Hecken zusätzlich verengt wird und über zahllose Kurven ins Landesinnere führt. Haselzweige peitschen gegen die Fensterscheiben.

»Nehmen wir den Linksverkehr«, setzt Nils seinen Vortrag fort. »Auf der ganzen Welt gibt es etwa neunundzwanzig Millionen Kilometer Straße. Auf einundzwanzig Millionen Kilometern davon wird rechts gefahren. Da die meisten Menschen Rechtshänder sind, liegt ihnen das Schalten mit rechts – ebenso wie das Schreiben – im Grunde näher als ein Schalten mit links. Warum also wählten die Briten die linke Tour und exportierten sie in alle ihre ehemaligen Kolonien, wie Indien, Kenia, die Karibik? Ein Spleen von vielen?« Nils pausiert und schüttelt kurz den Kopf. »Keineswegs. Die Briten haben schlicht alte und im Ursprung vernünftige Traditionen gewahrt. Jeder Ritter hielt sich mit seinem Pferd links und seine rechte Hand frei, um im Falle eines Angriffs sein links sitzendes Schwert ziehen zu können. Er sattelte von links und stieg von links auf, sonst hätte er das Pferd mit dem Schwert empfindlich verletzt. So wird es übrigens noch heute gemacht. Auch Karrenlenker, die Ochsen oder Esel beim Zaumzeug führten, blieben lieber links am Wegesrand, damit ihnen der Gegenverkehr nicht die Zehen abfahren konnte. Die Briten hatten also gute Gründe für den Linksverkehr. Wir werden im Verlauf der Reise noch andere britische Eigenheiten kennenlernen, die ...«

Oda findet den Vortrag recht anregend, genau wie die Landschaft, die sich wie eine nachlässig gefaltete Patchwork-Decke aus bewaldeten Hügeln, sattgrünen Wiesen und gelben Äckern vor ihnen ausbreitet, aber weit wichtiger ist für sie, wie es ihrem Mädchen geht.

Sie wirft der schlafenden Dorkas einen zärtlichen Blick zu. Ein wenig kann sie sich vorstellen, wie sie als Kind ausgesehen haben muss. Niedlich, einfach unglaublich niedlich mit ihren dicht bewimperten Augen und dem kleinen Kirschmund. Ob die Nase damals auch schon schiefstand, oder ist das die Folge eines Sturzes oder eines Sportunfalls? Es gibt so vieles, was sie von ihr nicht weiß, und was sie alles wissen will.

Kurz nach der Abfahrt von Dover ist Dorkas erschöpft eingenickt. Oda hat eine zusammengerollte Wolljacke zwischen Dorkas' Kopf und die Busfensterscheibe geschoben, damit sie es bequemer hat. Ihre Hand hat sie auch gestreichelt. Im Schlaf konnte Dorkas sich nicht dagegen wehren.

Außerdem hat Oda ganz vorsichtig die Flechtbänder angehoben. Und auf dem rechten Unterarm ein schreckliches Narbenfeld darunter entdeckt! Allerdings rührt es deutlich erkennbar von einer Verbrennung her, nicht von Schnittwunden. Passt zu ihrer Geschichte von der Brandstiftung. Kein Wunder, dass ein hübsches Mädchen so was verstecken will. Ansonsten ist Dorkas' Haut makellos glatt. Von zwei, drei selbstgestochenen Tätowierungen am linken Handgelenk abgesehen.

Ach, sie ist ja so froh, dass sich das Kind für eine Weiterreise entschieden hat. Und das mit den Worten: »Alleine würde ich das nicht machen, Oda, aber wenn Sie dabei sind, fällt es mir leichter. Ich habe Sie gern, wissen Sie, sehr gern.«

»Danke, lieber Gott«, murmelt Oda gerührt und streicht Dorkas die blaue Strähne von der Wange, damit die sie nicht in der Nase kitzelt und aufweckt.

Jaja, sie weiß, dass sie geradezu albern vernarrt in das Mädchen ist, aber wer kann ihr das verdenken? Eine Gedichtzeile flimmert in ihr auf. Darin geht es um eine bis über beide Ohren verliebte Frau, die beim Anblick eines Regentropfens fürchtet, ihr Geliebter könne davon erschlagen werden. Ungefähr so fühlt sich ihre Liebe zu Dorkas an. Von wem war das Gedicht noch? Ah ja, Bertolt Brecht. Wie heißt es in der ersten Zeile noch ...

»Hat sich deine Geschäftsführerin mit zollfreiem Schnaps betrunken?«

»Schscht«, macht Oda und legt den Zeigefinger an die Lippen. Wütend blinzelt sie Alwine an. »Dorkas muss Schlaf nachholen. Sie ist heute Morgen um halb fünf aufgestanden«, raunt sie.

»Na und? Ich bin seit vier Uhr auf den Beinen. Wer in einer Bäckerei arbeiten will, muss sich an solche Zeiten gewöhnen. Ich hoffe doch, dass ihr euren Laden um spätestens sieben Uhr aufmachen werdet, um meine Brötchen zu verkaufen.« Pause. »Verschlafener Laufkundschaft könnt ihr auch eure Ladenhüter unterschieben. Etwa den Möhrenkuchen.«

Oda verdreht die Augen und erhebt sich so leise und vorsichtig wie möglich von ihrem Sitz. »Wenn du reden willst, lass uns nach hinten gehen. Da sind noch Plätze frei.«

Nachdem sie auf der Rückbank Platz genommen haben, hält Alwine sich nicht mit Vorreden auf. »So, meine Liebe, jetzt möchte ich ohne Schnörkel und Ausflüchte endlich wissen, wer diese Dorkas ist und wie du sie kennengelernt hast.«

»Eh, durch eine Stellenanzeige«, versucht Oda es schwach.

»Blödsinn! Dann hättest du ja wohl Bewerbungsunterlagen,

und so was konntest du mir bislang nicht zeigen. Weil du nämlich keine hast! Also? Ich warte.«

Oda sucht fieberhaft nach einer so harmlosen wie glaubwürdigen Erklärung. Ihr Blick fährt durch den Bus, bleibt an Nils hängen, der eben etwas über den vor ihnen liegenden Stopp und ihr Hotel in der Kathedral- und Bischofsstadt Canterbury erzählt.

»Dorkas«, beginnt Oda mit gut gespieltem Gleichmut, »ist die Tochter meines Patensohnes. Meines verstorbenen Patensohns.«

Alwine hüpft vor Überraschung fast von der Bank. »*Du* hattest einen Patensohn? Das wüsste ich ja wohl!«

»Nein«, sagt Oda fest, »wüsstest du nicht. Mein Patensohn war das Kind von Freunden in Hamburg. Ich habe sie 1958, also nach unseren gemeinsamen Jahren in Köln, kennengelernt.«

»Wie hießen diese Freunde?«, fragt Alwine scharf.

»Mendel natürlich«, sagt Oda, ohne mit der Wimper zu zucken, und denkt dabei: Was für ein Segen, dass Dorkas den Namen ihrer Mutter trägt, was für ein Segen, dass ihre Eltern nie verheiratet waren. Hieße Dorkas mit Nachnamen Gimmler, so wie ihr Vater, dann säße sie jetzt schön in der Patsche. In einer äußerst schmutzigen, trübbraunen Patsche.

»Hm«, macht Alwine unzufrieden. »Du hast mir wirklich eine Menge über dich verschwiegen«, fügt sie vorwurfsvoll hinzu. »Hast du schon immer getan! Oder bist einfach weggerannt.« Sie dreht den Kopf zum Fenster, kniept mit den Augen, tut, als wolle sie eine Zeile schwarz-weißer Tudor-Cottages, die sie gerade passieren, genauer in Augenschein nehmen.

Odas Blick fällt auf Alwines schmale Schultern. Die zittern leise, und den feinen Wackler in der Stimme ihrer großen Schwester hat sie auch gehört.

Es tut mir leid, will Oda gerade sagen, als ihre große Schwester mit gewohnt angriffslustiger Miene zu ihr herumfährt. »Waren diese Mendels irgendwelche von deinen Theater- oder Künstlerfreunden?«

»Jaja, natürlich«, stammelt Oda.

»Schauspieler also«, bohrt ihre Schwester weiter.

»Nein. Der Vater war Beleuchter und die Mutter Garderobiere«, kommt es wie aus der Pistole geschossen von Oda.

Ja, das ist besser als Schauspieler. Alwine missfällt alles, was auch nur entfernt nach Bühnenauftritten klingt, und außerdem könnte sie glatt auf die Idee kommen, alte Darstellerlisten des Hamburger Schauspielhauses nach dem Namen Mendel zu durchforsten. Jahrgang 1959 bis Sommer 1961. Länger war Oda an dem Haus nicht engagiert. Danach hat sie sich ganz auf den Rundfunk und die damals so beliebten Hörspiele konzentriert. Auf der Bühne hat sie es nach allem, was vorher passiert ist, einfach nicht mehr ausgehalten. Eine Weile ist sie am liebsten wie unsichtbar durch ihr Leben gelaufen.

»Wie hieß denn dein Patensohn mit Vornamen?«, will Alwine wissen.

»Er ..., eh, Ernst. Ernst Mendel.«

Mist, beinahe hätte sie »Erich« gesagt, aber Ernst geht auch. Ernst ist sogar gut. Der Name ist ihrer momentanen Lage angemessen.

»Ernst, soso«, wiederholt Alwine mit dem ihr eigenen Misstrauen. »Ziemlich altmodischer Name für einen Jungen aus dem Jahrgang 1958.«

»Die Mendels waren altmodisch«, verteidigt Oda die erfundenen Großeltern von Dorkas.

»Ihr Großvater war also ein Beleuchter, und ihre Oma hat Hüte aufgehängt«, rekapituliert Alwine mit einer gehörigen Prise Verachtung in der Stimme.

»Das sind beides ehrenwerte Berufe«, empört sich Oda künstlich. »Die Mendels waren sehr liebe Leute«, fabuliert sie. »Herr Mendel hat mich mit offenen Armen in ihrer kleinen Wohnung aufgenommen, als ich in Hamburg ankam und nicht wusste, wohin.«

»Soso, du wusstest nicht, wohin«, wirft Alwine ein, guckt gekränkt und tut, als fahnde sie hinter den Busfenstern nach weiteren Sehenswürdigkeiten.

Oda übergeht den Einwurf. »Du weißt doch, wie knapp Zimmer und Wohnraum zu dieser Zeit noch immer waren.«

Was stimmt, schließlich war Hamburg genau wie Köln nach dem Bombenkrieg fast ausgelöscht. Ihr Wohltäter und Vermieter war damals zwar nicht der erfundene Beleuchter Mendel, sondern der Theaterpförtner Zwiesel, aber nun, eine Lüge wird umso glaubhafter, je mehr Wahrheiten sie enthält.

Die Zwiesels waren tatsächlich liebe Leute. Gott hab' sie selig.

Während Alwine verschnupft schweigt, träumt sich Oda kurz in das kabuffartige Zimmerchen zurück, das sie bei Zwiesels bewohnt hat. Mit Blick auf eine Hamburger Hafenmole.

Stundenlang hat sie in der ersten Zeit auf dem Bett gesessen, aufs graue Meer geschaut. Sich gesehnt und gewartet und gehofft, dass er endlich zu ihr kommen würde. In jenen Tagen war es, als knipse die Welt ihre Lichter nur an, wenn er bei ihr war. Sie war sich seiner Liebe so gewiss wie ihres eigenen Schattens, so sicher wie ihrer rechten Hand.

Umso härter traf sie sein Verrat. Er kam nie. Stattdessen hat er seinen Vater zu ihr geschickt.

Hinter Odas Lidern stehen Tränen, sie muss blinzeln, um sie zurückzuhalten. Das ist lächerlich. An der Vergangenheit lässt sich nicht rütteln, auch nicht an falschen Entscheidungen, die man getroffen hat. Man kann nur seinen Frieden damit schließen.

Die alte Frau Zwiesel hat sich damals aufrichtig um sie gesorgt, sie liebevoll »min Deern« genannt, ihr wunderbare Brühwürfelsuppe mit gebratenen Brotstückchen ans Bett gebracht und …

»Dorkas ist also die Tochter von deinem Patensohn Ernst«, stört Alwine sie aus ihren Erinnerungen auf.

Dankbar nickt Oda.

»Und wann hast du Dorkas zum ersten Mal gesehen? Ich nehme nicht an, dass du zu ihrer Geburt nach Indien gereist bist, oder? So intensiv war die Beziehung zu deinem Patensohn wohl nicht?«

»Nein. Das war sie nicht. Als Dorkas geboren wurde, hatte ich Eri …«

Mist, jetzt hat sie gepatzt.

»Eri???«

»Eh, Eri war der Spitzname von Ernst, weil Ernst eben zu ernst für einen kleinen Jungen klang. Egal, ich hatte meinen Patensohn jedenfalls längst aus den Augen verloren. Genau wie die Mendels.«

»Ha!«, sagt Alwine. »Ha! Das ist mal wieder typisch für dich. Ich nehme an, du hast dich nicht die Bohne für den kleinen *Eri* interessiert. Hast du ihm jemals etwas zum Geburtstag geschenkt, seinen Namenstag gewürdigt oder sonstwie an seinem Leben teilgenommen? Na?«

Diesmal ist es Oda, die den Kopf abwendet. Mit starrem Blick registriert sie das staubige Grün mannshoher Hecken und die Schatten uralter Eiben. Wann hat man die wohl gepflanzt? Vor einhundert oder zweihundert Jahren? Jedenfalls lange bevor sie oder Alwine auch nur als Gedanke existiert haben.

Es gibt so viele Dinge auf der Welt, die beständiger und von größerer Dauer sind als ein menschliches Leben mit all seinen Sorgen, Streitigkeiten und Nöten. Irgendwie findet sie das tröstlich. Sehr tröstlich. Wie schön es wäre, einfach in einem solchen Baum aufzugehen, mit der Natur zu verwachsen, zu verschwinden und einfach teilzuhaben am ewigen Rhythmus natürlichen Wachsens und Vergehens.

»Tolle Patentante bist du, ich muss schon sagen«, ereifert sich Alwine neben ihr. »Wahrscheinlich hat dir nur der Auftritt bei der Taufe Spaß gemacht«, giftet sie.

Der Satz fährt Oda wie ein Messer in die Brust. Die kleine Schnittwunde unter ihrem Schlüsselbein beginnt zu pochen, als säße darunter ihr richtiges Herz und nicht nur ein winziges Metallkästchen.

Nein, denkt Oda bitter, der Auftritt bei der Taufe hat ihr keinen Spaß gemacht. Im Gegenteil, es war der schwerste Auftritt ihres Lebens. So schwer, dass sie sich danach geschworen hat, nie, nie mehr eine Bühne zu betreten und sich in irgendeiner Weise zur Schau zu stellen.

»Aber wir kommen vom Thema ab«, macht Alwine unverdrossen weiter. »Wann hast du diese Dorkas denn nun zum ersten Mal gesehen?«

Oda holt tief Luft. Sie muss diesem Affentheater ein Ende bereiten, damit ihre Schwester endlich Ruhe gibt. »Sie hat sich vor sechs Monaten bei mir gemeldet. Kurz nachdem sie aus, eh, Amerika zurückgekommen ist.« Erstaunlich, wie leicht sie für Dorkas lügen kann.

»Sie hat sich einfach so gemeldet?«

»Einfach so!«

»Warum?«

»Wie warum?«

»Warum sollte eine junge Frau, die du nie im Leben gesehen hast, und um deren Vater du dich einen feuchten Kehricht gekümmert hast, von Amerika nach Köln reisen, um dich zu sehen?«

»Sie wollte mich kennenlernen.«

»Pah! So interessant bist du nun auch wieder nicht und als Patentante eine Null. Familienbande haben dich doch nie interessiert. Vor jeder ernsthaften Bindung bist du davongerannt. Du hast immer nur an dich gedacht, an deine Karriere als Schmierenkomödiantin und Micky-Maus-Stimme.«

Oda erhebt sich abrupt von der Bank. Was zu viel ist, ist zu viel. »Es reicht, Alwine. Du hast mich jetzt mit allen dir zur Verfügung stehenden Mitteln beleidigt. Ja, ich habe mich nie um meinen Patensohn gekümmert, das war ein Fehler, und vielleicht hänge ich eben deshalb so an Dorkas Mendel. Genau wie du an Nils. Denk mal darüber nach!«

»Das tue ich, Oda, das tue ich, wenn du darüber nachdenkst, was diese Dorkas wirklich von dir will. Ich gebe dir einen Tipp. Das Wort fängt mit ›G‹ an und hört mit ›eld‹ auf. Dein Haus in Ehrenfeld ist eine Menge wert. Weiß doch jedes Kind, wie wertvoll unbelastete Innenstadtimmobilien in Zeiten wie diesen sind!«

Oda muss ein Zittern unterdrücken. Ein wütendes Zittern. Eben noch hat ihr diese missgünstige, boshafte, geldgierige alte Frau, zu der ihre Schwester geworden ist, beinahe leidgetan. Nie wieder wird ihr das passieren. Nie wieder, schwört sie sich.

»Entschuldige mich bitte. Dorkas wird wach, und ich möchte mich um sie kümmern. Ihr war auf der Fähre vorhin sehr schlecht!« Sie strafft die Schultern, geht, nein schreitet den Gang entlang zurück zu ihrem Sitzplatz. Jeder Zoll eine Königin. Sie hat gelernt, wie man einen guten Abgang hinbekommt. Sogar dann, wenn einem schlecht dabei ist.

Grottenschlecht.

Dorkas empfängt sie mit verschlafenem Blick. »Hallo, wo sind wir inzwischen?« Sie rappelt sich in ihrem Sitz hoch. »Oda, was ist mit Ihnen? Sie sind ganz bleich. Warten Sie, ich habe ein Mittel gegen Reiseübelkeit dabei.«

»Möchten Sie Ingwertee? Ich trink dagegen immer Ingwertee«, kommt es von der gegenüberliegenden Sitzbank. Raissa Popow hält eine Thermosflasche in die Höhe.

»Nicht nötig«, mischt sich Hilkmar ein, der wie aus dem Nichts neben Odas Sitzplatz aufgetaucht ist. Er reicht ihr eine kleine Tablette und einen Becher Wasser. »Nimm das, dann wird es dir rasch besser gehen. Lass mich mal eben deinen Puls fühlen. Keine Widerrede.« Er drückt Oda auf ihren Sitz und greift nach ihrem Handgelenk, zählt mit stumm bewegten Lippen, dann nickt er. »Der ist so weit in Ordnung. Wann hast du zuletzt etwas gegessen?«

Oda zuckt mit den Achseln. »Ich glaube heute Morgen.«

»Aha. Du bist akut unterzuckert. Wir werden in Canterbury erst einmal etwas essen. Nils hat gesagt, dass wir zunächst im Hotel einchecken und anderthalb Stunden Pause haben, bevor die Stadtführung beginnt. Das sollte reichen.«

Herr Schüttpelz dreht sich mit freundlichem Lächeln im Sitz vor ihnen um.

»Canterbury ist die kulinarische Hauptstadt von Kent. Man soll dort unbedingt die Austern aus dem Küstenstädtchen Whitstable kosten. Früher war das ein Arme-Leute-Essen, aber heute … Laut meines Restaurantführers gibt es in unserem Hotel einen exzellenten kleinen Pub mit typisch britischen Spezialitäten.«

»Oh ja«, wirft Dorkas ein. »Die Steakpastete mit Gemüse dort ist wundervoll. Die beste in ganz Kent.«

»Sie kennen sich hier aus?«, fragt wie beiläufig Herr Schüttpelz.

Oda spürt genau, wie Dorkas zurückschreckt.

»Gibt es dort auch vegetarische Spezialitäten?«, rettet Ingeborg Lämmle unfreiwillig die Situation.

»Apfelwein«, informiert Herr Schüttpelz sie knapp.

»Danke«, sagt Oda rasch, »aber ich würde mir am liebsten einen Imbiss auf mein Zimmer bringen lassen und mich dann etwas hinlegen.«

»Eine vernünftige Entscheidung«, lobt Hilkmar. »Wenn du magst, leiste ich dir beim Essen ein wenig Gesellschaft und ziehe mich dann ebenfalls zurück.«

Oda nickt. Ja, ein wenig Gesellschaft von einem alten, treuen Freund aus Kindertagen ist genau das, was sie jetzt braucht. Hilkmar gibt ihr das Gefühl, dass nicht alles in ihrer Vergangenheit trostlos war. Dass sie nicht von Grunde auf schlecht, egoistisch und unzuverlässig gewesen ist.

Tatsächlich könnte das, was ihre Schwester über sie denkt, kaum weiter von der Wahrheit entfernt sein. »Weil sie die Wahrheit nicht kennt«, verteidigt eine Stimme in ihr Alwine. Manchmal ist es ein Kreuz, ein Gewissen mit Sinn für Gerechtigkeit zu haben.

»Ich nehme an, auf meine Gesellschaft beim Essen legt ihr zwei keinen Wert«, meldet sich Alwine zu Wort und schließt sich der kleinen Versammlung vor Odas und Dorkas' Sitzplatz an.

Hilkmar räuspert sich betreten. Man sieht ihm deutlich an, dass er in einer Zwickmühle steckt.

Oda wirft ihrer Schwester einen raschen Blick zu. Mein Gott, jetzt sind deren Schultern schon wieder so schmal. Sieht so aus, als bereue sie das eben Gesagte. Ein wenig zumindest. Ganz sicher tut es ihr weh, von einem Tete-a-Tete zwischen Oda und Hilkmar ausgeschlossen zu sein.

Was macht man da nur?

»Aber Frau Wilhelmi! Sie müssen doch mit *mir* essen gehen«, mischt sich aus der gegenüberliegenden Sitzreihe Raissa Popow ein. »In meiner Gewinnnachricht von der Rätselzeitung stand etwas von einem ›exklusiven Mittagessen mit Alwine Wilhelmi in Canterbury‹. Das ist doch hier, oder?«

Oda entgeht nicht, dass Alwines Gesicht einen selten verdutzten Ausdruck annimmt.

»Da stand was von einem Drei-Sterne-Essen, oder waren es sechs?«, sinniert Raissa.

»Es gibt keine Sechs-Sterne-Restaurants«, bemerkt Herr Schüttpelz.

»Frau Popow hat das sicher nur mit unserem Hotel verwechselt«, wirft Alwine hastig ein. »Kann ja mal vorkommen. Meine liebe Frau Popow, natürlich werde ich mit Ihnen zu Mittag essen. Tut mir leid, dass ich das kurz vergessen habe.«

»Macht nichts, ein Shoppingbummel täte es auch«, sagt Raissa treuherzig. »Ist auch besser für die Figur!«

»Keinen Shoppingbummel«, sagt Alwine scharf.

Nils weist über das Bordmikro auf die historischen Stadtmauern von Canterbury hin. Der Bus passiert einen begrünten Wallgraben und Mauern aus kunstvoll gefügten Natursteinen. Dahinter erhebt sich im Zentrum in gotischer Pracht Englands älteste Kathedrale über spitzgiebeligen Fachwerkhäusern.

»Dank der Kathedrale können Sie sich in Canterbury nicht verlaufen«, bemerkt Nils. »Man sieht sie von jedem Punkt der Stadt aus. Unser Hotel ›Falstaff‹, eine ehemalige Postkutschenstation, liegt nur wenige Gehminuten vom alten Westgate-Tor und einem Ausflug in Englands glanzvolles Mittelalter und eindrucksvoller Renaissance entfernt. Das Zentrum wurde zwar oft von deutschen Bombern angegriffen, dennoch verfügt es über mehr historische als moderne Gebäude.«

Giovanni bringt seinen Bus vor einem weiß getünchten Hotel mit ausladenden Erkern und Butzenscheibenfenstern zum Halten. Über dem Eingang ist in Frakturschrift vermerkt, dass es seit 1403 Reisende und Pilger beherbergt.

»Na, hoffentlich haben die anständige Betten«, bemerkt

Alwine und arbeitet sich zu ihrem Sitz vor, um Handtasche und Mantel zu holen.

»Es ist eines der ersten Häuser am Platz, Tante Alwine«, versichert Nils, dann setzt er seine Ansage übers Mikro fort. »Giovanni wird sich um unser Gepäck kümmern. Zur Stadtführung treffen wir uns um halb drei in der High Street vor dem ›Café Nero‹. Es ist in einem Tudor-Gasthaus untergebracht, in dem schon Königin Elisabeth I. übernachtet hat. Wie es heißt, nicht allein, obwohl sie bekanntlich als unberührte ›Virgin Queen‹ in die Geschichte einging.«

»Was heißt ›Virgin‹, Papa?«, will Jurek wissen.

»Das erkläre ich dir später«, antwortet Nils hastig.

»Es heißt jungfräulich«, sagt Verena Beutel mit kapriziösem Kichern und begehrlichem Blick in Nils' Richtung.

Oda bemerkt, dass Alwine entnervt die Augen verdreht.

»Und was ist jungfräulich?«, bohrt Jurek inzwischen wissbegierig weiter.

»Nichts, was meine Frau dir noch erklären könnte, mein Junge«, knurrt Matthias Beutel.

Jetzt schnaubt Alwine ernstlich entrüstet.

Oda teilt ihre Entrüstung. Die Beutels gehören allem Anschein nach zu jenen peinlichen Paaren, die in der Öffentlichkeit all die gefährlichen Dinge sagen, die sie zu Hause nicht aussprechen können.

»Unde jetzt alle aus die Bus«, schmettert Giovanni und lässt zischend die Türen aufspringen. »Wenn es geht, eine bisschen presto. Hinter uns schnaubt eine aufdringliche Doppelstockerbus.«

## 8.

Jurek zerkrümelt mit Hingabe die Reste einer Cornish Pastry und wirft die knusprigen Pastetenreste einem Pulk bettelnder Enten zu.

»Hast du genug Geflügel gefüttert?«, fragt sein Vater, setzt sich auf einer Wiese im Schatten der Stadtmauer auf und packt die Überreste ihres Picknicks in eine Plastiktüte.

»Ich glaub, der findet das nicht«, antwortet Jurek und weicht einem vorwitzigen Schwan aus, der seine Papiertüte inspizieren will.

Nils nimmt sie seinem Sohn aus der Hand, zerknüllt sie und wirft sie in einen Abfallkorb. Der Schwan setzt seinen Kontrollgang bei einem Grüppchen kichernder Japanerinnen fort.

»Glaubst du, der mag Sushi?«, fragt Jurek seinen Vater.

»Könnte sein. Sag mal, was hältst du davon, wenn wir eine kleine Bootstour unternehmen?« Nils deutet zu einer Anlegestelle, vor der schlanke Holzkähne auf grünem Wasser schaukeln. Studenten in weißen Hosen, weißen Hemden und mit kecken Kreissägen aus Stroh auf dem Kopf warten am Ufer des Flüsschens Stour auf Touristen, um sie mit langen Stecken durch Canterbury zu staken. »Ist ein Riesenspaß, Jurek, man nennt es ›punting‹. Ich habe noch fünfzig Minuten Pause, das reicht für einen kleinen Ausflug.«

Jurek wirft einen skeptischen Blick auf das träge dahinfließende, algengrün schillernde Wasser. »Ist das sehr tief?«, fragt er. »Ich meine, tiefer, als ich hoch bin?« Er hält sich die flache Hand neben den Kopf, um seine Größe zu verdeutlichen.

Nils unterdrückt ein Schmunzeln. »Da du laut unserer letzten Messung stolze ein Meter vierundvierzig groß bist, könntest du an vielen Stellen stehen, und deine Nasenspitze würde hoch übers Wasser ragen. Außerdem können wir für dich eine Schwimmweste ausleihen.«

»Ganz ehrlich?«

»Ganz ehrlich! Komm schon, es lohnt sich.« Nils erhebt sich und klopft sich Pastetenkrümel von der Jeans. »Wir werden den Kahn selber staken. Dann können wir sofort umdrehen, wenn du genug hast. Willst du es selber mal probieren?«

»Ich weiß nicht«, zögert Jurek mit Blick auf die Stecken, die zweimal so lang sind wie er.

»Vom Fluss aus kann man Wassermühlen, alte Klosterruinen und Häuser sehen, deren Erker so weit übers Wasser ragen, dass sie beinahe mit den gegenüberliegenden Häusern zusammenstoßen«, lockt ihn sein Vater. »Und soll ich dir was verraten? Pirat Will Turner, der Sohn des großen Stiefelriemen Bill Turner, hat hier auch schon als Punter gearbeitet.«

»Du meinst Orlando Bloom?«, fragt Jurek aufgeregt.

»Genau der. Er ist nämlich in Canterbury geboren und aufgewachsen. Bestimmt ist er regelmäßig Stechkahn gefahren.« Nils streckt Jurek die offene Hand entgegen.

Gemeinsam schlendern sie zu einer gelb gestrichenen Ticketbude.

»One boat for selfpunting, please«, verlangt Nils nach einem Kahn für Selbstfahrer.

»Two persons?«, fragt der Bootsverleiher nach.

»Make it three«, raunt eine Frauenstimme hinter Nils und Jurek.

Nils schließt kurz die Augen. Nein, nicht schon wieder! Er will jetzt nicht mit Verena diskutieren. Was sie ihm auf der Fähre mitgeteilt hat, ist schlimm genug. Er wird die Konsequenzen tragen und seinen Teil der Verantwortung übernehmen, aber das heißt nicht, dass sie ihre Affäre wieder aufnehmen werden. Dazu kann sie ihn nicht zwingen. Nein, ganz sicher nicht. Verenas Scheidung geht ihn nichts an.

»Verena, was machst du hier?«, fragt er mit kaum verhohlener Wut in der Stimme.

»Ach, ich ging hier gerade so spazieren, als ich euch zwei entdeckt habe. Da habe ich mir gedacht, eine Bootsfahrt wäre eine gute Gelegenheit, um deinen süßen Jungen noch näher kennenzulernen. Auf der Fähre hatten wir ja kaum Gelegenheit dazu. Na, macht nichts, dafür durfte ich mit deinem reizenden Vater Hilkmar plaudern. Diese Reise ist wirklich eine fantastische Gelegenheit, um deine Familie kennenzulernen.«

Nils' Magen zieht sich zusammen. Aus den Augenwinkeln bemerkt er, dass sein »süßer« Junge, der alles, nur nicht süß sein will, verlegen seine Brille gegen sein Nasenbein drückt und mutig Luft holt.

»Ich kenn' Sie echt genug. Ehrlich«, versucht er, einen gemeinsamen Bootsausflug abzuwenden.

Verena lacht eine Tonleiter in hohem Fis. »Nein, wie niedlich, der ist ja schüchtern. Das hat er aber nicht von dir, oder?« Energisch wendet sie sich an den Bootsverleiher. »Three ...«

Das Wort »tickets« geht in einem lauten »HUHU!« unter.

»Wir wollen auch mit«, schallt es von einem Kiesweg im Park zu ihnen herüber.

Verena reißt den Kopf herum. »Ach, du meine Güte!«

»Do you need more boats?«, erkundigt sich flink der Mann im Tickethäuschen, der ein gutes Geschäft wittert.

Ein wenig atemlos und im Trippelschritt erreicht Alwine den Anlegesteg. »Frau Popow kommt auch gleich«, teilt sie Nils munter mit und deutet hinter sich auf eine Parkbank. »Sie muss nur ihre neuen Schuhe ausziehen. Die Absätze bleiben ständig im Gras stecken. Und überall diese Kopfsteine.« Alwine schüttelt missbilligend den Kopf. »Canterbury ist ein mörderisches Pflaster für schicke Schuhe. Das sollte man im Reiseprogramm unbedingt erwähnen, sonst verletzt sich noch jemand.« Mit einem sehr reizenden Lächeln wendet sie sich an Verena. »Liebe Frau Beutel, was sehe ich da«, sie deutet auf eine Fünfzig-Pfund-Note in Verenas Hand. »Sie wollen uns einladen? Ach, ich verstehe, die Bootstour ist im Reisepreis inbegriffen. Was für eine entzückende Idee! In meinem Reiseführer steht, Canterbury sei eine Art englisches Venedig. Das will ich keinesfalls verpassen.«

»Bootsfahrten gehören nicht zum Programm«, erwidert Verena heftig und verfolgt mit schmalem Blick Raissa, die sich barfüßig den kleinen Abhang zum Anlegesteg herabwagt.

Mit beiden Händen balanciert sie Einkaufstüten über ihrem Kopf. Ihr Blick ist fest auf den Boden geheftet, ihre Augen sind angstgeweitet, als gälte es eine todbringende Steilwand hinabzuklettern. »Uuups«, schreit sie plötzlich und gerät über einen Maulwurfhügel ins Stolpern.

Mit einem Riesensatz ist Nils zur Stelle, um die taumelnde Raissa in seinen Armen aufzufangen.

Die Tüten nach wie vor über dem Kopf, lässt sich Raissa mit schmelzendem Blick in den Augen an seine Brust sinken. »Spasiba«, haucht sie ein russisches Danke.

So melodramatisch, als habe Graf Wronskji sie – seine Anna Karenina – doch noch in letzter Sekunde vom tödlichen Sprung auf die Bahngleise abgehalten.

»Soll ich Ihnen die Tüten abnehmen?«, schaltet sich eine erboste Verena ein und will sich zwischen Nils' Brust und Raissas Busen drängen.

Die allerdings gibt ihre Poleposition nicht kampflos auf. Ein kleines Gerangel entsteht, das Raissa mit einem gekonnten

Sturz vom Steg beendet. Nicht, ohne vorher ihre Tütensammlung mit Schwung auf den Grasabhang hinter sich zu werfen. Begleitet von einem ordentlichen Platsch fällt sie ins Wasser, eine Fontäne spritzt auf.

»Zum Teufel, was soll das?«, herrscht Nils die verdatterte Verena an, reißt sich sein Jackett vom Körper, schüttelt seine Slipper ab und springt fluchend in den Fluss.

Eben taucht Raissa prustend an der Wasseroberfläche auf und geht nach einem kleinen Hilfeschrei sofort wieder unter. Einige Studenten lösen sich von ihren Bootsstaken und sprinten zum Ufer.

»Kannst du stehen, Papa?«, ruft Jurek und reißt an einem Rettungsring herum, der zu Werbezwecken vom Dach der Ticketbude herabbaumelt.

»Lass nur, mein Junge«, sagt Alwine gut gelaunt. »Mit einer ertrinkenden Frau wird dein Vater alleine fertig. Er war in Cambridge Mitglied im Ruderclub.«

»In diesem Fluss kann man nicht ertrinken«, schnaubt Verena hinter ihr. »Schon gar nicht mit zwei solchen Silikonballons vor der Brust!«

»Was für Ballons?«, fragt Jurek und sucht mit den Augen das Wasser ab.

*

»Meine Güte, ist das peinlich«, murmelt auf einer kleinen Brücke, die sich nahe der Anlegestelle über den Fluss spannt, Dorkas Mendel. Veranstalten diese albernen Frauen jetzt schon Wet-T-Shirt-Wettbewerbe, um sich den Reiseleiter zu angeln? Neben und hinter ihr versammeln sich Touristen, um die idiotische Planscherei als Highlight ihres Canterbury-Trips auf Handys und Camcorder zu bannen.

Mit gerunzelten Brauen beobachtet Dorkas die triefnasse Raissa. In einer vom Wasser durchsichtig gewordenen Bluse presst sie sich eng an den Brustkorb ihres Retters. Filmreif hüstelt sie Wasser aus und ringt um Luft.

Mit langen Schritten watet Nils – in einem nicht minder durchsichtigen Hemd – auf das Ufer zu, wo Jurek mit einem Rettungsring und ein Trupp Studenten mit Handtüchern warten.

»Was für ein Anblick«, seufzt es neben Dorkas.

Sie wendet den Kopf und entdeckt neben sich eine ihrer Mitreisenden. Wie hieß die noch gleich? Ach ja, Ingeborg. Und weiter? Irgendwas mit Schaf, nein, Lämmle. Noch schlimmer. Ein Name so süß, dass man Karies davon bekommt.

»In dem nassen Hemd erinnert unser Reiseleiter ein wenig an Colin Firth als Mr. Darcy. In der Teichszene aus ›Stolz und Vorurteil‹, finden Sie nicht?«, haucht Ingeborg mit schwärmerischem Gesichtsausdruck.

Herrjemine, noch eine Verehrerin!

»Nein«, sagt Dorkas.

»Mal davon abgesehen, dass Jane Austen ihren Mr. Darcy nie, niemals leicht bekleidet in einen Teich hätte springen lassen«, erklärt Ingeborg. »In ihren Büchern geht es äußerst schicklich zu. Aber das ist ja gerade so erotisch!«

Und damit das glatte Gegenteil von dem, was sich nicht unweit der Brücke abspielt, findet Dorkas.

Am Ufer des Stour eilt Verena herbei, greift sich ein Handtuch, zerrt Raissa von den Armen ihres Retters und Nils das Hemd von der Brust, um ihn trocken zu reiben. Sie sieht in ihm anscheinend auch ihren Mr. Darcy. Weit kommt sie mit dem Handtuch jedoch nicht.

Alwine Wilhelmi geht mit ihrer Handtasche dazwischen. Und wie. Wenn Dorkas sich nicht verguckt, rammt der alte

Drachen der rothaarigen Samariterin sogar den Ellbogen in die Rippen. Klammheimlich, aber herzhaft. In Höhe des Solarplexus.

Autsch! Das muss wehgetan haben.

Verena krümmt sich, und Nils ist sofort zur Stelle, um sie aufzurichten und zu stützen. Mit höchst besorgter Miene. Was für ein Schauspieler und was für ein Affentheater! Dieser Mann kriegt anscheinend den Hals von Frauen, die sich für ihn zum Idioten machen, und seiner Heldenrolle nicht voll. Bis eben war ihr dieser Nils nur gleichgültig, jetzt findet sie ihn, gelinde gesagt, abstoßend.

»Hätten Sie Lust auf eine Tasse Tee?«, fragt Ingeborg eifrig. »Es soll bei der Kathedrale einen reizenden, altmodischen Teesalon geben. Mit Blümchenvorhängen und Laura-Ashley-Tapeten und Wedgewood-Geschirr. Herr Schüttpelz hat ihn mir dringend empfohlen. Leider mag er selber keinen Tee.«

»Tut mir leid«, sagt Dorkas, »aber ich hatte bereits Tee.«

»Ach so, ja, na, dann frage ich mal unseren Helden da unten. Herr Seelentag kann sicher was Warmes gebrauchen«, besinnt sich Ingeborg eines Besseren und eilt davon, um sich in den Kampf um die Gunst des Reiseleiters zu stürzen.

Dorkas schlendert die Brücke hinab. Dieser Nils mag ja gut aussehen, aber ist das ein Grund für einen derart albernen Zirkus um seine Aufmerksamkeit? Ach, egal, sie hat andere Sorgen. Eine Menge sogar.

Dorkas beschleunigt ihre Schritte und taucht in den Schutz eines kleinen Gässchens ab, das kaum Touristen anzieht. Es gibt hier erfreulicherweise weder Souvenirläden noch Pubs oder Restaurants.

Die relative Stille tut ihr gut. Dorkas lehnt sich erschöpft an eine Ziegelmauer, über die lilafarbene Petunien und orange glühende Kapuzinerkresse herabwuchern.

Es war keine gute Idee, nach England zurückzukommen. Nicht jetzt, nicht ohne Geld. Sie seufzt. Außerdem hätte sie Oda nicht so viel von sich erzählen sollen. Und das auch noch mit der Behauptung, es sei Zeit für die Wahrheit.

Mein Gott, hat sie im Knast denn gar nichts gelernt? Lügen ist gut, aber Schweigen das Beste.

Dorkas schnaubt voller Selbstverachtung. Als ob sie die Wahrheit jemandem anvertrauen könnte oder wollte! Schon gar nicht einer so freundlichen und selbstlosen Frau wie Oda Wilhelmi. Aber irgendetwas musste sie Oda erzählen, damit die sie vor Alwines bohrenden Fragen beschützt. Was sie von nun an sicher tun wird und bereits getan hat.

Dorkas verzieht in einem Anflug von Reue den Mund. Sie hätte nie geglaubt, dass ihr Oda Wilhelmi derart ans Herz wachsen würde. Gut ist das nicht. Es ist gar nicht gut, Sentimentalitäten und Gefühlsduseleien stören nur bei ihrem Vorhaben. Sie stören sogar gewaltig.

Odas Großzügigkeit und Hilfsbereitschaft sind geradezu beängstigend. Auf der Fähre ist ihr vor lauter schlechtem Gewissen regelrecht schlecht geworden.

Wenn die Dinge anders stünden, wäre Odas Hilfsbereitschaft und das Angebot, in ihrem Café Geschäftsführerin zu werden, ein Geschenk des Himmels, aber was kann man als Geschäftsführerin eines Winzcafés, das noch nicht einmal finanziert ist, schon verdienen?

Kein Vermögen, das steht fest, und sie braucht verdammt noch mal ein Vermögen, um halbwegs wiedergutzumachen, was sie verbockt hat. Sonst kann sie sich bei dem einen, einzigen Menschen, den sie von Herzen liebt, nie wieder blicken lassen.

Nie, nie wieder.

Dorkas schluckt.

Es ist eine Versuchung, sich schon jetzt dort zu melden, einfach anzurufen, aber nein, das geht nicht. Das kann sie nicht tun. Nicht, bevor sie das Geld zusammen hat. Außerdem ist ihr verdammtes Handy verschwunden.

Wo hat sie das nur gelassen?

Am besten, sie geht ins Hotel zurück, um es zu suchen. Dieser Scherzkeks Giovanni dürfte das Gepäck inzwischen ausgeladen haben, nachdem er zunächst auf seiner Mittagspause »nach die deutsche Gesetz« bestanden hat.

Sie wird ihren Koffer gründlich durchforsten, obwohl sie sich sicher ist, dass sie das dumme Telefon in ihren Rucksack gesteckt hat.

Und wenn nicht, wird sie sich eben ein neues kaufen! Nur gut, dass sie sämtliche Nummern und E-Mail-Adressen zusätzlich auf die altmodische Weise speichert – in einem Notizbuch!

Sie muss den Kontakt zu diesem verflixten Kolja aufrechterhalten. Der Mann könnte wirklich etwas wissen, das nützlich für sie ist. Schließlich war er Besitzer des aufschlussreichen Backbuchs und hat bislang nicht bestritten, dass es eine Art Familienerbstück ist. Er muss etwas wissen über Heinrich Gimmler und seine Nachfahren, die sich weigern, sie auch nur zur Kenntnis zu nehmen. Dabei schulden sie ihr eine Menge. Ihr und ihrem toten Vater.

Tja, wahrscheinlich ist genau das der Grund, dass sie sie praktisch vor die Tür gesetzt haben. Genau wie vor Jahrzehnten ihren Vater. Dorkas nickt grimmig.

Nun, bei ihr werden sie damit nicht durchkommen. Oh nein, ganz sicher nicht. Sie wird die Schuld schon eintreiben. Zumindest den Pflichtteil. Ohne Anwälte. Das kostet zu viel Zeit, und Zeit hat sie bereits genug verloren. Vor allem im Knast. Sie wird es auf ihre Weise versuchen. Die ist zwar kriminell, aber was soll's. Einmal Verbrecher, immer Verbrecher.

Nur dass sie es diesmal richtig machen muss.

Dorkas löst sich entschlossen von der Mauer.

»Haben Sie sich verlaufen?«

Dorkas zuckt zusammen und dreht sich blitzschnell um. »Eh, nein.«

»Würde mich auch wundern, wo Sie sich in Canterbury anscheinend sehr gut auskennen«, sagt Horst Schüttpelz.

Dorkas weicht unwillkürlich vor ihm zurück.

Schüttpelz' Lächeln verbreitert sich. »Sie hatten übrigens recht, die Steakpastete im ›Falstaff‹ war exzellent. Haben Sie noch mehr Restauranttipps für Kent?«

Dorkas schüttelt den Kopf. »Nein. Ich habe lediglich einen hervorragenden Reiseführer. Und jetzt entschuldigen Sie mich bitte, ich suche ein Handygeschäft.«

Mein Gott, trifft man denn hier an jeder Ecke einen Mitreisenden? Diese Busfahrt ist der reinste Albtraum.

## 9.

Auf den Mord in der Kathedrale hatte Alwine sich wirklich gefreut, aber dank Nils' Kirchenführung weiß sie jetzt, dass es sich nur um ein schnödes Attentat handelte. Irgendein König Henry der Soundsovielte hat kurz vor Silvester 1170 den Erzbischof von Canterbury auf einer Seitentreppe des Hochaltars erschlagen lassen. Weil Bischof Becket eine vom Staat unabhängige Kirche wollte. Der König – ein gekrönter Volltrottel – hatte zuvor öffentlich gemurmelt: »Wer befreit mich von diesem lästigen Priester«, was einem Mordbefehl gleichkam. Tja, und damit war der Fall auch schon geklärt.

Also wirklich, wie dumm kann man noch sein?

Nur gut, dass sie das angeblich berühmte Theaterstück darüber nie gelesen hat, obwohl Hilkmar ihr »Murder in the Cathedral« vor der Reise dringend ans Herz gelegt hat. Gähnend langweilig wird das sein.

Na, jedenfalls musste der Trottelkönig hernach barfuß Buße tun. Der tote Bischof Becket wurde hingegen heiliggesprochen, und schon begann ein schwungvolles Geschäft mit seinen Knöchelchen.

Millionen Pilger sollen seine Wunder wirkende Grabstätte im Mittelalter besucht und mit Gold, Juwelen oder – im Falle ärmerer Zeitgenossen – mit Blechamuletten überhäuft haben. Bis ein weiterer König Henry – diesmal ein berühmter, nämlich Heinrich Blaubart VIII. – die Auflösung sämtlicher Klöster beschloss, alle Kirchenschätze einkassierte und auch Bischof Beckets Grab plünderte.

Zum einen, weil dieser Henry selbst Chef der Kirche sein wollte und sich als Papstersatz ein, zwei Scheidungen von seinen insgesamt sechs Königinnen genehmigen durfte, zum anderen weil er die Juwelen gut brauchen konnte. Anscheinend existierten damals keine gut funktionierenden Finanzämter.

Leider hatten die Mönche King Henry zur Klosterauflösung und Kirchenplünderung einen Anlass gegeben: Sie hatten Beckets angebliches Heiligenblut, das, abgefüllt in winzige Phiolen, bei Pilgern reißenden Absatz fand, nämlich aus Hühnerblut hergestellt. Auch nicht eben clever, sich bei so was erwischen zu lassen!

Alwine nimmt in einer Kirchenbank Platz, um sich den Rest von Nils' Vortrag über Strebebögen, Spitzbögen und Kreuzrippengewölbe zu ersparen. Die Formensprache der Gotik ist ihr vom Kölner Dom ausreichend bekannt. Alles sehr eindrucksvoll, aber leider gibt es in Architekturfragen keine schmutzigen Details.

Weit spannender ist es zu beobachten, wie andächtig, ja, ergriffen Raissa Nils' Vortrag lauscht und ihm dabei nicht von der Seite weicht. Das macht sie sehr gut!

Sehr zum Verdruss von Verena, die im Beisein ihres Ehemanns nicht dagegen einzuschreiten wagt. Sie drückt sich bei einer Säule herum, um Kirchenfenster zu studieren. So beleidigt hat wahrscheinlich noch niemand die bleigefassten Evangelisten betrachtet.

Alwine wendet sich wieder Nils zu.

Der scheint mit der Bewunderung von Raissa zufrieden, genau wie Jurek, der die neue Verehrerin seines Vaters anstrahlt wie einen frisch geschmückten Weihnachtsbaum. Wonach Raissa dank ihrem Einkaufsbummel in Canterburys Highstreet und dem eiligen Umkleiden nach ihrer Planscheinlage tatsächlich aussieht.

Wie kann jemand mit durchaus bemerkenswerten Geistesgaben so einen grauenhaften Geschmack haben, rätselt Alwine. Raissa ist überhaupt ein erstaunliches Wesen. Normale Denkvorgänge sind ihr völlig fremd. Sie zieht ihren esoterischen Kokolores vor und kommt trotzdem zu erstaunlich richtigen Ergebnissen.

Etwa dem, dass Nils seinem Wesen nach hartnäckig treu ist. Selbst diesem Biest von Tina hat ihr Patensohn die Stange gehalten, als längst klar war, dass sie äußerlich perfekt sein mag, aber innerlich ein Miststück und eine Mutter aus der Hölle ist. Gott geht mit seiner Fülle eben haushälterisch um. Durch und durch schöne Menschen liegen ihm nicht. Sie wären auch unerträglich langweilig.

Na egal. Tina war gestern. Jetzt gilt es, Nils von Verena abzulenken. Er würdigt sie keines Blickes. Unsterblich verliebt ist er sicher nicht in sie. Das sähe eindeutig anders aus! Raissa ist ihr Geld wirklich wert, egal für was sie es verplempert.

Bleibt nur zu hoffen, dass die anderen Heiratskandidatinnen, die während der Reise noch auf sie treffen sollen, als Ehefrauen für ihren Patensohn geeignet sind.

Wo die Damen zusteigen oder auftauchen werden, ist leider ein Geheimnis der Agentur. Nicht einmal Raissa weiß Bescheid. »Love anonymous« nimmt es mit der Diskretion sehr ernst.

»Der Chef lässt sich ungern in die Karten gucken«, hat Raissa bedauert. »Aber keine Angst, ich werde es fühlen, wenn die Richtige kommt. Für ein Extrahonorar kann ich auch in Nils' Horoskop oder meinen Karten nachschauen.«

Nein danke!

Nils beendet seine Führung und fordert seine Zuhörer mit gedämpfter Stimme auf, in den Bänken Platz zu nehmen. »Zum Abschluss erwartet uns ein besonderer Genuss.« Er deutet zum Hauptportal, das eben geöffnet wird, um einen Rattenschwanz von Chorknaben in schwarzen Fräcken einzulassen. Mit wichtigen Mienen streben die Jungen der Dreifaltigkeitskapelle im Chorraum zu. »Wir werden eine Probe für die berühmte Abendandacht – den Evensong – von Canterbury hören. Es lohnt sich, den jungen Stimmen zu lauschen. Heute stehen Motetten einer Renaissance-Messe auf dem Programm. Wer mag, kann natürlich auch nach draußen gehen, um sich die ehemaligen Klosteranlagen anzuschauen. Wir treffen uns in zwanzig Minuten auf dem Kathedralvorplatz wieder, um die Führung fortzusetzen.« Mit diesen Worten verschwindet Nils, begleitet von Jurek, Richtung Ausgang.

Der muss wohl noch mal nach dem Rest seiner Reisetruppe Ausschau halten, mutmaßt Alwine. Dorkas hat bislang geschwänzt. Gott sei Dank nicht allein. Horst Schüttpelz fehlt ebenfalls. Ha! Mal sehen, was der über die Dame rausfindet.

Oda und Hilkmar, die Nils so andächtig wie Raissa gelauscht haben, streben gemeinsam mit Ingeborg nach vorn zum Altar, wo Hilkmar wahrscheinlich den Vortrag seines Sohnes fortsetzt.

Herrje, was guckt Oda mit einem Mal so fromm? Sie faltet vor einer Madonna sogar die Hände. Betet sie etwa? Heuchlerin.

Es ist überhaupt eine Unverschämtheit, dass Hilkmar seine Vorträge nicht hier bei ihrer Bank hält, findet Alwine. Ach, soll er seine blöde Bildung doch für sich behalten.

Um eine Versöhnung mit Oda wird sie sich später bemühen. Sie kann sich nicht um alles gleichzeitig kümmern. Natürlich ist sie im Bus vorhin etwas zu weit gegangen, aber Oda auch. Vor allem mit der Bemerkung über Hamburg und ihre großartigen Lebensretter, die Mendels.

»Ich wusste damals nicht, wohin«, tönt es noch einmal in Alwines Ohren.

Oda wusste nicht, wohin? Unverschämtheit. Hat diese treulose Tomate auch nur ein einziges Mal darüber nachgedacht, wie es sich für ihre große Schwester angefühlt hat, dass sie mit siebzehn Jahren einfach bei Nacht und Nebel aus Köln verschwunden ist?

Wie eine Mutter ist sie für Oda gewesen, nachdem die Eltern tot waren. Wie eine Mutter. Vielleicht hat sie das nicht immer gut gemacht, aber gerne hat sie es gemacht. Sehr gerne sogar. Die kleine Oda war doch alles, was ihr von der Familie geblieben war. Oda und die Bäckerei in Ehrenfeld. Dafür hat sie gelebt und immer gehofft, dass die Schwester zurückkommen würde. Nach Hause.

Und das nicht erst mit zweiundsiebzig.

Alwine kramt nach einem Taschentuch. Es ist ungemütlich kalt hier in der Kathedrale. Oder hat sie sich vorhin am Fluss einen Pips geholt? Jedenfalls läuft ihr die Nase. Und wie. Sogar die Augen beginnen zu tränen. Alwine schnäuzt sich ausführlich. So, wieder besser. Heute Abend muss sie dringend ein großes Glas heiße Klosterfrau trinken, am besten zwei. Mit viel Zucker.

Raissa Popow drängt sich neben Alwine in die Bank. »War ich gut?«, fragt sie flüsternd, während über ihren Köpfen ein Orgelvorspiel aufbraust.

Alwine steckt ihr Taschentuch weg und nickt kurz. »Sie haben Verena gründlich aus dem Rennen geworfen.«

Raissa zieht zweifelnd die Brauen zusammen. »Schön wäre es, aber diese Frau wird nicht lockerlassen, und Nils ist ein bedauerlich pflichtbewusster Kerl. Ein wahrer Ritter der Kelche. Viel zu anständig.«

Die Orgel verstummt.

»Pah«, schnaubt Alwine. »Eine Affäre mit der Ehefrau des eigenen Chefs würde ich anders nennen.«

»Psst«, zischt von vorne ein Kirchenbesucher und deutet in Richtung Kapelle.

Aus dem Chorraum schlängeln sich engelsgleiche Tongirlanden zu ihnen in die Bank. Bald schwebt vielstimmiger Chorgesang zum Fächergewölbe empor und füllt den Innenraum der trutzigen Kathedrale mit tragisch angehauchten, hellen Knabenstimmen.

Macht etwas schwermütig, findet Alwine, dabei heißt der Choral »Sing joyfully«.

Na ja, trotzdem schön. Und erhebend. Außerdem ist diese Kirchenbank bemerkenswert bequem. Ja, hier kann man es aushalten. Ein klitzekleines Nickerchen wäre nach all den Strapazen des Tages nicht zu verachten.

»Leider hatte die Affäre Folgen«, reißt Raissa sie aus ihrer gemütvollen Stimmung.

»Was meinen Sie damit?«, will Alwine wissen und ist mit einem Schlag hellwach.

»Sie ist schwanger.«

»Schwanger«, kreischt Alwine schrill und hüpft fast aus der Bank. »Schscht«, »Psst«, »silence, please«, kommt es in etwa so vielstimmig wie der Knabengesang aus benachbarten Kirchenbänken. Einige – allem Anschein nach deutsche Touristen – mustern Alwine mit Gesichtern wie Fragezeichen.

Alwine beachtet weder die Blicke noch das Zischen. »Das kann nicht wahr sein«, zetert sie. »Ich will kein Kind!« Jedenfalls nicht von Verena.

»Das dürfte auch schwerlich möglich sein, Omi«, murmelt ein ganz dreister Teenager direkt hinter ihr.

Alwine hält es nicht länger in ihrer Sitzposition aus. »Kommen Sie mit«, raunt sie Raissa zu. »Dagegen müssen wir etwas unternehmen. Sofort!«

Verfolgt von den erstaunten bis entsetzten Blicken einiger Banknachbarn und einem »Jubilate« aus Knabenkehlen hastet Alwine Wilhelmi dem Ausgang zu.

## 10.

»Das ist die teuerste Privatschule von ganz England«, erklärt Nils seinem Sohn und zeigt auf eine Ansammlung ehrwürdig ergrauter Klostergebäude auf der Rückseite der Kathedrale.

Jureks Augen klettern an einer imposanten Fassade mit vorspringenden Erkern und Ziertürmchen hoch. Ganz oben grinst ein Wasserspeier mit Teufelsfratze auf ihn herab. »Sieht aus wie bei Harry Potter«, murmelt er ehrfürchtig.

»Gut erkannt! Der Regisseur des Films hat tatsächlich eine Million Pfund geboten, um hier drehen zu dürfen. Die Schule hat vornehm abgelehnt. Sie braucht keine zusätzlichen Einnahmen oder Publicity. Ein Jahr auf diesem Internat kostet nämlich über dreißigtausend Euro.«

»Dreißigtausend Euro«, wiederholt Jurek. »Das ist mit fünf Nullen und ziemlich viel, oder?«

»Ein Vermögen«, bestätigt Nils.

»Dafür haben die aber nur ziemlich alte Häuser«, findet Jurek. »Da vorn die Mauer ist total bröckelig.« Er weist auf die über tausend Jahre alten Überreste des Ursprungsklosters.

»Kann man so sagen.« Nils lacht und lässt seinen Blick über den herrlichen Rasenplatz gleiten, der die ehemaligen Klosterbauten von der Kathedrale trennt. Die Schule ist wirklich lächerlich teuer, aber er fühlt sich an seine Studentenzeit in Cambridge erinnert und durchaus wohl dabei. »Außer altmodischen Gebäuden gibt es hier auch ein paar sehr altmodische Gesetze. Der Schulrektor darf sich als einziger Lehrer einen langen Vollbart stehen lassen, eine Ziege auf diesem Rasen halten und seine Frau mit in den Unterricht nehmen, wenn er das möchte.«

»Wo ist die Ziege?«, will Jurek wissen.

»Die Direktoren verzichten inzwischen auf die einmalige Gelegenheit, eine Ziege zu halten. Dabei sind die als Rasenmäher nicht zu verachten.«

»Können wir auf unserer Apfelfarm eine Ziege haben?«, bettelt Jurek. »Und einen Hund? Oder zwei?«

»Können wir.«

»Eine Ratte wäre auch nett. Ratten sind total schlau, und man kann sie auf der Schulter tragen.«

»Glaub mir, mein Junge, Ratten brauchen wir auf Upton Farm nicht extra anzuschaffen. Wir werden uns eher darum bemühen müssen, sie loszuwerden.« Er legt seinen Arm um Jureks Schultern und schlendert mit ihm auf ein Torhaus zu.

Jurek runzelt die Stirn. »Aber Papa, wenn wir in England sind, muss ich doch nicht auf so eine Schule wie die hier, oder?«

Nils muss wieder lachen. »Nein, ganz sicher nicht!«

Jurek senkt verschwörerisch die Stimme. »Und ich muss mich auch nicht so blöde anziehen wie die da, oder?« Er deutet auf ein Trüppchen Schüler, die in schwarzen Anzügen samt Krawatte und Nadelstreifenhosen auf ein Holzportal zuströmen.

»Ganz so blöde nicht«, verspricht sein Vater. Das mit den Krawatten und den Schuluniformen, die in England nun einmal üblich sind, wird er sich für später aufheben. »Hast du Lust auf ein Eis? Zehn Minuten habe ich noch, bevor ich wieder loslegen muss. Draußen vor dem Tor steht immer ein Wagen.«

Jurek nickt.

Sie verlassen die Domfreiheit durch den Tordurchgang und

finden einen Lieferwagen mit gestreifter Markise und Schiebefenster.

»Hier hast du ein Pfund, dafür gibt es eine große Kugel«, sagt Nils nach einem Blick auf die Preistafel. »Traust du dich, alleine zu bestellen? Schokolade spricht sich ›schocklätt‹. Das schaffst du sicher!«

»Und was heißt Erdbeere?«

»Das ist schon schwieriger. Es klingt in etwa wie ›stroabärri‹ ...«

»Schon gut, Papa, ich mag kein Erdbeereis«, sagt Jurek rasch. »Oh, guck mal, da hinten kommt die Dorkas!«

Nils unterbricht das Studium der Eiskarte, hebt den Kopf und entdeckt die junge Frau in einiger Entfernung auf der gegenüberliegenden Straßenseite.

Sie bewegt sich im Eiltempo auf das Kathedralgelände zu. Schlägt sogar Haken, um schlendernden Touristen auszuweichen. Diese Hast passt gar nicht zu ihr. Will sie den Rest der Führung nicht versäumen? Unsinn. Bislang hatte er nicht den Eindruck, dass diese Dorkas an der kulturtouristischen Seite der Reise interessiert ist. Und schon gar nicht an seinen Vorträgen.

Jetzt sieht sie geradezu gehetzt aus, und – nanu? – warum dreht sie ständig den Kopf nach hinten? Sieht aus, als wolle sie sich vergewissern, einen Verfolger abgeschüttelt zu haben. Ob ihr ein Taschendieb begegnet ist oder ...

Ein durchdringender Brunftschrei zerreißt die geruhsame Stille der kirchennahen Gasse. Ach herrje – »Mad Duck Willy« ist im Anmarsch!

Dieses stadtbekannte und meist stockbetrunkene Unikum in Schottenrock und orangeroten Taucherflossen belästigt Touristen gern mit selbstkomponierten Liedern.

Er trägt sie auf quäkenden Entenlockpfeifen und Fiepblattern für die Hirschjagd vor. Wer nicht schnell genug wegrennt oder zahlt, den verfolgt der kauzige Spaßvogel mit ohrenbetäubendem Quaken durch ganz Canterbury und bewirft ihn mit Badeenten.

Sehr zur Freude der Einheimischen, die auch ihren Spaß am Tourismus haben wollen. Gegen einen Extraobulus – den die Bürger Canterburys gern springen lassen – hebt »Mad Duck Willy« bei besonders geizigen Touristen auch mal das karierte Röckchen. Darunter ist er traditionell schottisch bekleidet, nämlich gar nicht. Sein »Glockenspiel« – wie »Mad Willy« seine empfindlichsten Teile zu nennen pflegt – dürfte in Fotoalben rund um die Welt zu besichtigen sein. Auf YouTube wäre er zweifellos ein Hit.

Tatsächlich taucht am Kopf der Gasse jetzt mit fliegendem Rock die verrückte Ente Willy auf.

»Kauf schon mal dein Eis«, weist Nils seinen Sohn an, schiebt ihn auf den Wagen zu und schirmt ihn mit dem Rücken gegen den Anblick von »Mad Duck« ab. Für empfindsame Gemüter ist die Begegnung mit der derberen Version des britischen Humors bisweilen verstörend.

Dorkas legt an Tempo zu. Sie muss auch zu den empfindsamen Naturen gehören. Das erstaunt Nils zwar, aber man weiß eben nie, was sich hinter schweigsamen Naturen verbirgt. Er hatte Dorkas eher für hochmütig gehalten, nein, wie man sich täuschen kann.

»Frau Mendel«, ruft Nils ihr zu. »Kommen Sie rüber zu uns! Ich pass schon auf, dass Ihnen nichts passiert.«

Dorkas reißt den Kopf zu ihm herum und stoppt im Lauf ab. Sie zögert kurz – so, als fiele ihr die Wahl zwischen einem exhibitionistisch veranlagten Dorftrottel und ihm schwer.

Na ja, nach dem, was sie zwischen ihm und Verena auf der Fähre beobachtet hat, ist ihr Zaudern vielleicht verzeihlich. Mit

Verenas roten Krallen auf seiner Hemdbrust und ihrem Mund an seinem Ohr sah er schätzungsweise auch wie ein Volltrottel aus. Und mit der durchnässten Raissa auf den Armen ebenfalls.

Trotzdem überquert Dorkas die Straße.

»Hat er sie verfolgt?«, fragt Nils freundlich.

»Wer sollte mich verfolgen?«, entgegnet Dorkas abweisend.

»Na, Willy«, sagt Nils und deutet auf die andere Straßenseite, auf der »Mad Duck« mit ohrenbetäubendem Pfeifkonzert gerade einen Trupp Touristen einzingelt, die vergnügt quietschend Geldbeutel und Handykameras zücken.

Dorkas lacht kurz auf. Ihr Lachen klingt in Nils' Ohren seltsam erleichtert. »Ach, den meinen Sie! Nein, der nicht.«

»Wer dann?«, fragt Nils blitzschnell.

»Niemand«, antwortet Dorkas ebenso blitzschnell. Sie scheint sich kurz zu besinnen. »Niemand außer Herr Schüttpelz«, fügt sie hinzu. »Er hat sich vor einer Stunde an mich gehängt wie eine Klette. Dabei wollte ich mir nur ein Handy kaufen. Ich habe meins nämlich verloren und würde gern telefonieren.«

»Mein Papa kann Ihnen seins leihen«, mischt sich ein eifrig schleckender Jurek ein. Er hat seinen Eiskauf erfolgreich beendet. »Man kann damit auch mailen. Mach ich total gern, weil da darf man alles kleinschreiben.«

Nils nestelt seinen Blackberry hervor. »Wenn Sie anrufen wollen, bitte.« Er hält ihr das Gerät hin.

Dorkas schüttelt den Kopf. »Nein danke, so dringend ist es nicht. Ich kann heute Abend vom Hotelzimmer aus telefonieren.«

»Wie Sie meinen. Um auf Herrn Schüttpelz zurückzukommen. Ist er Ihnen zu nahe getreten? Ich meine, soll ich ihn mir mal zur Brust nehmen? Als Reiseleiter bin ich dazu verpflichtet, unerwünschte Annäherungen von Mitreisenden diskret zu unterbinden.«

»Tatsächlich?«, fragt Dorkas und hebt mokant die beringten Brauen. »Gerade von Ihnen hätte ich ein derart ausgeprägtes Moralempfinden am wenigsten erwartet.«

»Oh, Sie meinen wegen, nun ja, wegen der Sache auf der Fähre?«

»Ich meine eher die Sache vorhin am Fluss.«

»Das kann ich Ihnen erklären ...«

Nein, besser nicht, unterbricht sich Nils selber, immerhin steht sein achtjähriger Sohn neben ihm.

Das scheint plötzlich auch Dorkas erkannt zu haben.

»Hast du ›chocolate chips‹ bestellt?« Sie geht in die Hocke auf Augenhöhe mit Jurek und betrachtet prüfend seine Eiskugel.

»Nee«, sagt Jurek. »Ich hab nur ›schoklätt‹ gesagt. Das ist Englisch, sagt Papa.«

Dorkas nickt. »Jetzt seh' ich es. Weißt du, bei dem anderen sind noch kleine Schokostücke mit drin. Die zerknispern ganz toll auf der Zunge.«

»Solche wie in diesen Keksen?«, will Jurek wissen.

»Genau, nur besser«, sagt Dorkas. »Wenn du es wie in den Keksen haben willst, musst du ›chocolate-chip-cookie‹-Eis bestellen. Das schmeckt auch fantastisch.«

»So 'n langes Wort kriege ich aber nicht hin, ich bin nämlich nicht hochbegabt«, gibt Jurek treuherzig zu bedenken.

»So? Na, dann haben wir eine Menge gemeinsam.« Dorkas nickt sehr ernst. »Ich war auf der Schule das tiefbegabteste Kind, das es je gab. Lauter Fünfer und Sechser.«

»Ehrlich?«, fragt Jurek.

»Ja«, sagt Dorkas. »So schlecht wie ich war keine, und ich war verdammt stolz darauf! Trotzdem kann ich mir inzwischen ›chocolate-chip-cookie‹-Eis bestellen.«

»Kein Grund, um stolz auf sich zu sein«, mischt Nils sich

deutlich verstimmt ein. Auf derart unpädagogische Einmischungen kann er verzichten. Genau wie auf Ernährungstipps, die sich um höllisch ungesunde Eiscremesorten drehen.

»Da hat dein Vater natürlich recht«, sagt Dorkas unbeeindruckt. »Aber ich finde, dass man im Leben eine Menge Dinge lernen kann, die einem auf der Schule kein Mensch beibringt.«

»So wie ›schoklätt-schip-cukies‹«, bemüht sich Jurek um einen ersten Lernerfolg aus dem richtigen Leben.

»Genau.« Dorkas nickt und erhebt sich aus der Hocke. »Wie wäre es, wenn wir gleich morgen mal probieren, ob du so ein Eis kriegst? Im Hafenstädtchen Rye, das wir besichtigen, kenne ich einen sensationellen Eisladen, der zweiundachtzig verschiedene Sorten anbietet.«

»Auch mit Erdbeer?«

»Gerade mit Erdbeer! Die Engländer sind ganz verrückt nach Erdbeeren. Und sie haben ein sehr lustiges Wort dafür. Klingt wie ›Strohbeere‹.«

»Strohbeere?«

»Fast. Sag einfach ›Strohberri‹, und du hast es in etwa.«

»›Strohberri‹«, wiederholt Jurek.

»Ich denke, du magst kein Erdbeereis«, wirft Nils irritiert ein.

»Mit Stückchen drin schon.«

## *11.*

»Pam! Pa da da da. Pam! Pa da da da«, nudeln Synthesizer den unverwüstlichen Bossa nova »Girl of Ipanema« vom Band. Und das bereits zum vierten Mal.

Grau-en-haft!

Alwine kann die Melodie nicht mehr hören. Und überhaupt: Was bitte hat ein brasilianisches Lied über ein Flittchen aus Rio de Janeiro um acht Uhr morgens in der Empfangshalle eines britischen Traditionshotels zu suchen? Zwischen schwarzen Eichenbalken von Vierzehnhundert-schlag-mich-tot, Kupfergeschirr und historischen Pferdehalftern an den gekälkten Wänden. Nichts!

Genauso wenig wie die angestaubte Palme, hinter der sie sich auf einem Sessel verborgen hält, um unauffällig die Rezeption im Auge zu behalten.

Langsam wird es langweilig. Bis auf einen Auftritt von Verena Beutel, die sich am Empfang pikiert über ihre defekte Toilettenspülung beschwert hat, ist in den letzten zehn Minuten rein gar nichts passiert. Detektivarbeit kann äußerst frustrierend sein.

»Pling«, macht die Fahrstuhltür. Na, endlich tut sich wieder was. Alwine lugt durch einen Palmwedel hindurch und entdeckt Dorkas und Oda, die aus dem Lift treten. Zögernd sieht sich ihre Schwester um, dann deutet sie nach rechts.

»Ich glaube, dort ist der Frühstückssalon«, hört Alwine sie sagen.

Dorkas nickt. »Ja, ich rieche schon knusprigen Toast.«

»Ich glaube, ich gönne mir heute Rührei«, sagt Oda. »Und

eine große Tasse von diesem herrlich malzigen Breakfast-Tee mit Milch und extra Zucker.«

»Unbedingt«, erwidert Dorkas. »Dr. Hilkmar hat Ihnen ein kräftiges Frühstück verordnet, damit Sie keine Schwächeanfälle mehr erleiden. Wir haben heute ein strammes Besichtigungsprogramm.«

Da hört sich doch alles auf! Die zwei können doch jetzt nicht einfach frühstücken gehen! Nils hat alle Reisegäste gestern unmissverständlich gebeten, zunächst an der Rezeption um die Zimmerrechnung für Minibar und Telefon zu bitten, dann zu frühstücken und hinterher zu zahlen. Die Rechnungsstellung dauert in diesem Hotel nämlich sehr lange.

Was an dem grauhaarigen Faktotum liegen dürfte, das hinter dem Rezeptionstresen mit der Ruhe eines Methusalems Zahlen auf Knisterpapier kritzelt, bevor er sie in einen uralten Computerkasten eintippt. Im Adlersuchsystem.

Bevor der alte Herr eine Zahl eingibt, lässt er sekundenlang den rechten Zeigefinger über den Tasten kreisen und stößt einen wohligen Seufzer aus, wenn er sie entdeckt hat. Sein Rechner könnte aus den Anfangszeiten der NASA stammen. Bleibt zu hoffen, dass dieses Ungetüm überhaupt eine Liste telefonischer Einzelverbindungen ausspucken kann.

Horst Schüttpelz konnte gestern einen Handykauf von Dorkas verhindern. Deshalb wäre eine Liste ihrer möglichen Anrufe vom Zimmertelefon wirklich interessant. Zumal Schüttpelz diesen Ping von Dorkas Handy leider nicht knacken konnte, schade aber auch. Na ja, ein Privatdetektiv ist eben kein Geheimagent.

»Ach, warten Sie, Dorkas! Wir sollen doch zuerst nach der Rechnung verlangen«, sagt auf Höhe der Palme gerade Oda.

Braves Mädchen, freut sich Alwine.

Oda und Dorkas wechseln die Marschrichtung und treten an

den Mahagonitresen. Das Faktotum lässt seine Rechenarbeiten im Stich, erkundigt sich nach der Nacht der beiden und entschuldigt sich für etwaige »inconveniences«, also Unannehmlichkeiten.

Briten lieben bekanntlich Entschuldigungen. Die sagen sogar »sorry«, wenn man ihnen selber auf den Fuß getreten ist. Aber in diesem Fall ist eine Bitte um Verzeihung von Seiten des Faktotums angebracht, denkt Alwine grimmig. Sie musste gestern nach dem Abendessen Nils aus dem Bett klopfen, um sich zeigen zu lassen, wie man englische Türen und Fenster öffnet.

Weil die Briten mal wieder anders sein wollen als der Rest der Welt, muss man den Türschlüssel nicht nach rechts und vom Türrahmen wegdrehen, sondern nach links und zum Türrahmen hin. Da soll mal einer drauf kommen! Und englische Fenster kann man nicht kippen, dafür gehen sie nur nach außen auf. Was einem das Forträumen von Blumentöpfen erspart, wenn man sie weit aufreißen möchte, aber wie zum Himmel putzen die Briten ihre Scheiben von außen? Müssen sie dazu per Leiter an der Fassade raufkraxeln? Wirklich ein seltsam unpraktisches Völkchen.

Na, egal, Nils hatte jedenfalls alle Hände voll zu tun, um diversen Mitreisenden Türen und Fenster zu öffnen, um Ingeborg zu zeigen, wie man Wasserhähne falschherum aufdreht, Hilkmar einen Adapter für die Steckdosen zu leihen und Oda auf die kleinen Kippschalter neben den Steckdosen hinzuweisen, mit denen man sie zunächst einschalten muss, damit sie Strom hergeben.

Wie haben die Briten es jemals geschafft, die halbe Welt zu regieren?

Wahrscheinlich hatten alle Untertanen ihrer Kronkolonien so viel mit Türen, Fenstern, Wasserhähnen und Steckdosen zu tun, dass sie erst viel später auf die Idee gekommen sind, die Fremdherrschaft abzuschütteln.

Na endlich! Dorkas und Oda haben es geschafft, das Faktotum um die Rechnung zu bitten. Folgt noch der obligatorische Plausch übers Wetter – »splendid, isn't it?« –, dann verschwinden die beiden im Frühstückssalon.

Damit sind alle Passagiere am Buffet versammelt. Bis auf sie und Raissa. Die hat ebenfalls anderweitig zu tun. In Verenas Zimmer. Hoffentlich klappt ihr Plan.

Alwine stemmt sich mit dezentem Ächzen aus dem Sessel hoch, schiebt die Palmwedel beiseite und durchquert die Halle. Mit einem energischen Schlag auf die Portiersklingel reißt sie Methusalem aus seinen Kopfrechnereien.

»I want to pay the bills for my guests«, erklärt sie ihm. Mit dezentem Kichern setzt sie hinzu, sie wolle einige ihrer Gäste mit der Begleichung ihrer Rechnungen überraschen. Dann zählt sie die Namen der meisten Mitreisenden auf. Bei Horst Schüttpelz zögert sie kurz, aber na ja, dessen Spesen muss sie ohnehin berappen. Es interessiert sie, was er alles so auf ihre Kosten verkasematuckelt hat.

Zunächst bekommt sie vom Faktotum Komplimente für ihr brillantes Englisch. Tja, gelernt ist eben gelernt. Schließlich musste sie mit siebzehn Jahren komplizierte Verhandlungen über Mehlzuteilungen mit Kölns amerikanischen und britischen Besatzern führen.

Sie war nicht so doof wie einige deutsche Ernährungsämter, die fleißig »corn« anforderten und sich hernach wunderten, dass aus Amerika tonnenweise Mais angeliefert wurde, weil »corn« dort »Mais« und nicht etwa »Getreide« bedeutet. Mais macht Brote ganz unvorstellbar kletschig und sorgt für Blähbäuche. Igitt, wenn sie nur dran denkt! Dagegen ist sogar Möhrenkuchen eine Delikatesse.

Das erklärt sie dem Faktotum natürlich nicht. Als der fragt, wo sie so ausgezeichnet Englisch gelernt habe, murmelt sie etwas von reizenden Royal-Air-Force-Bekanntschaften in Mönchengladbach – »most delightful«. Die hatte sie ja auch tatsächlich. Und was für welche.

Briten können sich herrlich kühl und unnahbar geben. Bis kurz vor der Bettkante, danach ... sind sie reichlich unterschätzt als Liebhaber. Wer etwas über die mitunter überbordende Sinneslust der Briten erfahren möchte, braucht sich nur ihre Gärten anzuschauen!

Na, das gehört erst recht nicht hierher.

»Munchenglaback«, freut sich das Faktotum und erzählt von seiner Stationierung in »Nuremberg« direkt nach dem Krieg.

Der muss wirklich alt wie Methusalem sein. Alwine hört geduldig zu. Als vertrauensbildende Maßnahme. Außerdem ist es erfreulich, sich so heiter mit dem ehemaligen Feind zu unterhalten. Ja, äußerst erfreulich.

Findet auch das Faktotum.

Ohne weitere Nachfragen und mit merklich erhöhter Effizienz rechnet der Veteran die Minibar- und Telefonrechnungen zusammen.

Zehn Minuten später nimmt Alwine dankend einen Stapel Computerausdrucke entgegen. Sie zahlt – weniger dankbar – die stolze Summe von knapp zweihundertneunzig Pfund. Das sind – Moment ... – weit über dreihundert Euro! Himmel, sie ist doch nicht Krösus. Nicht mehr jedenfalls, auch wenn alle Welt sie dafür hält. Sie darf gar nicht darüber nachdenken, was diese Reise sie schon gekostet hat. Alwine unterdrückt einen bekümmerten Seufzer. Im Alter zu verarmen ist die grausamste Variante der Not. Hoffentlich macht sich diese Investition bezahlt, denkt sie mit Blick auf die Rechnungen.

So rasch es ihre arthritischen Knochen zulassen, eilt sie zum Lift. Ein paar Minuten später ist sie in ihrem Zimmer angelangt und kann sich ungestört der Lektüre widmen. Alwine ist gespannt, wer sich auf ihre Kosten sinnlos betrunken oder Ferngespräche nach Timbuktu geführt haben muss.

Erst mal sehen, was Dorkas Mendel nach dem Abendessen auf ihrem Zimmer getrieben hat. Hm. Eine Flasche schottisches Mineralwasser ist aufgeführt und dann – hurra! – ein Telefonat. Das nur eine Minute gedauert hat, aber keiner internationalen Vorwahl bedurfte. Sehr interessant. Höchst interessant sogar. Wenn sie sich nicht täuscht, handelt es sich um eine Londoner Festnetz-Nummer. Um den Rest muss Schüttpelz sich kümmern. Apropos, was hat ihr Detektiv gestern Abend getrieben?

Etwas, das eine zweiseitige Rechnung erfordert und am Ende fünfundneunzig Pfund und vierunddreißig Pence gekostet hat.

Alwine schnappt nach Luft. Das darf ja wohl nicht wahr sein! Der Mann hat sich beim Zimmerservice nach dem wahrlich üppigen gemeinsamen Abendessen im Restaurant noch zwölf Austern aufs Zimmer bestellt und dazu eine halbe Flasche Chablis. Der Kerl isst und trinkt, als täte er es für einen guten Zweck.

Außerdem hat er sich ein »adult video« für dreizehn Pfund angeguckt. »Riding lessons according to Lady Whiplash« – »Reitstunden mit Lady Peitschenknall«. Also wirklich! Dem wird sie die Ohren so langziehen wie einem Osterhasen! Für wen hält der sich? James Bond im Geheimdienst ihrer Majestät? Ihr gutes Geld derartig zu verschlampampern.

Unwirsch geht Alwine weitere Rechnungen durch.

Hm. Oda hat sich ebenfalls schottisches Mineralwasser gegönnt und einen Piccolo »sparkling vine«, also Sekt. Na, sie will mal nicht so sein, er sei ihr gegönnt. Sie selber trinkt zwar lieber was Gesundes, also Klosterfrau, weil der schön müde macht, aber jedem Tierchen sein Pläsierchen.

Bleiben noch Nils, Ingeborg und Raissa.

Hilkmars Rechnung hat sie nicht angefordert. Der soll mal schön selber zahlen, nachdem er sich gestern beinahe ausschließlich Oda gewidmet hat. Schöner Kavalier.

Zunächst also Nils. Hm, aha. Na ja, scheint in Ordnung. Nichts spricht auf der Rechnung für nächtlichen Damenbesuch. Er sollte allerdings mehr auf Jureks Zähne achten. Drei Schokoriegel sind eindeutig zu viel.

Der Papa selbst hat sich wohl an den kostenlosen Tee gehalten, den man sich im Zimmer aufbrühen kann. Hält sein Geld zusammen. Das spricht für ihn. Er wird jeden Cent brauchen, um das Unternehmen Wilhelmi vor dem Untergang zu bewahren.

Ingeborg hat sich einen Cream Sherry genehmigt – igitt, der ist doch zuckersüß! Und dazu ein entsprechendes Video auf dem Romantikkanal.

Alwine schaut kurz im ausliegenden Programm nach, was gestern lief. »Love actually«. Das war doch dieser Schmachtfetzen, in dem jeder einen abkriegt, sogar zwei Pornosternchen die wahre Liebe finden und der Premierminister einen Powackel-Tanz in der Downing Street aufführt. Lächerlich. Wie hieß der Film noch auf Deutsch? Ach ja, »Tatsächlich Liebe«.

Amüsant, aber arme Ingeborg! Hoffentlich versucht sie es nicht weiter bei Horst Schüttpelz. Der Streit um das Fernsehprogramm wäre unvermeidlich, und dass sie ihm im Bett ein »adult video« mit Peitschenspielen ersetzen könnte, steht zu bezweifeln. Diesem Lämmchen müsste man wirklich mal einen Blick für passende Männer beibringen.

Na, sie kann sich nicht um alles und jeden kümmern. Soll sie ja auch nicht, wie Hilkmar immer wieder mahnt.

Jetzt noch Raissa. Oho, aha, hm. Na, war ja eigentlich zu erwarten. Zwei Fläschchen Wodka ohne Tonic und eine Packung »Crisps«, also Chips. Figurfreundlich ist das nicht, aber immerhin kommt Raissa mit siebzehn Pfund erheblich billiger als Horst Schüttpelz und ...

Ein Klopfen unterbricht Alwine in ihrer aufschlussreichen Lektüre.

»Ja, bitte?«

»Ich bin's«, kommt es feixend von draußen.

Wenn man vom Teufel spricht! Alwine eilt zur Tür, reißt sie auf und zieht Raissa ins Zimmer. »Und?«

»Ich hab etwas für Sie, das Gold wert ist«, trällert Raissa Popow und schwenkt ein Parfümfläschchen vor Alwines Nase.

Alwine kneift die Augen zusammen. »Chanel No. 5? Kindchen, was soll ich denn damit? Ich benutze nur Eau de Cologne. Ein zeitloser Duft, hat schon Napoleon in Köln bestellt!«

## 12.

Gott, ist diese Landschaft herrlich! Das reinste Arkadien, idyllisch und wohlgeordnet, wie von Englands Meistermaler Thomas Gainsborough entworfen. Zum Segen Kents hat sich die Woll- und Eisenindustrie schon vor Jahrhunderten aus der wunderschönen Grafschaft gen Norden verabschiedet. Dadurch sind Englands Südwesten die Auswüchse der industriellen Revolution weitgehend erspart geblieben.

Oda kann sich nicht sattsehen an sanften Hügelwellen, herbstgoldenen Stoppeläckern und heckengesäumten Weiden, auf denen bunt gescheckte Kühe grasen. Über allem wölbt sich ein Himmel in C-Dur, so heiter und klar, wie man ihn England gar nicht zutraut.

Zumal es heute Morgen im Radio eine Sturmwarnung für die Kanalküste und Kent gab, wie Dorkas erzählt hat. Sogar der Fährbetrieb soll eingestellt werden. Odas Augen inspizieren den Himmel. Na, das war wohl Fehlalarm. Die paar Schäfchenwölkchen, die hoch oben Fangen spielen, künden nicht von Unwetter.

Hie und da passieren sie verträumte Dörfer. Wie aus der Welt gefallen schmiegen sie sich in die grünen Armbeugen der Hügel. Kirchtürme aus grauem Wacker oder Flint und schmucke Fachwerkhäuschen säumen die Dorfstraßen. Ihre Reetdächer sehen aus wie frisch frisiert. Genau wie die adretten Eibenhecken, die sie umgeben. Gärten blühen über vor Rosen, auf den Mauern machen sich Kissen von blauen Säckelblumen breit, Kapuzinerkresse wallt in bunten Schleppen herab.

Mit wachsendem Vergnügen entziffert Oda Ortsnamen wie

»Puddletown« – was Pfützenstadt heißen muss. »Little Bumpstead on Hill« klingt auch sehr munter. Es folgt »Cheeseman's Folly«. Oda fragt sich, welche Dummheit der namensgebende Käsemann wohl begangen haben mag, um in einem Dorfnamen verewigt zu werden.

Dann wieder taucht ein einsames Farmhaus auf, eingebettet in ausgedehnte Apfelhaine, und runde Malzhäuser mit Dächern so spitz wie Zipfelmützen, in denen früher der Hopfen gedörrt wurde.

Kent ist nicht nur Englands Heimat des Apfelweins, sondern auch des Biers. Heute dienen die Malztürme aus rotem Ziegelstein als originelle Ferienhäuser für wohlbetuchte Londoner oder als Künstlerateliers, hat Nils erklärt.

»Wir befinden uns im Königreich der Gärten«, erläutert er soeben via Bordmikro. »Umgerechnet sechs Milliarden Euro versenken die Briten jährlich in Rasen und Beete. Wenn Deutsche am Sonntagabend den Tatort schauen, sitzen Engländer gebannt vor Gartensendungen. Der Garten ist für sie ein Wohnraum im Freien, den sie mit Liebe gestalten. Das oft gescholtene Inselklima – feucht, aber im Jahresdurchschnitt dank des Golfstromes sehr mild – befördert üppiges Wachstum. Einen ersten Eindruck von der englischen Gartenkunst werden wir uns in Goodneston Park verschaffen. Wir kommen in etwa zehn Minuten dort an.«

Oda sieht, dass Hilkmar seinem Sohn ein Zeichen gibt. Wie ein übereifriger Schulbub hebt er den Finger. Oda muss lächeln. Hilkmar und Nils haben ein beneidenswert herzliches, respektvolles Verhältnis zueinander.

»Ach ja«, sagt Nils nach einem kurzen Flüsterdialog mit Hilkmar, »das zugehörige Herrenhaus ist eine erste Adresse für alle Fans der Autorin Jane Austen. Hier – im Elternhaus ihrer Schwägerin – hat sie als junges Mädchen zu Beginn des achtzehnten Jahrhunderts auf Hausbällen getanzt und geflirtet.

Sehr gekonnt, wie es heißt, wenn auch ohne die von ihrer Familie ersehnten Konsequenzen. Verlobt war Jane Austen nur etwa achtzehn Stunden ihres Lebens. Sie nahm mit siebenundzwanzig Jahren den Heiratsantrag eines gewissen Harris Bigg-Wither an und lehnte ihn nach einer schlaflosen Nacht wieder ab, obwohl sie bereits als spätes Mädchen und unvermittelbar galt.«

»Der Herr – ein vermögender, aber ungebildeter Landjunker mit Hang zum Stottern – dürfte so gar nicht ihrem Geschmack entsprochen haben«, ergänzt Hilkmar eifrig. »Viel zu rustikal für eine feinsinnige und sprühend gewitzte Autorin wie Austen! Übrigens hat sie ihre ersten Entwürfe von ›Stolz und Vorurteil‹ nach einem Besuch in Goodneston verfasst. Manche Forscher glauben, sie könne sich dort in einen jüngeren Sohn der Besitzer verliebt haben. Einen Pastor. Allerdings gibt es dafür keine Beweise. Abgesehen von einem Brief Jane Austens, in dem sie sich freut, dass der Pastor ihr zuliebe Käsetoast zum Abendessen rösten ließ.«

Alwine schnaubt hörbar.

Direkt vor Oda hingegen seufzt es. Das muss Ingeborg Lämmle sein.

Ja, sie ist es.

»Käsetoast. Mein Gott, wie tragisch«, wendet sie sich an ihren Sitznachbarn Schüttpelz. »Das muss man sich mal vorstellen. Die Schöpferin von Englands schönsten Liebesromanen war dankbar für etwas Käsetoast und musste als alte Jungfer leben!«

»Nehme an, dadurch hatte sie mehr Zeit zum Schreiben«, brummt Horst Schüttpelz.

»Heiraten wird als Quelle des Glücks gern überschätzt«, steuert Raissa von der rechten Gangseite bei.

»Seh' ich auch so. Es sei denn, man tut es aus wirtschaftlichen Erwägungen.« Schüttpelz nickt. »Hm, ich frage mich, ob es sich bei dem Käsetoast um Welsh rarebites gehandelt hat«, sinniert er weiter. »Dafür überbackt man Brot mit geriebenem Cheddar, saurer Sahne, Senfpulver und einem Hauch Worcestersauce. Bier gehört auch rein. Klingt schmackhaft. Muss ich mal nachkochen.«

»Ein Hauch Rosenpaprika würde dem Ganzen mehr Schärfe verleihen«, bemerkt Raissa.

»Danke, guter Tipp«, murmelt Schüttpelz.

»Gern geschehen«, sagt Raissa.

»Geschmolzener Käse liegt entsetzlich schwer im Magen«, beeilt sich Ingeborg, eine Küchenweisheit beizusteuern. »Es sei denn, man fügt eine Prise Natron hinzu. Natron ist in unserem Alter ohnehin ein wahres Wundermittel, Herr Schüttpelz.«

»Mag sein, schmeckt aber nicht«, brummt Schüttpelz und versenkt sich wieder in seine Lektüre.

Kein Liebesroman, sondern ein Kochbuch, wie Oda beim Einsteigen festgestellt hat.

Arme Ingeborg! Bei diesem Mann sucht sie vergebens ihr spätes Glück.

Oda lehnt sich nachdenklich ins Polster. Wahrscheinlich hat Schüttpelz recht, eine verheiratete Jane Austen, die womöglich eine Schwangerschaft nach der nächsten ausgetragen, ein Haus und ein geselliges Leben zu führen gehabt hätte, wäre kaum dazu gekommen, ihre hinreißenden Romane zu verfassen. Vermutlich hat sie das – klug, wie sie war – gewusst.

Trotzdem: Ihr selber hätte eine Ehe eine Menge Kummer erspart. Zumal es mit ihrer Künstlerkarriere nun wirklich nicht weit her war. Aber nun, sie hatte ja keine Wahl. Nein, hatte sie nicht. Der junge Mann, den es einmal anging, hat es am Ende versäumt, sie zu fragen. Verbindlich zu fragen. Ihm fehlte die Traute.

Romantisch zugetan war er ihr, daran hat sie keinen Zweifel, aber seine Romantik hat der Realität nicht standgehalten und erst recht nicht seinem Vater, einem Familientyrann der übelsten Sorte. Sie unterdrückt einen Seufzer.

Das Ganze war eine fürchterlich archaische Angelegenheit. Geradezu albern unmodern, wenn man es aus heutiger Sicht betrachtet, aber die miefigen, spießigen Fünfzigerjahre waren eben nicht heute. Am Ende hat die Prosa der väterlichen Vernunft und sein Vermögen über die Poesie ihrer jugendlichen Herzens gesiegt.

Sie streift Dorkas neben sich mit einem kurzen Blick und findet zu ihrer guten Laune zurück. Ihr Mädchen sieht heute wieder mal reizend aus. Sie trägt die Haare zurückgesteckt, nur ihre stahlblaue Strähne fällt ihr ins Gesicht und schirmt sie vor neugierigen Blicken ab, während sie eifrig auf ihrem Smartphone herumtippt. Hin und wieder verschönert dabei der Abglanz eines Lächelns ihren Kirschmund.

»Sie sind wohl froh, es wiedergefunden zu haben«, sagt Oda und deutet auf Dorkas Handy. »Wo steckte es eigentlich?«

Dorkas hebt kurz den Blick. »Es lag neben meinem Bett auf dem Boden. Muss mir beim Auspacken aus dem Koffer gefallen sein.« Sie zuckt mit den Achseln. »Gestern Abend habe ich das gar nicht bemerkt.«

»Hauptsache ist, Sie haben es wieder.« Oda zögert kurz, dann wagt sie so beiläufig wie möglich eine Nachfrage. »Irgendwelche wichtigen Nachrichten?«

»Nichts Weltbewegendes«, sagt Dorkas, tippt auf Senden und steckt das Smartphone weg, während der Bus sein Tempo verlangsamt und abrupt zum Stehen kommt.

»Porca miseria«, flucht hinter seinem Lenkrad Giovanni. »Meine Bus iste zu groß für die letzte Kurve! I dreh diese albernen Navi-Tanten den Hals rum!«

»Immer mit der Ruhe, ich wink dich rein«, sagt Nils und legt das Bordmikro zur Seite. Der Bustüren springen zischend auf, und Nils springt hinaus, um Giovanni in eine extraschmale Landstraße zu dirigieren – nicht, ohne vorher seinen fiependen Blackberry auf stumm zu schalten.

»Du musst noch mal zurücksetzen«, weist er Giovanni von draußen an.

Der schaltet in den Rückwärtsgang, um eine günstige Position für einen neuen Anlauf auf die rechter Hand liegende Winzstraße zu finden.

»Ich habe Ihnen doch gesagt, Sie sollen anders fahren«, zetert seine Chefin Verena.

»Sagen Sie das diese verdrehte Plappermäuler«, wehrt sich Giovanni und deutet unwirsch auf seine Navigationsgeräte, während er das Lenkrad einschlägt und den Bus in Millimeterarbeit zurücksetzt.

»Bitte biegen Sie jetzt links ab«, säuselt eine elektronische Damenstimme.

»Ach, halde die Klappe! Weiber! Können linkse nicht von rechtse unterscheiden«, donnert Giovanni.

»Mäßigen Sie Ihren Ton«, verlangt Verena spitz. »Hätten Sie auf mich gehört, wären wir längst am Ziel!«

»Hättest du nicht diese blöden Geräte gekauft, erst recht«, mischt sich ihr Mann ein. »Giovanni weiß am besten, wo es langgeht.«

»Ach ja?«

»Jetzt lass ihn einfach mal machen. Dein Gezänk lenkt unseren besten Mann nur von der Arbeit ab.« Nach einer Pause fügt er hinzu: »Leider ist das ja deine Spezialität.«

Nimmt man die Beutels als Beispiel, denkt Oda vom fremden Streit ermattet, dann hat Raissa Popow mit ihrer Bemerkung von vorhin zweifelsohne recht.

Heiraten wird als Quell des Glücks gern überschätzt. Mit der Liebe ist das etwas anderes. Etwas ganz anderes.

## 13.

Giovanni nimmt unter dem Beifall der Passagiere die Kurve, Nils springt wieder in den Bus, und weiter geht es. Hinein in einen Hohlweg, der von steil ansteigenden Hängen begrenzt und von Baumkronen überdacht wird. Äste und Zweigwerk verschränken sich über der Straße zum Tunneldach.

Holunderzweige kratzen an den Seitenfenstern, der Bus schaukelt sich behäbig voran. Nach einem halben Kilometer öffnet sich das Waldstück. Die Straße vor ihnen mäandert in eine Ebene hinab, auf ein verblichenes rotes Backsteinhaus mit Sprossenfenstern und Säulenportal zu. Was für ein Anblick! Oda rappelt sich im Sitz hoch.

Es ist ein klassisch englisches Herrenhaus, das die Zeit wie unberührt überstanden hat. Über das umliegende Park- und Weideland präsidieren in gemessenem Abstand Eichen, Nuss- und Kastanienbäume. Hübsch verteilt knubbern ringsum Schafe das Gras ab. Sie sehen aus wie frisch gewaschen.

Jurek schlängelt sich durch den Gang, um im Auftrag von Nils Pläne des Parks und der Gartenanlage zu verteilen.

»Sie können alleine rumlaufen«, teilt er Dorkas und Oda mit wichtiger Miene mit. »Oder Tee trinken. Oder Topfblumen kaufen. Oder eine von deren Führungen mitmachen. Mein Papa darf hier nichts erzählen, weil die da nix dran verdienen. Um halb elf geht es weiter. Irgendwohin. Kann ich leider nicht aussprechen.«

Dorkas wirft einen Blick auf das Reiseprogramm. »Es geht zum Mittagessen nach Biddenden bei Ashford.«

»Warst du da schon mal?«, hakt Jurek nach. »Gibt es da Erdbeereis?«

Dorkas wirft einen ungemütlichen Blick auf ihren Vordermann Schüttpelz und verneint mit stummem Kopfschütteln.

Rasch eilt Oda ihr zur Hilfe. »In meinem Reiseführer steht, dass Biddenden ein malerisches Dorf mit mittelalterlichen Gebäuden und einer wundervollen Kirche ist. Na ja, das interessiert dich sicher nicht, aber warte mal, da stand noch was über eine Schule für britische Geheimagenten und Auslandsspione in Ashford.«

»So was kann man hier in der Schule lernen?«

»Anscheinend«, sagt Oda schmunzelnd.

»Das muss ich Papa erzählen! Vielleicht kann er mich ja direkt da anmelden, wenn wir nach England ziehen.« Eilig macht er sich auf den Rückweg.

Unter den Busrädern knirscht Kies, sie passieren ein großes schmiedeeisernes Tor. Giovanni biegt in eine Parktasche ein.

»Wollen wir?«, fragt Oda unternehmungslustig.

Dorkas erhebt sich und hilft ihr in den Gang. »Gehen Sie ruhig schon vor. Ich möchte noch mal in Ruhe meine Mails checken, wenn es Ihnen nichts ausmacht.«

»Überhaupt nicht. Ich werde mir zunächst die Blumengärten anschauen.«

»Es gibt auch eine alte Kastanienallee hinter dem Haus«, sagt Dorkas. »Ich liebe Kastanien über alles.«

Oda legt unwillkürlich die Hand auf ihr Herz.

»Wollen wir uns dort treffen?«, fragt Dorkas.

Oda nickt nur, weil ihr für eine Antwort die Stimme fehlt.

»Kastanien sind eine gute Wahl«, verkündet neben ihnen Raissa. »Im keltischen Baumhoroskop stehen sie für Redlichkeit, tiefe Gefühle und lebenslange Treue! Ein Mensch, dem man die Kastanie zuordnen kann, ist zurückhaltend. Es fällt ihm schwer, einen Partner zu finden, aber es heißt, wenn er einmal liebt, dann für immer.«

Dorkas verdreht heimlich die Augen in Odas Richtung und stutzt.

»Ist Ihnen nicht gut?«, fragt sie leise. »Sie sind ganz blass geworden.«

»Doch, doch, es ist alles in Ordnung«, flüstert Oda eilig zurück und deutet nach oben auf ihren kleinen Rucksack im Gepäckfach. »Würden Sie mir den bitte herunterholen? Ich glaube, ein Träger hat sich verhakt.«

Dorkas streckt sich und ruckelt an dem festsitzenden Rucksack herum.

»Eh, und welchen Menschen ordnet man die Kastanie denn im klassischen Horoskop zu?«, verlangt derweil Ingeborg über den Kopf von Horst Schüttpelz hinweg zu wissen.

»Stieren und Skorpionen«, informiert Raissa sie. Ebenfalls über Horst Schüttpelz' Kopf.

»Ach, wie interessant«, kräht Ingeborg. »Dann müssen wir ja nur noch die Geburtstage unserer Mitreisenden in Erfahrung bringen, um zu wissen, wer treu und redlich ist.« Sie kichert mädchenhaft. »Fangen wir doch gleich bei Ihnen an, Herr Schüttpelz. Welches Sternzeichen haben Sie?«

»Frosch«, sagt der unwirsch, packt eilig sein Kochbuch ein und strebt der offenen Bustür zu.

Oda wartet noch immer auf ihren Rucksack, dabei will sie raus aus dem Bus. Sie will allein sein und nachdenken. Über Kastanien.

»Sensibel wie ein fliegender Backstein«, seufzt Raissa und schenkt Ingeborg ein tröstendes Lächeln. »Der Mann ist nichts für Sie! Wann haben Sie Geburtstag?«

»11. März.«

»Das habe ich geahnt! Sie sind eine Weide. Sehr empfindsam.«

Ingeborg nickt.

»Verträumt.«

Ingeborg nickt erneut.

»Manchmal schwermütig.«

Seufzer von Ingeborg.

»Mit einer fröhlichen, unkomplizierten Birke könnte es für Sie was werden«, schließt Raissa.

»Meinen Sie?«, frohlockt Ingeborg.

»Ich weiß das!«

Zwischen beiden entspinnt sich ein Fachgespräch.

Endlich. Der Rucksack ist frei. Oda nimmt ihn von Dorkas entgegen und flüchtet in Richtung Ausgang. In Gedanken an Kastanien vertieft, muss sie warten, bis Alwine, Hilkmar und die Beutels ausgestiegen sind.

Nein, so was. Dorkas liebt Kastanien über alles.

Sie auch.

Immerhin ist ihr unter einer Kastanie vor über einem halben Jahrhundert die Liebe ihres Lebens begegnet. Besser gesagt, *auf* einer Kastanie. Bei ihrem ersten Aufeinandertreffen waren sie noch Kinder.

Sie saß in der Baumkrone, als er hinaufgeklettert ist, um – wie sie – die in den Nachkriegsjahren begehrten Früchte zu pflücken. Für Alwines erste Brote und Kuchen. Sogar Seife konnte ihre Schwester daraus machen, und Oda wusste von klein auf, wo Bäume standen, die selten geplündert wurden. Er wusste das auch. Verliebt haben sie sich natürlich erst viel später, dafür aber umso gründlicher.

Sie schluckt.

Erst gestern, in der Kathedrale von Canterbury, hat sie Gott – oder wer auch immer für so etwas zuständig ist – um ein Zeichen gebeten. Einen Fingerzeig, ob und wann sie Dorkas endlich ihre Wahrheit beichten soll.

Schließlich hat das Mädchen ihr auch ein paar unschöne Dinge aus ihrer Vergangenheit anvertraut. Es wäre nur fair, endlich mit der Sprache herauszurücken. Fair, aber auch gefährlich. Sie will die eben erst gewonnene Zuneigung des Mädchens nicht verlieren. Das bräche ihr das Herz – Defibrillator hin oder her.

Nils reicht Oda die Hand, um ihr beim Aussteigen behilflich zu sein. Draußen warten Hilkmar und Alwine auf sie.

»Wollen wir uns die Gärten gemeinsam anschauen?«, fragt Hilkmar, wie immer um eine versöhnliche Stimmung bemüht.

»Also ich werde zunächst einen Tee mit Raissa zu mir nehmen«, sagt Alwine.

»Sag mal, übertreibst du deine Fürsorge für diese Dame nicht ein wenig?«, fragt Hilkmar leicht gereizt.

Alwine macht riesengroße Unschuldsaugen. Dafür kann sie sogar die Farbe ihrer Iris ändern, von grau nach himmelblau. Wie macht sie das bloß, wundert sich Oda.

»Also wirklich, Hilkmar. Ich muss mich doch um meine Preisrätselgewinnerin kümmern«, beteuert Alwine. »Außerdem haben wir beide das Frühstück verpasst, und ich möchte die Qualität der hiesigen Backwaren testen. Das kann ich von der Steuer absetzen. Wir werden dann in Biddenden zusammen speisen.« Sie wendet sich kurz an ihre Schwester. »Richte Dorkas bitte aus, sie ist ebenfalls zum Mittagessen eingeladen. Pünktlich um halb eins. Wir haben noch so einiges zu besprechen!«

Mit diesen Worten eilt sie Raissa entgegen, die durch die Mitteltür dem Bus entsteigt. Wie immer auf Stöckelschuhen und mit argwöhnischem Blick auf den Kiesbelag.

»Ich hoffe, du lässt mich nicht so schnöde wie deine Schwester im Stich«, wendet sich Hilkmar fragend an Oda und konsultiert seinen Faltplan. »Phlox, Hortensien und Rittersporn sollen noch in voller Blüte stehen, und in den ummauerten Gärten gibt es seltene Stauden und Fackellilien. Dahinten geht es rein.«

Er deutet auf eine mürbe, von Flechten überzogene Ziegelmauer, die Jahrhunderte auf dem Buckel haben muss.

Oda überlegt nur den Bruchteil einer Sekunde, dann fasst sie einen Entschluss. »Ich möchte mir lieber die Kastanienallee anschauen. Magst du mich dorthin begleiten?«

Wahrscheinlich ist eine Kastanienallee wirklich der beste Ort, um ihre Lebensbeichte abzulegen. Zumindest gegenüber Hilkmar, ihrem treusten Freund seit Kindertagen. Warum ist sie darauf nicht schon viel eher gekommen? Hilkmar würde sie nie und nimmer verraten. Nein, der nicht. Wenn es einen Menschen gibt, der Geheimnisse für sich behalten und ihr einen Rat bezüglich Dorkas geben kann, dann er.

Mit einem Gefühl dankbarer Erleichterung hakt sie sich bei ihm unter.

## 14.

»Und jetzt verraten Sie mir endlich, wie Sie Verenas Toilette kaputtgemacht haben«, fragt Alwine mit verschwörerischem Flüstern über ihre Teetasse hinweg.

Eigentlich ist es unnötig zu flüstern, denn der Teesalon ist verwaist. Bis auf eine junge Kellnerin, die die Kasse angähnt und gelegentlich die Platten mit den Muffins und Sandwiches neu arrangiert. Sämtliche Gartennarren schweifen draußen umher und erfreuen sich an Flora und Fauna. Begleitet von ekstatischen Ausrufen tunken sie ihre Nasen in Blütenkelche oder biegen blütenschwere Rosenzweige herab, um sie näher zu betrachten.

»Ich habe die Toilette nicht kaputtgemacht«, murmelt Raissa mit verschwörerischem Grinsen. »Ich habe lediglich den Wasserkasten außer Gefecht gesetzt und das Wasser aus dem Abflussrohr abgeschöpft, bis das Becken trocken war. Dann habe ich einen Becher ins Rohr gesteckt und so das kostbare Nass ...«

Alwine verzieht angewidert das Gesicht. »Ersparen Sie mir die Details, ich kann es mir bereits allzu genau vorstellen.« Sie setzt klirrend ihre Tasse ab und schielt angewidert hinein. Warum hat sie sich ausgerechnet Kamillentee bestellt? Der ist genauso gelb wie, nun ja, wie der Inhalt des Parfümflakons, den Raissa in ihrer Tasche trägt.

»So ekelhaft war es gar nicht«, winkt die ab. »Als Fußpflegerin bin ich Schlimmeres gewohnt.«

»Aber wie sind Sie mitten in der Nacht in Verenas Zimmer gekommen?«

Raissa grinst wieder. »Mit einem Ersatzschlüssel. Unten am Empfang saß ein reizender alter Mann, dem ich glaubhaft versichern konnte, ich sei Verena Beutel und hätte mich selber ausgesperrt.«

Methusalem ist in dem Hotel anscheinend auch für die Nachtschicht zuständig, denkt Alwine. Kein Wunder, wenn es morgens beim Kopfrechnen hapert.

»Zeigen Sie mir noch mal das Teströhrchen«, verlangt sie.

Raissa grabbelt ein Taschentuchpäckchen aus ihrer Gucci-Tasche, wickelt ein weißblaues Röhrchen aus, das an ein Fieberthermometer erinnert, und legt es neben Alwines Tasse.

Also jetzt trinkt sie den Tee ganz bestimmt nicht mehr! Na egal.

Sie kneift die Augen zusammen und studiert noch einmal die Digitalanzeige. »Schwanger« steht da, und »2. bis 3. Woche«.

»Das ist wirklich höchst ärgerlich«, murmelt Alwine. »Und es ist kein Irrtum möglich?«

Raissa schüttelt den Kopf. »Nein, ich habe zwei Tests mit Verenas Morgenurin ...«

»Bitte! Nicht dieses Wort«, verlangt Alwine.

»Von mir aus. Ich habe zwei Tests mit unserem speziellen Chanel No. 5 gemacht. Das Ergebnis ist eindeutig, und diese Tests sind zu neunundneunzig Prozent zuverlässig.«

»Was hat sich Nils nur dabei gedacht?!«, grummelt Alwine. »Es gibt doch heute so sichere Verhütungsmittel. Selbst ich konnte zu meiner Zeit derartige Unfälle vermeiden, obwohl es noch keine Pille gab und als diese, diese ... Überzieher noch so unzuverlässig wie die Männer waren.«

Raissa greift nach einem Rosinenbrötchen und bestreicht es ungerührt mit Butter. »Noch ist Holland nicht verloren«, sagt sie.

»Polen«, korrigiert Alwine. »Der Spruch dreht sich um

Polen. Holland hingegen benutzt man in der Sentenz ›Holland in Not‹. Was in diesem Fall weitaus zutreffender ist.«

Raissa seufzt. »Deutsche Sprichwörter sind wirklich eine Strafe! Egal. Verenas Schwangerschaft ist kein Grund, so ein Dramatorium zu machen.«

»*Drama!*«

»Das auch nicht. Verena ist allenfalls in der dritten Woche, und damit steht fest, dass Nils nicht der Vater ist.«

Alwine hebt ihre Brauen bis fast zum Haaransatz. »Wieso das?«

»Weil er sich längst vorher von Verena getrennt hat.«

»Woher wissen Sie das denn wieder? Und kommen Sie mir jetzt nicht mit irgendwelchen Horoskopen.«

Raissa schürzt kurz die Lippen. »Dafür benötige ich keine Horoskope.« Sie tippt sich mit dem rechten Zeigefinger an die Schläfe. »Dafür muss ich nur drei und drei zusammenzählen.«

Zwei und zwei, will Alwine stöhnen, lässt es aber, um Raissas Erklärung zu lauschen.

»Nils tut alles, um Verena aus dem Weg zu gehen, und sie tut das glatte Gegenteil. Sie ist ständig beleidigt und wackelt mit ihrem Popo vor seiner Nase herum.« Raissa pausiert kurz. »Na ja, vorne herum hat sie bedauerlicherweise eben nichts zum Wackeln.« Wohlgefällig zieht sie ihr T-Shirt über ihren eigenen Brüsten stramm. »Mit anderen Worten: Ihr Patensohn hat der Dame längst einen Koffer gegeben.«

Koffer? Welchen Koffer? Herrje, was meint sie jetzt schon wieder? Ach so. Einen Korb natürlich. Schön wäre das, bleibt nur die Frage: »Wann genau hat er denn Schluss gemacht?«

»Das müssen Sie ihn fragen«, schlägt Raissa vor. »Obwohl es keine entscheidende Rolle spielt. Fest steht, dass Nils zum Zeitpunkt der Empfängnis in Schottland war. Ohne Verena. Für achtzehn Tage, wie mir Giovanni vorhin versichert hat!«

»Aber das wäre ja wundervoll«, ruft Alwine aus, hebt ihre Teetasse und prostet Raissa zu.

»Nastrovje«, prostet Raissa mit ihrer Tasse zurück und stößt klirrend mit Alwine an, die in ihrer Begeisterung den Tee auf ex trinkt.

Brrrr. Na, macht nichts. Es war ja wirklich Kamillentee und sonst nichts.

»Jetzt bleibt nur noch zu klären, warum Verena Ihrem Patensohn so dringend ihr Baby unterschieben will«, sagt Raissa. »Ihr Gatte wäre gewiss mehr als begeistert über Nachwuchs.«

»Wegen des Geldes natürlich«, mutmaßt Alwine. »Nils wird einmal meine Cafés erben und hat in seiner Zeit als Banker selber ein ordentliches Sümmchen angespart.«

Hoffentlich so ordentlich, wie sie annimmt.

»Er hat wohl kaum ein so großes Vermögen wie Matthias Beutel«, überlegt Raissa laut. »Der Mann fährt Ferrari, hat er mir erzählt. Na ja, eigentlich geht uns das nichts an.«

»Mich geht alles was an«, kontert Alwine entrüstet. »Ich werde der Sache schon noch auf den Grund gehen. Und Sie machen sich jetzt auf die Suche nach Verena, bevor sie Nils zu einer Dummheit oder irgendwelchen Versprechungen verleitet. Der arme Kerl scheint sich tatsächlich für einen werdenden Vater zu halten. Und er ist schrecklich vernarrt in Kinder.«

Zu ihrem Ärger greift Raissa nach einem weiteren Rosinenbrötchen, öffnet ein Honigtöpfchen und macht keinerlei Anstalten, sich zu erheben.

»Meine Liebe, haben Sie nicht gehört, was ich gesagt habe«, wiederholt Alwine.

»Doch«, erwidert Raissa, »aber ich werde meiner neuen Kollegin nicht ins Handwerk pfuschen.«

Sie deutet mit dem Buttermesser lässig auf die bodentiefen

Fenster, die einen herrlichen Blick auf eine Rasenterrasse freigeben. »Da vorne sehen Sie Kandidatin Nummer zwei, die sich bereits an Nils' und Jureks Füße geheftet hat.«

Sie meint natürlich Fersen, aber das spielt jetzt keine Rolle. Alwine steht auf, reckt den Hals und späht ins Grüne. Tatsächlich, da schlendern Nils und Jurek auf eine Blumenrabatte zu. Kaum zehn Meter hinter ihnen stiefelt eine hochgewachsene junge Frau über den Rasen. Ihre Augen sind starr auf Nils' Rücken geheftet, der nichts davon bemerkt.

Kein Wunder, ihr Patensohn starrt wieder einmal völlig gebannt in sein albernes Elektrotelefon, mit dem er auch Post empfangen kann. Jetzt tippt er auch noch darauf herum. So wird das doch nie was mit einer neuen Frau!

Alwines Blick kehrt zu Nils' Verfolgerin zurück. Sie trägt grüne Latzhosen und einen karottenroten Kurzhaarschnitt. Für Alwines Geschmack sieht sie nach wandelndem Leuchtturm mit eingeschaltetem Signalfeuer aus. Und überhaupt: »Eine englische Gärtnerin als Braut?« Alwine schüttelt den Kopf. »Was soll ich denn damit?«

»Das ist keine englische, sondern eine deutsche Gärtnerin. Aber keine Bange, das ist nur Tarnung. Sie hat hier einen kleinen Aushilfsjob angenommen, um für eine unauffällige Begegnung zu sorgen und Nils selber in Augenschein zu nehmen.«

»Aber sie sieht aus wie Pumuckl«, protestiert Alwine.

Ihr jüngstes Überwachungsobjekt dreht sich kurz zu den Fenstern um. Ganz so, als spüre sie, dass sie unter Beobachtung steht.

»Sie heißt nicht Pumuckl, sondern Gräfin Kristin zu Schott und von Eschlohe«, sagt Raissa.

»Gräfin von ... und zu?« Alwine muss sich setzen. »Nein!«

»Doch, und laut des Anrufs von meinem Chef, den ich eben erhalten habe, ist sie überdies Erbin eines Reitgestüts und

Landgutes am Niederrhein. Einträgliche Pferdezucht, Baumschule und Obstanbau. Tja, sie konnte sich schlecht bei ›Bauer sucht Frau‹ bewerben, darum versucht sie es mit »Love anonymous«. Mein Chef sagt, sie sei von Nils' Foto hingerissen und habe ernste Absichten. Sie ist vierunddreißig und wild entschlossen zu heiraten. Allein der Fortpflanzung wegen.«

Eine Gräfin *von und zu*, ist das zu fassen? Noch dazu eine mit Grundbesitz. Alwine tritt näher ans Fenster und schaut noch einmal hin.

Die Gräfin trägt Gummistiefel zur Latzhose. Egal, je länger sie sie betrachtet, desto weniger sieht sie nach Pumuckl aus. Ach was, kein bisschen sieht sie so aus. Sie hat keine knubbelige Trollnase, sondern einen aristokratischen Zinken, fast wie ein römischer Senator.

Alwines Blick gleitet von der Nase herab an ihrer Figur entlang. Die ist auch nicht schlecht. An der scheußlichen Haarfarbe kann man sicher etwas ändern. Wenn die überhaupt echt ist! So möhrenrote Haare gibt es doch in natura gar nicht, erst recht nicht bei einer *zu* Schott und *von* Eschlohe. Unmöglich.

Nein, wie würde das vornehm klingen – »Konditorei Wilhelmi & von Eschlohe«. Ob die Familie ein Wappen hat? Hoffentlich mit Adler oder Löwe. Das sähe auf den Konfiserietüten und Tortenschachteln prachtvoll aus. Ach, und dazu noch ein Landgut mit Obstanbau als Dreingabe!

Kostenloses Obst würde die Sommertorten enorm verbilligen, und im Landgut selbst werden sie natürlich ein Ausflugslokal eröffnen. Eines wie hier, in einer ehemaligen Scheune mit Blick auf ...

»Haben Sie irgendwo Nils gesehen«, fragt hinter ihr eine aufgeregte Stimme. Verenas Stimme.

Ha! Die kommt ihr gerade recht.

Mit extra liebenswürdigem Lächeln dreht Alwine sich zu ihr

um. »Frau Beutel, wie reizend. Gerade eben haben wir über Sie gesprochen. Nehmen Sie doch bitte Platz.«

Verenas Vorrat an Liebenswürdigkeit ist deutlich beschränkter. »Keine Zeit. Ich muss mit Nils das Nachmittagsprogramm durchsprechen. Unsere Zugfahrt mit der historischen Dampflok von Tenderden muss wegen des aufziehenden Unwetters ausfallen.«

»Unsinn. Der Bummelzug wird schon pünktlich sein. Ist ja nicht die Bundesbahn. Nein, wirklich, ich bestehe darauf, dass Sie eine Tasse Tee mit uns trinken!« Alwine nimmt selber Platz und klopft auffordernd auf den Stuhl neben sich. »In Ihrem Zustand sollten Sie sich ohnehin nicht so in die Arbeit stürzen.«

Verena wird blass. »Welcher Zustand? Was meinen Sie damit?«

»Na, Ihren Zustand äußerster Erregung«, gibt Alwine mit reizendem Alte-Damen-Lächeln zurück. Ein bisschen Spaß muss sein, findet sie. Und Katz und Maus spielt sie besonders gern. »Als Besitzerin einer florierenden Konditoreikette versichere ich Ihnen: Das Geschäft ist nicht alles. Oh nein, mein Vermögen verdanke ich auch meinem Talent, regelmäßig Pausen einzulegen. Das predige ich auch meinem Patensohn ständig. Nils darf sich als mein Alleinerbe nicht vorzeitig verschleißen! Schon gar nicht als Reiseleiter.«

»Eh, ja, nein, natürlich nicht«, stottert Verena, nimmt Platz und kramt ein beinahe so liebenswürdiges Lächeln wie das von Alwine aus ihrem Maskenfundus hervor.

Ha! Beim Thema Geld wird die Dame geschmeidig.

Alwine schickt Raissa los, um mehr Tee und Gebäck zu bestellen.

»Wissen Sie, Frau Beutel, es wäre schön, wenn Sie meinem Patensohn seinen derzeitigen Job auf freundliche Weise ausreden könnten. Ich meine, als Reiseleiter brauchen Sie Nils doch nicht wirklich, oder?« Sie war schon immer gut darin, die Gunst der Stunde zu nutzen.

»Nun ja, er ist immerhin mein bester Mann«, sagt Verena gedehnt, »aber wenn Sie ihn in Ihrem Unternehmen brauchen, könnte ich mal mit ihm reden.«

»Unbedingt, und zwar so bald als möglich. Sie dürfen dabei auch etwas unfreundlicher werden. Sie könnten ihm sogar fristlos kündigen. Einen Grund finden Sie sicher. Wenn nicht, helfe ich damit aus. Ich würde mich nämlich gerne aus dem Geschäft zurückziehen und alles ihm überschreiben.«

»Alles?«

»Alles«, sagt Alwine und beugt sich mit gewinnendem Lächeln vor. »Er soll doch unabhängig sein. Bis zu einem gewissen Grad. In Sachen Liebe wäre ich nämlich durchaus an einer passenden Frau für ihn interessiert. Natürlich nur an einer, die etwas taugt und Erfahrungen in Familienbetrieben hat. Kinder muss sie auch mögen. Unbedingt. Mögen Sie Kinder?«

»Ich liebe Kinder«, beteuert Verena und zwingt sich einen schwärmerischen Gesichtsausdruck auf. »Die einzig wahre Liebe ist die zu Kindern!«

Alwine seufzt zustimmend. »Genau! Wie schade, dass eine Frau wie Sie keine hat. Wenn ich mir einen Rat erlauben darf: Sie sollten nicht zu lange mit dem Kinderkriegen warten, wissen Sie?«

Verena beugt sich ebenfalls vor. »An mir liegt das nicht«, sagt sie beschwörend. »Das kann ich Ihnen versprechen.«

»Tatsächlich«, mischt sich eine beleidigte Männerstimme in das Gespräch ein. Sie gehört Matthias Beutel. »Vielleicht liegt es ja auch eher an unseren getrennten Schlafzimmern?«

»Matthias! Wie kannst du nur so vulgär und indiskret sein«, zischt Verena.

»Ich denke, das habe ich von dir gelernt!«

Eins zu null für Matthias Beutel, feixt Alwine innerlich. Der Mann ist weniger unsympathisch, als sie anfangs gedacht hat.

Raissa räuspert sich vernehmlich und stellt ein Tablett auf dem Tisch ab.

»Noch jemand Tee?«

»Danke, für mich nicht«, entscheidet Alwine und erhebt sich. »Ich muss mich um meinen anderen Preisrätselgewinner kümmern. Horst Schüttpelz. Nicht böse sein, Raissa, aber er hat nun mal den ersten Preis gemacht, und ich habe ihn heute sträflich vernachlässigt!«

Hoheitsvoll wie die Queen, die einen Small Talk mit Untertanen beendet, nickt Alwine der Teegesellschaft zu und verlässt den Raum. Mit beschwingtem Schritt.

Mein Gott, wie gut das war, findet Alwine. Jetzt muss sie nur noch den »Secret Garden« finden, in dem sie sich mit dem Detektiv verabredet hat. Am besten, sie fragt mal. Sie weiß auch schon, wen!

»Fräulein«, ruft Alwine. *»Fräulein!«*

Na endlich. Die Gräfin in Gummistiefeln schaut sich zu ihr um. Wirklich erstaunlich, diese Hakennase! Und ihr Pferdegebiss spricht zweifelsohne für blaues Blut. Kennt man doch von den Kindern der Queen.

Na ja, beim Nachwuchs hofft sie auf andere Gesichter. Da sollte sich Nils' Aussehen durchsetzen. Hm, wird schon. Beim bildhübschen Prinz William Windsor hat das mit etwas frischem Blut ja auch geklappt, trotz seines Vaters Prinz Segelohr Charles.

## 15.

Von: kolja@inet.de
An: FrauBäckerblume@gm.net

Liebe Bäckerblume,

Ihr Nachkriegsrezept für Brennnesselsuppe mit Bucheckernklößchen überzeugt mich nicht. Auch wenn man Unkraut auf diese Weise biologisch unbedenklich vernichten kann. Eine Einladung zum gemeinsamen Verzehr muss ich ablehnen. Schlage vor, dass wir Weiteres bei einem Restaurantbesuch in unserer Heimatstadt Köln besprechen.

LG Kolja

PS Das Kochbuch schaue ich mir dabei gern mal an, behalten dürfen Sie es trotzdem. Ich bin am Herd bekennender Analphabet.

Ja! Geschafft! Dorkas schließt kurz die Augen. Der alberne Mailverkehr hat sich gelohnt. Er hat angebissen. Wunderbar. Endlich ist sie einen Schritt weiter.

Bleibt nur zu hoffen, dass dieser Kolja etwas über die Familiengeheimnisse der Gimmlers weiß oder zumindest jemanden kennt, der ihr mehr darüber verraten kann. Etwas, das Geld einbringt. Der Pflichtteil, den sie ihrem Vater vorenthalten haben, dürfte sich auf eine stattliche Summe belaufen. Das Backwaren-Unternehmen Gimmler gehört mit fünfunddreißig

Filialen und über zwanzig Millionen Euro Nettoumsatz im Jahr zu den erfolgreichsten Großbäckereien im Kölner Raum.

Die Gimmlers sind bereits Ende der Achtziger in das Geschäft mit Teiglingen vom Fließband und Backautomaten eingestiegen.

Warum nur haben sie ihren Vater Erich so gehasst, dass sie ihn verstoßen und um seinen Anteil betrogen haben? An ihrem Vater kann das nicht gelegen haben. Nein, schüttelt Dorkas den Kopf. Er war so ein liebevoller, sanftmütiger Mann. Alles Zornige war ihm fremd. Allenfalls der Name Gimmler – »eine Verbrecherbande« – konnte ihn ausflippen lassen.

Nun ja, und gelegentlich ihre Mutter, aber das war etwas anderes. Dorkas hat die Streitigkeiten und die vorübergehende Trennung ihrer Eltern erst viel später als das durchschaut, was sie waren. Fußnoten einer großen Liebesgeschichte. Kinder haben für solche Nuancen keinen Blick.

Aber das ist keine Entschuldigung für das, was sie getan hat.

Ihre Augen gleiten zurück zum Handy. Wie dumm, dass sie noch acht Tage auf der Insel festsitzt. Egal, sie muss diesen Kolja sofort auf einen Termin festnageln, bevor er es sich mit dem Treffen anders überlegt. Er ist ihre bislang verheißungsvollste Spur.

Rasch tippt sie eine Antwort.

Lieber Kolja,

Keine Brennnesseln, okay! Ich mag auch Sauerampfer und Rucola. Beides sehr beliebt in der Spitzengastronomie, obwohl es sich um Unkraut handelt! Nur bei Gänseblümchen streike ich. Also, nehme Ihre Einladung an und schlage den 30. September gegen acht Uhr vor. Vorher bin ich auf Reisen. Die Wahl des Restaurants überlasse ich Ihnen. Vorschläge?

LG Bäckerblume

Fertig, senden. Dorkas lehnt sich auf einer Parkbank zurück und betrachtet das sie umgebende Heckenrund aus blickdichtem Buchsbaum. Sie sitzt im Zentrum eines trickreich angelegten Irrgartens. Ein hervorragendes Örtchen, um zur Ruhe zu kommen.

Das ständige Beisammensein mit anderen Menschen fällt ihr schwer. Bis auf Oda traut sie niemandem in diesem Bus. Na ja, vom kleinen Jurek mal abgesehen. Er ist ein erstaunlich liebenswerter Junge, gemessen an seinem merkwürdigen Vater.

Trotzdem war es dumm, dem Jungen von Rye und der Eisdiele vorzuschwärmen. Wenn sie nicht besser aufpasst, weiß bald jeder Mitreisende, dass sie sich schon einmal länger in England aufgehalten hat. Dorkas Miene verschließt sich. Das wäre nicht gut. Gar nicht gut. Oder ist sie einfach zu misstrauisch geworden? Nein, nur einsam und menschenscheu.

Sie streichelt gedankenverloren ihr Handy. Ob sie ihren Anrufversuch von gestern noch einmal wiederholen soll? Als sie gestern Nacht vom Hotel aus angerufen hat, ist am anderen Ende lediglich der Anrufbeantworter angesprungen. Es war tröstlich, die vertraute Stimme nach so langer Zeit zu hören. Wenigstens die Stimme. Nach beinahe zwei Jahren der Trennung.

Was würde sie erst für eine Umarmung geben!

Halt, nichts da, entscheidet sie. Sie darf jetzt nicht schwach werden. Sie wird erst wieder anrufen, wenn sie gute Nachrichten hat. Die besten.

Nachrichten über viel Geld. Geld von den Gimmlers. Liebe ist eben nicht alles. Manchmal reicht Liebe nicht, um alles wiedergutzumachen, egal, wie groß sie ist.

Schuld- und Schamgefühle branden in ihr hoch. Sehr altmodische Gefühle, hat Oda gestern im Hotelpub zu ihr gesagt. »Ich weiß, wie hartnäckig solche Gefühle sind, mein Kind. Ich weiß es besser, als Sie ahnen.« Was Oda damit nur gemeint hat?

Sie hat einen gemeinsamen Besuch beim Grab von Dorkas' Eltern vorgeschlagen. Nur das nicht! An diesem Punkt ist Dorkas aus dem Pub geflohen, zumal die resolute Alwine ihre Sitznische ansteuerte. Bestimmt, um ihre vermaledeiten Verhöre fortzusetzen.

Es wäre ihr ein Vergnügen, diesem Drachen bei Gelegenheit ein paar passende Antworten zu geben. Schon Oda zuliebe, die sich von ihrer Schwester viel zu sehr herumkommandieren und einschüchtern lässt. Dorkas seufzt. Ach was, sie hat genug mit ihren eigenen Angelegenheiten zu tun.

Vor ihr murmelt ein Springbrunnen. Gerade laut genug, um eine Atmosphäre tiefen Friedens zu verbreiten, aber nicht zu laut, um den Zielplatz des Irrgartens zu verraten. Griechische Götterfiguren sind auf dem Springbrunnen in eine Art Ringkampf verschlungen. In einen erotischen Ringkampf, stellt Dorkas fest und legt den Kopf schräg.

Einer der Götter ist männlich und trägt Rüstung, die andere Figur ist weiblich, wunderschön und bis auf etwas Moosbewuchs nackt – was sonst. Könnte Aphrodite sein. Hm. Ob es sich bei dem Mann um den notorisch umtriebigen Zeus handelt? Nein, der wird nicht in Rüstung dargestellt!

In jedem Fall ist dieser Springbrunnenschmuck ein Fingerzeig, was die im Labyrinth Umherirrenden am Ende ihrer Suche miteinander treiben könnten. Sofern es sich um Liebespaare handelt. Denen wird im Faltplan der Besuch des »Love Knot« – so heißt der Irrgarten – besonders warm ans Herz gelegt. Vollmundig heißt es, dass, wer den Liebesknoten löst und zum Brunnen vordringt, den richtigen Partner gefunden habe.

Wer sich verirrt oder verpasst, tja, der sollte sich nach

jemand anderem umschauen. Und Singles?, fragt sich Dorkas. Müssen sich wahrscheinlich am sauber gestutzten Grün erfreuen.

Ihre Eltern sind einmal hier gewesen und haben den Brunnen gefunden. Was sonst. Die beiden waren zum Ende hin ein wundervoll harmonisches Paar. Das war nicht immer so. Bisweilen haben sie um ihre Liebe so heftig gerungen wie die Springbrunnengötter vor ihr miteinander.

Bereut haben ihre Eltern das nie. Das ist ein Trost. Ob sie selbst je eine so intensive Liebesgeschichte wie die ihrer Eltern erleben wird?

Nicht in naher Zukunft, so viel steht fest.

Auf dem Kopf des Brunnengottes lässt sich eine Amsel nieder, pfeift sich was und scheint auf Antwort zu warten.

»Du hältst dich wohl für ganz besonders schlau«, murmelt Dorkas mit schiefem Lächeln. »Aber fliegen ist gepfuscht!«

## 16.

»Papa, wir werden verfolgt!«

Nils schaut irritiert von seinem Handy auf. »Was?«

»Nicht umdrehen«, flüstert Jurek. »Sie ist direkt hinter uns.«

»Verena?«, fragt Nils alarmiert.

»Nee, eine Riesenfrau mit Möhrenhaaren.«

*»Möhrenhaare?«* Nils ist versucht, sich doch umzudrehen.

Rasch zieht Jurek ihn hinter einen gigantischen Zuckerhut aus Buchsbaum. »Jetzt kannste gucken«, sagt Jurek und biegt vorsichtig ein paar Zweige zu einem Guckloch auseinander.

Nils schielt kurz hindurch und entdeckt eine Frau in Latzhosen und Gummistiefeln, der sich vom Teesalon her seine Patentante Alwine nähert.

»Das ist eine Gartenangestellte, Jurek. Ich nehme an, sie passt auf, dass hier keiner Blumen pflückt«, sagt Nils. »In England ist es leider ein Hobby, mit der Schere durch Schaugärten zu streifen, seltene Samenknospen abzuschneiden oder ganze Stauden auszugraben. Am eifrigsten sind dabei ältere Damen mit auffallend großen Handtaschen.«

»Papa, hier sind keine Blumen, wir haben keine Handtaschen, und die Möhre ist uns schon seit den Gewächshäusern auf den Fersen. Ich bin dafür, wir hängen sie ab!«

»Jurek, ich glaube, wir haben in letzter Zeit ein bisschen zu viel ›Miss Marple‹ gelesen.«

»Das geht gar nicht«, widerspricht Jurek und schielt in seinen sorgfältig aufgeschlagenen Gartenplan. »Wir könnten uns im Irrgarten verstecken«, sagt er und tippt auf eine Zeichnung.

»Na gut, von mir aus! Wir stehen sowieso fast davor. Komm.« Nils nimmt Jurek bei der Hand und führt ihn zum Eingang des Heckenlabyrinths.

»Soll ich mein Sandwich zerkrümeln und hinter uns ausstreuen?«, fragt Jurek.

»Untersteh dich! Das Ding hat drei Pfund gekostet und wird gefälligst gegessen.«

»Ich kann auch einen von den Riesenkeksen nehmen.«

»Nein. Die werden ebenfalls gegessen. Und zwar von dir und nicht von den Vögeln.«

»Okay, aber wenn wir uns verlaufen, bist du schuld.«

»Immerhin haben wir dann genug Proviant, um nicht zu verhungern. Sollen wir links oder rechts herumgehen?«

Jurek legt den Finger an die Nase. »Also geradeaus wäre am einfachsten, oder?«

»Geht aber nicht«, erwidert Nils und deutet auf die dichte Heckenwand direkt vor ihnen. »Du könntest dich glatt als Giovannis neues Navigationsgerät bewerben.«

## 17.

Plopp, fällt eine Kastanie vor Odas Füße. Plopp, plopp. Und noch gleich zwei.

Oda schielt zum Himmel. Langsam übertreibt es der oder das da oben – falls es ihn oder es gibt – mit den Fingerzeigen.

Sie streift Hilkmar mit einem raschen Seitenblick. Ihr Freund scheint eigenen Gedanken nachzuhängen. Ernsten Gedanken, die ihn zwingen, tief Luft zu holen. Ach was, das bildet sie sich nur ein.

Oda liest eine der Kastanien auf, löst sie aus ihrem aufgeplatzten Stachelpanzer und versenkt sie in ihrer Manteltasche.

»Du sammelst die Dinger immer noch?«, fragt Hilkmar. Ein wehmütiges Lächeln vollführt einen Schlängeltanz um seine Lippen, ohne Halt darauf zu finden. »Genau wie als kleines Mädchen. Du musst Tonnen davon nach Hause geschleppt haben.«

Oda nickt. »Ja, aber die ist für Dorkas. Sie liebt Kastanien.«

Oh, du Feigling, schilt sie sich, darum geht es hier doch gar nicht. Nun mach schon, rede! Nur noch drei, vier Bäume, und sie werden die Allee hinter sich haben.

Plopp.

Ist ja gut, ich werde mit der Wahrheit herausrücken, schwört sie sich grimmig. Verdammt, ist das schwer.

Hilkmar ist so ein grundanständiger Mensch, zuverlässig, redlich, gerecht. Was wird er nur von ihr denken, wenn er erst alles weiß? Was, wenn er fragt, warum sie all die Jahre feige geschwiegen hat?

Ihr liegt so viel an seiner guten Meinung und noch mehr an seiner Zuneigung. Soll sie ihn wirklich mit einer so scheußlichen Wahrheit über sich behelligen?

Plopp.

»Oh, schau nur, Oda«, reißt Hilkmar sie aus ihren Entscheidungsnöten, hebt die Augen vom Gartenplan und deutet nach vorn. »Da geht es über einen Bach, zu einer alten Wassermühle. Wollen wir uns die ansehen? Oder bist du zu müde?«

Oda schüttelt den Kopf. »Nein, ich meine Ja, also, Nein ...« Meine Güte, was stammelt sie sich nur zusammen? »Ich bin nicht müde. Wir können uns gern die Mühle anschauen. Ich liebe Mühlen, wie du weißt.«

Immerhin hatte ja ihr bergischer Großvater mal eine.

»Na, dann komm«, sagt Hilkmar mit neu erwachtem Elan und reicht ihr seinen Arm.

Gemeinsam betreten sie eine Holzbrücke, unter der braunes Wasser gluckst. Erlen hängen in den Bach und treiben kurz mit der Strömung. Oda und Hilkmar folgen schlendernd dem Bachlauf. Wasserkresse und violett blühender Storchschnabel wuchern ins Wasser. Löwenzahn hat am Ufersaum seine weißen Flaumperücken aufgesetzt.

Nein, wie schön, hier wächst sogar noch Hirschzungenfarn und der gefleckte Aaronstab mit seinen grellroten Beeren. Dichtes Moos bildet weiche Teppiche. Wie hieß diese Moosart noch? Ach ja, sparriger Runzelbruder! Darüber hat sie als Kind immer und immer wieder gelacht, und ihre Großmutter hat im Zorn ihren Mann so genannt.

Der Bach biegt ab. Hilkmar und Oda mit ihm. Hinein geht es in ein Waldstück, die Luft wird feucht und kühler. Herbstliche Aromen von moderndem Buchenlaub und würziger Pilzgeruch empfangen sie.

Oda liebt diese Gerüche. Sie erinnern sie an ihre Zeit im

Bergischen Land. An die schönen Seiten dieser Zeit. Und die gab es. Durchaus. Obwohl ihre Kindheit in den Krieg fiel und abrupt mit ihm endete.

Ihr ist es in dieser Zeit lange gut gegangen – vergleichsweise. Ein von allen verwöhnter Fratz war sie, ein Nachzüglerkind, das niedliche Nesthäkchen, das ihre Eltern vor allem beschützen und bewahren wollten. Kein Leid sollte der kleinen Oda geschehen, kein Schatten auf sie fallen.

Seltsam, auch dafür kann man sich später schuldig fühlen.

Sie hat große Teile ihrer Kinderzeit im Bergischen Land verbracht. Der Bomben wegen, die ab 1941 in immer dichteren Teppichen auf Köln niederprasselten, haben die Eltern sie als Kleinkind häufig in das Dorf des Großvaters gebracht. Manchmal für Wochen. Wie eine Prinzessin ist sie angereist. So hat sie es zumindest empfunden. In einem kleinen Bummelbähnchen, das der Schaffner – später eine Schaffnerin – speziell für sie direkt beim Dorf anhalten ließ. Und immer wurde sie sehnsüchtig erwartet von den Großeltern.

Alwine, so hat Oda später erfahren, hat sich standhaft geweigert mitzukommen. So war sie eben, ihre trotzige Schwester. Sicher gefiel es Alwine auch, vorübergehend der Mittelpunkt der Familie zu sein, während Klein-Oda bei den Großeltern einquartiert war, dort laufen und sprechen lernte und vom Krieg weit weniger mitbekam als der Rest ihrer Familie in Köln.

Weit, weit weniger.

Genauso wenig wie von der Tragödie, die sich in Köln im Haus ihrer Eltern seit Langem anbahnte und bei der Heinrich Gimmler – Vaters erbittertster Konkurrent im Café- und Bäckereigeschäft seit jeher – die Rolle des Erzschurken spielte. Heinrich Gimmler, der sich gern in irgendeiner dieser Nazi-Paradeuniformen samt Reithosen, alberner Tellermütze und knarzenden Schaftstiefeln zeigte und mit »Gimmler, wie Himmler« vorstellte.

Was für ein gruseliger Scherz.

Nein, kein Scherz. Der Mann nahm sich ernst. Todernst.

Der Posten, den er bekleidete – oder besser gesagt, *der ihn bekleidete* –, war nicht besonders hochrangig, aber hochrangig genug, um an der Heimatfront verbleiben zu dürfen und dort viel Unheil zu stiften. Im Haus Wilhelmi hat er das von Anfang an besonders gründlich getan, wie Oda erst viel später von Alwine erfahren hat. Zu spät.

Angefangen hat es mit einem »roten« Gesellen in Vaters Backstube, den Gimmler ins berüchtigte EL-DE-Haus zitiert hat. Kölns Gestapo-Hauptquartier. Von da aus ging es für den armen Kerl direkt nach Börgermoor im Emsland. Das muss kurz nach der sogenannten Machtergreifung gewesen sein, als die Nazis ihre politischen Gegner einkassiert haben. Von da an stand Ferdinand Wilhelmi unter ständiger Beobachtung.

Gimmler hat auch dafür gesorgt, dass ihre Mutter als Opernsängerin Auftrittsverbot bekam, weil sie im »Café Wilhelmi« »Jaques-Offenbach-Matineen« gab. Der in Köln geborene und beliebte Operettenkomponist war schließlich Jude. Im Rückblick betrachtet muss das eine heilsame Lehre für die Wilhelmis gewesen sein. Es machte sie immun gegen allzu große Begeisterung für die Braunhemden. Ferdinand ist nie in die Partei eingetreten, obwohl das fürs Geschäft bestimmt günstig gewesen wäre.

Alwine kennt noch mehr solcher Geschichten. Kein Wunder, dass sie Heinrich Gimmler bis aufs Blut gehasst hat und dass die Gimmlers nach wie vor mehr als sogenannte »Mitbewerber« für sie sind. Firmengründer Gimmler-wie-Himmler war einer von den ungezählten kleinen Hitlers, die es damals gab, ein gewissenloser Denunziant und Zuträger der Gestapo. Vor allem, wenn es ihm zum Vorteil gereichte.

Oda schaudert kurz und betrachtet die rotglänzende Kastanie in ihrer Hand. Wie die haben auch die polierten Stiefel von Gimmler geglänzt.

Sie hat selbst einen seiner Auftritte im Haus Wilhelmi erlebt, und der war so eindrücklich, dass sie ihn nie vergessen hat.

Sie war viereinhalb Jahre alt und in Köln, weil die Mutter im bergischen Dorf Eier und etwas Butter gehamstert und Oda kurzerhand nach Köln mitgenommen hat, um Vater Ferdinands zweiundfünfzigsten Geburtstag mitzufeiern. Es sollte endlich einmal wieder Kuchen ohne Eipulver und tranige Kriegsmargarine geben.

Am Abend des kleinen Festes – einem bedeckten Herbstabend, an dem wegen der schlechten Sichtverhältnisse keine Bomber die Stadt anflogen – kam Heinrich Gimmler höchstpersönlich, um hinter verschlossenen Türen Verhandlungen mit Papa zu führen. Über das zerstörte »Café Wilhelmi« am Dom. Anscheinend nicht zum ersten Mal, wie sie später erfahren hat. Er wollte das Grundstück. Die Verhandlungen endeten in einer entsetzlichen Schreierei, bei der Ferdinand einen verhängnisvollen Satz fallen ließ: »Der Scheißkrieg ist längst verloren.«

Nie zuvor hat Oda ihren Vater Ferdinand so heftig und so aufgebracht erlebt. Mucksmäuschenstill saß der Rest der Familie am Kaffeetisch, bis Heinrich Gimmlers Stiefel über die Flurdielen knallten und er sich mit einem grimmigen »Das hat Folgen, Heil Hitler!« verabschiedete.

Für einen winzigen Moment ist die Szene so gestochen scharf, dass sie Oda wirklicher erscheint als das Gras zu ihren Füßen. Nach Gimmlers Abschied bewegten sich die Eltern wie Stockpuppen und mit angstvoll verschlossenen Gesichtern durch das Haus in Ehrenfeld.

Der Kuchen wurde nicht mehr angeschnitten, das weiß sie genau und kann die Enttäuschung des kleinen Mädchens in sich fühlen, das so gern mit Papa Geburtstag gefeiert hätte. Sie hatte ihm ein Bild gemalt. Von Großvaters Mühle. Samt Moosbärten am Schaufelrad und lauter Heinzelmännchen, die bei ihr »Hutzliputzlis« hießen und tonnenweise Mehl in Säcke füllten.

Hilkmar wohnte damals schon bei ihnen. Eine zwölfjährige Bombenkriegswaise aus dem Ruhrgebiet, die in Köln vergeblich nach seinem Onkel – dem nach Börgermoor deportierten und verschollenen roten Bäckergesellen von Ferdinand – gesucht hatte. Ihre Eltern, bei denen Hilkmar seine Suche begann, hatten ihn kurzerhand bei sich aufgenommen. Großherzig wie immer.

Hilkmar hat an diesem Abend geduldig Karten mit ihr gespielt. Schwarzer Peter. Immer hat Oda dabei gewonnen. Plötzlich gibt ihr Gedächtnis eine neue Erinnerung frei.

An die Karte mit Rotkäppchen und dem bösen Wolf. Ganz deutlich sieht sie den Wolf jetzt vor sich, ein Untier mit triefenden Lefzen, der ihr eine schreckliche, für sie bis dahin unbekannte Furcht einflößte.

Die Gegenkarte – den Jägersmann mit Gewehr und treuem Hund – hatte Hilkmar auf der Hand. Wie ungemein passend für ihn.

Am nächsten Morgen durfte Oda noch einmal mit dem Vater in die Backstube. Brioches haben sie gebacken aus gestrecktem Mehl und den letzten gehamsterten Eiern. Danach ging es für sie zurück ins Bergische. Diesmal musste Alwine mit, samt einem Koffer voll Silberbesteck aus dem zerstörten Café beim Dom.

Alwine hat es gehasst.

Vielleicht wusste sie mit ihren sechzehn Jahren, dass nach ihrer Rückkehr nichts mehr von dem Leben übrig sein würde, das sie kannte. Vielleicht ist sie darum auch wenig später einfach ausgerissen und nach Köln zurück. Weiß der Himmel, wie und auf welchen Wegen. Der Bummelzug verkehrte längst nicht mehr. Weite Teile der Strecke muss sie gelaufen sein. Mitten im Winter durch hohen Schnee. In drei Tagen hat sie die Strecke geschafft und ist trotzdem zu spät gekommen.

Ferdinand Wilhelmi war – trotz seines alten Lungensteckschusses – längst zum Volkssturm abkommandiert. In die vorderste Front irgendwo ins Belgische hinter Aachen. Als Anführer eines Himmelfahrtskommandos, dafür hatte Gimmler gesorgt.

Fröstelnd zieht Oda die Schultern hoch.

»Ist dir kalt?«, hört sie Hilkmar wie aus weiter Ferne fragen.

Nein, nein, sie schüttelt stumm den Kopf und folgt ihren Gedanken zurück ins Bergische Land. Sie muss da jetzt durch, noch einmal hinsehen, um sich zu wappnen für den Moment der Wahrheit.

In das abgelegene Tal der Großeltern zog der Krieg erst Wochen später ein. Mit dem sogenannten Endkampf, mit Schanztruppen, Volkssturmscharmützeln, Flüchtlingstrecks und SS-Horden, die nach Verstecken suchten, letzte Gelage feierten und wie nebenher noch ein paar Volksverräter an Laternenmasten aufknüpften. Ein Nachbar ihrer Großeltern war darunter, weil er sein Betttuch als weiße Fahne aus dem Fenster gehängt hat, nachdem das linksrheinische Köln von den Amerikanern erobert war.

»Ist dir wirklich nicht kalt?«, fragt Hilkmar noch einmal besorgt nach.

»Ist schon gut«, wehrt Oda seinen Mantel ab und ist doch froh, dass er sie just in diesem Moment aus den schwärzesten Erinnerungen zurück in die Gegenwart reißt. So ist Hilkmar. Immer da, wenn man ihn braucht.

Irgendwann muss mit dem Erinnern auch mal Schluss sein, und die letzten Kriegstage waren letztlich nur das Vorspiel für die unselige Geschichte, die sie allein zu verantworten hat.

Unselig fürwahr und trotzdem nur eine unbedeutende Randnotiz aus dieser grauenhaften Zeit, in der Menschen unsagbar Schrecklicheres zu erleiden, zu vergessen oder zu verschweigen hatten. Oda hat sich darum nie im Recht gefühlt, über sich und ihr vergleichsweise kleines bisschen Schicksal viele Worte zu verlieren.

Sie erreichen einen Mühlteich, auf dem Enten, darunter exotische Exemplare der Mandarin-Art, träge ihre Kreise ziehen und orange gefiederte Köpfe ins algengrüne Wasser tunken.

Hübsch sieht das aus, so harmlos.

Als Kind hat sie geglaubt, der Wassermann lebe in solchen Mühlteichen, weil Alwine das erzählt hat. Deren Wassermann war selbstredend ein Ungeheuer, Odas hingegen ein gütiger Geist. Wie die meisten Geister ihrer Kindheit. Liebe schien ihr so selbstverständlich und so unerschöpflich.

Sie wusste nicht, wie schmerzvoll und furchteinflößend lieben sein kann, wie vergeblich oder verboten.

Oda legt den Kopf in den Nacken, um ein Stück mit den Wolken über ihr mitzusegeln. Weit weg, bis sich der Himmel dreht und der Lärm ihrer Gedanken verebbt. Für einen winzigen, kostbaren Moment ist es ganz still in ihr. Nur die Luft bewegt sich. Sie braucht sie nicht zu atmen, die Luft atmet sich selbst.

Hilkmar greift nach ihrem Arm. Seine Stimme teilt den Vorhang ihrer Gedanken. »Wenn du so in den Himmel schaust, erinnerst du mich an das kleine Mädchen, das du mal warst. Ein unfassbar niedliches Kind.«

»Blödsinn«, erwidert Oda und kehrt zurück in die Wirklichkeit. »Kleine Mädchen mit grauen Haaren und Runzeln gibt es nicht.«

Hilkmar seufzt. »Ich habe es immer so empfunden, dass, egal wie sehr wir uns äußerlich verändern, die Kindheit stets präsent ist. Von seinen Anfängen kommt man nie los. Geht es dir nicht so?«

Oda nickt und wendet den Blick ab.

»Das Gedächtnis ist ein seltsames Ding«, fährt Hilkmar fort. »Ich kann mich an die Gesichter von fast allen Menschen erinnern, die ich als Kind kannte, während ich heutzutage Mühe habe, mich an das Gesicht eines Bekannten zu erinnern, dem ich am Morgen begegnet bin.« Unvermittelt greift er nach ihrer Hand, umschließt sie sehr fest.

Liebe Güte, kann der zupackend sein, wundert sich Oda und betrachtet ihre Hand in der seinen. Sie passt sehr gut hinein, ihre Hand.

»Oda, es ist ein Geschenk, dass wir wieder zusammengefunden haben. Nichts und niemand kann einem Freunde ersetzen, mit denen man seine Kindheit und Jugend erlebt hat.« Er muss sich räuspern. »Unsere wieder erwachte Vertrautheit ist sehr kostbar für mich.«

»Für mich auch«, sagt Oda und weiß, dass das ihr Stichwort ist. Sie muss jetzt etwas sagen.

Hilkmar kommt ihr zuvor. »Oda, du weißt sicher, dass ich dich immer geliebt habe, immer. Mehr, als du vielleicht ahnst.« Er räuspert sich wieder.

Oda hebt entsetzt den Blick. Oh nein. Oh nein, das darf nicht wahr sein. Hilkmar klingt so lyrisch, so wie, wie ... ein *Minnesänger*. Und macht eine regelrecht heroische Figur dabei. Seine Schultern sind gestrafft, das Kinn gereckt, in seinem Blick liegt eine Entschlossenheit, die an Todesmut erinnert.

»Oda, ich muss dir etwas gestehen. Ich hätte es längst tun

sollen, aber mir fehlte mein Leben lang der Mut dazu. Ich hatte Angst, du würdest mich verabscheuen, wenn ich dir sage, dass ich ...« Er bricht ab und sieht mit einem Mal aus wie ein vom Sturm gefällter Baum.

Sie muss ihm zuvorkommen, bevor er etwas sagt, das er hinterher bereuen könnte. Sie braucht Hilkmar nicht als Minnesänger, sondern als Freund. Ihren besten Freund.

»Hilkmar, bitte nicht. Erst muss *ich* mit dir über etwas reden, das mich mein Leben lang bedrückt hat. Es geht um unsere leidige Fehde mit den Gimmlers. Vor allem um den Tod von Ferdinand ...«

Hilkmars Mund verzieht sich wie unter Schmerzen. »Du weißt es also?«

»Ich weiß was?«, fragt Oda völlig verwirrt.

»Dass ich schuld am Tod deines Vaters bin.«

*»Du?«*

Hilkmar nickt. »Ich ... ich habe Ferdinand erschossen.«

## 18.

»Das sind Ares und Aphrodite, der griechische Kriegsgott und die Göttin der Liebe. Eines der leidenschaftlichsten Paare auf dem Olymp«, sagt Nils Seelentag und umrundet mit Kennerblick den Springbrunnen im Zentrum des Heckenlabyrinths. »Eine sehr schöne Arbeit. Mein Vater wäre begeistert. Griechische Mythologie ist sein Steckenpferd.« Nils bückt sich und nimmt die Bilder auf dem Springbrunnensockel in Augenschein.

»Willst du mein Sandwich?«, fragt Jurek Dorkas, die nervös neben ihm auf der Bank herumrutscht. »Das ist ein ganz teures, sagt Papa.« Flüsternd setzt er hinzu: »Schmeckt aber scheiße, ist mit rosa Fischwürmern.«

Er meint Garnelen, stellt Dorkas mit kurzem Blick auf das Sandwich fest und nimmt hinter ihrem Rücken eine Sandwichhälfte entgegen, während sie Nils anstarrt.

Dass sie ausgerechnet dem hier begegnen muss!

»Ziemlich unwahrscheinliches Liebespaar«, sagt sie, um die latent feindselige Stille zwischen ihr und Nils zu durchbrechen. Jurek zuliebe, der sich richtig freut, dass er sie hier gefunden hat.

Nils wendet ihr das Gesicht zu. »Ein unwahrscheinliches Paar? Dann raten Sie mal, wie das Kind der beiden heißt.«

»Da ist doch gar kein Kind«, sagt Jurek. Er lässt seine Sandwichhälfte im Stich und läuft zum Brunnen, um das noch mal nachzuprüfen.

»Nein«, erklärt Nils, »aber sie haben später eins bekommen.«

»Junge oder Mädchen?«, will Jurek wissen und hält die Hände unter den Wasserstrahl, der vor Ares und Aphrodite ins Becken rieselt.

»Ihr Kind ist die Göttin der Eintracht und Versöhnung. *Harmonia.*«

»Saublöder Name«, findet Jurek.

»Aber ziemlich passend für ein Liebeslabyrinth, finden Sie nicht?«, bemerkt Nils in Dorkas' Richtung.

Was ist denn mit dem passiert? Soll das ein Flirt werden? Dieser eitle Schönling lässt anscheinend keine Gelegenheit aus! Und hernach straft er jede Verehrerin, die blöd genug ist, darauf einzugehen, mit Verachtung. Etwa Verena Beutel. Raissa Popow lässt er seit dem erotischen Badeunfall in Canterbury ebenfalls links liegen.

Der Kerl hat eine ernstzunehmende Störung. Soweit sie weiß, gibt es einen psychiatrischen Fachbegriff dafür. Don Juanismus. Genau. Das männliche Gegenstück zur Nymphomanie. Wenn dieser Nils nicht so nervig wäre und sie nicht so beschäftigt mit wirklich wichtigen Dingen, müsste sie glatt lachen.

»Ich gehe jetzt Oda suchen, wir sind in der Kastanienallee verabredet«, sagt sie knapp und will sich von der Bank erheben.

»Kann ich mitkommen, ich würde auch gerne Kastanien sa…«, setzt Jurek an, als ein schriller Jauchzer ihn unterbricht.

»Da seid ihr ja«, freut sich Alwine und pflanzt sich im rosenüberwucherten Torbogen auf. »Habt ihr lange gebraucht, um hierherzukommen? Ich habe es in einem Durchgang geschafft! Ich hatte allerdings auch eine hervorragende Pfadfinderin an meiner Seite.« Sie dreht sich kurz um und zieht eine Frau in Latzhosen so energisch an ihre Seite, dass es vom Torbogen rote Rosenblätter regnet.

»Die Möhre«, murmelt Jurek und kneift zu Dorkas' Erstaunen grimmig die Augen zusammen.

»Darf ich vorstellen?«, sagt Alwine und schiebt ihre Begleiterin auf den runden Zielplatz. »Das ist Gräfin Kristin von …«

»Oh bitte«, wehrt die junge Frau mit leicht wieherndem Gelächter ab, »keine Titel. Ich möchte hier niemanden einschüchtern.«

»Papperlapp. Ehre, wem Ehre gebührt, außerdem gehören Sie doch jetzt zu unserer Truppe!«

»Welcher Truppe?«, fragt Nils irritiert, nachdem er Kristin eher höflich als erfreut zugenickt hat.

»Na, zu unserer Reisetruppe. Stell dir vor, mein Lieber, Gräfin Kristin hat soeben ein Gartenseminar hier auf Goodneston beendet und will einen verdienten Urlaub anschließen. Auf Upton Manor. Ist das kein Zufall? Unser Schlosshotel! Natürlich habe ich ihr angeboten, bei uns zu mitzufahren. Im Bus ist doch noch reichlich Platz.«

Nils runzelt die Brauen. »Tante Alwine, das ist wirklich nett von dir gemeint, aber ich glaube, das solltest du zunächst mit Verena Beutel besprechen. Es gibt Versicherungsbestimmungen, die es uns verbieten, unterwegs Gäste oder Anhalter an Bord zu nehmen.«

»Anhalter? Wie kommst du denn auf so einen Quatsch?«, schimpft Alwine und schiebt Kristin weiter auf ihn zu. »Frau von Eschlohe kann doch nachlösen.«

»Nachlösen ist gut«, wiehert die Gräfin. »Ich werde natürlich den vollen Reisepreis bezahlen und an ihren Exkursionen teilnehmen. Ich wollte mir Kent schon immer mal ansehen. Ihre Patentante meint, Sie bekommen für jeden Gast eine Prämie, Herr Seelentag.« Sie zwinkert neckisch. »Ich bin also ein guter Fang für Sie!«

Dorkas traut ihren Ohren nicht. Warum werfen sich alle

Frauen diesem verflixten Nils Seelentag an den Hals? So schön ist er nun auch wieder nicht, oder hat sie was verpasst?

Ihr Blick wandert zu Nils, der glaubhaft irritiert wirkt. »Pardon, Frau Eschlohe, aber das mit der Prämie stimmt selbstverständlich nicht.« Wütend blitzt er Alwine an. »Ich bin kein Kopfgeldjäger.«

Die Gräfin entblößt ein Pferdegebiss für ein weiteres Wiehern. »Kopfgeldjäger ist gut. Ich mag Männer mit Humor.«

Dorkas sieht, dass Nils die Nackenmuskeln anschwellen.

»Die ist voll peinlich«, murmelt Jurek Dorkas zu und greift nach ihrer Hand. »Und sie verfolgt uns schon die ganze Zeit.«

Die Gräfin wiehert immer noch.

»Ja, mein Patensohn ist nicht nur attraktiv, sondern auch so witzig«, preist Alwine Nils unbekümmert weiter an. »Und intelligent dazu. Er hat in Cambridge studiert.«

Was ist hier nur los?, wundert sich Dorkas. Egal, sie will jetzt wirklich gehen. Sie löst ihre Hand aus Jureks und drängt sich am Springbrunnen vorbei zum Rosenbogen.

»Würden Sie mich bitte durchlassen?«, fragt sie auf Höhe von Alwine.

»Sehr gern«, erwidert Alwine und macht Platz. »Und vergessen Sie nicht unser gemeinsames Mittagessen in – wie hieß das Dorf noch? Bibbidum?«

»Biddenden«, korrigiert Nils genervt.

»Welches Mittagessen?«, will Dorkas wissen.

»Hat Oda Ihnen nichts ausgerichtet? Wir werden zusammen speisen. Sie kommen selbstverständlich auch mit, Frau Gräfin. Wohin wirst du uns übrigens einladen, Nils?«

»Ich soll euch einladen?« Nils Stimme klingt unverkennbar entsetzt.

Geschieht ihm recht nach allem, was er in Frauenherzen so anzurichten scheint, findet Dorkas.

Im Hinausgehen sieht sie, dass Gräfin Kristin sich mit einer Geste, die kokett sein soll, durch ihre Struwwelpeterfrisur fährt. Die Geste misslingt. Ihr Möhrenhaar steht nunmehr vollends zu Berge.

Dorkas nimmt einen Linksabzweig, dann geht sie rechts, noch mal links – und jetzt? Wieder links, oder? Nein, das war falsch. Herrje, sie hat sich verfranst. Nur wegen dieses albernen Rummels um Nils Seelentag. Am besten geht sie zurück Richtung Götterbrunnen und fängt noch mal von vorne an. Sie lauscht auf das Plätschern, um nicht wieder in die Irre zu gehen.

Das Plätschern wird durch lautes Rufen übertönt.

»INGEBORG«, schallt es vor ihr durchs Heckengrün. »Signora Ingeborg!« Im selben Moment prallt sie mit Giovanni zusammen.

»Ah, signora Dorkas, was für eine Glück. Haben Sie gesehen die Ingeborg? I soll sie suchen. Hat mir signora Raissa gefragt, weil i finde immer die Weg, und das arme Ding weiß nie, wo es langgeht, sagt Rassia. Porca miseria! Wir mussen ihr helfen!«

## 19.

Der Himmel sieht plötzlich aus wie mit Wolken zugeklebt. Grau in Grau. Scheußlich grau. Englisch eben. Und von Westen jagen weitere Wolkenflotten heran. Eins ist sicher: Das gibt Regen! Und zwar reichlich. Diese Reise ist ein Reinfall, findet Alwine. In jeglicher Hinsicht. Vor allem finanziell.

Seit Nils ihr auf dem Weg zum Pub von Biddenden seine Zukunftspläne erläutert hat – und das in äußerst renitentem Tonfall –, ist ihre Laune im Keller. Im finstersten Keller. Sein ganzes schönes Geld will er in Apfelweinfässern versenken. Hier in Kent. Was soll denn dann bitte aus ihren, nein, seinen Cafés werden?

Und diese dämliche Gräfin ist auch noch entzückt von Kent!

Einfach grauenhaft, die Situation. Da hilft es auch nicht, im Innenhof eines Bilderbuchpubs unter roten Geranienampeln zu sitzen und auf ein angeblich fabelhaftes Mittagessen zu warten. Noch dazu allein. Bis auf ein Spatzenvölkchen, das sich auf dem Nachbartisch um die Überreste einer Pastete zankt.

Nils, Dorkas, Jurek und die Gräfin bestellen im Schankraum gerade Getränke und den Lunch. Der Rest der Truppe besichtigt dieses Bibbidum oder Diddeldum, und Oda und Hilkmar gehen spazieren.

Langsam wächst sich das bei den beiden zu einem verdächtigen Spleen aus. Zumal sie nach der Besichtigung von Goodneston Hand in Hand zum Bus zurückgekehrt sind.

Hand in Hand! Haben sich aneinandergeklammert wie zwei

frisch verliebte Teenager. Oh ja. Das hat sie genau gesehen! Auch wenn Hilkmar seine Hand in der Manteltasche hat verschwinden lassen, als er Alwine gesehen hat.

Vor einem halben Jahrhundert hätte sie eine Turtelei der beiden durchaus begrüßt, aber in diesem biblischen Alter? So ein Unsinn und viel zu spät. Macht sie fuchsteufelswild, sich vorzustellen, dass die ihr liebsten Menschen gemeinsam mit ihr und entsprechendem Nachwuchs dafür hätten sorgen können, dass die Zukunft der Firma Wilhelmi gesichert gewesen wäre!

Am liebsten hätte sie Hilkmar dazu ein paar deutliche Worte gesagt. Dummerweise hatte sie aber bereits die Gräfin auf Hilkmars Busplatz eingeladen, und so haben sich Oda und er auf die hintersten Plätze zurückgezogen. Um zu tuscheln. Wie die Lümmel von der letzten Bank.

Darum hat sie keine Ahnung, was die beiden so Aufregendes zu bereden hatten. Stattdessen musste sie dem Gelächter der Gräfin lauschen, die über jeden noch so schalen Witz von Nils in Wiehern ausgebrochen ist.

Es heißt ja, dass Hundebesitzer ihren Vierbeinern mit der Zeit immer ähnlicher werden. Bei der Gräfin haben unverkennbar ihre Pferde diesen Effekt. Oder es ist umgekehrt. Was Wiehern und Schnauben angeht, können die gräflichen Zossen sicher von ihrer Besitzerin lernen und ... Plitsch!

Ein Wassertropfen schlägt auf Alwines Kopfhaut ein. Auch das noch. Hektisch kramt sie in ihrer Handtasche nach ihrer Regenhaube. Scheußliches Plastikding, aber ihre Wasserwelle ist leider alles andere als wasserfest, und wann sie in diesem Urlaub wieder einen Friseur auftreiben kann, ist ungewiss.

Upton Manor – der Landsitz, auf dem sie ab heute übernachten werden – mag ja eine Luxusbleibe sein, aber einen Hotelfriseur haben die sicher nicht.

Höchstens Gärtner, die mit Hingabe Buchsbäume frisieren

und den Rasen maniküren. Gärten und Grünzeug gehen ihr inzwischen gehörig auf den Geist.

Auf dem Weg hierher mussten sie einen weiteren Park und noch ein Herrenhaus besuchen, dazu eine Kirche samt Friedhof und – plitsch! – der nächste Regentropfen! Alwine mustert griesgrämig ihre Hand. Tatsächlich, die ist nass, und da kommt gleich wieder einer. Sie linst nach oben. Das ist ja gar kein Schauer! Was hier regnet, ist eine Blumenampel. Als ob man die Blumen bei so einem Himmel gießen müsste!

Sie rückt verärgert ihren Stuhl beiseite und schaut sich mit wachsendem Grimm in dem menschenleeren Hof um. In der Mitte steht ein mittelalterlicher Pumpbrunnen, weitere Blumen sind in Backtröge und Apfelweinfässer aus Eichenholz gepflanzt.

Ganz Bibbidum ist eine Art bewohntes Freilichtmuseum mit buckeligen Fachwerkhäusern, die wie Tratschweiber aufeinanderkleben. Die Engländer übertreiben es mit der Idylle und Vergangenheit, findet sie, und wenn ihr noch mal einer der Mitreisenden was von der malerischeren Landschaft vorschwärmt, kriegt er eins mit ihrem Knirps über den Kopf!

Schade nur, dass sie ihn im Bus vergessen hat.

Diese ewigen Hügel hier halten doch keinem Vergleich mit dem Schwarzwald stand. Schon gar nicht der hiesige Wald, der zugunsten von Obstplantagen und Hopfenspalieren ordentlich gelichtet wurde.

Obstplantagen. Pah!

Hopfen, igitt!

Bier ist ein völlig überschätztes Getränk. Erst recht das englische. Schmeckt wie ein Kamel unter den Achseln.

Und was denkt sich ihr Patensohn eigentlich dabei, unter die Apfelfarmer gehen zu wollen?!

Also wirklich.

Alwine zieht vor Empörung so scharf Luft ein, dass sie eiskalt an ihren Zähnen vorbeistreicht. Fühlt sich an, als würden sie geschliffen. Zumindest an denen, die noch echt sind. Alwine würgt die Griffe ihrer Handtasche.

»Nein ist das zauberhaft hier«, tönt es vom Hintereingang zum Pub. Kristin von Eschlohe tritt in den Hof und stiefelt mit einem Tablett voller Gläser auf Alwines Tisch zu. »Überhaupt diese Landschaft! So malerisch!«

Alwine würgt ihre Handtasche fester. Wirklich schade, dass sie ihren Knirps nicht zur Hand hat. »Finden Sie?«, fragt sie pikiert, während Kristin Gläser, die groß wie Eimer sind, auf dem Tisch verteilt.

Die Gräfin nickt. »Oh ja.« Sie schaut sich verstohlen zum Pub um. »Aber das ist natürlich kein Grund, nach England zu ziehen. Ein, zwei Wochen Urlaub auf der Insel genügen pro Jahr. Am besten in der Epsomwoche oder um die Rennen von Ascot zu sehen. Ansonsten brauchen mich meine eigenen Pferde. Prost.«

Die Gräfin greift nach einem Bierglas – mit erstaunlich wenig Schaum – und kippt es in einem Zug.

Alle Achtung, die kann einen Stiefel vertragen.

Alwine greift mit zart aufkeimender Hoffnung nach ihrem Sherry und erwidert das gräfliche »Prost« mit einem »Cheers«. Die strohgelbe Flüssigkeit – trocken natürlich – rinnt kühl ihre Kehle hinab und entfaltet auf Brusthöhe ein mildes Brennen. Sehr belebend. Fast so gut wie ihre bewährte Klosterfrau.

»Sie meinen, Sie wollen am Niederrhein bleiben?«, fragt sie, nachdem sie ihr Glas abgesetzt hat.

Die Gräfin nickt. Hoheitsvoll, wie sich das gehört. Wenn sie nicht wiehert, ist sie eigentlich doch ganz passabel, entscheidet Alwine.

»Falls Ihr Patensohn also an seinen Englandplänen festhält,

muss ich mich nach einem anderen ODB umschauen. Ich habe nicht vor, mein Gestüt aufzugeben.«

»ODB?«, fragt Alwine verwirrt nach.

»Objekt der Begierde.« Die Gräfin wiehert wieder. »Nils ist natürlich ein erstklassiges Exemplar von Mann. Gutes Ehemannmaterial. Schmale Hüften, strammer Hintern, tadelloses Gebiss!«

»Vorsicht«, beendet Alwine die recht unwürdige Fleischbeschau der Gräfin und deutet auf die Tür zum Schankraum. »Da kommt ihr DOB!«

»ODB! DOB heißt Damenoberbekleidung.« Weiteres Wiehern.

Alwine bemüht sich angestrengt, es zu überhören. Sie will die Gräfin angenehm finden, egal wie schwer das fällt. Was soll's. Sie wird ja nicht mit dem Gewieher leben müssen, sondern Nils. Oh ja, das muss er. Und zwar in Köln, nicht in Kent. Rasch mustert sie noch einmal die Gräfin. Mit deren Frisur muss dringend etwas passieren, und reizvollere DOB braucht sie auch, um ihr ODB zu überzeugen.

Nur gut, dass sie Raissa vorhin beauftragt hat, in einem Fashion-Outlet in Ashford nach passender Garderobe für die Gräfin Ausschau zu halten, statt Kirchenfenster zu studieren. Dabei geht zwar schon wieder ein Teil ihrer letzten Ersparnisse drauf, aber im Shoppen ist Raissa ein Ausnahmetalent.

»Lasst mich doch auch was tragen«, fleht Nils gerade Dorkas und Jurek an, die mit weiteren Tabletts in den Hof treten.

»Nicht nötig, im Servieren sind wir Profis«, lehnt Dorkas ab und zwinkert Jurek zu, der ebenfalls schwer beladen ist.

Mit einem Tablett voller Käse! Soll das ihr Mittagessen sein? Also wirklich, empört sich Alwine stumm, sicher war das Dorkas' Idee. Fehlt nur noch ihr blöder Möhrenkuchen zum Dessert.

Und warum will ihr Patensohn ihr unbedingt das Tablett abnehmen? Ein bisschen Servieren ist ja wohl das Mindeste, was diese Dorkas tun kann, um sich ihre Gratisreise zu verdienen.

»Tante Alwine, bevor ich's vergesse«, sagt Nils und zieht sein neumodisches Telefon aus der Hosentasche. »Dein Rätselgewinner Schüttpelz hat sich bei mir gemeldet. Er bittet um Rückruf.«

»Auf deinem Telefon?«

»Hast du selber eins?«

»Natürlich nicht. Ich renne in meinem Alter nicht sinnlos durch die Gegend und rede mit Unsichtbaren.«

»Tja, darum hat Schüttpelz es wohl bei mir versucht. Soll ich dich verbinden?«

Hm, das muss was Dringendes sein. »Ich bitte darum.«

Nils tippt ein paar Tasten. »Herr Schüttpelz? Hier Seelentag, ich reiche Sie an Frau Wilhelmi weiter.«

Alwine nimmt das Telefon entgegen, grüßt kurz hinein und lauscht. Aha. Hm. Interessant. Sogar höchst interessant. Jetzt nur nicht zu begeistert gucken oder was Falsches sagen. Feind hört mit. »Dann auf Wiederhören, Herr Schüttpelz, und viel Erfolg in London.«

»London?«, fragt Nils erstaunt, als sie auflegt. »Was will Herr Schüttpelz denn da?«

Mist, doch verplappert.

»Äh, ich habe ihm als erstem Gewinner einen kleinen Extrapreis geschenkt«, fabuliert sie rasch. »Einen Tag London. Ich glaube, er will dort mit diesem Riesenei fahren. Diesem, eh?«

»Du meinst das *London Eye*, das Riesenrad an der Themse.«

»Genau. Er wird heute Abend wieder zu uns stoßen.« Hoffentlich. Eine Übernachtung im Ritz oder im Dorchester will sie ihm trotz der erfreulichen Nachrichten, die er für sie hatte, nämlich nicht spendieren. Und wer weiß, was die da für »adult Videos« berechnen!

Nils schüttelt den Kopf und verteilt weitere Teller auf dem Tisch. »Übertreibst du es nicht mit deinen Gewinnern, Tantchen? Shoppingbummel für Frau Popow und Extratouren für Schüttpelz? Normalerweise gibt es in Rätselheften Kaffeemaschinen als Hauptpreis. Unsere Reise ist wahrhaft luxuriös genug und hat dich eine Stange Geld gekostet.«

»Darum freue ich mich, dass du uns heute zum Lunch einlädst. Was ist das übrigens?«, fragt sie spitz.

»Alter Käse«, kommt es naserümpfend von der Gräfin. »Ich glaube, ich brauch noch ein Bier.« Sie erhebt sich.

»Also wirklich, Nils, etwas mehr Stil hätte ich dir schon zugetraut«, tadelt Alwine, während die Gräfin im Pub verschwindet.

Käse! Der hat auf ihr Wohlbefinden oft unschöne Auswirkungen. Eine halbe Packung Neda Früchtewürfel braucht es, um ihre Verdauung nach dem Genuss von Camembert wieder halbwegs auf Trab zu bringen. Hartkäse wirkt sich noch verheerender aus. Dagegen kommt nicht mal die Klosterfrau an.

»Das ist ein ›ploughman's lunch‹«, verteidigt Dorkas das Menü. »Ein typisches Pubessen in Kent. Stilton, Weynsdale und Cheddarkäse, dazu eingelegte Zwiebeln, warmes Brot und Chutneys. Die Gewürze darin machen das Ganze bekömmlicher. Aber wenn Sie mögen, kann ich Ihnen auch eine Pastinakensuppe bestellen, die ist sehr lecker und magenfreundlich.«

»Ich weiß, was mir bekommt«, wirft Alwine ein, der es nicht passt, wenn jemand anders als sie selber sich um ihre Gesundheit sorgt.

»Dann probieren Sie wenigstens mal«, lockt Dorkas. »Die Zusammenstellung ist köstlich.« Sie schneidet Käse auf, legt ihn auf einen Teller und stellt ihn verziert mit ein paar Klecksen Chutney vor Alwine hin.

»Und was ist das?« Alwine deutet auf einen Teller mit trockenen Keksen, die Dorkas in der Mitte des Tischs abstellt.

»›Biddenden cakes‹«, sagen Nils und Dorkas wie aus einem Mund.

Nils schenkt diesem unmöglichen Geschöpf ein Lächeln, als gehe vor ihm gerade die Sonne auf. In Dorkas' Gesicht ziehen im Gegenzug Gewitterwolken auf. Nils' Grinsen verbreitert sich.

Was soll diese Neckerei? Noch dazu in Gegenwart der Gräfin, die soeben ihren zweiten Eimer Bier auf dem Tisch absetzt.

»Das ist doch im Leben kein *Kuchen*«, beschwert sich Alwine bei Nils.

Na also, jetzt grinst er Dorkas nicht mehr wie ein Honigkuchenpferd an.

»Es ist eher eine Art Souvenir«, erläutert er.

Ha, ganz der Vater, wenn's was zu dozieren gibt, ist er nicht zu bremsen.

»Diese Kekse sind ein traditionsreiches, uraltes Gebäck, das an zwei außergewöhnliche Ladys erinnert. Die Maids of Biddenden.«

»Uralt stimmt«, unterbricht Alwine ihn und gibt den Versuch auf, einen der steinharten Kekse in mundgerechte Stücke zu zerbrechen. »Damit würde ich nicht einmal Spatzen füttern.«

»Da sind ja zwei nackte Frauen drauf. In inniger Umarmung«, quiekt die Gräfin und klingt ausnahmsweise nach fröhlichem Ferkel statt nach überschnappendem Gaul.

Jurek grapscht nach dem Gebäck. »Nee, die haben nur nackte Busen! Eins, zwei, drei, vier Stück zusammen.«

»Bei den beiden Frauen handelt es sich um siamesische Zwillinge. Töchter aus reichem Haus, die der Legende nach vor fünfhundert Jahren hier gelebt haben«, setzt Nils wieder zum Vortrag an.

»Und ziemlich ungezogenen Spaß miteinander hatten, wie mir scheint«, ergänzt die Gräfin und entblößt ihr Pferdegebiss in Nils' Richtung. »Gefällt Ihnen so was? Zwei frivole Schwestern, die miteinander ... na ja ...«

Zu Alwines Entsetzen hebt Kristin von Eschlohe neckisch den Zeigefinger in Nils' Richtung.

»Sie böser, böser Junge!«

Wo hat die denn Flirten gelernt? Im Schweinestall? Um diese Dame attraktiv zu machen, muss Raissa ein wirklich schönes Kleid finden. Ein sehr schönes.

»Die beiden Schwestern mussten sich umarmen, weil sie an den Hüften zusammengewachsen waren und sonst keinen Schritt hätten gehen können«, knurrt Nils hörbar angewidert. »Davon abgesehen sollen sie sich ihr Leben lang gezankt haben wie die Kesselflicker.«

Das leuchtet Alwine unter diesen Umständen ein.

»Aber das ist nicht wahr«, protestiert Dorkas und wirft ihre blaue Strähne zurück. »Eliza und Mary waren sich sehr zugetan, heißt es. Ihre Geschichte ist die einer großen Zuneigung.«

»Ich gebe Ihnen recht. Streit und Liebe schließen einander nicht aus«, erwidert Nils aufgeräumt. »Im Gegenteil gehören sie untrennbar zusammen. Denken Sie an Ares und Aphrodite im Labyrinth von Goodneston Park. Wie alle Mythen reflektiert ihre Geschichte die menschliche Natur.«

Dorkas geht nicht darauf ein.

»Welche Aphrodite?«, verlangt Alwine zu wissen, der es nicht behagt, dass Nils mit Dorkas statt mit der Gräfin über die Göttin der Liebe plaudert.

»Das ist die Mutter von der Mundharmonika«, mischt sich Jurek ins Gespräch ein

»Harmonia«, korrigiert Nils geduldig.

»Ja, so heißt die, und ihre Eltern stehen im Labyrinth im Springbrunnen«, teilt Jurek Alwine mit. »Die zwei waren noch nackter als die zwei Zwillinge auf den Keksen. Warum sind die eigentlich dadrauf?« Jurek schaut zwischen Dorkas und Nils hin und her.

»Wollen Sie das erklären?«, fragt Nils galant.

»Als Mary mit vierunddreißig Jahren starb«, sagt Dorkas, »soll sich Eliza geweigert haben, sich operativ von ihrer Schwester trennen zu lassen. Dabei war es ihre einzige, wenn auch damals geringe Chance zu überleben. Stattdessen ist sie sechs Stunden nach Mary gestorben. Mit den Worten: ›Wir sind zusammen auf die Welt gekommen und werden sie zusammen verlassen.‹ Außerdem haben die beiden ihr gesamtes Land der Armenfürsorge gestiftet. Darum sind sie auf diesen Keksen abgebildet, die seither zu Ostern neben Brot, Käse und Bier an Bedürftige verteilt werden.«

Alwine entwindet Jurek den Keks. »Der ist nichts für dich! Geh du mal spielen.« Sie deutet auf eine Schaukel im Hintergrund des Hofes.

»Ich bin kein Baby«, mault Jurek.

»Komm, wir holen deine Pommes an der Theke ab«, schlägt Dorkas vor.

»Können wir auch den Flipper probieren?«, bettelt Jurek.

»Du magst doch keine Flipper«, sagt Nils erstaunt.

»Den schon, weil, der ist mit Jack Sparrow.«

»Ran an die Kanonen«, sagt Dorkas. »Aber ich warne dich, ich bin unschlagbar!«

Denkst du, freut sich Alwine, während Dorkas und Jurek ein Wettrennen zum Pub starten.

Himmel, kann Nils nicht dieses grenzdebile Grinsen abstellen? Zumindest, falls es nicht Jurek, sondern dieser blaugesträhnten Dorkas gelten sollte. Na, auch egal. Horst Schüttpelz wird dafür sorgen, dass ihrem Patensohn die Lust an einem Flirt mit dieser Dorkas vergeht. Er hat nämlich eine heiße Spur in ihre Vergangenheit entdeckt. Dank Dorkas' Telefonrechnung aus Canterbury.

Die Spur führt nach London. Mit einem Hochgeschwindigkeitszug ab Ashford kann er in achtunddreißig Minuten da sein, und somit heißt es vielleicht schon heute Abend: *»Farewell Dorkas.«*

Damit wäre schon einmal das Stammhaus Wilhelmi in Ehrenfeld vor fremden Händen gerettet. Gebe Gott, dass es ihr gelingt, auch den Rest ihres Unternehmens zu erhalten! Vor allem vor dem Übernahmeangebot der schmierigen, gierigen Gimmlersippschaft! Die bekommt ihre Cafés und Bäckereien nur über ihre Leiche. Ach was, nicht einmal dann! Eher würde sie alles, was sie aufgebaut hat, in die Luft jagen. Oder ein Streichholz dranhalten wie diese Brandstifterin Dorkas!

# III. Teil

## 1.

Regen prasselt gegen die Fensterscheiben von Upton Manor, sammelt sich auf dem Glas und mäandert in Schlieren herab. Seit dem Nachmittag gießt es derart sintflutartig, dass die Fahrt in einer historischen Dampflok wegen Gleisüberschwemmung ausfallen musste. Genau wie der Besuch des nahen Küstenstädtchens Rye.

Zu Nils' Erleichterung schienen die Busgäste nicht weiter enttäuscht, und Upton Manor, ein Landgut mit schlossartigem Herrenhaus, wird sie für die ausgefallenen Programmpunkte mehr als entschädigen.

Das Haus ist auf einer Hügelkuppe gelegen und gewährt bei gutem Wetter einen spektakulären Ausblick auf die Steilküste von Folkestone. Wenn man ein Fernglas zur Hand hat, sogar auf Frankreichs Küstenlinie. Hier zu logieren ist ein Ereignis für sich, das schon Feldmarschall Wellington, Napoleons erfolgreicher Widersacher bei Waterloo, und diverse Mitglieder des Königshauses zu schätzen wussten und wissen.

Selbst Tante Alwine hat für einen Moment ehrfürchtig geschwiegen, als sie die zweigeschossige Vorhalle mit ihren Marmorsäulen, den in Nischen eingepassten Alabasterskulpturen und den Deckenfresken betreten haben. Um sodann im Beisein seiner Lordschaft, der die Gäste persönlich begrüßt hat, festzustellen: »Kein Wunder, dass hier solche Neppreise verlangt werden. Möchte nicht wissen, was so eine Halle an Heizkosten verschlingt. Wird idiotisch teuer sein. Genau wie mein geplanter Geburtstagsball. Ich hoffe, wir bekommen hier für mein Geld wenigstens etwas Anständiges zu essen. Außer Käse.«

Nils seufzt gequält und wirft von seinem Schlafzimmer im ersten Stockwerk einen Blick in die Parkanlagen. Nur gut, dass seine Lordschaft kaum Deutsch versteht.

Leider hat er allerdings genug verstanden, um Alwine eine ordentliche Portion »alten Stilton« zum Portwein zu versprechen, was Alwine mit »Ich hatte heute Mittag genug Stilton für den Rest meines Lebens« quittiert hat. Diesmal in Englisch. Akzentfrei. Auf Englisch hat sie sich sodann über einen Hauch frischen Farbgeruchs und das Klopfen von Zimmermannhämmern mokiert, die durch eine wappengeschmückte Flügeltür drang. »Ich hoffe, dieser Lärm wird abgestellt, während wir hier logieren«, hat sie Darnsdale angerüffelt, der sich als echter Lord und Brite wortreich dafür entschuldigt hat, dass man den Prunksaal für ihren Ball herrichten müsse. An diesem Punkt hat sich seine Tante auf ihre Manieren besonnen und den Mund gehalten.

Anders als Verena Beutel, die ebenfalls des Englischen mächtig ist und ihre Sprachkenntnisse genutzt hat, um beim Lord auf »separate rooms« für sich und ihren Gatten zu bestehen. »Because he snores awfully« – weil er schrecklich schnarche. Sie wollte auch keine Zimmer mit Verbindungstür und möglichst in einem anderen Stockwerk als ihr Angetrauter logieren.

Warum, das hat sie Nils hinterher bei einem gewisperten Zwiegespräch vor seiner Zimmertür erklärt: »Komm heute Nacht zu mir. Wir *müssen* über unsere Zukunft reden!«

Weitere intime Mitteilungen hat diese grässliche Gräfin von Eschlohe unterbunden, die wie aus dem Nichts ebenfalls vor seiner Zimmertür erschienen ist, um ihn auf einen Drink nach dem Dinner einzuladen. In ihrem Zimmer. »Ich schlafe nur eine Türe weiter, sozusagen Wand an Wand mit Ihnen.«

»Unmöglich, da schläft Frau Wilhelmi«, hat Verena gegiftet.

»Sie irren«, hat die Gräfin gekontert. »Alwine hat mit mir getauscht, weil man mich in ein Dienstbotenzimmer unters Dach abschieben wollte. Ihre Patentante ist wirklich reizend, Herr Seelentag!«

Nur gut, dass Jurek nichts von alledem mitbekommen hat. Der war am anderen Ende des Flurs mit Dorkas Mendel und einer geheimen Tapetentür zu den Dienstbotengängen beschäftigt, die das Haus unsichtbar durchziehen. Sein Kurzer hat einen verdammten Narren an dieser jungen Frau gefressen.

Nils verzieht gequält den Mund. Diese Reise wird zunehmend unerträglicher. Als ob es nicht genügen würde, dass er ungewollt Vater wird. Er hat sich zwar immer weitere Kinder gewünscht, aber sicher nicht von Verena. Wie soll er diesen verdammten Schlamassel nur Jurek beibringen?

Und diese Gräfin ist ebenfalls eine Heimsuchung. Warum will Tante Alwine ihn nur so hartnäckig mit ihr verkuppeln? Allein die Idee, er könne auf der Suche nach einer neuen Frau sein, ist lächerlich.

Sein Blick kehrt in den Park zurück. Auf den gekiesten Wegen sammelt sich das Wasser in Flächen. Riesige Pfützen werden von auffrischendem Wind gekräuselt. Ein paar Gärtner, nein, es sind Gärtnerinnen, verladen riesige Kübel mit Orangenbäumchen auf einen Elektrokarren. Sie wollen die empfindlichen Südfrüchte sicher vor dem angekündigten orkanartigen Sturm in Sicherheit bringen.

Hoffentlich ist das eine unnötige Vorsichtsmaßnahme. Ein Sturm so nah an der Kanalküste ist eine unerfreuliche Angelegenheit und könnte die Reisegruppe auf unbestimmte Zeit in diesem Haus festhalten. Grauenhafte Aussicht, mit Verena, der Gräfin und Alwine tagelang untätig eingesperrt zu sein!

Selbst die Schönheiten von Upton Manor wären keine Entschädigung für diese Zumutung.

Nils schaut prüfend zum Horizont. Vom Meer ist wenig auszumachen. Der Himmel hat eine bleigraue Kapuze aufgezogen und verheißt weitere Regenfälle. Aber einen Sturm?

Falls das Wetter so bleibt, wird er in jedem Fall das Besichtigungsprogramm umstellen müssen. Auf Museumsbesuche, Schlösser, den berühmten Pavillon von Brighton anstelle von Gartenbesichtigungen. Die sind unmöglich. Es sei denn, man hat ein Faible für triefende Landschaften und nasse Füße.

Etwa wie die einsame Gestalt, die gerade die Terrassentreppe zum Park herabsteigt und sich verstohlen zum Haus umschaut.

Er stutzt. Nanu, das ist ja Dorkas Mendel. In der linken Hand balanciert sie einen Regenschirm, und mit der rechten presst sie ihr Handy gegen das Ohr. Warum telefoniert sie nicht hier drinnen? Im Trockenen. Der Empfang auf Upton Manor ist ausgezeichnet, wie er eben bei der Beantwortung der letzten Mail von Bäckerblume festgestellt hat.

Nils kneift die Augen zusammen. Dorkas schlendert – trotz auffrischenden Regens – weiter. Sie erreicht die hektisch agierenden Gärtnerinnen, bleibt wie angewurzelt stehen und lässt das Handy sinken. Wenn er sich nicht täuscht, formt sich ihr Mund zu einem verblüfften O. Als habe sie ein Blitz getroffen, verweilt sie auf Höhe der Elektrokarre. Eine der Gärtnerinnen in Regenjacke hebt die Hand zu einem spontanen Gruß.

Dorkas macht auf dem Absatz kehrt und eilt zurück ins Haus. Wie gehetzt rennt sie mitten durch riesige Pfützen. In etwa so gehetzt wie gestern in Canterbury, als sie sich von Horst Schüttpelz belästigt fühlte. Dorkas' absurdes Verhalten löst anscheinend auch bei den Gartenangestellten Erstaunen aus. Die junge Frau in der Regenjacke ruft etwas hinter ihr her, nimmt sogar die Verfolgung auf. Was ist da nur los?

»Guck ma, Papa. Meinst du das schwarze Dingens hier?«, fragt Jurek hinter ihm. »Sieht aus wie eine Geschenkschleife.«

»Was?« Nils dreht sich zu seinem Sohn um.

Jurek wühlt etwas aus Nils' Koffer hervor und hält es triumphierend hoch.

»Ach so, ja, das ist meine Fliege«, sagt Nils und dreht sich wieder zum Fenster um. Doch Dorkas ist verschwunden, und der Elektrokarren summt fertig beladen auf die Nebengebäude und Gewächshäuser zu.

Merkwürdiges Mädchen, diese Dorkas. Sehr merkwürdig. Fühlt sich ständig verfolgt. Und dazu ihre Feindseligkeit. Außer für Oda und Jurek hat sie für niemanden aus der Reisegruppe ein Lächeln oder nette Worte übrig. Schon gar nicht für ihn.

Na ja, trotzdem muss er dankbar sein, dass sie im Pub von Biddenden mit von der Partie war. Einen kleinen Flirt mit ihr vorzutäuschen war seine einzige Chance, die Gräfin halbwegs auf Abstand zu halten und Alwines deplatzierte Kuppelei zu unterlaufen. Seine Patentante ist wirklich eine Nervensäge.

Er ist doch nicht auf der Suche nach einer Frau. Schon gar nicht nach einer Frau wie dieser Kristin, die es seit ihrem Zusammenstoß mit Verena vor seiner Zimmertür zum Wiehern komisch findet, seine Chefin als »Madame Kulturbeutel« zu bezeichnen.

»Beutel? Kultur? Verstehen Sie? Wihiihiiii!«

Nils dreht sich vom Fenster weg, nimmt Jurek die Fliege aus der Hand und klappt den Kragen seines Smokinghemds hoch, um sie umzubinden.

»Sieht aus wie bei James Bond«, sagt Jurek anerkennend. »Aber ich lauf nicht im Anzug und mit Geschenkschleife rum«, setzt er eilig hinzu.

»Tut mir leid, mein Sohn, aber eine Stoffhose wirst du tragen müssen«, bestimmt Nils auf dem Weg zum Kleiderschrank.

»Die ist affig«, mault Jurek und setzt sich mit trotziger Miene aufs Bett. »Genau wie die blöden Gardinen hier.« Er wedelt mit einer Brokatportiere des Himmelbetts. »Ich heiß' doch nicht Prinzessin Lillifee!«

»Für dich gibt es ein Extrabett im alten Butlerzimmer nebenan, wenn du das vorziehst.«

»Das hat auch Gardinen. Sogar mit Rüschen. Außerdem muss ich bei dir bleiben. Sonst kommt heute Nacht die doofe Gräfin in dein Bett.«

Nils wirbelt herum »Wie bitte?«

»Als du eben im Bad warst, hat Tante Alwine angerufen und gefragt, wann ich schlafen gehe und ob sie mir eine Gute-Nacht-Geschichte vorlesen soll, weil du und die Gräfin noch eine Verabredung habt.«

»*Was?*« Nils fühlt sich versucht, sofort aus dem Zimmer zu stürmen und seiner dreisten Tante endgültig den Marsch zu blasen. Seinen Sohn mit ihren absurden Fantasievorstellungen zu behelligen, das ist das Allerletzte.

»Können wir nicht auf deiner Apfelfarm schlafen?«, schlägt Jurek stattdessen vor. »Die ist doch ganz nah dran.«

Nils überlegt kurz. Stimmt. Auf dem Weg zum Herrenhaus haben sie die zugehörigen Ländereien einschließlich der Farm passiert.

Darnsdale würde ihm sicher ein Auto leihen, sie könnten in einer Viertelstunde da sein. Verdammt, er hätte nicht übel Lust, einfach dorthin abzuhauen. Die Gräfin geht ihm so gehörig auf die Nerven wie Verena, und seiner Patentante würde er am liebsten den Hals umdrehen.

Nein, geht nicht, entscheidet er widerwillig, Dienst ist Dienst, und Schnaps ist Schnaps. Außerdem kann er seinen Freund Darnsdale mit solchen Gästen unmöglich alleine lassen. Bis auf Oda und seinen Vater kann sich keiner von denen auch nur halbwegs benehmen. Selbst die schüchterne Ingeborg Lämmle ist unberechenbar, seit sie in Giovanni ihren romantischen Helden entdeckt zu haben scheint, und sein Lieblingsbusfahrer ist weder immun gegen weibliche Anbetung noch gegen Angeberei.

»I schlafe schon alle Jahre hier in die Schloss bei meine gute Freund die Lord. In die beste Zimmer«, hat er bei der Begrüßung behauptet.

»Juri, wir werden noch auf der Farm schlafen. Morgen früh muss ich sowieso dorthin, um einen Dachdecker zu treffen«, sagt Nils, »aber heute Abend beim ersten Dinner mit Lord und Lady Darnsdale müssen wir dabei sein.«

»Manno! Du hast gesagt, ich hab hier Ferien. Und Samstag ist heute auch, also Wochenende.«

»Hey, sei nicht so maulig, du wirst die Darnsdales mögen. Der Lord hat jede Menge Hunde, einer ist beim Dinner sicher dabei. Meistens eine ganze Meute.«

»Ich hab aber überhaupt nicht Hunger.«

»Keine Widerrede! Und jetzt ab in die Badewanne.«

»Och nee. Haarewaschen auch noch?«, begehrt Jurek auf.

»Nur baden«, sagt Nils nach einem Blick auf die Armbanduhr. »Zum Haarewaschen reicht es leider nicht mehr. Um sieben gibt es den Empfangscocktail. In einer halben Stunde geht der Gong.«

Maulend und Türen knallend verschwindet Jurek im Bad.

»Tür offen lassen«, verlangt Nils. Er kennt seinen wasserscheuen Junior. Hinter verschlossener Tür plätschert der allenfalls mit der Hand im Wasser herum. Baden ist nicht sein Ding.

Bevor er selber die Tür zum Bad aufstoßen kann, klopft es an der Tür zum Zimmer.

Wenn das die Gräfin oder Alwine oder Verena ist, dann

können sie was erleben! Mit Zornesfunkeln in den Augen reißt er die Tür auf.

»Oh, am I disturbing you, old boy?«

Nein, nein, versichert Nils seinem Freund, Lord Darnsdale, hastig auf Englisch. »Du störst überhaupt nicht. Was gibt es?«

Eine gute Nachricht. Eine ausgezeichnete Nachricht – jedenfalls für Nils. Cocktail und Dinner müssen ausfallen. Stattdessen wird in der Bibliothek ein zwangloses Buffet für die Touristen aufgebaut. »Just help yourself.« Zur Selbstbedienung.

Der Lord muss dringend weg und sich um seine hochbetagte Großmutter kümmern. Wie es scheint, wird die vornehme Altenresidenz, in der sie lebt, vorsichtshalber für eine Woche evakuiert, weil sie direkt an der Küste auf einem Felsvorsprung liegt.

»So inconvenient for the old bat« – so unbequem für die alte Fledermaus –, bedauert der Lord. Und für ihn und Ihre Ladyschaft ebenfalls.

Seine Frau hat sich spontan zu einem Besuch in London entschlossen. Lord Darnsdales Großmutter – sie wird demnächst sechsundneunzig – hat nämlich die Neigung, in Upton Manor wieder das Regiment zu übernehmen, sobald sie zugegen ist.

Upton Manor sei zwar groß, erläutert der Lord, aber nicht groß genug für zwei Hausherrinnen und den verzogenen Mops seiner Großmutter.

Alles »a damn nuisance«, klagt der Lord – ein verdammtes Ärgernis. Zumal das reguläre Dienstpersonal Urlaub hat und die jungen Aushilfen den alten Drachen sicher nicht zu nehmen wissen. Gar nicht auszudenken, wie sie sich beim Geburtstagsball zu Alwines Ehren benehmen wird.

Die alte Lady Darnsdale hat offenbar ihre Eigenheiten. Etwa besteht sie zuweilen darauf, ihre alte Freundin – keine Geringere als die mit hunderteins Jahren längst verblichene Queen Mum – auf Gin und eine Partie Canasta nach dem Essen einzuladen. Oder zum Tee. Ein Ball würde sie völlig außer Kontrolle geraten lassen. Genau wie ihren Hund.

»A bit gaga, you know«, deutet der Lord seufzend an. Er lässt den Zeigefinger neben seiner rechten Stirn rotieren.

Nils ist nicht ganz klar, ob nur der Mops oder auch die Großmutter verrückt ist.

Er werde alles tun, verspricht der Lord, um seine exzentrische Großmutter samt Mops von Nils' Gruppe fernzuhalten. Weil beide »such snoby bullies« – solche snobistischen Tyrannen – seien und einen mit ihren Verrücktheiten in den Wahnsinn treiben können. Von ihm hat seine Großmutter bereits verlangt, dass er alle nicht reinrassigen Hunde aus dem Haus entfernt, weil ihr Mops mit Durchfall auf Vierbeiner mit undurchsichtigem Stammbaum reagiere.

Bei Lady Darnsdale muss es sich um einen Seelenzwilling von Tante Alwine handeln, vermutet Nils, als er kurz darauf die Tür wieder schließt. Er hegt aufrichtiges Mitgefühl für ihren Enkelsohn. Trotzdem ist dessen Leid sein Vorteil!

»Jurek«, ruft Nils in aufgeräumter Stimmung in Richtung Bad.

»Ich bin im Wasser, echt ehrlich! Nur ohne untertauchen.«

»Kannst wieder rauskommen, wir müssen nicht zum Dinner! Die Stoffhose ist auch gestrichen.«

Großer Planscher. Ein wahrer Freudenplanscher. Sekunden später reißt ein erfreulich nasser Jurek die Türe auf. »Können wir dann zur Apfelfarm?«

»Können wir«, grinst Nils, rubbelt seinen Junior mit einem Badetuch trocken, wirft ihm frische Unterwäsche aufs Bett, zieht seine Smokingjacke wieder aus und holt Jeans und seine Outdoorjacke hervor. Wer hätte gedacht, dass dieser Tag noch so herrlich enden könnte? »Die Farm liegt in einem geschützten Tal. Falls wirklich ein Sturm aufzieht, ist das kein Problem«, erklärt er seinem Sohn. »Er würde einfach darüber hinweggehen. Apfelfarmer wissen, wo man Bäume wettersicher pflanzt.« Pfeifend steigt er in seine Jeans und stopft ein stattliches Bündel Geldscheine in eine Brieftasche. Die Anzahlung für den Dachdecker, der morgen hoffentlich auftauchen wird.

»Und was gibt's zum Abendessen, ich hab nämlich Hunger«, will Jurek wissen.

»In der Küche bekommen wir Verpflegung, und die Schlafsäcke packen wir auch ein. Wir fahren übrigens in einem alten Jeep. Kleine Offroadtour für echte Kerle wie uns.«

Jurek runzelt die Stirn. »Da hätte ich aber nicht für baden müssen.« Dann erhellt sich seine Miene schlagartig. »Können wir Dorkas mitnehmen? Bitte!«

Nils fährt herum. »Dorkas? Warum denn das?«

»Weil sie die Reise auch voll wangleilig findet.«

Langweilig ist eines der Wörter, mit dem Jurek beharrlich auf Kriegsfuß steht, wenn er aufgeregt ist.

»Hat sie das gesagt?«, will sein Vater wissen.

»Nee, aber das merkt man doch. Außer mit Oda und uns zwei redet die mit keinem, und sie ist heute Abend ganz allein. Oda will nämlich auf ihrem Zimmer bleiben. Mit Opa Hilkmar.«

Tatsächlich? Nils' Überraschung wächst. Hm. Davon hat er auch nichts mitbekommen. Sein Sohn ist wirklich ein Meisterdetektiv und sein alter Vater offensichtlich ein ganz schöner Schlawiner. Es sei ihm gegönnt. Oda und er haben sich sicher viel aus gemeinsamen Kindertagen zu erzählen.

Aber diese seltsame Dorkas und deren Anschlussprobleme an die Gruppe gehen ihn nichts an. Jedenfalls nicht als Privatmensch.

»Kumpel, wir machen einen reinen Männerabend«, entscheidet er.

»Das stört Dorkas bestimmt nicht«, entgegnet sein Sohn eifrig.

»Aber mich.«

»Papa, wir machen zuhause immer nur Männerabende«, bettelt Jurek.

Nils bleibt hart. »Wenn es dich tröstet: Wir nehmen einen jungen Beagle-Mischling vom Lord mit.« Mischlinge können Darnsdales tyrannische Großmutter und ihr Mops nämlich nicht leiden. »Der Lord will uns den Hund schenken, sobald wir die Farm beziehen. Zeit, dass wir ihn schon einmal an uns gewöhnen.«

»Echt?!«, jubelt Jurek.

»Echt! Sie heißt übrigens Miss Marple, weil sie ein erstklassiger Spürhund sein soll.« Zur echten Jagd taugt sie freilich nicht, hat Darnsdale hinzugefügt. In ihr Erbgut haben sich zu seinem Bedauern diverse Hütehundgene eingeschlichen, weshalb sie bevorzugt Herden zusammenhält.

»Miss Marple? Aber dann ist der Hund ja ein Weibchen, oder?«, kombiniert Jurek haarscharf.

»Ja klar, und sie braucht viel Zuwendung, Abwechslung und Bewegung.«

»Genau wie Dorkas! Die ist ja auch ein Weibchen.«

## 2.

Alwines Augen ruhen voll Wohlgefallen auf Gräfin Kristin. Nein, was ein hübsches Dekolleté ausmachen kann! Denn das hat Frau von Eschlohe und zu Schott zweifellos. Sonnenbraun ist es und einladend geformt. Raissas Kleiderwahl – ein nilgrünes Ensemble aus fließendem Chiffon mit Staubperlenstickerei – ist vortrefflich. Für den Geburtstagsball zu ihrem fünfundachtzigsten Geburtstag in zwei Tagen hat sie für die Gräfin außerdem ein taubengraues Abendkleid im Togastil gewählt, mit Rückenausschnitt, ohne Schnickschnack. So viel Stil und Zurückhaltung hätte sie der rheinischen Russin gar nicht zugetraut. Zumal die sich selber pinkfarbene Gummistiefel mitgebracht hat, die sie als Leuchtboje qualifizieren könnten. Für neunzig Pfund! Na, Schwamm drüber. Raissa ist jeden Pfennig ihres Geldes wert.

Die Nägel hat sie Frau Aschenputtel von Eschlohe auch gemacht, weil millimeterdick Gartenerde daruntersaß. Etwas Rouge hebt die gräflichen Wangenknochen und bringt die adlige Nasenlinie zur Geltung. Der Schein des Kaminfeuers in der ehrwürdigen Bibliothek von Upton Manor tut ein Übriges, um Gräfin Kristins aristokratische Gesamterscheinung angemessen zur Geltung zu bringen.

Sie sollte nur nicht so steifbeinig an den Bücherregalen entlangstaksen. Sieht aus wie ein Storch im Salat. Leider fehlt ihr jede Begabung zu jenen harmonischen Bewegungen der Glieder und des Kopfes, die man »Linie« nennt. Außerdem merkt man der Gräfin deutlich an, dass Bibliotheken nicht ihr angestammter Lebensraum sind.

Zu Pferde macht sie sicher eine anmutigere Figur, aber ein Pferd steht nun mal leider nicht zur Verfügung. Obwohl ... In den Stallungen gibt es doch welche! Ha, das ist die Idee. Ein trauter Ausritt zu zweit wäre wunderbar! Ob Nils reiten kann? Na, wer rudert und segelt, kann sicher auch reiten.

»Kommen Sie doch hierher zu uns, zwischen mir und Frau Popow ist reichlich Platz«, lädt Alwine die Gräfin ein. »Sicher wird der Lord uns vor dem Kamin zum Drink bitten, und Raissa sitzt nur neben mir, bis mein Patensohn kommt.«

Strategisch sind die Sofas und Fauteuils beim Kamin die günstigste Position für ein zwangloses *Rencontre* zwischen Nils und der Gräfin. Rencontre! Nein, wie merkwürdig, stellt Alwine fest, jetzt denkt sie schon französisch! Dabei kann sie das kaum. Muss an der vornehmen Umgebung liegen.

Kristin von Eschlohe wendet kurz den Kopf von den Büchern ab und lehnt mit stummem Kopfschütteln und ernster Miene ab. Mit geradezu tragisch umflorter Miene.

»Was ist denn mit der los?«, fragt Alwine raunend bei Raissa an.

»Ich hab ihr geraten, mehr Abstand zu halten und weniger zu lachen«, flüstert Raissa verschwörerisch zurück. »Zähne kann man leider nicht wegschminken. Hab' behauptet, Nils sei wegen seiner Scheidung noch sehr melancholisch und ein Freund stiller Frauen mit Interesse an tiefsinniger Lyrik.«

»Ach, darum markiert sie so ein auffallendes Interesse für die verstaubten Schwarten hier.«

Verstaubt trifft es, die Luft in der Bibliothek ist trocken wie Sandpapier. Sehnsüchtig schielt Alwine zu dem imposanten Servierwagen mit den funkelnden Kristallkaraffen neben sich. Eine junge Frau hat ihn soeben hineingerollt. Ein Sherry wäre ihr wirklich willkommen. Oder ein Gin Tonic. Gute Güte, die haben sogar Dubonnet! Das soll eine Art Wermut aus hochprozentigem Traubenmost sein, nur viel vornehmer aromatisiert. Mit Chinarinde, Zimt, Zitronenschale und Kaffeebohnen. Dubonnet war – gemischt mit Gin – der Lieblingsdrink der seligen Queen Mum. Eine handgeschriebene Notiz der Königinmutter an ihren Butler, in der sie ihn anweist, je zwei Flaschen Dubonnet und Gin für eine auswärtige Luncheinladung einzupacken, ist erst kürzlich für sechzehntausend Pfund versteigert worden. Immerhin hunderteins Jahre ist die mit diesem Getränk geworden, und gegen Malaria soll es auch helfen. Also, diesen Dubonnet wollte sie schon immer einmal probieren. Aber Selbstbedienung gehört sich natürlich nicht.

Hach, warum hat sie Dummerliese nicht ihren Taschenflakon Melissengeist eingesteckt. Um diese Zeit braucht sie immer ein Schlückchen für den Kreislauf.

Sie schaut zur Kaminuhr. Acht Minuten vor sieben. Jetzt wird es aber langsam Zeit für den Gong und die anderen Gäste. Weiß doch jeder Depp, dass man in England und im Haus einer Lordschaft vor dem offiziellen Gong und dem Hausherrn zugegen sein muss.

Wie aufs Stichwort öffnet sich die Tür. Und das mit Schwung. Italienischem Schwung.

»Ecco! Hier iste die biblioteca, signora Ingeborg. Sehr schwer zu finde in eine so große Haus, aber I habe nich zu viel versprochen, vero?« Mit der Grandezza eines Schlossbesitzers und dem Eifer eines Schuljungen geleitet Giovanni Ingeborg Lämmle in den Raum.

Voll Ehrfurcht betritt sie die Bibliothek, fasst sich ergriffen ans Herz. »Das ist überwältigend«, haucht sie. »Hilkmar wird begeistert sein. So eine Bibliothek muss für ihn der Höhepunkt dieser Reise sein.«

»Signor Hilkemar wird ihn leider verpassen«, erklärt Giovanni. »Er kann nichte kommen.«

»Hilkmar kommt nicht?«, fragt Alwine verdattert.

»No, er unde Oda sind behindert.«

*»Verhindert«*, korrigiert ihn ausgerechnet Raissa.

»Sag i doch! Aber wir mache uns trotzdem eine lustige Abend, oder?«

Was er sich unter einem lustigen Abend vorstellt, verrät sein Hemd.

»Mein Gott, kann man das nicht leiser stellen«, stöhnt Alwine mit Blick auf das schreiend bunte Hawaiimuster. Sie kneift die Augen zusammen. Auf Giovannis Brust spielen Tukane und Papageien Ukulele. Jetzt braucht sie wirklich etwas für den Kreislauf.

Raissa legt den Kopf schief. »Ich finde, zu Giovanni passt das ausgezeichnet. Und die Haare hat er auch schön.«

Alwines Augen flitzen zu Giovannis schwarzer Tolle. Wie gelackt sieht die aus. Für diese Frisur geht bestimmt eine ganze Tube Frisiercreme drauf.

Hilkmar und Oda kommen also nicht. Langsam möchte sie wirklich wissen, was die beiden sich so zu erzählen haben. Mit Kindheitserinnerungen und verspäteten Liebesgeständnissen müssten sie doch langsam mal durch sein. Egal, sie hat hier mit der Gegenwart und mit der Zukunft des Unternehmens Wilhelmi genug zu tun. Wie immer allein. Typisch Oda. Typisch!

Die nächsten Gäste trudeln ein. Matthias und Verena Beutel. Herr Beutel hält seine Angetraute so fest beim Ellbogen, als habe er sie gerade verhaftet. »Einen wunderschönen guten Abend«, schmettert er angestrengt fröhlich in den Raum. »Ah, da sind ja die Getränke.« Er zerrt seine Frau in Richtung Servierwagen. »Einen steifen Whisky kann man bei dem Sauwetter draußen brauchen.« Er entlässt Verena in Richtung eines Fauteuils, greift nach einem Whiskyglas und entstöpselt eine Kristallkaraffe. »Beim Malt lässt sich der Lord gewöhnlich nicht lumpen.«

»Lieber Herr Beutel«, bemerkt Alwine spitz. »Ich denke doch, wir sollten mit den Drinks auf Lord und Lady Darnsdale warten!«

Also wirklich, der Mann trägt zwar Smoking, hat aber weitaus bedenklichere Manieren als sein Busfahrer.

Matthias Beutel wirft sich auf ein Sofa ihr gegenüber. »Dann würden wir verdursten. Die Cocktails und das Dinner sind abgesagt. Wir müssen heute Abend mit unserer eigenen Gesellschaft vorliebnehmen.«

»Matthias, das kann Nils sicher besser erläutern«, zischt Verena, nachdem sie sich von einem Blick auf die edel gewandete Gräfin, die flugs neben Alwine Platz nimmt, erholt hat.

»Unser wunderbarer Nils wird ebenfalls durch Abwesenheit glänzen. Er hat mich gebeten, ihn heute Abend zu vertreten. Ich hoffe, das wird mir gelingen«, bemerkt Matthias Beutel und nimmt einen tiefen Schluck Whisky. »Ah, tut das gut!«

»Nils kommt nicht?«, ruft seine Frau völlig fassungslos aus.

»Warum denn das?«, fragt Alwine nicht minder empört und hüpft – zugleich mit der Gräfin – fast aus dem Sofa.

»Er braucht eine Pause. Er will sich die Apfelfarm anschauen, die er demnächst kaufen wird«, sagt Herr Beutel.

»Er will eine Apfelfarm kaufen?« Verena Beutel wird bleich.

Ihr Mann nickt. »Oh ja. Wird ihn ein Vermögen kosten, die wieder herzurichten, aber er will weg aus Deutschland. Weit weg, meine Liebe. Auf seine Dienste wirst du, werden wir in Zukunft also verzichten müssen. Cheers!«

In stummem Entsetzen sinkt Verena Beutel in die Polster zurück.

»Frau Mendel wird das Dinner übrigens ebenfalls schwänzen«, fährt Matthias Beutel fort. »Sie hat in der Küche lediglich um Sandwiches gebeten.« Er beugt sich mit schäkerndem Augenbrauengewackel vor. »Aber dafür haben wir ja zwei andere reizende Damen zur Verfügung.« Simultan grinst er die Gräfin und Raissa an. »Hübsches Kleid, Frau Gräfin. Sehr gewagt. Ich hoffe nur, Sie geraten darin nicht ins Frieren. Kleiner Whisky zum Aufwärmen?«

»Benimm dich«, zischt Verena verbiestert und zieht ihren Gatten energisch ins Sofa zurück.

»Ich benehme mich so, wie du es gewöhnlich zu tun pflegst«, zischt Matthias Beutel zurück. »Kontaktfreudig!«

»Ah, da kommte die Essen«, kündigt Giovanni händereibend an.

Das Essen? In der Bibliothek? Auch das noch. Alwine dreht erbost den Kopf zur Tür. Das junge Mädchen, das vorhin den Getränkewagen hereingerollt hat, erscheint mit einem weiteren Servierwagen, den sie zu einem längsgestellten Tisch bei den Fenstern rollt. Dort angekommen, greift in sie in die untere Etage des Wagens, zieht ein Tischtuch hervor und entfaltet es. Giovanni eilt ihr galant zu Hilfe. Ingeborg deckt ebenfalls mit auf. Meine Güte, sie sind hier doch nicht auf einer Jugendherbergsfreizeit! Hoffentlich ist wenigstens das Essen angemessen. Alwine macht aus der Entfernung einen aufgeschnittenen Braten – schätzungsweise kalt – aus. Dazu Brot, Obst und sehr viel Käse.

Käse! Das darf nicht wahr sein.

Als ob dieser Abend nicht ohnehin eine Katastrophe wäre. Eine ausgemachte Katastrophe. Was fällt Nils nur ein! Sie so im Stich zu lassen.

Matthias Beutel bietet soeben der Gräfin seinen Arm an, die akzeptiert mit ausgelassenem Wiehern.

Verena schnaubt, als habe sie sich ebenfalls der Gattung Huftiere angeschlossen. Allerdings den Streitrössern.

## 3.

»Glaubst du, Alwine wird mir je verzeihen können?«

»Da gibt es nichts zu verzeihen«, sagt Oda bestimmt. Sie weiß, dass Hilkmar jemanden braucht, der diese Worte für ihn ausspricht, damit er sie glauben kann. »Im Gegenteil«, fügt sie hinzu und schaut Hilkmar an. So fest, wie sie ihn bei der Hand hält, so fest, als könne er sonst stolpern oder stürzen. Was Unsinn ist, schließlich liegen sie nebeneinander in ihrem Bett. Auf ihrem Bett, besser gesagt. Da ist nichts Ungehöriges dran.

Vielleicht kommt das andere auch noch. Nicht heute, aber bald.

Oda ist, als erröte sie. Innerlich zumindest. Ach was, nichts ist ungehörig zwischen ihr und Hilkmar. Es ist Liebe, so einfach ist das. So einfach wie seit vielen Jahren nicht mehr. Nach ihrem fünfzigsten Lebensjahr hatte sie sich nur noch unter Vorbehalt verliebt. Ein-, zweimal, immer damit rechnend, bald die unerträglichen Eigenheiten, Spleens oder handfeste Charakterfehler des Gegenübers zu entdecken. Was auch eintrat. Aber mit Hilkmar ist es, als habe die Zeit ihr Rad zurückgedreht. Eine unverwüstlich schöne Gedichtzeile aus Hermann Hesses »Stufen« drängt sich ihr auf: »Und jedem Anfang wohnt ein Zauber inne, der uns beschützt und der uns hilft zu leben.«

Es fühlt sich schön und richtig an, so vertraut beieinanderzuliegen. Man atmet sich nicht auseinander, man atmet und denkt sich zusammen. Das fühlt sich weit aufregender an, als nackt übereinander herzufallen. Was in ihrem Alter ohnehin nicht einfach zu bewerkstelligen wäre, zumal sie bis auf die Schuhe vollständig bekleidet sind.

Macht nichts. Hier geht es um viel mehr.

Vorsichtig tastet sie über Hilkmars Hals. Ein Altmännerhals, faltig, dünnhäutig und unendlich verletzlich. Sie streichelt ihn kurz unter seinem linken Ohr. Sie fühlt die Narbe von der MG-Patrone, die ihn im Februar 1945 in einem belgischen Wald gestreift hat. Eine Narbe, die nie vergeht. Die Narbe eines dummen Jungen, der sich mit zwölf Jahren zum Volkssturm gemeldet hat, um ihren Vater nicht im Stich zu lassen.

Ach, Ferdinand. Der war sich treu bis zuletzt. Bis in den Tod. Wie gut, das endlich zu wissen und zu wissen, wie er gestorben ist. Ihr Vater hat seinen Trupp aus Krüppeln und Kindern in den letzten Kriegswochen zwar brav an irgendeinen Frontabschnitt im Westen geführt. In die vorderste Linie. So weit nach vorne, bis er mit ihnen endlich ganz allein war. Dann hat er gesagt: »Macht, dass ihr fottkommt. Alle! Aber dalli.«

Und zwar zurück. Nach Osten. Richtung Heimat. Im Schutz der Nacht. Möglichst ohne verräterische HJ-Abzeichen, Aufnäher, Schnüre oder sonstige Uniformteile. »Klaut euch was anderes von Wäscheleinen.« Hauptsache, sie würden es irgendwie bis hinter die Kampflinien schaffen. Möglichst bis nach Hause. Ohne ihn. Er wollte die Stellung zum Schein halten, falls doch noch eine deutsche Nachhut vorbeikäme oder um den heimlichen Rückzug seiner Kinder und Krüppel eine Weile zu sichern.

Vor ihnen, jenseits des Wäldchens, in dem sie lagen, glühte der Himmel, Geschützfeuer über irgendeinem Dorf, in dem ein versprengter Wehrmachtshaufen verschanzt lag, vielleicht noch für den Endsieg kämpfte oder einfach blind um sich schoss.

Ein paar von Ferdinands Kindern weigerten sich abzuziehen, sie wollten endlich Helden werden. Dafür waren sie doch gemacht. Zwei von ihnen hatten extra eine Waffe aus Kaiser-Wilhelms-Tagen aus einer Heldengedenkstätte ihres Eifeldörfchens gemopst. Ein unhandliches, angerostetes Maschinengewehr, Typ 08/15, samt Zweibein zum Stützen und Patronenkasten. Das alles war so schwer, dass sie es zu zweit schleppen und aufstellen mussten.

Das haben sie getan. Ferdinands Anweisungen und Beschwörungen zum Trotz. Und geschossen haben sie auch. Die blitzende Gewehrmündung und ihr sinnloses Sperrfeuer waren eine Einladung fürs Gegenfeuer.

Die Antwort folgte binnen Sekunden mit einem Granateinschlag, dessen Wucht die beiden Idioten am MG so entsetzte, dass ihnen ihr albernes Gewehr außer Kontrolle geraten ist. Ihre letzten Patronen peitschten wie Hornissen in alle Richtungen. Eine traf Hilkmar am Hals. Ferdinand ist aufgesprungen und hat ihn zu Boden gerissen, sich über ihn geworfen, ihn aus der Schusslinie geschleppt. Hustend und fluchend. Eine weitere Salve hat dann ihn getroffen. In Bauchhöhe. Ab da hat er nur noch geschrien und gestöhnt.

Bis Hilkmar ihn mit einem gezielten Nackenschuss von seinen Qualen erlöst hat.

Kurz und schmerzlos. Mit zwölf Jahren.

Es war ein verzweifelter Reflex, sagt Hilkmar, er konnte es nicht ertragen, seinen über alles geliebten Ziehvater so schreien zu hören, und dann ist er nur noch gelaufen. Immer nach Osten, nur weg aus dem Wäldchen und weg von dem Impuls, die beiden Jungen am MG, die nach wie vor Krieg führen wollten, niederzustrecken.

Das werden die Alliierten erledigt haben oder vielleicht die deutschen Soldaten, die in dem umkämpften Dorf festsaßen und einen weiteren feindlichen Angriff von hinten befürchteten.

Niemand wird das je wissen, und Oda ist es egal. Sie ist einfach froh, dass Hilkmar davongekommen ist. So froh, als sei ihm die Flucht, auf der er Dinge gesehen hat, die kein Mensch, schon gar kein Zwölfjähriger, je zu sehen bekommen sollte, nach Köln erst gestern gelungen.

»Aber deine Mutter«, sagt Hilkmar mitten in ihre Gedanken hinein, so als läse er darin mit, »deine Mutter hat Ferdinands Tod nicht verkraftet. Sie ist viel zu jung gestorben.«

Das ist wahr, aber keinesfalls Hilkmars Schuld.

»Ich bin sicher, sie hat gewusst, dass er nicht wiederkommen würde«, sagt Oda. »Er wäre so oder so umgekommen. Seine Lungenverletzung aus dem ersten Krieg musste ihn unter diesen Bedingungen früher oder später umbringen. Das weißt du besser als ich, du bist schließlich Arzt.« Und ein unverbesserlicher Lebensretter.

Hilkmar schaut zweifelnd zur Decke. »Ich werde es Alwine sagen müssen.«

Oda schüttelt den Kopf. »Lass die Toten ruhen.«

»Einfach so?«

»Einfach? Ein Leben lang mit Schuldgefühlen herumzulaufen, weil du Ferdinand einen gnädigen Tod geschenkt und das Sterben erleichtert hast, klingt nicht gerade einfach.«

Hilkmar holt tief Luft. »War es auch nicht. Würdest du mir glauben, wenn ich behaupte, dass ich es euch zu Anfang verschwiegen habe, um euch nicht noch mehr Kummer zu bereiten? Mein Gott, was waren das für Zeiten! Außerdem wollte ich natürlich nicht eure Freundschaft verlieren und – nun ja – mein Zuhause. Das wart ihr schließlich.«

»Hilkmar, das glaube ich dir nicht nur, das weiß ich. Du warst unsere größte Stütze in den schwierigen Jahren nach dem Krieg. Du hast richtig gehandelt«, sagt Oda fest.

»Alwine könnte das anders sehen.«

»Nach einem ihrer berühmten Wutanfälle würde sie zu dem gleichen Schluss kommen wie ich«, sagt Oda. »Außerdem wird sie genug damit zu tun haben, mein Geheimnis zu verkraften. Es wiegt weitaus schwerer. Dabei braucht sie dich als ihren besten Freund und Vertrauten.«

»Ich bin auch *dein* Freund«, wirft Hilkmar ein. »Und im Zweifel nur deiner!«

»Nein, du bist nicht mein Freund«, entgegnet Oda. »Du bist jetzt mein Liebhaber«, setzt sie scherzend hinzu, weil ein Scherz dringend nottut, bevor sie sich unrettbar in den Tragödien ihrer gemeinsamen Vergangenheit verstricken. Die nicht nur elend war. Auch nicht für Ferdinand.

»Liebhaber! Also, Oda, wie klingt denn das?«, protestiert Hilkmar neben ihr. »Wir werden selbstverständlich heiraten, und zwar so rasch wie möglich.«

»In unserem Alter? Und nur wegen ein paar bislang harmloser Küsse und Umarmungen?«

»Gerade in unserem Alter. Ich werde dir natürlich noch einen angemesseneren Antrag machen.«

»Das ist nicht nötig, Hilkmar.«

»Doch, ist es, ich bin ein altmodischer ... Moment mal. War das gerade ein *Ja?*«

Oda nickt. Unter ein paar Tränen, wie sich das gehört. Hilkmar wischt sie zärtlich weg, tupft sie auf seine Daumenspitzen, betrachtet sie gerührt und gibt ihr einen nicht mehr ganz so harmlosen Kuss, der so lange dauert, dass die Welt den Atem anhält. Kurz bevor Oda die Luft ausgeht, löst er seinen Mund von ihrem.

»Wunderbar«, sagt Hilkmar. »Als dein Mann kann ich endlich angemessen auf deine Gesundheit achten. Erinnerst du dich? Ich habe dir schon vor drei Jahren einen Antrag gemacht!«

Oda kann nicht anders, sie muss lachen. »Du wirst mich nicht dazu bekommen, von nun an nur noch gesunde Dinge zu tun. Ein paar Risiken werde ich wohl noch eingehen dürfen, sonst macht mir das Leben keinen Spaß.«

»Welche Risiken meinst du?«

Nein, wie interessant, jetzt errötet sie doch tatsächlich.

»Nun, zum Beispiel, nun ja, erotische. Ich meine ... darf ich das noch? Dürfen *wir* das noch, besser gesagt.«

Endlich ist es raus!

Jetzt lächelt auch Hilkmar. »Die Frage ist wohl eher, *kann* ich das noch«, antwortet er. »Was dein Herz angeht, bestehen keine Bedenken, wenn wir nicht übertreiben. Zu viel Aufregung schadet ihm.«

Oda seufzt. »Sag das Alwine! Wenn ich mir ihren Zornausbruch anlässlich meines Verrats vorstelle, wird mir schwindelig. Was ich als junge Frau getan habe, muss sie für absolut unverzeihlich halten.«

»Das glaube ich nicht«, entgegnet Hilkmar und richtet sich in den Kissen auf. »Sie liebt dich wie niemanden sonst auf der Welt – ausgenommen sich selber –, und die Familie geht ihr über alles. Wenn ihre erste Wut verraucht ist, wird sie dir sogar dankbar sein. Sehr dankbar.« Er nickt. »Ja, das wird sie. Ich bin mir sicher.«

»Dein Wort in Gottes Ohr.«

Odas Blick gleitet zur Uhr auf dem Nachttisch. Schon nach acht. Das Essen haben sie verpasst und damit eine Gelegenheit, Alwine in ihre Geheimnisse einzuweihen. Nun, eine Dinnerparty wäre ohnehin keine passende Gelegenheit für ein solches Gespräch gewesen.

»Hast du Hunger?«, fragt Hilkmar.

»Wenn du so fragst, ja! Ich könnte den sprichwörtlichen Bären verzehren.«

Er rollt zur Seite und unterdrückt mannhaft ein Ächzen. »Immer mit der Ruhe und dann mit einem Ruck«, kommandiert er sich über die Einschränkungen seines Alters hinweg und setzt sich vergleichsweise elastisch im Bett auf.

Oda muss erneut schmunzeln. Soll nur niemand glauben, dass alte Herren keinen Wert darauf legen, als ganze Kerle zu gelten. Und als Kavaliere, wenn es sich um einen Mann wie Hilkmar handelt.

»Dann werde ich mal nach unten gehen und schauen, ob ich in der Küche etwas für uns bestellen kann«, sagt er. »Irgendwelche Wünsche, außer dem Bären?«

»Nur, dass du schnell zurückkommst. Wir haben schon genug Zeit miteinander verpasst.«

Hilkmar nickt und zieht sich – unter Vermeidung weiteren Ächzens – die Schuhe an, bindet sie sorgfältig zu. Mit gleicher Sorgfalt gibt er ihr einen hauchzarten Kuss auf die Wange und geht zur Tür.

Oda kuschelt sich tief in die Kissen.

Es ist in jedem Lebensalter schön, von einem Mann verwöhnt zu werden. In ihrem sogar besonders schön. Schließlich kommt diese Aufmerksamkeit von Herzen und stellt keinen Dank für gewährte körperliche Vergnügungen dar.

Oh je, was ist sie albern. Völlig unangemessen albern. Wer hätte gedacht, dass Verliebtheit in jedem Alter einem vorübergehenden Irresein gleichkommt. Sie sollte besser darüber nachdenken, wie sie Alwine die Wahrheit möglichst schonend beibringen kann. Auf keinen Fall dürfen weitere Menschen verletzt werden, schon gar nicht …

»Nanu, was ist denn das?«, kommt es verblüfft aus Hilkmars Mund.

Odas Blick gleitet zur offenen Tür. Im Flur steht ein kleiner Teewagen, beladen mit Sandwiches, einer Flasche Wein und einem sorgfältig arrangierten Obstteller, den eine Mini-Ananas krönt. Kuchen ist auch dabei. Sehr gut. Sorgen mit Kuchen ist besser als ohne.

Hilkmar greift nach einem Zettel, der an der Weinflasche lehnt, entfaltet ihn und ruckelt seine Brille gerade. »›Falls Sie noch Hunger bekommen‹«, liest er vor. »›Herzliche Grüße, Dorkas.‹«

So ein umsichtiges Kind! Einfach unglaublich, wie sie immer mitdenkt, freut sich Oda.

»Oh, es gibt noch ein PS auf der Rückseite«, sagt Hilkmar. »›Liebe Oda, Sie sind mit das Beste, was mir in meinem Leben passiert ist. Danke für alles.‹«

Oda setzt sich alarmiert im Bett auf. *Danke für alles?* Das klingt entsetzlich nach Abschied. Und zwar nach einem endgültigen.

»Hilkmar, ich muss sofort zu ihr.« Sie schlägt die Decke zurück.

»Zu Alwine?«

»Nein, zu Dorkas natürlich!«

## 4.

Der Abend wird immer unerträglicher. Ein Fiasko. Obwohl sie keinen Käse gegessen hat. Eigentlich hätte Alwine sich gern direkt nach dem Buffet auf ihr Zimmer und einen Schluck Klosterfrau zurückgezogen. Den braucht sie dringend. Einen doppelten. In der Öffentlichkeit nippt sie jedoch allenfalls an einem Sherry. Sie ist schließlich Dame.

Und als solche hockt sie noch immer beim Kamin, um Anstandswauwau zu spielen. Für die mannstolle Gräfin, die sich vis-à-vis von Alwine mit reichlich Whisky ins Koma trinkt und eine widerwärtige Kreativität entfaltet, Matthias mit Scherzen über seinen »Beutel« zu unterhalten. Blaublütig oder nicht, bei Gräfin Kristin muss zu Hause ein Zimmer gefehlt haben – die gute Kinderstube! Das Benehmen dieser Gräfin entbehrt allem, was erfreulich zu nennen wäre. Es hilft nichts, sich weiter etwas vormachen zu wollen: Kristin von Eschlohe ist in etwa so begehrenswert wie ein Loch im Kopf.

Verena, die ebenso wenig amüsiert ist wie Alwine, sitzt zwischen den beiden Turteltauben und hält sich an einem Glas Rotwein fest. Nicht mehr lange und das Getränk wird im Ausschnitt der Gräfin landen, da ist sich Alwine sicher.

Dass sie sich das hier antun muss! Aber irgendwer muss ja auf diese Knalltüte von Kristin aufpassen, damit sie ihre zweifelhaften Reize nicht in fataler Form an Herrn Beutel verschwendet. Und das auch noch in einem Kleid, das sie teuer bezahlt hat.

Ob sie die Gräfin abschreiben und auf die letzte Heiratskandidatin für Nils setzen sollte? Alwine schwankt. Noch eine Gräfin mit Grundbesitz hat »Love anonymous« sicher nicht im Angebot. Hach, wenn sie nur wüsste, wer als Nächstes auf dem Programm steht.

Raissa könnte es vielleicht herausfinden. Ihre Augen suchen die verdiente Mitarbeiterin. Sie sitzt auf einer Trittleiter vor einem schwindelhohen Bücherregal und ist in eine Schwarte über Spiritismus und ähnlichen Schnickschnack versunken. Alwine räuspert sich, um sie auf sich aufmerksam zu machen. Klappt nicht.

In der Bibliothek gibt es dummerweise ein ganzes Regal über die englischen Erfinder eines Tarot-Ordens namens Goldene Dämmerung und meterweise Mumpitz über Gespenster und »Spukhäuser«. Für solchen Humbug ist bekanntlich niemand empfänglicher als die Briten. Das kommt davon, wenn man zu lange auf einer nebligen Insel festsitzt.

Alwine räuspert sich erneut in Raissas Richtung. Keine Reaktion. Zu dumm, dass die Gute anscheinend Englisch kann. Die sollte mal lieber ihre deutschen »Spruchwörter« auf Vordermann bringen.

Giovanni und Ingeborg sind keine Unterstützung bei ihren Versuchen, Matthias Beutel und die Gräfin voneinander abzulenken. Im Gegenteil. Der Busfahrer hat zu viel damit zu tun, Ingeborg seine südländische Glut kundzutun.

Eben hat er sich an den Flügel gesetzt und ihr ein Ständchen gebracht. In Form von Howard Carpendales »Ti amo«. Der Mann hört zu oft Lastwagenfahrer-Schnulzen, und Ingeborgs Enthusiasmus für gehobene Kultur ist weniger wasserfest als angenommen. In ihren Augen glitzert es feucht, und ihre Nase läuft vor Rührung rot an.

»Would you care for another drink?«, fragt neben Alwine die junge Buffetkraft mit freundlichem Lächeln.

Alwine gerät ins Schwanken. Angesichts der besonderen Umstände kann sie ihr Festhalten an damenhafter Abstinenz vielleicht ein wenig lockern. Sie hält der jungen Frau ihr leeres Sherryglas entgegen.

Die beugt sich vor und fragt: »Do you know whether Miss Mendel will appear later?«

Alwine runzelt die Stirn. Warum will dieses Mädchen wissen, ob Dorkas Mendel noch auftaucht? Merkwürdig. Und oho, was sieht sie denn da? Am Handgelenk des Mädchens hängen Flechtbänder, die denen von Dorkas verdächtig ähnlich sehen. Soweit sie weiß, handelt es sich bei diesem geschmacklosen Schmuck um Freundschaftsbänder. Jetzt wird es aber interessant! Sie setzt sich auf und stellt die einzig passende Gegenfrage. »You know Miss Mendel?«

Das Mädchen nickt vage. Ja, sie kenne Dorkas. Flüchtig, fügt sie hinzu.

Auf die Frage, woher, gibt das Mädchen keine Antwort, sondern schlüpft in die Rolle der missmutigen Servierkraft zurück, die sie eben am Buffet gespielt hat.

Noch schlimmer ist, dass sie mit der Sherryflasche verschwindet, ohne Alwine nachgeschenkt zu haben. Sie verschwindet – nach einem Blick auf Matthias Beutel – sogar mit dem gesamten Getränkewagen!

Das lenkt den Reiseunternehmer ausnahmsweise von der Gräfin ab. »He, hallo«, ruft er hinter der Servierkraft her. »Sie können uns hier doch nicht auf dem Trockenen sitzenlassen! Wir brauchen Whisky, verdammt.«

Sein Protest prallt an der Tür ab, die sich hinter dem Mädchen schließt.

Giovanni intoniert am Flügel – nicht ohne Häme – einen Gassenhauer aus der Klamottenkiste des Schlagers, Heinos »Karamba, Karacho, ein Whisky«.

Himmel, bei dem Krach kann ja kein Mensch vernünftig nachdenken, ärgert sich Alwine. Dabei ist das dringend nötig. Warum kennt ein Serviermädchen auf Upton Manor Dorkas Mendel? Was haben diese seltsamen Flechtbänder zu bedeuten? Hat sie es hier am Ende sogar mit einem Fall von organisiertem Verbrechen zu tun?

Weiter kommt sie nicht.

Ingeborg – und das ist für Alwine ein echter Schock – fällt singend in Giovannis Vortrag ein: »Hey, hey, Karamba, Karacho, ein Gin«.

»Verflucht, sacramento, Dolores, und alles ist wieder hin«, setzt – nicht ganz so unerwartet – auch die Gräfin ein, steht auf und schwankt voll der Sangesfreude zum Klavier.

Erst nach drei lautstarken Durchgängen findet das muntere Trio ein Ende.

»Heino ist so cool«, behauptet die Gräfin. »Können Sie auch sein Ramstein-Cover ›Sonne‹?«

Giovanni guckt kariert und schmettert stattdessen »O sole mio«. Begleitet von enervierendem Tastengewühle.

Das ist nicht zum Aushalten, ärgert sich Alwine. Wenn ihre Finger es noch zuließen, würde sie diesen knödelnden Italiener vom Klavierschemel schubsen und diesen Banausen einen flotten Mozart um die Ohren hauen. Sein »Rondo a la turc« etwa, das hat Schmiss, oder Chopins donnernde Revolutionsetüde.

Schmollend lässt sich ihr gegenüber Matthias Beutel ins Sofa zurückfallen. »Und was machen wir jetzt mit dem angebrochenen Abend?«

»Wie wäre es mit zu Bett gehen?«, schlägt Alwine vor.

Sie muss wirklich dringend nachdenken, falls möglich Horst Schüttpelz erreichen und endlich die Gräfin in die Heia verfrachten. Selbst wenn sie Frau von Eschlohe unerträglich findet, möchte sie ihr weitere Entgleisungen unter Alkoholeinfluss ersparen. Adel verpflichtet doch, und immerhin ist sie dafür verantwortlich, dass die Gräfin hier ist und sich zum Narren macht. Der Moment ist günstig, denn Kristin von Eschlohe steht beim Flügel, und Verena ist so nah an ihren Gatten herangerutscht, dass kein Blatt mehr zwischen die beiden passt.

Alwine erhebt sich resolut aus dem Sofa. »Gute Nacht allerseits! Frau Gräfin, Sie kommen mit mir.«

»Oh nein, bitte nicht gehen«, protestiert Ingeborg, »jetzt wird es doch gerade gemütlich.«

»Danke, aber weiteren Gesangseinlagen fühle ich mich nicht gewachsen«, sagt Alwine.

»Wir könnten uns auch etwas vorlesen«, bettelt Ingeborg. »Schließlich sind wir ja eigentlich ein Literaturclub.«

»Unbedingte«, nickt Giovanni und verdreht schwärmerisch die Augen. »I liebe es, wenn jemand mir vorliest, signora Ingeborg. Das hat meine Nona immer gemacht, als I war eine bambino.«

Muss sich um die Geschichte von »Pinocchio« gehandelt haben, denkt Alwine finster. Dass dem Kerl bei so einer faustdicken Lüge keine lange Nase wächst! Pah, für seine Bettgeschichten braucht er *sie* ganz sicher nicht.

»Ich habe eine bessere Idee«, schaltet sich unvermutet Raissa ein und klappt ihr Buch zu. »Wie wäre es mit einer Geisterbefragung? Das stürmische Wetter draußen ist ideal, und eben habe ich entdeckt, dass es auf Upton Manor gleich drei rastlose Seelen geben soll!«

Alwine dreht sich verwundert zu Raissa um. Was soll denn das nun wieder?

Raissa zwinkert ihr unauffällig zu.

»Gleich drei Gespenster«, schrillt Ingeborg. »Nein, wie aufregend.«

»Muss man stelle die Fragen in die Dunkeln?«, will Giovanni wissen.

Raissa nickt. »Ja. Wir müssen alle Lichter löschen. Außerdem brauchen wir einen geleimten Holztisch, möglichst rund, ein leeres Glas und das hier.« Sie zieht einen Holzkasten aus dem Regal und hält ihn triumphierend in die Höhe.

»Ich hasse Gesellschaftsspiele«, rümpft die Gräfin die Nase. »Außer Strippoker. Wihhhiiii!«

»Das ist ein Ouija-Brett«, erklärt Raissa. »Mit sämtlichen Buchstaben des Alphabets und allen Zahlen zwischen Null und Neun. Dazwischen saust das Glas hin und her, um Antworten auf unsere Fragen zu geben. Falls es mir gelingt, einen Geist anzurufen.«

»Wie aufregend« quiekt Ingeborg. »Kann man Fragen über«, sie senkt die Stimme, »die Liebe stellen?«

Raissa nickt.

»Mich interessieren mögliche Scheidungen«, ätzt Matthias Beutel. »Oder eine Partie Strippoker.«

Raissa schlägt das Buch auf ihrem Schoß wieder auf. »Gut, machen wir also eine spiritistische Sitzung. Wir können einen kopflosen Ritter, eine Frau in Weiß oder eine Gattenmörderin anrufen!«

»Ich bin für Letztere«, kann sich Verena einen Einwurf nicht verkneifen und schießt einen Blick wie einen Giftpfeil auf ihren Gatten ab.

Alwine spitzt unschlüssig die Lippen. Soll sie sich das antun? Hm.

Muss sie wohl, denn Raissa zwinkert ihr schon wieder zu.

Irgendetwas hat sie vor, nur was, zum Teu... Nein, den lässt sie in diesem Zusammenhang besser aus dem Spiel.

## 5.

Der Wind hat gedreht. Der Regen kommt jetzt in breiten Streifen von vorn. Münzgroße Tropfen schlagen wie Geschosse in Dorkas' Gesicht auf, mischen sich mit ihren Tränen der Wut.

Neben ihr fließt das Wasser in großen Flächen über die Landstraße. Verbissen schreitet sie weiter in den Regen hinein, der in heftigen Querschlägern von der Straße abprallt und ihre Hosenbeine durchweicht. Der Jeansstoff saugt sich auf ihrer Haut fest, Kälte kriecht ihre Waden hoch, dringt ihr bis in die Knochen. Na und?

So nass, wie sie bereits ist – nass und nutzlos wie ein vollgesogener Schwamm, den man draußen vergessen hat –, macht das nichts mehr. Eben ist ein Auto vorbeigerast, hat die Fluten geteilt wie einst Moses das rote Meer und ihrem Anorak mit einer Dusche den Rest gegeben.

Vielleicht hat sie Glück, und die Bushaltestelle ist mit einem Unterstand ausgestattet. Nur wo ist diese verdammte Haltestelle? Kurz vor dem Dörfchen Upton soll sie liegen. Aber vom Dorf fehlt jede Spur, dabei müsste doch langsam ein Lichtschein auszumachen sein, oder?

Dorkas kneift die Augen zusammen, um sie scharf zu stellen. Das nutzt wenig, um sie herum und über ihr herrscht ländliche Finsternis, und die Taschenlampe, die sie in ihrer Nachttischschublade auf Upton Manor gefunden hat, muss ein Relikt aus längst vergangenen Tagen sein. Ihr funzeliges Licht erhellt kaum einen Meter Straße vor ihr.

Es ist Samstagabend, verdammt, ob überhaupt noch ein Bus

fährt? In dem Fahrplan, der nebst einem Naturführer für Kent bei der Taschenlampe lag, hieß es so. Aber der Plan ist drei Jahre alt.

Egal, sie muss irgendwie weg von hier. So schnell wie möglich. So unsichtbar wie möglich. Immerhin ist ihr heimlicher Abgang aus Upton gelungen. Niemand hat gesehen, wie sie ausgerüstet mit Rucksack und Regenjacke aus dem Haus geschlüpft ist.

Auch nicht Trish Malverston.

Eine Spur schlechten Gewissens will sich in ihr regen.

Trish so schändlich zu ignorieren, nach allem, was sie gemeinsam durchgemacht haben, ist ekelhaft. Ihre ehemalige Zellengenossin muss denken, dass sie nichts mehr mit ihr zu tun haben will. Ausgerechnet Trish. Ihr größter Halt im Gefängnis von Sutton Park. Die beste Freundin, die man sich unter solchen Umständen wünschen kann. Verflucht. Welcher absonderliche Zufall hat Trish hierherverschlagen? Das Gefängnis ist Meilen und zudem Welten entfernt von einem Haus wie Upton Manor.

Dorkas zwingt sich, nicht weiter darüber nachzudenken.

Noch viel unheimlicher war der Anruf von diesem Schüttpelz. »Wir müssen reden«, hat er am Telefon gesagt. *»Frau Gimmler!«*

Worüber, das war Dorkas nach dieser Anrede klar. Über ihre Eltern natürlich. Als er sich dann als privater Ermittler zu erkennen gegeben hat, gab es keinen Zweifel mehr. Das hätte ihr schon in Canterbury klar sein müssen, als er sie wie ein Schatten verfolgt hat.

Wieso hat sie sich nicht schon da abgesetzt?

Wegen Oda. Ihr schlechtes Gewissen setzt zu einem weiteren Panthersprung auf sie an. Nichts da. Oda ist besser ohne sie dran. Sie kann diese großherzige Frau nicht noch weiter in ihre Angelegenheiten verstricken. Sie hat von ihr bereits genug Hilfe angenommen und ihr im Gegenzug leider zu viel anvertraut. Egal, Oda wird nichts verraten. Da ist Dorkas sich sicher.

Natürlich hat sie selbst auch nicht groß mit Schüttpelz geredet, sondern seinen Anruf im Park einfach weggedrückt. Woher kennt der Kerl überhaupt ihre Handynummer, und wer hat ihr diesen Schnüffler auf die Fersen gehetzt? Die Gimmlers? Ja, könnte passen. Die werden ahnen, dass sie etwas vorhat, um das unterschlagene Erbe ihres Vaters zu bekommen. Aber sie darum bis nach England zu verfolgen? Die müssen einen echten Grund zur Sorge haben und leider nunmehr eine Spur zu ihr. Verflixte Scheiße. Das wird denen zwar nichts nutzen, aber es verkompliziert die Sache.

Am besten wäre es, sich sofort auf den Rückweg nach Deutschland zu machen. Nach Köln. Zu diesem Kolja. Er und das blöde Kochbuch sind ihre letzte Chance, etwas über die Gimmlers in Erfahrung zu bringen, bevor die etwas über sie herausfinden oder – noch schlimmer – den Menschen entdecken, für den sie all das hier auf sich nimmt und den sie dringend in London aufsuchen und warnen muss, bevor es zurück nach Köln geht.

Hoffentlich war Schüttpelz nicht schon vor ihr da. Das wäre eine Katastrophe. Sie muss versuchen zu retten, was zu retten ist.

Sie könnte natürlich auch einfach telefonieren. Nein, sie wird hinfahren. Ein persönliches Gespräch ist besser. Sie ist schon viel zu lange davor weggelaufen.

Scheinwerfer blenden hinter ihr auf, tauchen sie schlagartig in grelles Licht. Dorkas springt in den Graben neben der Straße, um eine weitere Dusche zu vermeiden, und muss erfahren, was es heißt, vom Regen in die Traufe zu geraten. Sie steht bis zu den Knien in gurgelndem Regenwasser und schmatzendem Schlamm.

Scheiße, Scheiße, Scheiße!

Wütend hebt sie das Gesicht in Richtung des heranbrausenden Autos. Das verlangsamt sein Tempo. Hält der Fahrer sie für eine Anhalterin? Hoffentlich nicht. Sie will keine Begegnungen mit möglichen Zeugen. Schließlich steht zu befürchten, dass zumindest Oda ihr Verschwinden nicht einfach hinnimmt und eventuell die Polizei verständigt. Dorkas duckt sich weg, als das Auto ein paar Meter entfernt anhält. Eine Autotür klappt. Dorkas kämpft sich aus dem Graben heraus in ein Gebüsch jenseits der Fahrbahn. Munteres Hundegebell zerteilt das Rauschen des Regens. Nichts wie weg. Dorkas prallt gegen eine Wand aus Weißdorn. Hier ist kein Durchkommen. Das Hundegebell kommt näher, sie hört schnüffelnde Geräusche, dreht sich um und entdeckt im Schein ihrer Funzellampe und jenseits des Grabens die treuherzigen Augen eines Hundes mit Beagle-Blick.

»Wuff«, macht er.

»Miss Marple hat sie gefunden«, schreit jemand hinter dem Hund. Sekunden später ist Jurek bei ihr. »Soll ich dir raushelfen?«, fragt er und setzt zum Sprung in den Graben an.

»Nicht!«, schreit Dorkas. »Der ist voll Wasser und ziemlich tief.«

»Macht nichts, ich hab das Seepferdchen.« Jurek springt und rutscht aus.

Dorkas springt hinterher. Mit beherztem Griff zieht sie Jurek am Kragen seiner Regenjacke aus dem Schlamm. »Jetzt bist du klatschnass«, seufzt sie.

»Aber nicht so doll wie du.«

## 6.

Die Geister von Upton Manor scheinen wählerische Wesen zu sein. Oder sie liegen gemütlich in ihren Betten oder Särgen oder wo auch immer und wollen mit diesem Kindergarten hier nichts zu tun haben, denkt Alwine. Jedenfalls lassen sie sich weder blicken noch hören.

Stattdessen herrscht albernes Gekicher um den Tisch, und draußen kommt der angesagte Sturm auf.

Alwine lässt die Hand von Raissa los und schüttelt auch Ingeborgs zitternde Patschpfote ab. Sie hat genug von diesem Ringelpitz mit Anfassen in der stockfinsteren Bibliothek.

Raissa beschwört die Gespenster ungerührt weiter: »Geist, bist du da?«, raunt sie hohl. »Wir rufen dich. Bist du da?«

So geht das jetzt bald eine halbe Stunde! Davor haben sie Tischerücken gespielt und Verena und die Gräfin eine Art von »Reise nach Jerusalem« im Kampf um die Stühle neben Matthias Beutel. Fehlt nur noch Wattepusten.

»Vielleicht Sie sollten fragen die Geister mal in die Englisch«, rät Giovanni.

»Geister beherrschen jede Sprache«, belehrt ihn Raissa flüsternd.

»Geist, bist du da? Gib uns ein Zeichen!«

Gegenüber von Alwine quiekt es. Klingt nach hysterischem Ferkel. Muss die Gräfin sein.

»Jetzt aber Schluss mit dem Mumpitz«, schimpft Alwine.

»Ssscht«, macht Raissa. »Ich spüre eine Präsenz! Merken Sie nicht, wie kalt es wird? Wie ein Hauch direkt aus der Gruft.«

»Ich spüre nur, dass es gewaltig zieht! Die Fenster sind undicht!«

Genau.

»Ssscht, Frau Wilhelmi! Gleich ist es so weit!«

Langsam geht ihr Raissa gewaltig auf die Nerven. Was soll der ganze Spuk. Quatsch, Spuk. Blöder Mummenschanz ist das und einer an sich klugen Frau wie Raissa unwürdig. Alwine hat sich mehr versprochen, nach der ganzen Augenzwinkerei von vorhin.

»Spürt noch jemand etwas?«, will Raissa mit gedämpfter Stimme wissen.

»Ja! Oh ja«, seufzt die Gräfin. »Hören Sie nicht auf.«

»Können Sie bitte diese unanständigen Geräusche unterlassen?«, verlangt eine verschnupft klingende Verena. »Dabei denkt man ja an Gott weiß was.«

»Tatsächlich?«, fragt ihr Gatte. »Wäre mir bei dir neu.«

»Ssscht. Gleich ist es so weit«, mahnt Raissa, und durch den Tisch geht ein Ruck.

Gebannte Stille senkt sich über die Runde. Sogar der Zimmerfarn scheint den Atem anzuhalten. Ach nein, das ist sie selber, ärgert sich Alwine. Und zu allem Überfluss herrscht über allem eine Geräuschkulisse, die dem Toningenieur eines Gruselfilms Ehre machen würde.

Im Kamin heult Wind. Auf dem Sims tickt schleppend eine Uhr. Die Bodendielen ächzen. Ein Schlagladen klappert lose in den Angeln, so, als wolle er sich dem Sturm in die Arme werfen. Zweige kratzen am Fensterglas. Die Dunkelheit im Raum wirkt gleich noch finsterer.

»Errrr ist da«, verkündet Raissa mit Grabesstimme.

Natürlich benutzt sie jetzt ihren russischen Akzent. Im rheinischen Idiom würde die Ankündigung deutlich weniger Wirkung entfalten.

Die Gräfin gibt ein wohliges Stöhnen – eher ein Grunzen – von sich. Klingt, als werde der angebliche Geist bei ihr recht handgreiflich, wundert sich Alwine.

Und das nicht nur bei ihr.

Ingeborg lässt ein perlendes Lachen hören. »Das ist aber ein ganz Schlimmer. Aufhören, ich bin an den Füßen kitzlig.«

Hier treibt doch nie und nimmer ein Gespenst sein Unwesen!

»Sie sinde eine Aschelocke, signor Beutel«, flucht Giovanni, der zu demselben Schluss wie Alwine gekommen ist. »Die Gräfin durfen Sie kitzeln, wo Sie wollen, aber nichte meine Ingeborg fußeln!«

»Matthias!«, faucht Verena in die Finsternis. »Was fällt dir ein? Mich derart zu ... zu blamieren! Und das in meinem Zustand! Wir gehen sofort ins Bett! SOFORT!«

»*Wir?*«, fragt ihr Gatte süffisant und mit leicht schlingernder Whiskystimme. Pause. »Eh, was meinst du mit deinem Zustand?«

»Du wirst Vater, du dämlicher Fummler«, bricht es aus Verena hervor

»Ich werde Vater? Von wem?«

»Deinem Sohn, du Hornochse.«

»Ich ... ich bekomme einen Sohn«, stammelt Matthias Beutel fassungslos.

»Hättest du lieber einen Bus?«

»Oh, oh, Verena, das ist ja wunderbar! Eh, wo sitzt du? Brauchst du irgendwas? Eine Wärmflasche vielleicht? Etwas zu essen? Liebling! Du machst mich zum glücklichsten Mann auf Erden.«

»Mich so zu missbrauchen! Sie sind ein gemeiner Schuft«, jammert die Gräfin.

»Aber das ist ja wunderbar«, freut sich Alwine. »Ich gratuliere herzlich!«

Endlich ist ihr klar, warum Raissa diesen Hokuspokus im Dunkeln veranstaltet hat. Sie muss mit den Annäherungsversuchen von Matthias Beutel gerechnet haben und mit Verenas Reaktion. Damit ist Nils' Vaterschaft offiziell vom Tisch. Ach, ihre Raissa ist wirklich Gold wert! Und sämtliche Gummistiefel und Ohrringe, die sie sich auf ihre Kosten gegönnt hat.

»Ich gratuliere auch«, kräht Ingeborg. »Nein, wie romantisch.«

»Und das in Ihrem Alter, Frau Beutel«, wirft die Gräfin ein.

»Wie meinen Sie das?«, fragt Verena spitz. »Für wie alt halten Sie mich?«

»Keine Ahnung, ich verstehe mich nicht auf Fossilienbestimmung.«

Der Tisch gerät unter einem kleinen Handgemenge ins Wanken.

»Finito. Basta! Ich habe fertig«, zitiert Giovanni seinen Landsmann Trappatoni. Er springt auf, sein Stuhl fällt krachend nach hinten. »Wo iste die Lichtknipser?«

Stolpernd macht er sich auf die Suche nach dem Schalter. Auf halben Weg wird er abgestoppt.

Mit zitterndem Knarren öffnet sich die Tür zur Bibliothek. Fahles Licht fällt aus der Halle in den Raum und enthüllt als Schattenriss eine Figur in wallendem Gewand. Unschönes Jaulen untermalt ihr Erscheinen.

»Die weiße Frau«, schreit Ingeborg auf. »Die weiße Frau! Ist es zu fassen! Und hinter ihr kommen noch zwei!«

»Furchte di nicht, Ingeborg, I komme und beschutze dich«, ruft Giovanni ihr zu.

Das Licht geht an.

Na, so was, wundert sich Alwine. Ingeborg hat recht. Im

Türrahmen steht eine weiße Frau. Eine sehr weiße Frau. Sie trägt ein Nachthemd und hat ein bleiches Gesicht, das aussieht wie zerknülltes Pergamentpapier. Schlohweißes Wattehaar umlodert ihr Haupt wie eine Aureole. Ein winselnder Mops lugt zitternd hinter ihrem Rücken hervor. Er trägt eine Art Schottenrock, in dem er aussieht wie eine schlampig gestopfte karierte Wurst. Bis auf den Hund könnte die Dame unbedingt als Gespenst durchgehen! Hinter ihr – Alwine kniept mit den Augen –, hinter ihr stehen ... »Hilkmar! Oda! Was macht ihr denn hier?«

Bevor die beiden antworten können, kommt mächtig Leben in die weiße Dame. »Who the hell are you?«, donnert sie in den Raum und wallt durch die Tür. Sodann entlädt sich ein Gewitter aus Flüchen von alttestamentarischer Wucht über den Häuptern der Anwesenden.

Begleitet von Mopsheulern.

Alwine übersetzt alles im Telegrammstil und mit wachsendem Vergnügen. Zusammengefasst läuft die Schimpfkanonade der Lady – denn eine solche ist sie – darauf hinaus, dass sie keine weiteren Verbrecher, Flittchen, Mordbuben und schon gar keine verdammten Touristen aus dem Hunnenland in ihrem Haus zu sehen wünscht. Wo doch morgen Cookie und Sausage zum Tee kommen. »Keks und Würstchen«, übersetzt Alwine brav ihren nunmehr vollends verdutzten Mitreisenden. Als intime Kennerin des englischen Königshauses weiß sie selbstredend zu erklären, wer damit gemeint ist: die längst verstorbene Queen Mum und ihre noch unter den Lebenden weilende Tochter, Elisabeth II., Königin von England.

Zugegeben, »cookie« und »sausage« sind keine sehr royalen Spitznamen, zumal »cookie« eine Anspielung darauf ist, dass die Königinmutter gebürtig kein Adelsspross gewesen sein soll, sondern das Kind eines Adligen und einer Köchin – »cook«!

»Ein ›cookie‹ eben«, schließt Alwine. »Warum Prinz Philipp seine reizende Gattin Elizabeth allerdings ›Würstchen‹ nennt, ist mir schleierhaft. Könnte sich um einen Ausdruck seines lebenslangen Unterlegenheitsgefühls handeln. ›Cabbage‹, also ›Kohlkopf‹, soll sein zweitliebster Kosename für sie sein. Das freilich dürfte an der Frisur der Königin liegen oder daran, dass sie bekanntlich deutsche Vorfahren hat.«

»What is this woman talking about?« Worüber spricht diese Frau, will die zornige Lady wissen.

»›Cookie‹«, sagt Alwine und erhebt sich aus ihrem Stuhl, wie sich das in Gegenwart von Blaublütern gehört, und richtet sich zu der ihr eigenen damenhaften Größe auf.

»You know our Queen Mum?« Sie kennen unsere Königinmutter?, fragt die Lady barsch.

»About as good as you.« In etwa so gut wie Sie, zieht sich Alwine nicht minder barsch aus der Affäre. Das dürfte der Wahrheit ziemlich nahekommen.

Im Türrahmen wird ein Stöhnen unterdrückt. »My god, two of them!«

Was soll das bitte heißen? *Zwei von denen*. Noch dazu in so abfälligem Ton. Alwine dreht den Kopf. Pah, da steht dieser Grünschnabel von Lord und spielt Salzsäule.

# 7.

»Sind Sie sicher, dass Sie weiter nichts brauchen, Sir? Kopfkissen vielleicht? Kaminanzünder? Kerzen? Hundefutter? Noch was zu essen für Ihren Sohn?«

»Habe ich alles dabei«, lehnt Nils dankend ab.

Bis auf die Kopfkissen, aber die brauchen sie nicht.

»Na, dann wünsche ich Ihnen eine gute Nacht auf Upton Farm! Ich komme morgen früh mit dem Dachdecker vorbei und schaue, wie es Ihnen so geht. Und meiden Sie die hinteren Wohnräume, das Dach darüber ist undicht.« Der Verwalter von Lord Darnsdale schließt mit einem letzten freundlichen Kopfnicken die Tür seines Cottage. Sichtlich froh darüber, das Sauwetter, das vor seiner Haustür herrscht, auszusperren.

Nils zerrt sich die Kapuze seines Anoraks über den Kopf und tritt unter einem kleinen Schutzdach hervor in den unvermindert fallenden Regen hinaus. Grimmiger Wind zerrt an seiner Regenjacke und fordert den riesigen Plastiksack an seiner rechten Hand zu einem Tänzchen auf. Nils presst ihn mit beiden Armen gegen seine Brust und stapft mit verbissenem Gesichtsausdruck durch den niederprasselnden Regen auf das Sträßchen zu, das das Cottage vom Farmhaus trennt.

Der Verwalter muss ihn für einen kompletten Idioten halten, denkt er grimmig. Kein Wunder. Bei so einem Wetter ohne genügend Decken und Kleidung zum Wechseln in der Farm übernachten zu wollen, lässt ihn wie einen halbdebilen Großstadtbewohner erscheinen.

Dabei hatte er für sich und Jurek durchaus die passende Ausrüstung dabei. Reichlich Proviant, Kleidung zum Wechseln und vor allem warme Schlafsäcke. Nur nicht für diese durchgeknallte Dorkas. In dem Plastiksack vor seiner Brust stecken eine Decke, Nachtzeug und trockene Kleidung für sie.

Was zum Kuckuck hatte Dorkas Mendel bei solch einem Wetter und in kompletter Finsternis auf der Landstraße vor? Und warum wollte sie auf keinen Fall zurück nach Upton Manor?

Antworten auf diese naheliegenden Fragen ist sie geschickt ausgewichen, und im Beisein von Jurek – der seinen Fund im Straßengraben begeistert anhimmelte – wollte er kein allzu strenges Verhör führen.

Kopfschüttelnd überquert Nils die Straße.

Wie ein gehetztes Reh hat Dorkas ausgesehen, als die Lichtkegel der Jeepscheinwerfer sie eingefangen haben. Die Augen panisch geweitet vor Schreck, ist sie kopflos in den gefluteten Graben gesprungen. Ähnlich kopflos wie Jurek. Nils schüttelt immer noch den Kopf, während er die Auffahrt zur Farm heraufstiefelt.

Fräulein Mendel hat ein bemerkenswertes Talent, seinen Sohn zu einem für ihn völlig untypischen Verhalten zu inspirieren. Heute Mittag zu einer Flipperolympiade im Pub und vorhin zu einem Sprung ins Wasser. Der muss für seinen Kurzen, der eine halbvolle Badewanne für potenziell lebensgefährlich hält, eine echte Mutprobe gewesen sein. Trotzdem hat Jurek nicht eine Sekunde gezögert.

Warum will sein Sohn ausgerechnet dieser jungen Frau beweisen, dass er ein tapferes Kerlchen ist? Seufzend umrundet Nils das Haus und erreicht eine Hintertür. Mit einem beherzten Tritt stößt er sie auf. Eine etwas rohe Art, in die Küche einzutreten, wo ihn der warme Schein einer Petroleumlampe und mehrerer Kerzen empfängt. Eine richtige Pfadfinderidylle.

Jurek sitzt im Pyjama und in seinen Schlafsack eingemummelt mit gekreuzten Beinen vor einem knisternden Feuer im kleinen Küchenkamin. Mit der einen Hand umklammert er einen Porzellanbecher, mit der anderen daddelt er auf Dorkas' Handy irgendein Computerspiel.

Sie muss das Feuer entzündet und Jurek die Haare trocken gerubbelt haben. Die stehen in feuchten Stacheln zu Berge. Es duftet nach Kakao und gebackenen Bohnen.

»Hi Papa, willst du auch einen Kakao? Dorkas hat ganz viel Zucker reingemacht, und gleich gibt es richtiges Abendessen.«

»Später«, sagt Nils. Seine Augen suchen Dorkas.

Sie steht barfuß und in ihren durchweichten Klamotten beim Herd und schlägt Eier in eine Eisenpfanne.

Zu ihren Füßen liegt Miss Marple. Den Kopf auf den gekreuzten Vorderpfoten abgelegt, himmelt der Beagle-Mix aus treuen Hundeaugen die Frau am Herd an.

Himmel, noch ein Fan. Okay, den hat sie mit Futter bestochen.

Neben dem Hund steht eine sorgsam geleerte Schüssel. Geradezu erschreckend tüchtig, diese Dorkas. Irgendwie gibt ihm diese perfekte kleine Hausfrau das ärgerliche Gefühl, hier überflüssig zu sein.

Nils stellt die Tüte auf dem Küchentisch ab und zieht ihr entschlossen den Pfannenstiel aus der Hand. »Das kann ich machen. Ziehen Sie sich trockene Sachen an.«

»Später«, wehrt Dorkas schroff ab. »Erst muss Jurek was essen. Mir ist nicht kalt.«

Das ist eine Lüge. Ihre Lippen sind so blau wie ihre Haarsträhne. Hilfsangebote und Fürsorglichkeit scheint sie schlecht zu vertragen.

»Keine Widerrede.« Nils schiebt Dorkas vom Herd weg und nickt mit dem Kopf in Richtung Tüte. »Lord Darnsdales Verwalter hat mir was zum Anziehen von seiner Frau eingepackt. Decken sind auch drin. Sie können für die Nacht aber auch meinen Schlafsack nehmen. Ich friere nicht so leicht.«

»Wenn Sie glauben, ich gehöre zu der Fraktion ›Hunger, Pipi, kalt, so sind die Mädels halt‹, irren Sie sich«, entgegnet Dorkas störrisch und will den Pfannenstil zurückerobern. »Ich friere nie.«

»Oh doch, das tun Sie«, sagt Nils scharf.

Wie zur Bestätigung fährt ein Frösteln durch Dorkas.

»Steigen Sie endlich aus den feuchten Klamotten, sonst sind Sie morgen todkrank, und die Reise ist für Sie zu Ende.«

Unschlüssig schielt Dorkas zu der prall gefüllten Tüte herüber. Es ist ein Abfallsack.

Scheint mit sich zu kämpfen, die Gute. Sie verliert.

»Okay, wo kann ich mich umziehen?«

»Hier in der Küche. Die anderen Räume sind kalt und reichlich ungemütlich. Keine Sorge, ich schau weg.«

»Ich auch«, verspricht Jurek. »Ehrenwort.«

Nils dreht Dorkas ostentativ den Rücken zu und rüttelt leise die Pfanne, in der die Spiegeleier auf einem Bett knuspriger Speckscheiben eine glasige Konsistenz annehmen.

»Nicht rütteln! Sonst gibt's Rührei«, rät Dorkas und schnappt sich die Tüte.

Aus den Augenwinkeln sieht Nils, dass Miss Marple sich schwanzwedelnd erhebt und Dorkas in eine Ecke des Raumes folgt.

»Rühren Sie lieber die Bohnen um, sonst brennen sie an«, empfiehlt Dorkas ihm.

»Ich lasse nie irgendwas anbrennen«, knurrt Nils.

»Ich weiß«, kommt es gedehnt von Dorkas. »Jetzt müssen Sie diese Regel nur noch aufs Kochen anwenden!«

Ist das eine Anspielung? Nicht witzig. Schließlich kann er

nichts dafür, dass sich ihm auf dieser verrückten Reise ständig irgendwelche Frauen an den Hals werfen. Diese dämliche Gräfin geht auf das Konto seiner überdrehten Patentante. Vielleicht hat sie sogar Raissa zu dem Badeunfall in Canterbury animiert. Zuzutrauen ist seiner Tante alles, und es dürfte ihr egal sein, dass sie ihn dabei zum kompletten Deppen macht. Kein Wunder, dass Dorkas sich so ziert, in seinem Beisein ihre nassen Klamotten auszuziehen. Verdammt. Wie? Ach was.

In seinem Rücken knistert die Tüte.

»Himmel«, stößt Dorkas hervor. »Was ist das denn?«

»Ein kariertes Zelt«, schlägt Jurek vor.

»Ich glaube, es soll ein Rock sein«, sagt Dorkas mit deutlich zweifelndem Unterton.

»Den kannst du als Kleid anziehen«, empfiehlt sich Jurek als Modeberater. »Musst du nur einen Gürtel umbinden. Ich geb dir einen von Papa.«

»Du wolltest doch wegschauen«, ermahnt Nils seinen Sohn.

»Erst wenn Dorkas nackt ist, sie hat aber noch ihr T-Shirt an«, informiert ihn sein Junior über den Fortschritt des Umkleidens.

»Jurek!«

»Schon in Ordnung, ich bin fertig«, sagt Dorkas. »Können Sie mir mal die Schere geben, die im Bestecktopf steckt?«

»Sie können nicht an fremder Leute Kleidung herumschnippeln«, warnt Nils.

»Ich will nicht an der Kleidung, sondern an mir rumschnippeln.« Sie zögert kurz. »Besser gesagt, müssen Sie das tun.«

Nils regelt die Gasflamme unter der Eierpfanne herunter, kramt verwirrt in einem Tontopf und zieht eine Schere heraus. Dann dreht er sich um.

Dorkas, die Jureks Modetipp befolgt und einen bodenlangen

Schottenrock mit einem Gürtel zu einer Art schulterfreiem Minikleid umfunktioniert hat, streckt ihm ihren rechten Arm entgegen.

»Können Sie die aufschneiden?« Mit einer Bewegung ihres Kinns deutet sie auf die Flechtbänder, die sich an ihrem bloßen Unterarm bis zum Ellbogen hochringeln. »Die Bänder sind so nass geworden, dass sie mir ins Fleisch schneiden. Tut ein bisschen weh.«

Ein bisschen? Das ist reichlich untertrieben, stellt Nils mit einem Blick auf die roten Striemen fest, die sich zwischen den bunten Bändern abzeichnen. Rasch packt er Dorkas' Handgelenk und schneidet mit chirurgischer Präzision die Bänder auf. Mein Gott, was kommt denn da zum Vorschein? Etwas, das in ihm unwillkürlich eine heftige Schmerzempfindung auslöst. Das muss mal verdammt wehgetan haben. Mehr als das. Er schenkt Dorkas einen mitfühlenden Blick.

»Ich will auch mal«, bettelt Jurek und schaut von seinem Spiel auf Dorkas' Handy hoch.

»Nein«, sagt Nils und verstellt seinem Sohn die Sicht. »Gib lieber Miss Marple was zu trinken.« Er will nicht, dass Jurek das scheußliche Brandnarbenfeld auf Dorkas' rechtem Unterarm sieht.

Dorkas offensichtlich auch nicht. »Schüsseln findest du unter der Spüle«, weist sie Jurek flugs an.

Als der im Schrank abgetaucht ist, widmet sich Nils wieder seinen Auftrennarbeiten. Geschafft.

»So was machen sie ziemlich gut«, bemerkt Dorkas, während sie die Bänder abstreift und blitzschnell den Arm hinter ihrem Rücken verschwinden lässt. Dabei schaut sie ihn mit einem Mal sehr freundlich an.

So freundlich, dass Nils sich ihrem Blick nicht entziehen kann. Sie hat ungemein schöne Augen, stellt er fest. Über ihr

Gesicht, die schiefe Nase und darüber, ob eine blaue Haarsträhne und Piercings kleidsam sind, kann man geteilter Meinung sein, aber nicht über solche Augen! Man kann das Meer darin sehen. Ein Meer, das einen übergangslos in den berüchtigten Tiefenrausch versetzen könnte.

Wie bitte? Was denkt er denn da?

Und warum beschleicht ihn der Verdacht, dass diese merkwürdige Frau gerade in den Flirtmodus gewechselt hat?

Aus überaus undurchsichtigen Gründen.

»Sie haben sehr geschickte Hände«, lobt Dorkas.

»Liegt in der Familie. Mein Vater ist Arzt«, brummt er und will sich ihren linken Unterarm vornehmen.

»Das kann ich jetzt allein machen«, rebelliert sie und will nach der Schere greifen.

»Nichts da«, bestimmt Nils und packt ihr Handgelenk fester.

Dorkas will sich seinem Griff entwinden und probiert erneut ihren meergrauen Sirenenblick an ihm.

Nicht mit mir, denkt Nils. Seit er vor vielen Jahren auf Tinas Manipulationen hereingefallen ist, ist er immun gegen weibliche Tricks und Finten.

»Halten Sie still«, knurrt Nils und schiebt die Schere unter die Bänder an Dorkas' Handgelenk.

Meine Güte, die sitzen ja noch strammer als rechts. Solche Fesseln sind doch kein Schmuck! Er durchtrennt rasch die Fäden. Hallo! Was kommt denn da zum Vorschein. Weitere, wenn auch schwächer ausgeprägte Narben und Tätowierungen! Ziemlich ungelenke Arbeiten, wie mit Nähnadel und Tinte gestochen, aber was ist denn das?

»Sie müssen die Bohnen umrühren«, fährt Dorkas ihn an. »Sofort!« Sie entzieht ihm ihren Arm, reißt einen Wollpullover vom Tisch, zieht ihn sich über den Kopf und rollt die Ärmel bis auf die Mitte ihrer Hände herab.

Zu spät. Nils hat längst gesehen, was sie dringend verbergen möchte. Etwas, das ihr schroffes Wesen und ihren Verfolgungswahn erklären könnte. Sehr gut sogar.

»Papa, die Bohnen qualmen!«

Nils fährt herum und ist mit einem Riesenschritt beim Herd, reißt die Bohnen vom Gas. Verflixt, diese Pampe kann man nicht mal mehr als schwarze Bohnen aus Mexiko durchgehen lassen.

»Es gibt also doch Dinge, die sie anbrennen lassen. Macht nichts, wir können Brot zu den Eiern toasten«, sagt Dorkas eifrig. »Außerdem habe ich Tomatensalat gemacht.« Hektisch knallt sie eine Schüssel auf den Tisch und eilt zum Küchenschrank. »Jurek, hilfst du mir dabei, den Tisch zu decken?«

»Muss ich dann nachher nicht spülen?«

»Nein, das muss dein Vater machen. Wer Bohnen anbrennen oder Eier platzen lässt, ist mit Spülen dran. Alte Küchenregel.«

Nils wirft Dorkas einen scharfen Blick zu. Den sie nicht erwidert. Ihre Hände zittern leicht, während sie Teller auf dem Tisch absetzt.

Sie weiß, dass er es bemerkt hat.

Drei kleine blaue Punkte direkt über ihrer Pulsader. Normalerweise befinden sie sich zwischen Daumen und Zeigefinger, aber was sie bedeuten, weiß Nils auch so.

*Nichts sehen, nichts hören, nichts sagen.*

Eine traditionelle Knasttätowierung. Ist es möglich, dass dieses Mädchen wirklich schon im Gefängnis gesessen hat?

Ja, das muss es sein!

Dorkas ist vorbestraft und das anscheinend in England. Warum sonst hätte sie so entsetzt auf die jungen Gärtnerinnen im Park von Upton Manor reagiert? Die haben nämlich alle schon im Knast gesessen und nehmen auf Upton Manor an einem Resozialisierungs- und Jobprogramm teil. Unter der Obhut von »The Prince's Trust«, einer der erfolgreichsten Wohltätigkeitsorganisationen des Prinzen von Wales, die auch Lord Darnsdale unterstützt.

Darnsdale schätzt die unter Obhut des Prinzen geschulten Arbeitskräfte sehr. Sie sind handverlesen und im Gefängnis hervorragend ausgebildet worden. Zu Bürokräften, KFZ-Mechanikerinnen, Gärtnerinnen, Servicekräften oder *Köchinnen.*

Die Rückfallquote unter diesen speziell betreuten, jungen Ex-Straftätern, die meist wegen geringfügiger Delikte verurteilt wurden, ist erfreulich gering. Eine echte Erfolgsgeschichte.

Fragt sich nur, ob das bei Dorkas auch der Fall ist oder ob das genaue Gegenteil zutrifft.

Nein, entscheidet er in Sekundenbruchteilen, das ergibt keinen Sinn. Warum sollte Dorkas, wenn sie in England für irgendein neues Vergehen gesucht wird, ausgerechnet hierher eine Reise antreten?

»Kommen Sie, Nils, setzen Sie sich«, sagt Dorkas und macht eine Kopfbewegung in Richtung Tisch. »Sonst werden Ihre Spiegeleier kalt. Ich habe sie kurz noch mal aufgewärmt.«

Es ist das erste Mal, dass sie ihn mit seinem Vornamen angesprochen hat. Ist das ein weiterer Versuch, ihn um den Finger zu wickeln?

Ein Lächeln huscht über ihre Lippen, erfasst kurz ihr ganzes Gesicht, während sie Jurek Tomatensalat auf den Teller gibt.

»Die Eier sind total, total klasse, Papa«, sagt sein Sohn. »Dorkas ist eine total tolle Köchin. Echt. Und du wolltest sie nach Upton zurückschicken, voll doof.«

Nils runzelt die Brauen und sucht Dorkas' Augen. Sie schenkt ihm einen bittenden Blick. Nein, sogar einen flehenden. In ihren Augen herrscht eine Mischung aus Aufruhr und Verzweiflung, die er ihr nicht zugetraut hätte. Die Farbe ihrer

Pupillen ist für die Dauer eines Herzschlags nicht mehr unergründlich, sondern von einem zerbrechlichen, durchscheinenden Grau. Einem Grau, das ins Blaue hineinspielt und tief blicken lässt. Bis ins Innerste. Darin sitzt nicht die nackte Angst, sondern maßloser Kummer.

Was ist nur mit dieser Frau los? Was hat sie hinter sich? Welche Last schleppt sie mit sich herum? Sie ist viel zu jung, um so unfassbar traurig zu sein.

»Papa, deine Spiegeleier werden glibberig!«

Und Dorkas' Augen matt und grau wie Panzerstahl. So, als habe jemand das Licht darin ausgeknipst. Und seltsamerweise auch in seinem Verstand.

## 8.

»Sie müssen die Nierchen kosten, meine Liebe, die sind recht ordentlich! Mit einem Hauch Sherry geschmort«, sagt die alte Lady Darnsdale auf Englisch, spießt mit ihrer Gabel ein Fleischstück auf und führt es vornehm zum Mund.

Äußerst vornehm, wie Alwine befriedigt feststellt. Nämlich mit falsch herum gedrehter Gabel.

So isst man nur in England, hat Nils während einer Busfahrt erläutert. Selbst Erbsen oder Kartoffelbrei schaufeln wohlerzogene Briten nicht in die Krümmung des Bestecks, sondern schieben sie mithilfe des Messers auf die nach außen gewölbte Rückseite. Dann wird alles sanft zwischen die Zinken gedrückt. Im Vertrauen darauf, dass es dort verbleibt, bis die Gabel den Mund erreicht. Was bei Erbsen nicht immer der Fall ist. Auf diese Weise gleicht jeder Bissen einer Spatzenportion. Das ist Sinn und Zweck der Übung. In besseren Kreisen darf der Akt der Nahrungsaufnahme nie gierig wirken.

Alwine tut es ihrer neu gewonnenen Freundin nach. Allerdings nicht mit Nierchen – bbbrrrr! –, sondern mit einem kleinen, glasierten Champignon. Ein derart herzhaftes Frühstück ist zwar nicht ganz ihr Geschmack, aber sie muss zugeben, dass die Küchenkräfte von Upton Manor sich auf die Zubereitung verstehen. Der Champignon ist mit einem Hauch Worcestersauce, Pfeffer und Zitrone gewürzt und auf den Punkt gegart.

Sein duftendes Aroma wird nur vom Mops im Schoß der Lady beeinträchtigt. Sir Percival – so heißt ihr Schoßhund – ist von reinrassigem Stammbaum, aber altersbedingt ein wenig übelriechend.

»More tea?«, fragt links von ihr die junge Servierkraft vom gestrigen Abend an und präsentiert Alwine eine silberne Kanne.

Lady Darnsdale verdreht kaum merklich die Augen. »Getränke werden wie Suppe von rechts serviert, Miss Trish«, murmelt sie kaum hörbar.

Das Mädchen wechselt flugs die Seite und schenkt Alwine Tee nach.

Kaum ist sie in Richtung von Lord Darnsdale, der am anderen Ende des prächtigen Tisches sitzt, entschwunden, forscht Alwine bei der Lady nach, wer das junge Mädchen ist. »Einer von diesen Knastvögeln, die der Prinz von Wales meinem Enkel ständig als Personal aufdrängt«, schnaubt die Lady mit einer präzise dosierten Prise Verachtung.

Alwine ist sofort ganz Ohr. Das muss sie genauer wissen.

Lady Darnsdale wispert ihr die wichtigsten Informationen zu. Nicht, ohne sich über die absurde Vorliebe des englischen Thronfolgers für kriminelle Subjekte zu echauffieren. Kochen – das muss die Lady den Mädchen von Sutton Park allerdings zugestehen – können sie, aber beim Serviettenfalten hapert es gewaltig. Zum Beweis gibt sie einem zur Bischofsmütze gefalteten Leintuch vor sich einen Stups. Schon fällt das Gebilde in sich zusammen. »Eine verdammt schlampige Arbeit, Frau von Wilhelmi«, beschwert sie sich.

Ja, sie sagt wirklich »Frau von« – es klingt aus ihrem Mund wie »Pfrau won«, aber das stört Alwine nicht. Immerhin hat die Lady sie damit in eine Art Adelsstand erhoben. Warum auch nicht? Ihr Name Alwine bedeutet schließlich »die Edle«! Lady Darnsdale hat einen Blick für Klasse und für nachlässig gefaltete Servietten.

Verständnisvoll nickt Alwine ihr zu. In ihren Cafés würde sie so etwas auch nicht durchgehen lassen. Und Knastvögel beschäftigt sie allenfalls in der Küche – bei Köchen ist eine zwielichtige Vergangenheit nun einmal keine Seltenheit.

Egal, viel interessanter ist natürlich die Frage, was genau Dorkas Mendel mit englischen Knastvögeln zu tun hat. Die Information macht sie ganz hibbelig. Hach, wenn sie nur endlich mit Schüttpelz konferieren könnte! Der weiß sicher Genaueres. Sie wirft ihrem Detektiv quer über den Tisch einen Blick zu.

Er ist irgendwann gestern Nacht in einem Mietwagen aus London zurückgekehrt. Bislang hatten sie nur Gelegenheit zu einem Zwiegespräch in der Halle, und darin hat Schüttpelz ihr von der lebendigen Restaurantszene in London vorgeschwärmt! Als das Gespräch auf eine indische Imbissbude kam, wurde es interessant. Sehr interessant. Nicht wegen des Essens. Aber an diesem Punkt kam leider Lady Darnsdale die Treppe hinab.

Jetzt verzehrt Schüttpelz in aller Gemütsruhe einen Teller geräucherte Makrelen. Die Verfressenheit dieses Mannes ist wirklich ein Kreuz. Die Makrelen sind nur sein erster Gang. Er schielt unverkennbar sehnsüchtig zur Anrichte, auf der noch Eier, Speck, die Nierchen und gebratenes Gemüse auf ihn warten. Dazu Toast, Orangenmarmelade und Gelees. Die Mahlzeit könnte noch Stunden in Anspruch nehmen!

»Kommen Sie zur Sonntagsandacht mit uns in die Kirche?«, fragt die alte Lady Darnsdale bei Alwine an. »Das Zentrum des Sturms hat sich nach Wales verzogen. Sie dürfen selbstverständlich in meinem alten Bentley mitfahren. Unverwüstliches Fahrzeug. Ich chauffiere selbst. Ihr Bus ist ein wenig, nun ja, bescheiden für eine Dame.«

»Es ist mein Bentley«, kommt es mit warnendem Unterton

aus dem Mund ihres Enkelsohns und hinter einer Sonntagszeitung hervor. »Und du, liebe Honoria, wirst dich keinesfalls ans Steuer setzen! Du hast keine Fahrerlaubnis mehr.«

»Eine Lady Darnsdale braucht keinen Führerschein«, weist seine Großmutter ihn zurecht. »Immerhin bin ich früher Autorennen gefahren! Meine Schleudertechnik war weltberühmt.«

»Vor mehr als siebzig Jahren«, knurrt Lord Darnsdale und verdreht die Augen.

»Also, meine Liebe, werden Sie mich begleiten?«, wiederholt seine widerspenstige Großmutter die Einladung an ihre Tischnachbarin.

Alwine nippt an ihrem Tee. In einem Bentley würde sie zu gern einmal fahren. Noch dazu mit einer echten Lady und ehemaligen Rennfahrerin am Steuer. Das scheint sie ja tatsächlich gewesen zu sein. Aber nein, sie muss verzichten.

Bedauernd schüttelt Alwine den Kopf und erklärt, dass sie ihren Preisrätselgewinner Schüttpelz betreuen müsse, der sicher kein Interesse an einem Kirchgang habe.

»Oder sind Sie ein Kirchgänger?«, fragt sie auf Deutsch und mit warnendem Unterton bei ihrem Detektiv nach, der keine Reaktion gezeigt hat. Sie will nach dem Frühstück seinen Rapport hören.

Schüttpelz verneint. »Ich habe wenig Interesse für mein Leben nach dem Tod, das Leben davor scheint mir erfreulicher.« Sagt's und greift nach dem Toastständer.

Gott sei Dank hat er das alles auf Deutsch gesagt und nachdem er sein Essen heruntergeschluckt hat.

»Nun, die Hauptsache ist, dass Sie zum Tee mit Cookie und Sausage wieder da sind«, bemerkt Lady Darnsdale auf Englisch und schenkt Alwine ein Lächeln.

»Um nichts in der Welt möchte ich das verpassen«, erklärt Alwine.

»Gut. Kommen Sie nach dem Lunch in mein Zimmer, damit wir den Hofknicks noch ein wenig üben können«, verfügt Lady Darnsdale. »Und keine Bange, Cookie hat Verständnis dafür, dass er in unserem Alter nicht mehr ganz so tief ausfallen kann wie in jungen Jahren.«

Ihr Enkelsohn gibt einen gequälten Seufzer von sich.

»Dich wollen die beiden ohnehin nicht sehen«, sagt seine Großmutter indigniert und erhebt sich. »Ich muss jetzt mit den Köchinnen über die Kuchen sprechen. Und die Gurkensandwiches. Cookie liebt Gurkensandwiches. Aber nur ohne Rand, und die Gurken müssen hauchfein geschnitten sein!«

»Vergessen Sie nicht den Dubonnet«, empfiehlt Alwine, die das Zeug wirklich mal kosten will.

Überhaupt freut sie sich – allen anderen Ärgernissen zum Trotz – auf den Tee mit einer toten Königinmutter und einer unsichtbaren Königin. Sie ist gespannt auf die Vorstellung, die Lady Darnsdale heute Nachmittag geben wird. Dürfte eine Art japanisches Schattenspiel mit Teezeremonie werden.

Aber noch gespannter ist sie auf Schüttpelz' Bericht aus London. Ob er mehr über Dorkas' mutmaßliche kriminelle Vorgeschichte herausgefunden hat? In jedem Fall hat er jemanden getroffen, der Dorkas kennt.

Lady Darnsdale verharrt abwartend vor der Tür des Frühstückszimmers. Sie räuspert sich. Einmal. Zweimal. Bevor sie zum dritten Mal ansetzt, ist Trish endlich bei ihr, um die Tür zu öffnen. Lady Darnsdale durchschreitet die Tür.

Jeder Zoll eine Königin. Na ja, nicht ganz, aber Hofdame ist sie bei Queen Mum in jungen Jahren tatsächlich gewesen. Und im Kopf ist sie es geblieben. Das nennt man Durchhaltevermögen.

»Oh, Sie reiten aus?«, hört man sie in der Halle sagen.

Wer geht reiten?, fragt sich Alwine.

Ach so, die Gräfin natürlich. In akkurat sitzendem Reitdress betritt sie das Frühstückszimmer, deutet ein respektvolles Nicken in Richtung von Lord Darnsdale an. Sie nimmt ohne Umschweife neben ihm Platz und knallt forsch eine Reitgerte neben ihr Gedeck.

»Ah, eine Reiterin!« Schüttpelz wird mit einem Schlag munter.

Auch das noch, stöhnt Alwine in Gedanken an das »adult video« aus Canterbury auf. Da ging es doch ebenfalls um Reitstunden. Mit Lady Peitschenknall.

»Reiten Sie auch?«, will die Gräfin wissen, und ihr Blick gleitet prüfend an Schüttpelz herab.

»Gelegentlich«, gibt der Auskunft und beugt sich interessiert vor.

»Parforcejagd?«

»Aber sicher. Ich liebe es, wenn man ein Pferd ordentlich antreibt. Schöne Gerte, die Sie da haben. Eignet sich auch zur Dressur, oder?«

Sobald dieser Mann seinen Job erledigt hat, ist er gefeuert, beschließt Alwine.

»Ich merke, Sie kennen sich aus. Sie dürfen mich begleiten«, bestimmt die Gräfin.

Das kommt überhaupt nicht infrage, solange er noch in ihren Diensten steht, empört sich Alwine. »Herr Schüttpelz und ich haben nach dem Frühstück etwas vor«, bescheidet sie der Gräfin.

Schüttpelz zuckt die Achseln. »Tja, tut mir leid, Frau von Eschlohe, aber das stimmt. Vielleicht können wir uns ja später über das Reiten austauschen.« Er zwinkert quer über den Tisch.

»Gern, sehr gern«, erwidert Kristin von Eschlohe.

Jemine, ist dieses Frauenzimmer mannstoll.

»Nils wird sicher gern an Ihrem Plauderstündchen teilnehmen«, beeilt sich Alwine zu versichern, die die Gräfin der Mitgift wegen noch immer nicht ganz aufgeben mag. »Er liebt Pferde!«

Beim Namen Nils kommt Leben in den Grafen. »By the way«, beginnt er eine Erklärung zu dessen Tagesplänen. Dank der gestrigen Aufregung in der Bibliothek habe er ganz vergessen auszurichten, dass Nils ihn gestern Abend angerufen habe.

Alwine lauscht mit wachsender Verärgerung seinen Ausführungen.

Nils hat Darnsdale gebeten, heute Nachmittag eine persönliche Führung durch das nahe Örtchen Rye anzubieten, weil er selber noch eine Weile auf der Farm verbringen wolle.

»Miss Mendel ist bei ihm«, schließt der Lord.

Dorkas Mendel ist bei ihm? Alwine schnappt nach Luft.

»Was will Frau Mendel denn bei Nils?«, fragt sie empört bei Darnsdale nach, dessen Miene sich diskret verschließt.

Pah, sie kann es sich selber denken. Natürlich will die verdammte Dorkas an Nils' Geld rankommen! Dieser Knastvogel lässt anscheinend keine Gelegenheit aus, um sich zu bereichern. Gestern auf dem Weg zum Pub hat sie dank Nils' Schwafeleien über den Kauf der Farm natürlich spitzgekriegt, dass ihr Patensohn nicht unvermögend ist. Und dieser Trottel hat auch noch mit Fräulein Raffzahn geflirtet!

»Wo ist diese Apfelfarm?«, will Alwine vom Lord wissen. »Kann man sie zu Fuß erreichen?«

Darnsdales Miene schnappt zu wie ein Helmvisier, um sich schlagartig wieder zu entspannen, als nacheinander Oda und Hilkmar sowie Verena und Matthias Beutel den Frühstücksraum betreten. Paarweise und jeweils Hand in Hand.

Meine Güte, spielen hier alle Happy End?

Das Schlusslicht der Gruppe bildet eine sehr verschlafene Raissa.

Lord Darnsdale heißt jeden von ihnen auf das Herzlichste willkommen.

»Wissen Sie inzwischen mehr über den Verbleib von Dorkas Mendel?«, will Oda wissen.

Der Lord wiederholt seine Erklärungen.

Hilkmar zieht einen Stuhl für Oda unter dem Tisch hervor. Direkt neben Alwine. Oda nimmt mit erleichtertem Gesicht Platz. »Wie wunderbar, dann ist mein Mädchen ja in guten Händen«, sagt sie auf Deutsch.

»In den besten«, bestätigt Hilkmar fröhlich.

Quatsch, in den völlig falschen, ärgert sich Alwine. Zu allem Überfluss sieht diese Dorkas ja nicht einmal schlecht aus. Alles in allem ist sie sogar hübsch zu nennen, wenn man sich die blaue Strähne und die Glitzerknöpfe in ihrer schief stehenden Nase wegdenkt. Die Augen machen ihre Schönheitsfehler wett. Kühle, graue Augen haben immer dieses gewisse Etwas, das Männer unwiderstehlich finden. Da kennt sie sich aus.

Sie hat selber welche.

»Du kannst sogar mit den Augen küssen«, hat einer ihrer Liebhaber mal geschwärmt. Wer war das noch? Vergessen. Es gab zu viele. Nicht auszudenken, was diese Dorkas mit ihren Augen anrichten kann.

»Wir müssen reden«, raunt sie ihrer Schwester zu. *»Dringend!«*

Oda wendet ihr zögernd das Gesicht zu. »Ja, das müssen wir«, sagt sie ernst.

Nanu? Ahnt sie bereits, worum es hier geht?

»Sagen wir, um sechs Uhr in der Bibliothek«, bestimmt Alwine. Das ist haargenau der richtige Ort, um Dorkas als Betrügerin zu entlarven. Hercule Poirot hat Dutzende von Straftätern in hochherrschaftlichen Bibliotheken zur Strecke gebracht. Sie liebt diese Schlussrunden, in dem der Meisterdetektiv alle Anwesenden mit seiner genialen Kombinationsgabe überrascht.

»Geht es nicht früher?«, drängt Oda.

»Eh, nein«, erwidert Alwine. »Vorher muss ich Hofknickse üben.«

## 9.

Der Jeep rumpelt über ein Schafsrost im Boden, grober Schotter knirscht unter den Rädern. Nils gibt energisch Gas. Für solche Strecken ist der Jeep schließlich gemacht. Er nimmt eine Hügelkuppe und noch eine. Wellen aus Pfützenwasser und Schlamm spritzen zu beiden Seiten des Jeeps auf.

Mist, schon wieder ein Gatter. Es ist bereits das achte oder neunte. Er bremst fluchend, und Jurek hüpft aus dem Wagen, um es zu öffnen. Nils passiert das Gatter und wartet auf Jureks Rückkehr, nachdem der das Holztor sorgsam geschlossen hat. Inzwischen ist der Junge Profi in Sachen Schnappriegel. Trotzdem kosten die verdammten Gatter enorm viel Zeit. Im Fond hechelt Miss Marple.

»Alles klar«, vermeldet sein Kurzer beim Einsteigen und schnallt sich wieder an. »Aber bist du sicher, dass die Strecke hier 'ne Abkürzung ist?«

Nils bejaht und fährt an. »Kannst dich auf mich verlassen. In einer Meile erreichen wir die Schnellstraße nach Eastbourne.« Der Jeep überwindet einen weiteren Anstieg. »Vor uns kannst du schon das Meer sehen.«

Bleigrau türmt es sich in meterhohe Wellen, die wütend gegen die Steilküste bei Hastings anrennen. Über dem Wasser hat sich der Sturm noch nicht völlig ausgetobt, und von Südosten heranjagende Wolkentürme verheißen erneuten Regen.

»Können wir nicht ein bisschen mehr Gas geben?«, bettelt Jurek.

»Noch nicht«, murmelt Nils und lenkt den Jeep vorsichtig an einem Pfützenkrater vorbei. Rechter Hand geht es endlich auf eine Landstraße. Er schlägt den Lenker ein, biegt ab und tritt aufs Gaspedal. Der Jeep schießt auf den Asphalt. Ein Hinweisschild mahnt als Höchstgeschwindigkeit sechzig Meilen pro Stunde an. Das reicht nicht. Bei dem Tempo brauchen sie noch mindestens vierzig Minuten bis nach Eastbourne, und sie haben mit ihrer verdammten Langschläferei bereits genug Zeit verplempert. Nils jagt das Tempo auf siebzig Meilen hoch. Auf schnurgerader Strecke ist das kein Wagnis. Sein Blick streift Jurek auf dem Beifahrersitz. Doch, ist es. Widerwillig drosselt er das Tempo auf halbwegs besonnene fünfzig Meilen.

»Ey, nicht langsamer werden!«, begehrt sein Sohn auf. Er hat sich weit vorgelehnt und fixiert mit zusammengekniffenen Augen den Fahrbahnrand. Wahrscheinlich hofft er, Dorkas erneut in einem Straßengraben zu entdecken. »Glaubst du, wir finden sie?«, fragt er.

Nils nickt, obwohl er sich in Wahrheit nicht sehr sicher ist. Eastbourne ist nur eine Vermutung und der einzige Anhaltspunkt, den er bei der Suche nach Dorkas hat. Eastbourne und ein Pub namens »Lucky Parrot« – »Glücklicher Papagei«. Hoffentlich kann man ihm dort etwas über ihren möglichen Verbleib sagen.

Es grenzt an ein Wunder, dass er sich den Namen des Pubs überhaupt gemerkt hat, nach den drei Gläsern Rioja, die er gestern mit Dorkas konsumiert hat. Er verträgt nicht viel. Drei Gläser Rotwein sind für ihn normalerweise eine Wochenration Alkohol.

Dorkas ist vernünftiger gewesen und hat maximal ein halbes Glas getrunken. Vernünftiger? Nein, eher wohl raffinierter. Sie muss es darauf angelegt haben, ihn betrunken zu machen, um sich mitten in der Nacht unbemerkt davonstehlen zu können.

Samt seiner Jacke und den achthundert Pfund, die für den Dachdecker darin stecken.

Genau wie sie es darauf angelegt hat, ihn zum Reden zu bringen, statt selber auszupacken.

Auszupacken? Klingt nach Gauner und Verbrecher. Verbrecher*in*. Blödsinniges Wort, protestiert es in ihm. Allerdings nicht im Kopf, sondern mehr in seiner Herzgegend. Das muss aufhören. Seine Gefühle machen ihn noch zu einem kompletten Idioten. Er zwingt sein langsam erwachendes Gehirn, das gestrige Gespräch mit Dorkas zu rekonstruieren.

Nachdem Jurek mit Miss Marple zu seinen Füßen auf der Luftmatratze eingeschlafen war, hat Nils die Unterhaltung mit ihr auf die Tätowierungen gelenkt. Sehr behutsam. Behutsamer als nötig.

Dorkas hat ohne Umschweife zugegeben, dass sie in Sutton Park gesessen hat. Wegen Brandstiftung am »Glücklichen Papagei« und ein paar vorangegangenen Ladendiebereien aus Teenietagen.

Dorkas' Stimme meldet sich in seinem Kopf zu Wort. Rau und flüsternd wie gestern Abend: »Ich hatte ein paar ziemlich durchgedrehte Jahre. Erwachsen geworden bin ich erst im Knast. Reichlich spät. Zu spät und nachdem ich die Menschen, die ich geliebt habe, gründlich vor den Kopf gestoßen und verletzt hatte.«

»Warum?«, hat er gefragt und von Dorkas eine Antwort bekommen, die ihn mehr betroffen hat, als ihm lieb ist.

Weil sie sich um eine vorübergehende Trennung ihrer Eltern drehte, als Dorkas elf Jahre war, nicht viel älter, als Jurek jetzt ist. Nils hört nicht gerne Geschichten von hässlichen Trennungen, die Kinder aus der Bahn werfen und zu verzweifelten Dummheiten verleiten oder grauenhafte Brandnarben hinterlassen.

Schuldbewusst schaut er erneut zu Jurek hinüber. Der beugt sich eben nach hinten und steckt Miss Marple einen Hundedrops in die Schnauze.

»Wenn wir Dorkas nicht finden, machst du das, ne?«, sagt er zum Beagle. »Wir haben noch ihre Hose, da kannst du dran riechen.«

»Wuff«, antwortet Miss Marple. Das Wuff klingt allerdings nach Bettelei um weitere Drops.

»Die ist voll klug, Papa. Und Beagle sind doch gute Spürhunde, oder?«

»Mit die besten. Sie neigen allerdings zu Verfressenheit.«

Zufrieden steckt sich Jurek einen Hundedrops in den Mund.

»Juri! Die sind für Hunde.«

»Miss Marple soll nicht dick werden. Willst du auch? Is mit Schoko. Wir hatten doch kein Frühstück. Miss Marple schon. Dorkas hat ihren Napf vollgemacht, bevor sie weg ist. Die ist voll toll.«

Eine Woge von Zärtlichkeit überflutet Nils' Brustraum. Für Jurek, nicht für Dorkas. Die wollte doch nur den Hund vom Bellen abhalten.

Nils schwört sich – wie schon so oft –, alles zu tun, um seinem Sohn jeden weiteren Kummer zu ersparen. Ihm ein Zuhause zu geben, das innere Heimat ist. Es gibt so vieles, was er für Juri tun möchte und vor dem er Juri beschützen will, dass ihm fast schwindelig davon wird.

Etwa muss er sich bemühen, besser mit Tina klarzukommen. Er wird den Kontakt intensivieren. Ihre Mails rascher beantworten und nicht einfach ins Archiv verschieben. Wie die Nachricht, in der sie vor zwei Tagen einen Geschäftstermin in London angekündigt und ihn gebeten hat, Jurek kurz bei ihr vorbeizubringen.

Nils hat nicht geantwortet, weil er sich nicht in seinen

Urlaub pfuschen lassen wollte. Wie eigensüchtig von ihm! Der Junge braucht auch seine Mutter. Egal, wie sporadisch und spontan Tina sich meldet und wie wenig Zeit sie für ihn hat, er braucht sie.

Warum sonst ist Jurek ganz hin und weg von Dorkas, die ihn mit ein wenig Kakao und Aufmerksamkeit daran erinnert hat, was eine Mutter sein könnte?

Es ist seine verdammte Pflicht, *Jureks* Trennungsschmerz zu lindern, der so viel unerträglicher sein muss als der seiner Eltern. Wie heftig dieser Schmerz eines Trennungskindes sein kann, hat ihm Dorkas' Geschichte gestern deutlich vor Augen geführt.

»Es fühlt sich reichlich zum Kotzen an, wenn die eigene Mutter abhaut und nach zwei Jahren plötzlich wiederkommt, um alles wiedergutzumachen. Ich hab ihr von da an nichts mehr geglaubt«, hat sie gesagt, und ihre Meeraugen sahen kurzfristig nach drohender Überschwemmung aus.

Oder verdankte sich dieser Eindruck lediglich dem steigenden Riojapegel in seinem Blutkreislauf?

»Mein Vater schon«, setzt Dorkas' Stimme in seinem Kopf wieder ein. »Er hat meine Mutter mit offenen Armen wieder bei uns aufgenommen, als sei nichts geschehen. Dabei hat er vorher gelitten wie ein Hund. Ich kam mir wie die Betrogene vor. Ausgeschlossen, verarscht, abgeschoben. Das habe ich den beiden in den folgenden Jahren deutlich gezeigt. Und wie.«

Ihre Augen hatten kurz ein gefährliches Glitzern angenommen, das rasch wieder erlosch, um noch einmal diesem zerbrechlichen Graublau Platz zu machen, das ihm kurz zuvor den Verstand geraubt hatte.

»Ich wollte mir und meinen Eltern zeigen, dass ich sie nicht brauche, dass ich niemanden brauche. Ich hab den Teenager aus der Hölle gegeben. Eine Scheißzeit. Vor allem für meine Eltern.«

Gnadenloser Zorn und zarteste Trauer sind bei dieser Dorkas gefährlich eng verschwistert. Etwa so eng wie Wahrheit und Lüge, meldet sich seine Vernunft energisch zu Wort. Tja, es ist tatsächlich bemerkenswert, was sie mit ihren Augen alles anzustellen weiß.

Nein, das klingt zu sehr nach Berechnung, entscheidet Nils. Diesmal mehr in der Herzgegend als im Kopf. Der kommt mit kurzer Verzögerung allerdings zu dem gleichen Schluss. Nämlich, dass Dorkas' Reue nicht gespielt und ihr Kummer mehr als ein haarfeiner Riss in der Seele ist. Dieses Mädchen – diese Frau – hat Gründe genug, verzweifelt zu sein. Es muss sie eine unglaubliche Anstrengung kosten, einfach normal, manchmal sogar heiter, zu erscheinen. Der Autounfall ihrer Eltern hat sie auf immer von ihnen getrennt. Offensichtlich, bevor sie sich und ihnen verzeihen und zeigen konnte, wie sehr sie beide geliebt hat.

Stattdessen hat sie einen Pub angezündet. Ziemlich archaische Art der Trauerarbeit, zugegeben, aber was weiß er schon darüber?

Einen derart jähen, schmerzhaften Verlust hat er nie erleben müssen. Er hat – verglichen mit Dorkas – überhaupt nichts Dramatisches erlebt. Obwohl sie so getan hat, als seien auch seine Lebensgeschichte der vergangenen Jahre und seine Scheidung eine spannende Angelegenheit. Ihre Augen können nämlich auch zuhören. Verdammt gut sogar, und sie haben ihn zu Bekenntnissen bewegt, die gewöhnlich nicht seine Art sind. Schon gar nicht gegenüber Frauen. Von Muttchen Bäckerblume einmal abgesehen, aber das ist was anderes.

Tja, um ihn in Bekennerlaune zu versetzen, hat Dorkas schätzungsweise doch getrickst, um weiteren Auskünften über sich auszuweichen. Etwa über ihre Pläne oder über fluchtartige Nachtwanderungen im Regen.

Während Dorkas ihn zu Bekenntnissen eines bekehrten Banksters, Finanzmarktjunkies, geschiedenen Vaters und kommenden Obstbauern animiert hat, muss sie bereits die nächste Nachtwanderung geplant haben.

»In deiner Outdoorjacke und mit deinem Geld«, beeilt sich sein Verstand einzuwerfen. Schwamm drüber, entscheidet sein Herz, von dem Geld hat Dorkas doch vielleicht nichts gewusst. Hauptsache, sie ist gestern nicht noch einmal triefnass geworden. Täte ihm leid. Mehr als das. Warum eigentlich?, will sein nunmehr vollends erwachtes Hirn wissen und schaltet auf ein gnadenloses Selbstverhör um: Weshalb jagst du wie ein Verrückter hinter einem Mädchen her, das vermutlich mehr als eine Brandstiftung zu verheimlichen hat? Etwas, das kaum erfreulich sein dürfte? Im schlimmsten Fall sogar kriminell.

Nun ja ...

»Papa«, erspart sein Sohn ihm eine vernünftige Antwort.

»Ja?«

»Fängt dieses ›Iiiistborn‹ mit ›e‹ an?«

»Genau. Das englische ›e‹ wird oft wie ein langes ›i‹ gesprochen. Vor allem, wenn ein ›a‹ folgt.« Jetzt klingt er schon wie sein Vater, der sich in Bildungsvorträge rettet, wenn ihn Gefühlsturbulenzen übermannen.

»Ein ›a‹ kam auch vor! Dann sind es bis dahin noch sieben Meilen«, sagt Jurek sichtlich stolz. »Hab ich gerade auf einem Schild gelesen!«

»Sehr gut! Dann heißt es Daumen drücken, dass wir dort etwas über Dorkas erfahren.«

»Wenn nicht, ist nicht schlimm«, meint Jurek und steckt sich einen weiteren Hundedrops in den Mund.

Verdutzt dreht Nils ihm den Kopf zu. »Ich dachte, du willst sie unbedingt wiederfinden.«

Oder ist das am Ende allein er?

»Klar will ich Dorkas finden«, winkt Jurek ab. »Aber wenn's in dem Ort mit ›i‹ nicht klappt, haben wir immer noch das hier.« Triumphierend hält er ein Handy hoch.

Dorkas' Handy.

»Jurek! Hast du ihr das etwa geklaut?«

»Nee, zum Spielen mit ins Bett genommen, und Dorkas hat vergessen, es mir abzunehmen. Ich hab schon mal nachgeguckt. Da sind paar Nummern drin gespeichert, die uns bestimmt weiterhelfen. Eine Mailbox und einen Briefkasten gibt es im Display auch. Der blinkt sogar. Da sind neue E-Mails drin, aber die darf man nicht lesen, oder?«

Erstaunlich, wie unfallfrei sein Sohn, der nicht einmal Erdbeereis auf Englisch bestellen kann, den Computerslang beherrscht.

Das Handy klingelt.

»Gib mal her.«

Jurek schüttelt den Kopf. »Nee, Papa, beim Fahren darfst du nicht telefonieren.« Er drückt auf die Taste mit dem grünen Hörer. »Hello«, sagt er mit nach oben verstellter Stimme und lauscht mit seiner grimmigsten Detektivmiene ins Telefon. Nach ein paar Sekunden lässt er es enttäuscht sinken.

»Und? Eine Ahnung, wer das war?«, will sein Vater wissen.

»Nö, hat Englisch gesprochen und dann aufgelegt.« Jurek denkt kurz nach. »Aber die Nummer hat das Handy bestimmt gespeichert! Da kannst du später mal zurückrufen.«

## 10.

Dorkas steigt mit beiden Füßen auf einen kleinen Tritt, macht einen Hüpfer und landet jenseits eines Weidezauns im Matsch. Wo auch sonst. Die Weide ist vom gestrigen Regen völlig durchweicht.

Sie wirft einen prüfenden Blick zum Himmel. Hoffentlich schafft sie es bis Rye, bevor weitere Schauer niedergehen. Das Spiel der Wolken verändert sich beinahe sekündlich. Mal sendet der Himmel schwarzgraue Wolkenflotten aus, die die Sonne verdunkeln und alles ungewiss und dunkel erscheinen lassen, dann schickt er heitere Schäfchenwolken auf blauem Grund hinterher. Das Wetter ist wechselhaft und unentschieden wie ihre Stimmung.

Einen Bus hat sie gestern Nacht natürlich nicht mehr bekommen. Obwohl sie am Ende die Haltestelle in Upton gefunden hat. Gegen ein Uhr. Auf der Bank des Wartehäuschens hat sie eine kurze Nachtruhe gehalten. Im sicheren Vertrauen darauf, dass Nils nicht aus seinem seligen Rotweinrausch erwachen würde. Der Mann verträgt nicht viel. Gut so. Selbst wenn er aufgewacht wäre, hätte er sicher nicht Jurek im Stich gelassen, um ihr zu folgen.

Kurz vor Sonnenaufgang ist sie dann losmarschiert. Dank einer professionellen Taschenlampe war es kein Problem mehr, die richtigen Hinweisschilder zu entdecken. Die Taschenlampe gehört Jurek.

Natürlich schämt sie sich für diesen Diebstahl, mehr noch als für die geklaute Jacke von Nils, aber sie wird alles an die beiden zurückschicken, sobald sie wieder in Köln ist. Die Adresse herauszufinden, dürfte kein Problem sein. Seelentag ist kein alltäglicher Name. Zur Not sendet sie das ganze Zeug an Hilkmar oder ins »Café Ährensache«.

Nein, nicht an Oda. Diese Verbindung wird sie gänzlich kappen. Sie hat ihr mit ihrem heimlichen Verschwinden schon zu wehgetan.

Nun, zumindest Alwine wird sich über ihr Verschwinden freuen und das geplante Café ganz sicher nicht untergehen lassen.

Dorkas durchquert mit langen Schritten eine weitere Weide und kann in der Ferne das Meer ausmachen. Dem Sonnenstand nach zu urteilen muss es zwischen elf und zwölf Uhr sein. In anderthalb Stunden dürfte sie den Weg geschafft haben. Hoffentlich. Ihre Füße brennen, und an der linken Ferse schwillt eine schotenförmige Blase an. Aber das Schmerzlichste und Schwerste erwartet sie am Ziel der Wanderung.

Der Gang zum Friedhof von Rye.

Dorkas hält kurz inne, streift sich die Haare aus dem Gesicht, die ein feuchter Wind immer wieder hineinbläst. Soll sie sich das wirklich antun? Sie muss. Das ist ihr heute Morgen beim Blick auf den Kalender klar geworden. Heute jährt sich der Tag des Unfalls zum dritten Mal. Sie nimmt den Weg wieder auf, treibt ihre Füße zu mehr Eile an.

Wenn sie heute nicht endlich das Grab besucht, wird sie es sich nie verzeihen, und eine weitere Englandreise wird sie so schnell vermutlich nicht mehr antreten. Vielleicht nie mehr.

Dorkas zieht die Gurte ihres Rucksacks straffer und überwindet einen weiteren Weidezaun. Sie erreicht einen befestigten Pfad, der sich in eine Talsenke hinabschlängelt. Das Meer entzieht sich ihrem Blick.

Über ihr kreist in weiten Bögen ein Bussard. Die Flügel nach oben angewinkelt, gleitet er ohne Flügelschlag beinahe schwerelos. Getragen von den Aufwinden. Dorkas verfolgt seine Bahnen, bis er in einer Wolke entschwindet.

»Verkünder der Freiheit« hat ihre Mutter den Bussard immer genannt. Dorkas zwingt sich, den Blick zur Erde zu senken. Sie will jetzt nicht nach Bussarden Ausschau halten und über ihre Mutter nachdenken. Schon gar nicht im Groll. Nicht nach allem, was sie für sie am Ende getan hat. Bis zur Selbstaufgabe hat sie sich um ihre vollends entgleiste Tochter gekümmert, dabei hatte sie mit ihrem eigenen Kummer genug zu tun. Verbissen konzentriert Dorkas sich auf den Weg.

Es tut gut, sich einfach müde zu laufen. Sehr gut sogar. Das Leben ist ganz anders, wenn man zu Fuß darin unterwegs ist.

»Die Natur erschließt sich dir nur unter den Füßen«, hat ihr Vater immer behauptet. »Du musst sie spüren, die Erde, den Wind, das Wetter.«

Er ist so gerne gewandert, wollte im Alter und in Etappen einmal die gesamte Küstenlinie Englands ablaufen, bis hoch nach Schottland, zu den Hebriden und dann auf der Westseite wieder hinunter in den Süden. Dafür hat er trainiert, mit eiserner und begeisterter Entschlossenheit. Sie hat ihn oft auf Wanderungen begleitet.

Schon als Kind war sie begeistert über die Funde, die Erich Gimmler dabei machte. Mal waren es Mausnester, dann seltene Orchideen oder Schmetterlinge, winzige Froschkinder im Schilf eines Tümpels, ein Fuchsbau, vor dem junge Tiere sich balgten, am Abend dann Glühwürmchen und die Sterne mit ihren Namen. Immer, wenn er einem etwas zeigte, war es, als würde man es geschenkt bekommen.

Dorkas schiebt die Erinnerungen beiseite, sie sind schön, aber auch schmerzvoll, und dahinter lauern finstere Bilder, die sie nicht zulassen mag.

Noch ein paar Kilometer, und sie wird sie wie in Trance gehen. Mit wundgescheuerten Fersen und ächzenden Wadenmuskeln. Gut so. Diese Wanderung ist schließlich eine Art Bußgang. Eine vage Ahnung steigt in ihr auf, wie heilsam es sich anfühlen mag, Buße *tun* zu können, anstatt von Schuldgefühlen gelähmt und niedergedrückt zu werden.

Wer weiß, vielleicht ist sie hier sogar auf einem Pilgerpfad unterwegs? Kent und Sussex – auf dessen Küste sie zuläuft – sind von Pilgerwegen durchzogen, und alle diese Wege führen nach Canterbury.

Beim Stichwort »Canterbury« denkt sie allerdings nicht an die Kathedrale, sondern an Erdbeereis.

Und an Jurek.

»Tut mir leid, Kleiner«, murmelt sie in Erinnerung daran, dass sie ihm ein Eis in Rye versprochen hatte. Ein Versprechen, das sie nicht halten kann. Dabei hat sie den Jungen von Anfang an gemocht. Sehr gemocht. Er hat sich auf unerklärliche Weise seinen Weg in ihr seit Langem verschlossenes Herz gebahnt. Liegt vielleicht daran, dass sie einen Blick für angeknackste Kinderseelen hat. Und Jurek einen für angeknackste Erwachsenenseelen. Ein wackliges Grinsen umspielt ihren Mund. Der Junge ist verdammt einfühlsam und liebenswert.

Und sein Vater?

Nicht ganz so liebenswert.

Verhört zu gern Leute und ist für ihren Geschmack zu sehr der notorische Frauenverschleißer und smarte Sonnyboy. Noch dazu ist er ein erfolgsverwöhnter Ex-Anlageberater, der anderer Leute Geld Gassi führt. Okay, geführt hat. Das scheint er sich inzwischen selbst vorzuwerfen.

»Verglichen mit Ihnen habe ich nichts großartig Dramatisches erlebt«, hat er ihre taktischen Nachfragen abgewehrt. Und ist dann doch schwach geworden.

Wie lange ist es eigentlich her, dass sie mit einem Kerl ein Glas Rotwein getrunken hat? Ziemlich lange. Für so was hatte sie in den letzten Jahren einfach keinen Kopf und im Knast natürlich keine Gelegenheit. Noch länger ist es her, dass sie einem Mann so viel von dem Unfall ihrer Eltern erzählt hat. Viel, aber nicht alles. Schon gar nicht die entscheidenden Details, die tonnenschwer auf ihrem Gewissen lasten.

Dafür ist Nils – wie von ihr erwünscht – endlich ins Reden gekommen und war sich selber anfangs sichtlich peinlich. Dabei war das, was er von sich erzählt hat, gar nicht so peinlich. Nein, war es nicht. Nachdenklich kickt Dorkas einen Stein vor sich her.

Banker ist Nils geworden, weil »die Gutmenschenrolle von meinem Vater perfekt besetzt ist: Arzt, Humanist, Lebensretter, was blieb da für mich als Sohn übrig«, erklärt sich Nils in ihren Gedanken noch einmal. »Die Rolle des gnadenlos erfolgreichen Geldmachers.«

Eine Rolle, für die Jurek in seinen Augen die Zeche gezahlt hat. Das will Nils unbedingt wieder in Ordnung bringen. Als Apfelfarmer, »weil Finanzprodukte eben keine Produkte sind, nur hohle Luft, Zahlenspielereien und zumeist ökonomischer Schwachsinn, der einigen wenigen nutzt und der Mehrheit der Menschen schadet. Ich will etwas Handfestes herstellen, das Menschen wirklich brauchen können.«

Da ist wahrscheinlich sein Gutmenschen-Gen doch noch durchgebrochen. Apfelfarm. Klingt stark nach Bullerbü.

»Vor was laufen Sie weg?«, hat sie ihn in einem Anfall von übergroßer Vertraulichkeit gefragt.

»Ich?«, hat er verblüfft gefragt. »Der einzige Mensch, der hier vor etwas wegläuft, sind ja wohl Sie!«

»Nein, das Gegenteil ist der Fall, ich versuche endlich in

meinem Leben anzukommen. Weggelaufen bin ich lange genug. Das ist einfach. Ankommen ist Schwerstarbeit.«

Sie kann sich selber nicht erklären, warum sie ihm das anvertraut hat. Schlimmer noch, sie hat sich hinreißen lassen, diesem ihr völlig unbekannten Mann einen Rat zu geben. Nämlich, Jurek nicht nach England zu verpflanzen.

»Was soll der Junge mit einer Mutter in Amerika und einem Vater in Kent? Transatlantisch pendeln? Sie sollten versuchen, wieder näher mit seiner Mutter zusammenzukommen. Eltern bleibt man sein Leben lang.«

»Sagen Sie das der Mutter!«, hat er grimmig erwidert. »Ich habe Jurek zuliebe alles getan, um unsere Ehe zu retten, und danach alles versucht, sie zu einem anderen Betreuungsmodell zu überreden.«

Sie versetzt dem Stein einen weiteren Tritt mit der Schuhspitze.

Ihre Eltern haben es auch mal mit Bullerbü und einem Biobauernhof versucht. Auf Wunsch ihres Vaters. Schlecht war die Zeit nicht, im Gegenteil. Nur leider so sterbenslangweilig für ihre Mutter, dass sie irgendwann die Koffer gepackt hat und abgehauen ist.

Wie Nils' Ex-Frau ist sie nach Amerika verschwunden. Für sie das Land der wahren Schamanen. Ihrem inneren Bussard hinterher, nachdem ihre vorangegangene Sinnsuche in Indien, bei Bhagwan und diversen Gurus rund um den Globus schiefgelaufen war. Gründlich schief. Schwanger wollte ihre Mutter dabei nämlich sicher nicht werden.

Familienidylle und deutsche Provinz waren nie ihr Ding. Außerdem war sie zum Zeitpunkt ihrer unverhofften Schwangerschaft wie alt? Gerade neunzehn. Jünger als sie jetzt ist. Nicht auszudenken, was sie selber mit einem Baby in diesem Alter veranstaltet hätte.

Egal. Sie gibt dem Stein einen finalen Tritt. Er fliegt in hohem Bogen in einen Holunderbusch. Ein Regenschauer geht von seinen Blättern nieder und spendet ihr eine Sprühdusche. Dorkas wischt sich die Nässe aus dem Gesicht und ist froh über Nils' wetterfeste Jacke.

Womit ihre Gedanken zu ihrem Besitzer zurückkehren. Sie schüttelt verärgert den Kopf. Der Kerl erinnert allmählich an ein sich ständig öffnendes Pop-up-Fenster, das sich einfach nicht wegklicken lässt.

Okay, es war interessant, einmal in eine ganz andere Biografie als die ihre hineinzulauschen. Sogar entlastend. Sie hat keinen Alleinanspruch auf Kummer und Herzschmerz. Wobei sich Nils' Herzschmerz, was seine Ex-Frau angeht, merklich in Grenzen hielt.

Die Tatsache, dass Nils' Ex – wie hieß sie noch? – Tanja?, nein, Tina – also Tina sich kaum noch um Jurek kümmert, macht ihm allerdings Sorgen. Aufrichtige Sorgen. Das ehrt ihn. Er ist ein guter Vater. So wie ihrer einer gewesen ist.

Und diese Tina mit ihrem Yoga-Knall, die manische Turnübungen mit Spiritualität verwechselt, ist anscheinend eine hochgetunte, moderne Version ihrer Mutter.

Nein, halt, das ist nicht wahr. Überhaupt nicht wahr! Ihre Mutter war nie eine Tina und schon gar kein selbstsüchtiges, geldfixiertes Miststück, das unfähig ist, eigene Versäumnisse einzugestehen und zu revidieren.

Leider hat Dorkas das erst während ihres Gerichtsprozesses und im Gefängnis begriffen. Schon merkwürdig, dass das Leben ihr mit Nils' Ehegeschichte erneut eine Gelegenheit bietet, zu erkennen, wie liebevoll ihre Mutter war. Unkonventionell, das ja, aber in entscheidenden Momenten immer an ihrer Seite und die Fürsorge in Person. Nicht nur für sie.

Genug davon.

Und ja keine Tränen. Nicht hier. Spar dir das für später, befiehlt sie sich grimmig.

Der Weg vor ihr steigt wieder an. Erstaunlich steil beendet er das Talstück, das sie gerade durchquert hat. Ist man in dieser Gegend gar nicht gewohnt, die schwindelhohen Steilklippen liegen viel weiter westlich.

Auf der Hügelkuppe angekommen, verharrt Dorkas schwer atmend. Ein gigantisches Panorama begrüßt sie. Kurz reißt die bleigraue Wolkendecke wieder auf. Sonnenlicht ergießt sich über die weite Ebene zu ihren Füßen, die bis zur Küste reicht. Vom Meer weht neu geschaffene, frische, gewaschene Luft heran, die nach Salz und Seetang riecht.

Sie lässt den Blick über die herabwellende Landschaft gleiten, die nach dem Regen in sämtlichen Grüntönen explodiert, während einige Waldungen bereits eine herbstliche Farbsinfonie anstimmen.

Der Weg vor ihr mündet am Fuß des Hügels in eine Straße, die sich durch ein paar Weiler schlängelt. Ungeduldige Farmer haben die Regenpause genutzt und ihre Kühe auf die umliegenden Weiden getrieben.

Ihr Blick sucht den Horizont. Sie nickt. Da ist es. Rye. Sie kann sogar den Kirchturm des auf Klippen gebauten Hafenstädtchens ausmachen. Ganz so, als liege Rye nur eine halbe Stunde entfernt. Aber das täuscht. Sie wird mindestens doppelt so lange brauchen, bis sie ihr Ziel erreicht hat.

Dorkas atmet tief ein, die Meeresluft prickelt in ihren Lungen. Das Prickeln ist angenehm, aber gegen das aufkommende Engegefühl in ihrer Brust kommt es nicht an. Sie macht sich an den Abstieg. Schweren Herzens. Ziemlich abgegriffene Formulierung, aber ungemein treffend.

## 11.

Halb zwölf an einem Sonntagmittag in einem englischen Traditionspub. Das heißt im beschaulichen Seebad Eastbourne High Noon für ältere Herren in Tweed und Damen in Sonntagshüten, die bei Ale oder Sherry auf eine Portion Roastbeef mit Yorkshire Pudding warten.

Der »Lucky Parrot« am unteren Ende der Strandpromenade scheint eine gute Adresse für Roastbeef zu sein. Der Pub ist gesteckt voll. Das Ambiente ist gediegen rustikal, die Stimmung familiär, der abgenutzte Teppichboden spricht für gute Geschäfte. Ziemlich oldy-worldy das Ganze, aber authentisch. Bis auf das Fehlen der Tabakschwaden, die bis vor einigen Jahren zwingend zum Barraum eines Pubs gehörten. Im »Lucky Parrot« kann man auf Qualm und Rauch bestimmt besonders gut verzichten.

Im Barraum drängeln sich durstige Stammgäste, in der Lounge nebenan sind alle Speisetische besetzt. Drei Kellnerinnen schieben und schlängeln sich mit Speisetabletts durchs Gedränge.

Jurek zupft Nils an der Jacke. »Kann ich Pommes?«

»Klar, bestell ich gleich an der Bar.«

»Ich guck mich dann mal bisschen um«, raunt Jurek mit Verschwörermiene.

»Okay, aber pass auf, dass Miss Marple keinen Ärger macht oder an den Tischen um Essen bettelt.«

»Miss Marple bettelt nicht, die guckt nur hungrig!«

Nils kämpft sich mit zahlreichen »Pardons« zum umlagerten Tresen vor. Der ist ein Schmuckstück mit einer stattlichen

Anzahl typisch britischer Zapfhebel. Bedient werden sie von einem gemütvollen Mann im Sonntagsanzug.

Zu jedem Bier serviert er eine persönliche Begrüßung oder einen beziehungsreichen Scherz mit. Die sprichwörtliche Bierruhe, mit der er Lager, Ale, Stout und Bitter hubweise in die Gläser pumpt – auf dass kein Schaum entstehe, den hassen die Briten –, verrät Nils, dass er der Besitzer ist. Das und der gerupft ausschauende Papagei auf seiner Schulter.

Am besten wird es wohl sein, er bestellt selbst zunächst ein Bier. Als vertrauensbildende Maßnahme. Dazu ein wenig Small Talk, den er allmählich auf Dorkas Mendel lenken wird. Jurek würde diese Vorgehensweise eine »versteckte Ermittlung« nennen und eine verdeckte meinen. In jedem Fall empfiehlt sich ein behutsamer Vorstoß.

Dorkas Mendel gehört sicher nicht zu den Gästen, an den sich der Wirt des »Lucky Parrot« gern erinnert.

Jurek und Nils haben auf der gegenüberliegenden Straßenseite vor einem Bauzaun geparkt, der die Überreste des alten »Lucky Parrots« verbirgt. Kein schöner Anblick, das Feuer war vernichtend.

Aber mit diesem Pub, der in einem halbwegs historischen Gemäuer untergebracht ist und zudem über eine Terrasse mit Meerblick verfügt, hat der Mann einen hervorragenden Tausch gemacht.

»And for you, Sir?«, erkundigt sich der Wirt nach Nils' Wünschen.

»Half pint of bitter, please«, bestellt er. Dazu Apfelsaft und Pommes frites für Jurek.

Der Wirt gibt die Essensbestellung durch ein Schiebefenster weiter, füllt zwei Gläser, stellt sie auf einem kleinen Frotteetuch mit Brauereiwerbung ab und kassiert eine paar Münzen von Nils.

»Thanks for your order«, dankt er für die Bestellung, und damit wäre das Gespräch beendet.

Der Wirt beginnt Gläser zu polieren.

Teufel noch eins, ärgert sich Nils, warum fällt es ihm plötzlich so schwer, Konversation zu machen?

Ganz einfach. Weil er nicht gern über Dorkas' Vergehen sprechen möchte. Weil es sich so anfühlt, als würde er ihr Vertrauen missbrauchen. Das muss er aber tun, wenn er sie allein aufspüren will. Ohne Odas Beteiligung, die natürlich etwas wissen könnte, zu der Dorkas aber auf keinen Fall zurückwill.

»Eh, nettes Wetter draußen«, beginnt er erneut auf Englisch.

Geht's noch blöder? Draußen toben sich die letzten Ausläufer eines Sturms aus oder die Vorboten eines neuen. Mann, Mann, Mann, kriegt er nicht mal mehr ein typisch britisches Wettergespräch hin?

Der Wirt nimmt den Patzer nicht übel.

»Wenn man Regen mag, ist es draußen in der Tat prachtvoll«, scherzt er pflichtschuldigst und wendet sich den kopfüber hängenden Schnapsflaschen zu, um einen Schottischen und einen Gin abzuzapfen.

»Hübscher Papagei, den Sie da auf der Schulter haben. Ist er sehr alt?«, wagt Nils einen weiteren Vorstoß, nachdem die Hochprozentigen serviert und abkassiert sind.

Haustiere sind in England ebenfalls ein beliebter Türöffner.

»Hochbetagt und nicht totzukriegen«, nickt der Wirt ganz stolzer Besitzer. »Ihr Name ist Polly.«

Zärtlich krault er dem Papagei den Hals, der dankt es ihm mit einem Schnabelpiekser ins Ohr. »Autsch. Ist ein verdammtes Rabenaas, aber na ja, tja, wo die Liebe hinfällt. Ich mag Kratzbürsten und rede mir ein, Polly hat ein Herz aus Gold.«

Nils nickt verständnisvoll. Na also, geht doch.

»Hat ein verheerendes Feuer überlebt«, kommt der Mann in Fahrt. »Anders als mein Pub drüben auf der anderen Straßenseite. Der ist hinüber. War das reinste Höllenfeuer.«

»Fire«, krächzt der Papagei schrill wie ein Brandmelder. »Fire.«

Das ist dein Stichwort, ermahnt sich Nils. Oder? Könnte ungünstig sein, wenn er jetzt ohne Umschweife um Auskünfte über die Brandstifterin bittet, die beinahe Darling Polly umgebracht hätte. Egal, da muss er durch.

»Wann ist denn das passiert?«, will er wissen. Nein, will er eigentlich nicht, das hat Dorkas ihm schließlich schon gesagt.

»Vor zwei Jahren.«

»Und, eh, wie?«

»Brandstiftung«, brummt der Wirt und wirkt mit einem Mal abweisend.

Mist, scheint so zu sein, wie er sich gedacht hat, ärgert sich Nils und nippt an seinem Bier. Auf Dorkas Mendel ist der Mann extrem schlecht zu sprechen.

»Papa«, schreit es quer durch die Bar, bevor er eine weitere Frage stellen kann. »Papa! Miss Marple hat sie gefunden. Miss Marple hat Dorkas gefunden.«

Nils wirbelt herum.

Mit Boxen und Püffen arbeitet sich sein Kurzer durch die Menge auf ihn zu. Die verblüfften Blicke der Gäste folgen Jurek und dem Beagle-Mischling zur Bar.

Noch verblüffter scheint der Wirt. »Sie kennen *Dorkas? Dorkas Mendel?*«, hört Nils ihn hinter sich fragen, als er den Raum auf der Suche nach einer Frau mit dunklen Haaren abscannt und die staunenden Gesichter ringsum nach meergrauen Augen.

»Dahinten an der Wand«, berichtet Jurek aufgeregt und zerrt an Nils' Hand. »Da ist Dorkas. Mit 'nem Streichholz in der Hand, will sich 'ne Zigarette anzünden.«

»Fire«, schlägt der Papagei wieder Alarm.

»Nonsense! Halt den Schnabel«, weist ihn der Wirt zurecht.

In der Tat, der Vogel ist albern. Dorkas kann nicht hier sein. Noch dazu mit einem Streichholz! Das muss kompletter Unsinn sein, wundert sich Nils. Allein schon wegen des Rauchverbots.

## 12.

Stillvergnügt wählt Alwine ein Sandwich von der Silberplatte. Die sind wirklich gut. Hauchdünn in längliche Fingerhäppchen geschnitten, so wie es sich für einen »five o'clock tea« gehört. Besonders gut sind Cookies Lieblingssorten: Gurke und Räucherlachscreme. Dabei handelt es sich nur um die Probesandwiches.

Trish hat sie ihr vorhin zum Elf-Uhr-Kaffee – den englischen »elevenses« – im Wintergarten von Upton Manor serviert. Zwischen Palmen, Orangenbäumchen und einem fantastischen Ausblick auf den Park.

So machen ihr Gartenbesichtigungen Spaß!

Vor Alwine und hinter kälteabweisendem Glas entfaltet sich eine Traumlandschaft: ein künstlicher See, der sich in weitem Bogen hinterm Horizont verliert, ein von einem weißen Tempel gekrönter Hügel und uralte Eichen und Libanonzedern, deren Astwerk beinahe den Boden berührt. Als wollten die Bäume sich vor der sie umgebenden Pracht verneigen. Das ist England at it's best. Von seiner schönsten Seite.

Hier lässt es sich aushalten. Alwine kuschelt sich in ihren Korbsessel. Im Hintergrund hört sie das Schnaufen von Mops Parsifal, das Schubbern von Dominosteinen und ab und an entzückte Triumphbekundungen von Lady Darnsdale.

Um die alte Dame gewinnen zu lassen, mogelt Raissa mit einer Geschicklichkeit, die selbst Alwine restlos erschüttert.

Vorsichtig beißt sie in ein Garnelenhäppchen. Auch nicht verkehrt. Sollte sie für ihre Cafés übernehmen. Vielleicht kann sie die talentierte Trish nach Köln abwerben?

Wer solche Sandwiches zubereitet, kann kein von Grund auf schlechter Mensch sein. Oh nein.

Anders als diese Dorkas.

Alwine zieht grimmig die Brauen zusammen. Deren Seele ist rabenfinster. So viel steht nach ihrem Gespräch mit Schüttpelz fest. Was für eine abgefeimte Lügnerin und Betrügerin!

Na, kein Grund sich aufzuregen. Nicht für sie. Für Oda schätzungsweise schon. Die hängt an dem Mädchen. Hach, es tut ihr wirklich leid, ihrer Schwester Kummer bereiten zu müssen, aber am Ende wird Oda einsehen, dass die Rettung des Familienunternehmens Wilhelmi vor der Insolvenz – noch dazu vor den Klauen der unerträglichen Gimmlers – die Enttarnung von Dorkas mehr als rechtfertigt.

Schicken die Gimmlers diese vorbestrafte Brandstifterin doch glatt als Spionin vor! Unter dem Namen Mendel, dabei ist sie väterlicherseits eine Gimmler! Ha. Sicher sollte der jüngste Spross dieser verdorbenen Familie letzte Details über die Finanzlage der Wilhelmis herausfinden.

Als ob sie es nicht von Anfang an gerochen hätte.

Vielleicht sollte Dorkas außerdem das von Oda – oder Dorkas? – geplante »Café Ährensache« ruinieren. Mit Möhrenkuchen oder Streichhölzern. Oder sie sollte Oda zur Aufnahme einer Hypothek auf das Ehrenfelder Haus überreden. Irgendeine Methode hätte Dorkas bestimmt gefunden, um den Preis für die einzig unbelastete Immobilie im gefährdeten Wilhelmi-Imperium zu drücken und somit eine Rettung des Gesamtunternehmens per Umschuldung zu verhindern.

Nicht mit ihr!, triumphiert Alwine stumm. Nicht mit ihr.

Sie wird Dorkas entlarven und das Stammhaus vor diesen Bastarden retten. Mit dem Stammhaus und Nils' Kapital im Rücken kann sie die anderen Cafés und den Cateringservice wieder zu neuem Glanz führen. So, wie sie das nach dem Krieg schon einmal geschafft hat. Damals noch im direkten Kampf gegen den Firmengründer, den alten Heinrich Gimmler »wie Himmler«, diesen Nazidenunzianten und Mörder, der niemals zur Rechenschaft gezogen worden ist.

Schüttpelz' Ermittlungen waren wirklich äußerst fruchtbar. Darum hat sie ihm nach seinem Rapport auch freigegeben, um mit der Gräfin auszureiten.

Interessanterweise haben die beiden den Ausritt wegen anhaltender Regengefahr direkt in das Zimmer der Gräfin verlegt. Na, das geht sie nichts mehr an. Jedem Tierchen sein Pläsierchen, solange niemand ernsthaft zu Schaden kommt.

Alwine nimmt einen Schluck Kaffee. Brrr, schüttelt sie sich. Da besteht Nachbesserungsbedarf. Aber Trish ist pfiffig. Aus der lässt sich auch eine exzellente Kaffeeköchin machen. Beim Einstiegsgehalt wird sie nicht knausern. Gutes Personal will gehalten werden, das macht sich bezahlt, und bald kann sie sich ihre legendäre Großzügigkeit wieder leisten.

So, und jetzt wieder zum vergnüglichen Teil des Tages. Das ist schließlich auch eine Ferienreise!

Alwine lehnt sich im Korbstuhl zurück und schlägt ein schweres, ledergebundenes Buch in ihrem Schoß auf.

Lady Darnsdale hat es ihr aus der Bibliothek kommen lassen. Eine Enzyklopädie des guten Benehmens aus dem Jahr 1897. Alwine soll internationale Begrüßungszeremonien in gehobenen Kreisen studieren.

Lady Darnsdale erwartet zum Tee inzwischen nämlich auch ein paar Botschafter aus längst erloschenen Fürstentümern und Königreichen. Etwa Exilrussen aus dem – nach ihrer Zeitrechnung – kürzlich untergegangen Zarenreich.

»Es ist so wichtig«, hat die Lady erläutert, »diesen armen Menschen zumindest in England den ihnen gebührenden Respekt zu zollen. Da dürfen Sie nicht patzen, Pfrau von Wilhelmi.«

Tja. Adel verpflichtet. Nach kurzer Lektüre runzelt Alwine allerdings zweifelnd die Stirn. Also nein, das geht zu weit! Sie wird sich keinesfalls vor irgendwem auf den Boden werfen, um dessen Hosensäume zu küssen. Selbst wenn es sich um unsichtbare Hosensäume handelt. Handeln muss. Schließlich ist das Ganze eine imaginäre Veranstaltung, ein reines Fantasieprodukt – bis auf die köstlichen Sandwiches.

Sie beißt in eins mit Hühnchenmayonnaise und widmet sich den Grußritualen im serbischen Schumania. Ein Reich, das ihres Wissens seit mehr als einem Jahrhundert nicht mehr existiert.

»Haben Sie etwas Lehrreiches entdeckt, meine Liebe?«, stört Lady Darnsdale sie aus der Lektüre auf. »Wo sind Sie gerade?«

»Bei der üblichen Begrüßungsformel in Schumania.«

»Oh, die ist besonders reizend. So ungewöhnlich, nicht wahr? Aber eben darum kann man sie sich gut merken.«

»Wie lautet sie?«, will Raissa – wissbegierig wie immer – erfahren.

»›Gibt es Eicheln?‹«, zitiert Alwine.

Lady Darnsdale unterdrückt ein Kichern. »Genau! Die Schumanier sind eben mit Leib und Seele ein Hirtenvolk, dem diese Frage am Herzen liegt. Cookie und ich amüsieren uns darüber jedes Mal köstlich! Natürlich, ohne die Miene zu verziehen. Machen Sie mir das bitte einmal vor, Pfrau won Wilhelmi.«

Jetzt wird es albern, findet Alwine, aber nun, sie mag die alte Schachtel und will ihr nichts abschlagen.

Nach drei Durchgängen seitens Alwine – zwei davon mit Knicks vor Sir Parsifal, der Cookie doubeln darf – scheint Lady Darnsdale zufrieden. »Danke, das klingt schon recht aufgeräumt. Ich werde mich nun auf mein Zimmer zurückziehen. Ich werde ein wenig ruhen, mich überkommt leider eine kleine Migräne.«

Raissa schnellt aus ihrem Korbstuhl hoch und hilft der Lady aus dem ihren. Sie geleitet Lady Darnsdale zur Tür und verabschiedet sie ebenfalls mit Knicks. Und was für einem. Alwine hat in ihrem langen Leben eine Reihe von Knicksen gesehen und selbst so einige gemacht, als das noch in Mode war, aber niemals einen so formvollendeten.

Raissa lässt anmutig den rechten Arm nach vorne schwingen und dann empor wie eine davonfliegende Taube, der rechte elegant gestreckte Fuß beschreibt einen weiten Kreis, auf dem Standbein lässt sie sich tief in die Knie sinken. Eigentlich schade, dass Nils so gar nicht Raissas Typ ist, denkt Alwine kurz. Alles in allem gäbe dieses Mädchen eine fantastische Braut und Caféhauschefin ab.

»Recht akzeptabel«, lobt Lady Darnsdale Raissas Knicks.

Mops Percival hingegen schnaubt verächtlich.

Die Lady rauscht hinaus. Kurz bevor Raissa die Tür hinter ihr schließt, lässt sich ein Kichern vernehmen, das sich zu einer Lachsalve steigert, die sich in Richtung Halle entfernt.

»Sie hat wirklich bemerkenswert viel Freude an unserem Besuch«, bemerkt Alwine zufrieden, obwohl die Knickse vor einem Mops sie verärgert haben. »Nach Migräne klingt ihr Lachen allerdings nicht.«

»Sie hat ja auch keine.« Raissa räumt das Dominospiel zusammen. »Trotzdem nehme ich an, dass sie um kurz vor fünf über rasende Kopfschmerzen klagen und den Tee ausfallen lassen wird.«

»Tatsächlich?«

»Oh ja, denn Cookie und der Abgesandte von Schumania werden überraschend absagen. Ein derartiger Affront kann eine Lady völlig aus der Bahn werfen.«

»Sie meinen, wir müssen auf die amüsante Teezeremonie verzichten?« Alwine ist enttäuscht.

»Die amüsante Komödie haben *wir* der Dame bereits geliefert. Haben Sie es nicht gemerkt? Die Lady hat Sie tüchtig hochgenommen.« Raissa kichert, setzt sich zu Alwine an den Tisch und fragt mit Blick auf die Sandwichplatte. *»Gibt es Eicheln?«*

»Sie meinen …?« Alwine beendet die Frage nicht. Sie wäre nämlich rhetorisch.

Also wirklich! Ist ihr seit Jahren nicht mehr passiert, dass jemand sie derart hochgenommen hat. Kein Wunder, dass sie Lady Darnsdale auf Anhieb gemocht hat. Es war Liebe auf den ersten Blick. Alwine weiß einen ebenbürtigen Charakter zu schätzen.

Raissa anscheinend auch.

»Hatten Sie mal Ballettunterricht?«, fragt Alwine in Erinnerung an deren Knicks.

»Wie alle braven russischen Mädchen. Leider bin ich aber nur zur Hälfte Russin, die Zehen habe ich von meinem rheinischen Vater. Sie sind ungleich lang und zu krumm fürs Ballett.«

»Tja, so ist das mit den Kölnern, stets ein wenig eigenwillig. Der Knicks war trotzdem passabel, meine Liebe. Wie auch immer. Es passt mir gut, dass wir uns ungestört über meine Heiratspläne unterhalten können.« Alwine schiebt die Sandwichplatte näher an Raissa heran. »Die Gräfin müssen wir wohl endgültig als Verlust verbuchen. Wobei Verlust übertrieben ist. Haben Sie herausfinden können, wer die nächste Heiratskandidatin ist und wann sie zu uns stoßen wird?«

»Nijet«, verneint Raissa auf Russisch und schiebt sich einen kleinen Teekuchen in den Mund.

»Nicht? Wie ärgerlich«, bemerkt Alwine. »Wir brauchen sie dringend, bevor Nils diese Apfelfarm kauft.«

Wenigstens verlieben könnte sich dieser Stoffel doch mal. Sie benötigt ihn so bald als möglich in Köln und nicht in Kent. Niemand kann die anstehenden Verhandlungen mit den Banken besser und kenntnisreicher führen als er. Von dem Eigenkapital, das er in die Firma einbringen könnte, einmal abgesehen.

»Wir brauchen keine dritte Kandidatin«, sagt Raissa, nachdem sie einen weiteren Teekuchen verputzt hat. »Das hieße Eulen nach Rom tragen.«

»*Athen!*«

»Wohin auch immer. Nils hat sich bereits übergeben, pardon, ergeben. Nein, jetzt hab ich's. Er ist *vergeben!* Einfach reingefallen in die Liebe – wie die Engländer so schön sagen. Das erleben wir oft bei ›Love anonymous‹. Nach ein paar arrangierten Flirts verlieben sich die Klienten spontan in irgendjemand anderen. Ich hätte das eigentlich vorhersehen können, aber ich war zu sehr mit den offenkundigeren Paaren beschäftigt.«

»Nils ist vergeben? Was meinen Sie damit?« Alwine setzt sich alarmiert in ihrem Korbstuhl auf. »Sie denken doch nicht etwa an ihn und ... *Dorkas?*«

»Doch, genau wie Sie jetzt gerade«, sagt Raissa gelassen.

»Dorkas ist die Letzte, an die ich in Zusammenhang mit Nils denken möchte«, protestiert Alwine.

»Das wird sich ändern.«

»Wird es nicht!«

»Sie werden Dorkas von Herzen gern gewinnen, glauben Sie mir.«

»Nicht in diesem Leben. Ach was, danach auch nicht!«

»Doch«, beharrt Raissa. »Sie und Dorkas haben nämlich eine sehr ähnliche Aura. Ein warmes, stellenweise verschattetes Orange, einfach unglaublich. Selten habe ich zwei einander so verwandte Farbspektren gesehen. Sie müssen Seelenzwillinge sein.«

Alwine knallt entrüstet ihre Serviette auf den Tisch. »Verschonen Sie mich mit Ihrem esoterischen Heiapopeia! Warme *Aura.* Ich will Ihnen mal was verraten: Dorkas Mendel ist eine vorbestrafte Kriminelle!«

»Ach, daher der Schatten«, wirft Raissa ein.

»Hören Sie mit diesem Zinnober auf. Dorkas Mendel hat wegen mutwilliger Brandstiftung anderthalb Jahre im Gefängnis gesessen. Kein Wunder bei der Herkunft! Sie heißt zwar Mendel, ist aber väterlicherseits eine Gimmler! Und die sind alle Verbrecher.«

»Sie meinen die Bäcker-Gimmlers aus Köln?«, fragt Raissa. »Ihre Konkurrenten?«

Alwine nickt. »Genau die, und es handelt sich bei dieser Sippschaft nicht einfach um Konkurrenten oder *Mitbewerber*, wie man heute so hübsch heuchelt. Oh nein! Wenn ich Ihnen erzählen würde, was der Gründer dieses Unternehmens meiner Familie alles angetan hat, wäre ich um Mitternacht noch damit beschäftigt.«

»Das macht nichts«, sagt Raissa und lehnt sich mit gespanntem Gesichtsausdruck im Stuhl zurück. »Ich höre Ihnen gerne zu.«

Alwine widersteht der Versuchung, ihr Herz zu erleichtern. »Warten Sie bis heute Abend! In der Bibliothek werde ich alles erklären. Und nun zu Nils. Wann kommt die dritte Ehekandidatin?«

Raissa seufzt. »Nie.«

»Was soll das heißen?«

»Ihre Geldprobleme verhindern es.«

»Geldprobleme? Ich habe keine Geldprobleme«, schwindelt Alwine. »Wie kommen Sie darauf? Ach, ich verstehe, das lesen Sie vermutlich an meiner *verschatteten Aura!*«

»Nein, das lese ich in den Kontoauszügen von ›Love anonymous‹. Ihre letzte Überweisung an uns wurde von der Bank nicht ausgeführt mangels Zahlungsdeckung. Darum glaube ich kaum, dass mein Chef ...«

Ein Klopfen an der Tür zum Wintergarten unterbricht Raissas Ausführungen. Trish tritt ein. Ihre Augen suchen Alwine. Sie hat eine Nachricht für sie. »There's a young German lady in the hall, very stylish and impressing, but a bit bossy ...«

»Was sagt sie?«, will Raissa wissen, deren Englischkenntnisse eher rudimentär sind.

»Ssscht«, macht Alwine. Erst nachdem Trish geendet und ausführlich ein paar Fragen von Alwine beantwortet hat, liefert sie eine Übersetzung für Raissa nach. »In der Halle wartet eine junge Frau aus Deutschland, die ein Zimmer verlangt und dringend Nils oder wahlweise mich zu sprechen wünscht«, sagt sie triumphierend.

»Tatsächlich?«, wundert sich Raissa.

»Oh ja. Sie ist in einem Mietwagen mit Chauffeur vorgefahren! Von London Heathrow bis hierher. Klingt alles sehr nobel. Außerdem soll sie gutaussehend und völlig versessen darauf sein, Nils zu sehen. Ziemlich forsche Vorgehensweise, aber nun ja, das sind wir ja schon von der Gräfin gewöhnt. Die Frauen von heute fackeln eben nicht lange.«

»Das verstehe ich nicht«, wundert sich Raissa.

»Tja, scheint so, als habe sich ihr Chef eines Besseren besonnen! Schließlich ist Nils ein DOB, nein ODB der Extraklasse, das Gräfinnen und Frauen mit Chauffeur anzieht. Eigentlich sollte ihr Chef *mir* Geld dafür zahlen, dass ich ihm derartige ODBs vermittle! Sagen Sie ihm das!«

»Was ist ein ODB?«

»Ein Objekt der Begierde«, trumpft Alwine mit ihrer von der Gräfin gelernten Vokabel auf.

Raissa schüttelt sich. »Was für eine grauenhafte Bezeichnung!«

»Stimmt«, gibt Alwine zu. »Na, dann wollen wir uns die Frau mal ansehen. Trish meint, sie sei teuer gekleidet und habe Tonnen von Gepäck dabei. Hoffentlich hat sie auch ein Abendkleid für meinen Geburtstagsball eingepackt.«

Gemeinsam folgen sie Trish in die prächtige Eingangshalle von Upton Manor.

Am anderen Ende der imposanten Halle, neben dem Eingangsportal, nimmt Alwine eine schlanke Gestalt wahr. Sie hat ihnen den Rücken zugekehrt und sich in ein Gemälde vertieft. Selbst aus der Entfernung und von hinten erkennt Alwine, dass die Frau hübsch ist – und es weiß. Dafür spricht die arrogante Körperhaltung. Sie hat alles, was die Gräfin nicht hatte. Anmut, Ausstrahlung, eine perfekte Frisur. Umwerfend gekleidet ist sie überdies und …

Oh nein!

»Das ist keine Ehekandidatin für Nils, sondern eine Katastrophe«, entfährt es Alwine.

Ihr Gesicht erstarrt zur Maske, als sich die elegante Erscheinung umdreht. Alwine sucht Halt bei Raissa, während die Blondine mit dem wiegenden Gang einer Laufsteglegende auf sie zustolziert.

Das Klackern ihrer roten Louboutin-Absätze hallt von den Marmorwänden wieder. Ihr Lächeln ist in etwa so echt wie ihre Haarfarbe. »Hübsches Haus«, bemerkt sie und wendet den Kopf kurz einem Spiegel zu, um sich ihrer eigenen Makellosigkeit zu vergewissern. Das dauert nicht lange. »Und so groß. Weißt du zufällig, wo Nils sich hier vor mir versteckt hält, Alwine?«

»Wer ist das?«, raunt Raissa.

Alwine schweigt und strafft den Rücken. Also denn, auf ins Gefecht. Mit dem Besuch wird sie auch noch fertig. Dieses blondierte Früchtchen stellt keine eigentliche Gefahr für ihre Pläne mit Nils dar.

Moment! Was heißt überhaupt Gefahr?

Wenn man es recht bedenkt, könnte sie im Gegenteil sogar die Rettung sein. Zumindest vorübergehend, zumindest vor Dorkas Mendels grauen Augen.

Ja, das ist eine passable Idee, die sie nur noch zu einem Plan ausfeilen muss.

Alwine kramt ihr charmantestes Lächeln hervor. »Willkommen auf Upton Manor, Tina! Was treibt dich von Los Angeles nach England? Die Geschäfte?«

»Unter anderem, aber vor allem bin ich privat hier. Ich habe mir ein paar Tage freigenommen, um mich gründlich mit Nils auszusprechen. Wir können uns ja nicht ewig wie Todfeinde behandeln, vor allem weil ich meine Rückkehr nach Deutschland plane.«

»Was für eine ausgezeichnete Idee!«, lobt Alwine, auch wenn's schwerfällt. Sie erinnert sich noch lebhaft daran, was Tina unter gründlichen Aussprachen versteht und wie sehr sie Nils und vor allem Jurek dabei verletzt hat.

»Und mit meinem kleinen Jurek, versteht sich«, schiebt Tina wie aufs Stichwort hinterher und lässt die Glöckchen ihres perfekten Lachens ertönen.

Alwine stimmt, einen Ton tiefer, aber nicht minder perfekt darin ein. »Die Sehnsucht einer Mutter, nehme ich an? Wie reizend. Nils und dein Sohn sind momentan allerdings nicht zugegen. Kann ich dir vielleicht weiterhelfen?«

»Das musst du sogar. Mach diesem unverfrorenen Trampel, das hier Dienstmädchen spielt, klar, dass man mir kein Zimmer abschlagen kann, nur weil deine Bustouristen alles ausgebucht haben und übermorgen ein Ball zu deinen Ehren stattfindet. Eine geschlossene Gesellschaft. Behauptet sie jedenfalls.«

»Wie kann sie nur. Du bist natürlich herzlich eingeladen«, entrüstet sich Alwine so glaubwürdig wie möglich, dabei hätte

Trish für ihre Menschenkenntnis und ihr Abwimmelmanöver ein dickes Lob verdient.

Gäste wie Tina ekelt man am besten umgehend raus. Sie wollen ständig Extrawürste, haben an allem etwas herumzumäkeln und geben nie Trinkgeld. Stattdessen verlangen sie irgendetwas aufs Haus, weil sie sich schlecht behandelt fühlen.

Gleichwohl braucht sie Tina.

»Was für ein Zimmer hättest du denn gern?«

»Ein De-luxe-Zimmer oder eine Suite, falls es so etwas gibt. Ruhig gelegen, großes Bett und, ach ja, rein vegetarisches Dinner. Keine Milchprodukte, keine Eier, keine Hülsenfrüchte, kein Zucker, wenig Kohlehydrate.«

Himmel! Was bleibt denn da übrig?, fragt sich Alwine. Außer einem Salatblatt. Ihre Idee, Tina vorübergehend auf Nils anzusetzen, gerät gehörig ins Wanken. Keine Kohlehydrate! Das muss einer Bäckerstochter wie ihr einfach das Herz umdrehen – und den Magen.

Ach, was soll's, so blöd wird Nils nicht sein, sich noch mal in seine egomanische Ex-Frau zu vergucken. Sie soll ihn ja lediglich von Dorkas fernhalten, und das wird Tina – egomanisch wie sie nun mal ist – mit an Sicherheit grenzender Wahrscheinlichkeit versuchen. Was sie nicht haben kann, soll auch niemand anderem gehören, selbst wenn sie es gar nicht mehr will.

»Außerdem wüsste ich gern, wo ich meine Yoga-Übungen ausführen kann.«

Joghurtübungen? Was ist denn das?, wundert sich Alwine.

»Es sollte ein Raum mit möglichst großem Spiegel sein«, fährt Tina fort, die sich immer gern in Räumen mit Spiegeln aufgehalten hat. »Ich hänge entsetzlich hinterher. Vorher möchte ich mich aber hinlegen. Jetlag, du verstehst schon.«

Alwine übernimmt die Verhandlungen mit Trish. Erfolgreich. Dann dreht sie sich zu Raissa um. »Meine Liebe, ich habe eben Ihr Zimmer vergeben. Ich hoffe, es macht Ihnen nichts aus, es zu räumen und bei mir zu nächtigen«, fragt Alwine zuckersüß.

Raissa schüttelt stumm den Kopf.

»Soll ich dich wecken lassen, sobald Nils und Jurek eintreffen«, wendet sich Alwine wieder an Tina.

»Nicht vor sechs Uhr abends, wenn ich bitten darf. Ich bin ja nicht als Kindermädchen hier, und wie heißt es so schön: Nur eine vollkommen ausgeruhte Mutter ist eine liebevolle Mutter!«

»Völlig ausgeruht? Das dürfte auf neunundneunzig Prozent aller Mütter nie zutreffen. Von welchem Planeten kommt die?«, knurrt Raissa feindselig, während Tina einer verstimmten Trish Anweisungen über ihr Gepäck gibt.

»Nicht von *Mutter* Erde«, murmelt Alwine erschöpft. »So viel steht fest.«

Raissa schüttelt den Kopf. »Ich habe das Gefühl, Sie spielen mit dem Feuer«, warnt sie.

»Nein, das war Dorkas«, entgegnet Alwine grimmig.

»Muss in der Familie liegen.«

»Wie meinen Sie das denn?«

»Sie werden es erfahren. Hoffentlich nicht erst dann, wenn es zu spät ist. Wenn Dorkas dieser Tina begegnet, dürfte ihr das nicht besonders gefallen.«

»Umso besser. Mir gefällt nämlich Dorkas nicht. Sie gefällt mir ganz und gar nicht!«

## 13.

»Noch 'n Hühnerflügel?«, fragt Jurek und dreht den Kopf zur Rückbank.

Miss Marple ist nicht abgeneigt.

»Juri! Das fettige Zeug ist nichts für Hunde«, mahnt Nils, ohne den Blick von der Fahrbahn abzuwenden.

»Findet Miss Marple aber doch«, entgegnet Jurek, »außerdem hat sie 'ne Belohnung verdient, weil sie Dorkas entdeckt hat.«

»Na ja, nicht ganz«, brummt sein Vater.

»Aber fast! Wenn Miss Marple vor den Zeitungsartikeln an der Wand nicht ihr Bein gehoben hätte, wüsstest du nich', wo wir jetzt hinmüssen«, schlussfolgert sein Sohn, schiebt sich einen weiteren Chicken Wing in den Mund und spült mit Limonade hinterher. »Boah, der Mann vom Pub war echt großzügig mit den Gratispommes«, seufzt er nach einem weiteren Happen, »aber jetzt bin ich voll.« Jurek stopft die Pappschachtel in eine Plastiktüte, der öliger Fastfood-Geruch entsteigt.

Hm, tja, der Wirt war wirklich nett und großzügig. Das muss Nils zugeben. Geradezu übermenschlich großzügig. Nachdem er dem Mann hinter der Bar erklärt hatte, dass er Dorkas nicht nur kenne, sondern nach ihr suche, weil sie eine Freundin sei – »a very special friend« –, ist der Mann sehr herzlich geworden. Er möchte Dorkas nämlich auch gerne wiedersehen.

Abweisend hatte er zunächst nur reagiert, weil er glaubte, Nils sei auf schmutzigen Klatsch über sie aus. Den konnte und wollte er nicht liefern, sondern eine Lobeshymne. »Dorkas

Mendel war meine beste Kraft! Bis, na ja, bis zu der Dummheit, die sie sich nach dem scheußlichen Vorkommnis an den Klippen geleistet hat. Wirklich scheußlich.«

»Vorkommnis? Das war ein Unfall, nichts weiter«, hat ein Pub-Besucher energisch eingeworfen.

Der Wirt ist nicht weiter darauf eingegangen, sondern bei Dorkas geblieben. »Zwei Jahre Knast, nur weil sie im besoffenen Kopf eine Zigarette nicht richtig gelöscht hat. Das hat hier keiner gewollt, glauben Sie mir. Ist ja nicht so, als hätte sie Benzin ausgekippt und ein Streichholz drangehalten.«

Nein, das nicht, aber ein wenig mehr als eine nicht gelöschte Zigarette war schon im Spiel. Zuvor hatte sich Dorkas, anstatt wie gewöhnlich den Pub zu schließen und aufzuräumen, eine Flasche Gin genehmigt. In vollständig betrunkenem Zustand hat sie danach eine Batterie Flaschen zertrümmert. Gläser, Aschenbecher und Teller folgten. Richtig ausgerastet ist sie so allein, war anscheinend am Ende ihrer Nerven. Am Ende ist sie inmitten des Scherbenhaufens mit brennender Zigarette eingeschlafen. Die hochprozentigen Schnapslachen, die rings um sie auf dem Boden schwammen, funktionierten als Brandbeschleuniger. Nicht so effektiv wie Benzin, aber in Kombination mit verstreuten Bierdeckeln, Papierservietten und altem Holzmobiliar effektiv genug.

»Gott sei Dank ist sie noch rechtzeitig aufgewacht«, hat der Wirt mit ehrlich bekümmerter Miene berichtet.

»Und die Feuerwehr hat sie auch gerufen«, hat einer seiner Stammgäste eifrig ergänzt.

»Aber erst nachdem sie meine Polly gerettet und sich dabei beinahe selbst umgebracht hat«, lautete das Fazit des Wirts. »Völlig verbrannte Arme! Grauenhafter Anblick. So ein hübsches Mädchen und solche Narben. Mag gar nicht dran denken.«

In der Tat, Nils nickt und schiebt das Bild des Narbenfelds, das er gestern auf Dorkas linkem Unterarm entdeckt hat, rasch beiseite.

»Das war doch Strafe genug«, fand der Wirt. »Außerdem hat sie den ganzen Schaden aus eigener Tasche bezahlt. Das komplette Erbe und das Geschäft ihrer Mutter sind dabei draufgegangen. Die Richter hätten das Mädchen danach einfach verwarnen und laufen lassen sollen. Sagen Sie ihr das, wenn Sie sie finden, und auch, dass ich sie sehr gern wiedersehen würde. Eine Stelle kann sie bei mir jederzeit wieder kriegen. Sie ist ein Naturtalent an der Bar. Kann besser zuhören als jeder Seelenklempner, und wenn man ihr dabei in die Augen schaut, hat man das Gefühl, dass die Welt kein so verdammt schlechter Aufenthaltsort ist.«

Diesen Blick kennt Nils nicht, aber der Wirt hat Dorkas eben gekannt, bevor der Unfall passiert ist. Bedauerlicherweise hat der Mann nicht gewusst, wo Dorkas stecken könnte.

Darauf ist Nils erst gekommen, als er die gerahmten Zeitungsartikel über den Brand, den anschließenden Prozess und den Wiederaufbau des Pubs studiert hat.

Unter einem Foto von Dorkas, auf dem sie sich eine Zigarette ansteckt, war das Datum des tragischen Unfalls bei den Klippen vermerkt, das letztlich zu der Brandkatastrophe geführt hat. Dorkas Eltern müssen an einem 17. September zwischen dem Leuchtturm »Belle Tout« und der Steilklippenformation Beachy Head umgekommen sein.

Vor drei Jahren war das.

Auf den Tag genau vor drei Jahren.

An diesem Punkt hat es bei Nils klick gemacht. Er hat das Gefühl, Dorkas inzwischen gut genug zu kennen, um zu wissen, wohin sie am Jahrestag des Unfalls unterwegs ist. Unterwegs sein muss! Vor allem weil sie in einem Nebensatz erzählt hat, dass Oda ihr dringend zu einem Besuch am Grab der Eltern geraten hat.

Wo das Grab liegt, konnte der Wirt ihm sagen. Auf dem Friedhof von St. Mary in Rye.

Viel Glück und gute Fahrt hat er Nils, Jurek und Miss Marple zum Abschied gewünscht und eine prallvolle Tüte mit Gratis-Fastfood als Wegzehrung über die Theke gereicht.

Miss Marple hatte ihn betont hungrig angeschaut.

Wirklich großzügig, der Mann.

Nils setzt zu einem Überholmanöver an und tritt das Gaspedal ordentlich durch, fädelt sich wieder auf der linken Spur ein und nimmt die Ausfahrt nach Rye. Ein braunes Schild weist den malerischen Küstenort als einen der berühmten Cinque Ports aus, einem Zusammenschluss von Hafenstädtchen, die seit dem Mittelalter Englands Küstenlinie verteidigen.

Zweimal muss er noch abbiegen, bis das trutzige Stadttor in Sicht kommt, das sich heute tapfer gegen den brandenden Verkehr der Umgehungsstraße zur Wehr setzt.

Nils lenkt den Jeep auf einen Besucherparkplatz vor den Stadtmauern. Mit einem Geschoss wie diesem in die steilen Gässchen zu fahren, ist zwar leider erlaubt, aber eine Sünde und Zeitverschwendung. Der Parkplatz ist gut besucht. Eine Flotte von Touristenbussen steht schräg in den Parktaschen.

Ob Giovannis Bus auch dabei ist?, fragt sich Nils. Egal, das geht ihn momentan nichts an. Sein Freund, der Lord, wird sich als Führer betätigen und um die Busgäste kümmern.

Nils will nur eins: auf dem schnellsten Weg zum Friedhof von St. Mary. Genau wie Jurek, der sich in Windeseile abgeschnallt hat und mit Miss Marple aus dem Jeep hopst.

Zum Glück kennt Nils sich im konfusen Gassengewirr von Rye bestens aus. Fünf Minuten später hasten er und Jurek zwischen vom Alter gebeugten Fachwerkhäuschen, Teestuben und malerischen Pubs das Katzenkopfpflaster des Kirchgässchens hinauf.

Miss Marple tobt mit Jagdgebell voran, rast wieder zurück und dreht einen Kreis um ihre Beine. Sie ist eben nicht nur Beagle und gebürtige Spürnase, sondern auch Hovawart. Ein typischer Hirtenhund, der seine Herde gewissenhaft zusammenhält.

Das Gässchen verengt sich zu einem gepflasterten Pfad. Sie halten auf den normannischen Kirchturm auf der Hügelspitze zu.

Nils' Blick fährt zur berühmten Turmuhr von St. Mary empor. Gleich werden die drall goldenen Quarterboys im Uhrwerk halb eins anschlagen.

Nils wendet sich rasch nach links, verfällt längs der Kirchenschiffmauern in Laufschritt. Hoffentlich hat er recht mit seiner Vermutung über Dorkas' Verbleib, und hoffentlich kommen sie nicht zu spät.

Sie erreichen den von kniehohen Mauern umschlossenen Kirchhof. Nils sucht mit zusammengekniffenen Augen das Grün des Gräberfelds ab, erkennt ehrwürdig ergraute und bemooste Grabsteine, die im Rasen versinken. Das ist der alte Teil, auf dem niemand mehr bestattet wird. Ein fotografierendes Touristentrüppchen und eine Baumallee verstellen den Blick auf die jüngeren Gräber auf der gegenüberliegenden Seite.

Kein Problem für Spürnase Miss Marple. Mit einem Satz ist sie über das Mäuerchen und rast mit fliegenden Ohren und Gebell über den Rasen, schlägt Haken um graue Steine, schnuppert kurz an einem Kaninchenloch und pflügt sich endlich durch das Touristengrüppchen. Rasensoden fliegen auf.

Jetzt ist der Blick frei auf die weiter hinten liegenden Gräber – und eine einsame Gestalt am Ende der Rasenfläche. Es ist Dorkas, die erschrocken herumfährt.

Mit begeistertem Gebell springt Miss Marple an ihren Hosenbeinen hoch.

Jurek ist längst hinter ihm, Nils folgt gemächlicher – Entschuldigungen in Richtung der Touristen stammelnd.

Miss Marple rast in Erinnerung an ihre Hirtenpflichten zwischen Dorkas und Jurek hin und her.

Jurek ist ihrer Begeisterung nicht gewachsen und plumpst unter Miss Marples Ansturm rücklings ins Gras.

Nils stoppt ab und hilft ihm auf die Beine.

»Aua!« Juri reibt sich den schmerzenden Podex.

Nils' Augen suchen und treffen die von Dorkas. Kaum zwanzig Schritte steht sie von ihm entfernt und dennoch meilenweit weg. Ihre Augen halten ihn auf Distanz. Schwarzgrau wie Graphit sind sie diesmal, randvoll gefüllt mit Furcht. Man weiß gar nicht mehr, wo die Iris aufhört und die Pupillen anfangen. Er macht einen Schritt nach vorn. Vorsichtig. Mehr Schrecken und Schmerz in ihrem Blick könnte er nicht ertragen.

Dorkas hebt wie zur Abwehr kurz die Hände, schaut weg, sucht den Friedhof ab, als halte sie Ausschau nach einem Fluchtweg – und findet einen. Ohne ihren Rucksack aufzugreifen, den sie auf einer Bank abgestellt hat, rennt sie davon.

Verfolgt von einer munter kläffenden Miss Marple, die auf Spürhund umschaltet und einen Jagdgalopp quer über den Kirchhof offensichtlich begrüßt.

Anders als Nils, dem die empörten Ausrufe der Friedhofstouristen über das pietätlose Spektakel keineswegs entgehen. »Pass auf ihren Rucksack auf und warte hier«, ruft er seinem Sohn über die Schulter hinweg zu und sprintet Dorkas hinterher, die in Richtung Mermaidgasse verschwindet.

Kluge Wahl, verflixt.

Das unter Touristen höchst beliebte Sträßchen mit seinen zu

Tode fotografierten Fischerhäuschen, pittoresken Matrosenspelunken und von Menschen überquellenden Souvenirshops wird ihr die Gelegenheit bieten, in der Menge abzutauchen. Er muss sie einholen, bevor sie dieses Ziel erreicht.

Dorkas ist bereits hinter einer scharfen Biegung der Weststreet und damit seinen Blicken entschwunden. Einzig Miss Marples Gebell verrät Nils noch, wohin Dorkas sich bewegt. Geradewegs zu auf ein weiteres touristisches Highlight von Rye!

Gleich wird sie auf das Haus des Schriftstellers Henry James treffen, der im vorigen Jahrhundert hier gelebt hat. Das ist seine Chance, denn es liegt direkt in einer engen Kurve und macht das Sträßchen vorübergehend zu einer Art Sackgasse. Dort kann er sie nicht verfehlen.

## 14.

Oda tritt durch eine schmale Holzpforte in die Gasse. Noch immer ist sie verzaubert von Henry James' Gartenparadies samt Dichterpavillon. Verträumt sieht sie sich nach Hilkmar um, der Lady Darnsdale über eine kleine Schwelle im Tor hilft und dabei Sir Percival, ihren keuchenden Mops, auf dem Arm balanciert.

Einmal Kavalier, immer Kavalier, denkt Oda und lächelt.

Hinter Hilkmar drängt, angeführt von Alwine, der Rest der Busgesellschaft nach draußen. Mit dem Rücken zur Gasse warten alle auf Lord Darnsdale, der eine exzellente Führung durch Haus und Garten geboten hat.

Findet zumindest Oda.

Darnsdales Mutter, die ihre Teezeremonie mit Cookie zugunsten des Ausfluges nach Rye abgesagt hat, ist nicht ganz so zufrieden. »Wir haben jetzt genug über den Duft von Herbstrosen und Henry James' feinsinnige Literatur gehört, Lance«, tadelt sie ihren Sohn, als der im Tor zur Straße erscheint. »Wie wäre es zur Abwechslung mit etwas Amüsantem? Etwa den Streichen von Edmund Burra? Das war ein Künstler nach meinem Geschmack. Die Sache mit der rohen Leber hat uns jahrelang die lästigen Touristen vom Hals gehalten, was man von Henry James und seinen Rosen nicht behaupten kann!«

»Niemand ist besser dazu berufen, von Burra zu erzählen, als du, Mutter«, antwortet Lord Darnsdale bemüht höflich.

Diese Ansicht scheint seine Mutter zu teilen. Hocherfreut registriert sie, dass auch andere Touristen sich der Gruppe vor der Gartenpforte anschließen, um ihr zu lauschen. »Would you translate, Pfrau won Wilhelmi«, bittet sie Alwine um Übersetzung ihrer Ausführungen.

Alwine kommt der Bitte nach und übersetzt für Raissa, Giovanni, Ingeborg und die Gräfin, die sich so fest an Schüttpelz klammert wie Verena Beutel an ihren Gatten, was die Lady über Herrn Burra zu berichten weiß. Einen Maler, über den man in Rye ungern spricht, obwohl seine Bilder in den bedeutendsten Museen der Welt hängen. Nur nicht in Rye.

Seine Gemälde zeigen nämlich vornehmlich zwielichtige Hafenbars, die mit Huren, Trunkenbolden und Fäusten vollgepackt und wenig romantisch sind.

»Aber so realitätsnah«, schwärmt zu Odas Verblüffung ausgerechnet Lady Darnsdale.

Gründlich verdorben mit seinem Heimatstädtchen hat es sich Burra dank surrealer Auftritte als Leibhaftiger und Touristenschreck. Mit einer Scheibe roher Leber im Mund und Teufelshörnern auf dem Kopf pflegte der Zeitgenosse Dalís die Besucher des idyllischen Örtchens zu verschrecken.

»Eine Schande, dass er keinen Nachfolger gefunden hat«, findet Lady Darnsdale. »Burra war unterhaltsam wie kein Zweiter. Wie ein Springteufel hopste er aus Gassen hervor ...«

Womöglich so plötzlich wie Lady Darnsdales Mops, der sich mit ohrenbetäubendem Kläffen von Hilkmars Armen strampelt. Kaum auf seine krummen Beine geplumpst, stürzt sich der hochbetagte Kämpe in ein Duell mit einem Beagle-Mix, der im Rücken der Schar die Gasse hochtobt und die Kurve zur Mermaidstreet nehmen will. Doch da ist der Mops vor.

»Percival, lass Miss Marple in Ruhe«, donnert der Lord, »sei nicht so ein verfluchter Snob!«

»Percival ist kein Snob. Er mag nur keine Bastarde von zweifelhafter Herkunft«, protestiert Lady Darnsdale.

Alwine übersetzt den Dialog für alle anderen Mitreisenden, während die Hunde zu Füßen einer anwachsenden Zuschauergruppe als Knäuel aus gesträubtem Fell und gefletschten Zähne übers Kopfsteinpflaster kugeln.

Percival ist ein Tyrann und Wadenbeißer, findet Oda, während Hilkmar sich unter Zuhilfenahme von Alwines Regenschirm um eine Trennung der kämpfenden Hunde bemüht.

»Da kommte ja Nils«, ruft Giovanni über den Tumult hinweg. »Ciao Nils! Hier sind wir!« Er schiebt sich an den Hunden und Zuschauern vorbei in die Gasse.

Oda reißt den Kopf herum. Tatsächlich. Da kommt Nils. Im Tempo eines Sprinters. Beim Anblick Giovannis stoppt er kurz ab. »Ist Dorkas hier entlanggelaufen?«, will er wissen.

Er erntet als Antwort nur Kopfschütteln und beschleunigt sein Tempo in Richtung Mermaidstreet.

»Wo will Dorkas denn hin?«, ruft Oda ihm halb überrascht, halb alarmiert nach.

»Nehmt Jurek mit zurück. Er ist auf dem Friedhof«, schreit Nils über seine Schulter hinweg. Dann drängelt er sich durch die Gaffer und taucht nach links ab.

Miss Marple befreit sich mit einem kräftigen Zwicker in Sir Percivals Bauch aus dem Kampfgetümmel und galoppiert mit fliegenden Ohren Nils hinterher.

Frustriertes Mopsgeheul und wenig ladylikes Gezeter von Lady Darnsdale erfüllen die Gasse.

»Schüttpelz, nehmen Sie die Verfolgung auf!«, befiehlt Alwine über die Kutscherflüche der Dame hinweg. »Sofort!«

»Sie haben meinem Horst nichts zu befehlen«, kreischt die Gräfin schrill. »Nur weil Sie ihm einen Preisrätselgewinn spendiert haben, ist er nicht ihr Sklave.«

»Oh doch, schließlich bezahle ich ihn«, kontert Alwine und hebt drohend ihren Knirps, den sie Hilkmar entrissen hat.

»Sie bezahlen Herrn Schüttpelz? Wofür denn das?«, verlangt Verena Beutel zu wissen. »Man muss doch niemanden bezahlen, damit er unsere Reisen mitmacht!«

»I suche Nils«, wirft Giovanni ein und beginnt einen gemütlichen Dauerlauf, dem sich Ingeborg anschließt. »Gott, ist das aufregend! Eine richtige Abenteuerreise.«

Hilkmar packt Oda beim Arm, als diese ebenfalls Anstalten macht, Nils zu folgen. »Du wirst keine Verfolgungsjagd aufnehmen. Denk an dein Herz. Nils ist sportlich genug, um das Mädchen einzuholen.«

»Aber was ist da los? Warum läuft Dorkas vor ihm weg? Was hat er ihr getan?«, will Oda wissen.

»Besser wir mischen uns nicht ein«, sagt Hilkmar leise. »Das geht nur die beiden etwas an.«

Oda schaut mit erregtem Kopfschütteln die Gasse herab. »Aber dein Sohn sah entsetzlich wütend aus. Warum? Dorkas ist ein so wunderbares Kind. Ich verstehe das nicht.«

Hilkmar seufzt. »Dorkas ist kein Kind, und Nils ist nicht wütend. Es ist schlimmer als das.«

Oda spürt, dass ihr Herz sich zusammenkrampfen will. Was es nicht kann, dank des Defibrillators. Es schlägt tapfer weiter, obwohl ihr elend zumute ist. »Schlimmer?«

Hilkmar nickt. »Er ist verliebt. Und wie es scheint, wieder einmal unglücklich.«

»In Dorkas kann man sich nicht unglücklich verlieben«, behauptet Oda sehr bestimmt.

»Keine Sorge, Hilkmar«, mischt sich Alwine ein. »Ich werde das unterbinden.« Sie bückt sich zu Sir Percival herab und tätschelt ihm den Kopf. »Braver Junge, wir mögen keine dreisten Mischlinge dubioser Herkunft, nicht wahr?«

Oda prallt unter ihren Worten zurück. Sie spürt, wie alles Blut aus ihrem Gesicht weicht. »Was soll das heißen, Alwine?«

»Das wirst du erfahren, sobald wir zurück auf Upton Manor sind.«

Odas Knie drohen nachzugeben. Hilkmar muss sie stützen. Alwine richtet sich behände auf, um ihrer Schwester eine Hand auf den Arm zu legen. Mit erstaunlichem Zartgefühl im Blick. Irritiert schaut Oda sie an.

»Es tut mir leid, dass ich dir bald einen kleinen Schock verursachen werde«, sagt Alwine leise und streichelt kurz ihre Hand. »Aber es geschieht allein zu deinem Besten.«

Oda schüttelt die Hand ihrer Schwester ab, als sei sie ein überaus lästiges Insekt.

Alwines Rücken strafft sich, resolut fährt sie fort: »Um es klipp und klar zu sagen: Diese Dorkas ist leider eine ganz üble Betrügerin, die es darauf abgesehen hat, dich und mich zu vernichten!«

»Alwine, bitte mäßige dich«, mahnt Hilkmar mit leicht drohendem Unterton.

»Du, mein Lieber, wirst mir ebenfalls noch dankbar sein«, kontert Alwine mit kämpferisch erhobenem Regenschirm. »Ich werde deinen frisch verliebten Sohn vor einer weit größeren Dummheit als seiner Ehe mit Tina bewahren. Und jetzt müssen wir uns um Jurek kümmern. Ein Kind auf einem Friedhof allein zu lassen zeugt von einer Kopflosigkeit, die ich nicht gutheiße. Tja, eine Dorkas *Gimmler* kümmert so was sicher nicht, aber mit Nils werde ich darüber ein ernstes Wörtchen reden.«

## 15.

Verdammt, verdammt, verdammt!

Keuchend hält Dorkas auf der Fußgängerbrücke des Bahnhofs Rye inne. Sie stützt die Hände auf die Knie und beugt sich vor, um Atem zu schöpfen. Ihre Füße brennen, ihre Waden flimmern vor Schmerz. Sie kommt wieder hoch, wendet den Kopf, um sich zu vergewissern, dass sie Nils abgeschüttelt hat.

Ja, hat sie.

Er wird in die Mermaidstraße abgebogen sein, während sie den Weg zum Stadtor genommen hat und am Fischerhafen vorbei direkt zum Bahnhof gelaufen ist.

Gebe Gott, dass Nils keine Zeit gefunden hat, den Grabstein zu betrachten, vor dem er sie entdeckt hat. Um das zu verhindern, ist sie wie eine Gejagte über den Friedhof verschwunden. Nils darf einfach nicht entdecken, dass sie ihn faustdick belogen hat. Nicht nur ihn. Auch Oda. Und das auf eine besonders hässliche Weise, die sie sich selbst kaum verzeihen kann.

Das kommt davon, wenn man sich Menschen anvertraut und über Dinge spricht, die man nur mit sich selbst ausmachen kann. Dorkas wundert sich kurz über sich selbst. Dass sie sich wegen Oda schämt, ist mehr als gerechtfertigt, aber warum liegt ihr etwas an Nils Seelentags guter Meinung? Er hat mit ihrem Vorhaben und ihren Familiengeheimnissen nun wirklich nichts zu tun. Ist doch egal, was er von ihr denkt. Sie werden sich außerdem im Leben nicht wiedersehen, wenn sie es verhindern kann. Ihr liegt nichts an einer weiteren Begegnung mit Nils Seelentag. Nichts. Nichts.

Seit dem Besuch am Grab ist sie entschlossener denn je, um ein Erbe aus dem Haus Gimmler zu kämpfen. Mit allen Mitteln und allein. Sie muss das einfach tun. Es wäre sicher im Sinne ihres Vaters, dass …

Eine Lautsprecheransage über die Abfahrtszeiten der nächsten Züge unterbricht ihre Überlegungen.

Dorkas streckt den Rücken durch und entziffert die Leuchtschriftanzeigen über den beiden Bahngleisen unter ihr. Sehr gut, sie hat Glück. In zehn Minuten fährt ein Zug Richtung Ashford International, dem Kanalfährenbahnhof. Instinktiv greift sie sich an die linke Schulter, tastet nach ihrem Rucksack, um Geld für ein Ticket herauszuholen.

Ach du heilige Scheiße!

Da ist kein Rucksack. Sie muss ihn auf der Friedhofsbank stehengelassen haben. Dorkas schließt stöhnend die Augen. Auch das noch. Jetzt hat sie ihre letzten Habseligkeiten verloren. Nach einer Schrecksekunde öffnet sie die Augen. Egal, sie muss irgendwie von hier weg. Sie kramt in ihren Jeanstaschen. Den Schlüssel zu Odas Haus in Köln und zwanzig Pfund befördert sie in kleinen Scheinen und Münzen zutage. Immerhin etwas. Für ein Zugticket sollte das reichen.

Nur bis wohin genau?

Auch egal, Hauptsache weg. Irgendwohin, wo sie in Ruhe ihre nächsten Schritte planen kann. Sie hat doch schon ganz andere Situationen gemeistert. Rasch springt sie die Stahltreppe zu Plattform eins hinab. Über die Lautsprecher wird bereits das Eintreffen des Zuges angekündigt.

Dorkas rennt zum Fahrkartenautomat, wählt Ashford als Ziel, füttert den Apparat mit einer Zehnpfundnote und ist erleichtert, dass die Summe reicht. Der Automat spuckt sogar Wechselgeld aus.

Nervös läuft sie mit dem Ticket in der Hand zum äußersten

Ende der Plattform. Bloß weg von den anderen Passagieren, die unter einem hübsch geschnitzten Holzdach warten oder – insofern es sich um Touristen handelt – ein viktorianisches Signalhäuschen aus hellblau gestrichenem Holz fotografieren.

Sie will nur noch allein sein. Einfach allein.

Rechts von ihr fährt ein türkis-gelber Zug der Marsh-Link-Linie ein. Geräuschlos bis auf ein leises Quietschen der Bremsen hält er an. Die Schiebetüren öffnen sich unter hydraulischem Zischen. Eine elektronische Stimme sagt die nächsten Fahrtziele durch und bittet um Verständnis für eine kurze Wartezeit bis zur Weiterfahrt, da ein Gegenzug abgewartet werden muss.

Dorkas steigt rasch ein. Der Waggon ist kaum besetzt, sie findet einen Platz am Fenster und sinkt erleichtert in die Polster.

Geschafft.

Sie versenkt ihr Ticket in ihrer rechten Jackentasche. Nein, es ist natürlich Nils' Jackentasche. Wird sie den Kerl denn nie los? Oh, nanu. In der Tasche steckt etwas drin. Sie fischt eine Geldbörse hervor.

Verstohlen sieht Dorkas sich um, dann wirft sie einen kurzen Blick in die Brieftasche. Was für ein Glückstreffer! In der Börse stecken keine persönlichen Papiere, aber dafür jede Menge Geldscheine. Große Geldscheine. Dorkas stockt der Atem, das müssen beinahe tausend Pfund sein. Mit Kleckerbeträgen scheint Nils Seelentag nicht aus dem Haus zu gehen. Und nicht ohne ein Foto von Jurek.

Der Anblick des Jungengesichts mit der Harry-Potter-Brille versetzt ihr einen Stich. Wie eine kleine, leicht verdrossene Eule schaut Jurek in die Welt. Neugier und unbestimmte Sehnsucht liegen in seinem Blick. Eine Sehnsucht, die sie gut zu kennen glaubt. Rasch klappt sie die Brieftasche wieder zu.

Darum geht es jetzt nicht. Und ein schlechtes Gewissen ist überflüssig. Nils Seelentag hat ihren Rucksack samt ihrer

Scheckkarten, und sie hat dafür seine Brieftasche. So einfach ist das. Sie wird sich einen Teil seines Geld sozusagen ausborgen und ihm die geschuldete Summe irgendwann mit der Jacke zurückschicken.

Ja, so wird sie es machen. Schließlich braucht sie Geld. Dringend. Sie steht praktisch auf der Straße. Ohne ihr eigenes Portemonnaie und – oh Gott! – ohne ihren Pass!

Scheiße.

Dorkas setzt sich in ihrem Sitz auf. Panik steigt in ihr hoch, lässt ihr Herz galoppieren, schnürt ihr die Kehle zu. Erst jetzt wird ihr das volle Ausmaß ihrer Probleme klar. Verdammt, was, wenn man sie bei der Ausreise kontrolliert? Zugegeben geschieht das bei der Ausreise aus England selten, aber falls Oda sie als vermisst meldet oder dieser verfluchte Nils den Verlust seiner Brieftasche anzeigt, könnte es eng werden.

Denk nach, denk nach, feuert sie sich an. Irgendeinen Ausweg oder irgendjemanden, an den sie sich um Hilfe wenden kann, muss es geben.

»Wuff«, macht es neben ihr. Es ist ein freudiges Wuff.

Dorkas fährt trotzdem zusammen und erstarrt.

Das darf nicht wahr sein.

Ist es aber.

Während sich die Zugtüren schließen, schiebt Miss Marple ihren Kopf vertrauensvoll auf Dorkas' Schoß. Ihr Beagle-Blick verrät, dass sie ein Lob für ihren Spürsinn erwartet.

Ein großes Lob.

## 16.

Im Kamin brennt kein Feuer. Nicht mal ein Tässchen Tee ist bereitgestellt, von einer Karaffe Sherry ganz zu schweigen, und ihr Detektiv hat sang- und klanglos seinen Dienst quittiert. Weil seine neue »Lady Peitschenknall«, Gräfin Kristin von Eschlohe, das verlangt hat. Außerdem sind aus Köln offenbar Informationen über ihren aktuellen Kontostand an Schüttpelz durchgesickert. So viel zum deutschen Bankgeheimnis!

Nein, so kläglich hat sich Alwine ihre triumphale Enthüllungsrunde in der Bibliothek von Upton Manor wirklich nicht vorgestellt.

Und was heißt Runde?

Mit ihr sind nur Raissa, Lady Darnsdale und Mops Percival im Raum. Die eine schmökert wieder in dämlichen Spukgeschichten, die andere hält im Sessel hinter ihr ein Nickerchen. Samt Schoßhund. Beide untermalen ihren Schlaf mit zermürbenden Schnarchlauten. Die Lady fiept, der Hund rasselt. Wie im Altenheim kommt man sich vor. Der ganzen Situation fehlt es entschieden an Raffinement und vor allem an Publikum.

Der Rest ihrer Reisegruppe zieht sich zum Abendessen um, Hilkmar und Oda wollen bei Jurek bleiben, bis die vermaledeite Tina ihren Jetlag ausgeschlafen hat, und Nils spielt in Rye noch immer Fang-mich-doch-du-Eierloch mit der kriminellen Dorkas Gimmler. Aus den gänzlich falschen Motiven.

Man weiß gar nicht, ob es wünschenswert wäre, dass ihr Patensohn diese Kanaille dingfest macht. Besser ist es wohl, wenn sie einfach von der Bildfläche verschwände. Auf Nimmerwiedersehen.

Wegen faustdicker Lügen und Spionagetätigkeiten in einem deutschen Bäckereiunternehmen zum Zwecke seiner Vernichtung kann man Dorkas von der Polizei nicht festnehmen lassen. Leider. Und ob Dorkas' zwielichtige Vergangenheit ihren Patensohn von einer Riesendummheit abhalten kann, steht zu bezweifeln. Wann hat Liebe je Vernunft gekannt?

Ein Geräusch an der Tür lässt Alwine herumfahren. Na endlich! Oda und Hilkmar betreten den Raum. Oda trägt ein kämpferisch gerecktes Kinn zur Schau, Hilkmar die Miene eines zu allem entschlossenen Beschützers. Die Ritterlichkeit der Herren Seelentag ist unerträglich.

Mit energischen Schritten strebt ihre Schwester auf sie zu, bleibt einen halben Meter vor ihr stehen. Bevor Alwine das Wort ergreifen kann, legt Oda los: »Also, was hast du mir über Dorkas mitzuteilen?«

»Wollt ihr nicht Platz nehmen?«, fragt Alwine verärgert über den Befehlston ihrer Schwester. Ihrer *kleinen* Schwester, der sie jahrelang Popo und Rotznase geputzt hat! Besser, sie hätte ihr mal ordentlich den Hintern versohlt, als sie noch Gelegenheit dazu hatte.

»Nein danke«, erwidert Oda hoheitsvoll.

Mist. Schon wieder etwas, das nicht nach Plan verläuft. *Sie* wollte natürlich stehen bleiben und auf eine Schar ehrfürchtiger, gespannter und verblüffter Gesichter herabschauen. Odas Widerborstigkeit bringt sie aus dem Konzept. Und die immer unanständigeren Schnarchgeräusche von Mops Percival. Jetzt sabbert der auch noch.

»Dorkas Gimmler«, beginnt sie allen Widrigkeiten zum Trotz so würdevoll wie möglich, »ist eine notorische und gefährliche Schwindlerin!«

»Weil sie den Namen ihrer Mutter trägt?«, hakt Oda verächtlich nach.

»Zum Beispiel.«

»Du redest Unsinn, Alwine. Ihre Eltern waren nicht verheiratet, also trägt sie den Nachnamen ihrer Mutter und nicht den ihres Vaters!«

»Es überrascht mich, nein, es enttäuscht mich zutiefst«, erwidert Alwine erzürnt, »dass du derart gelassen auf den Namen der Familie reagierst, die für den Tod unseres Vaters und in Folge auch unserer Mutter die Verantwortung trägt! Von all den Verbrechen, die Heinrich Gimmler als eifriger Parteigenosse und Zuträger der Gestapo sonst noch begangen haben wird!«

»Das mit Ferdinands Tod ist so nicht richtig«, beginnt Hilkmar zu Alwines Verblüffung.

Was soll das denn? Er kennt die Familiengeschichte der Wilhelmis doch ebenso genau wie sie! »Was willst du damit sagen?«, fragt sie entrüstet nach.

»Nichts«, sagt Oda und greift nach Hilkmars Hand, als wolle sie ihn verhaften. »Und wenn du uns weiter nichts zu sagen hast, dann würden wir jetzt gern wieder nach Rye fahren, um Nils bei seiner Suche nach Dorkas zu unterstützen.«

Im Hintergrund springt Raissa auf. »Gute Idee! Ich komme mit.«

Alwine schnappt nach Luft und reißt den Kopf herum. Mit einem Blick aus Stahl zwingt sie Raissa in den Sessel zurück.

»Okay, dann eben nicht«, murmelt diese Verräterin achselzuckend.

Alwine wirbelt wieder zu ihrer Schwester herum. »Das ist nicht dein Ernst, Oda! Diese Dorkas hat gute Gründe, so rasch wie möglich abzutauchen.«

»Es ist mein voller Ernst, Alwine. Ich muss sie finden. Dorkas ist ein wunderbarer Mensch. Meine Freundin, meine Geschäftsführerin und die Erbin meines künftigen Cafés in Ehrenfeld.«

Alwine kann nicht anders, sie muss sich setzen. »Das, das ist ja ungeheuerlich! Du willst einem Mädchen aus dem Haus Gimmler Ferdinands Bäckerei vererben? Das Stammhaus der Firma Wilhelmi und unser Geburtshaus? Wie kannst du nur eine Sekunde lang über so etwas nachdenken. Du musst völlig verrückt sein!«

Oda schüttelt langsam den Kopf. »Ich war nie bei klarerem Verstand, und mein Testament ist gemacht.«

Alwine ringt um Fassung. Zum Teufel mit einer Enthüllungsszene à la Poirot und präzise vorgetragenen Schlussfolgerungen. Hier hilft nur noch ein Vortrag in Fraktur und Telegrammstil: »Dorkas Gimmler ist ...«

»Mendel!«

»Wie du willst. Dorkas *Mendel*-Gimmler ist eine vorbestrafte Brandstifterin, hat anderthalb Jahre im Knast gesessen, ist pleite und ...«

»Das hat sie mir alles erzählt«, unterbricht Oda sie in aller Seelenruhe. »Sie ist ein ehrliches Mädchen.«

»Ach ja«, explodiert Alwine. »Hat sie dir auch erzählt, dass sie in Köln ihre saubere Sippschaft aufgesucht hat, bevor sie zu dir gekommen ist, um sich bei dir einzuschmeicheln und *Geschäftsführerin* im Haus Wilhelmi zu werden?«

Oda nickt nur knapp.

»Ich fasse es nicht! Und das macht dich noch immer nicht stutzig?«, stöhnt Alwine.

»Im Gegenteil! Es macht mich dankbar und glücklich, dass sie sich nach dem schrecklichen Tod ihrer Eltern an mich gewendet hat, denn sie ...«

»Ha!«, schreit Alwine, und noch mal: »Ha!«. Wie ein Springteufel hopst sie aus ihrem Sessel heraus. Es fehlt nicht viel, und sie würde mit Vergnügen ein Rumpelstiltänzchen vollführen. »Das ist noch so eine Lüge! Oh, ich kann mir gut vorstellen, wie sie dich mit dieser Waisenkindnummer zu Tränen gerührt und um den Finger gewickelt hat. Das arme Hascherl, von Gott und der Welt verlassen, mutterseelenallein, pah!«

Weiter kommt sie nicht, denn Oda packt sie an den Schultern, schüttelt sie wie ein Stofftier. Wäre Alwine tatsächlich eins, würde ihr glatt das Sägemehl aus dem Leib rieseln.

»Hör sofort auf, hör auf«, herrscht Oda sie an. »Du bist ja nicht bei Sinnen!«

Hilkmar geht dazwischen, löst sanft Odas Hände von Alwines Schultern und will sie in einen Sessel drücken.

Oda schüttelt ihn ab und fixiert mit zornfunkelnden Augen ihre Schwester. »Wie kannst du dich über so eine Tragödie lustig machen? Dorkas hat beide Eltern verloren!«

»Nein«, sagt Alwine kalt. »Hat sie nicht. Auch das ist eine Lüge.«

Endlich wird Oda still. Und blass. Ungläubig schüttelt sie den Kopf. »Das denkst du dir aus, das ist nicht wahr«, stammelt ihre kleine Schwester.

Fast möchte Alwine sie in den Arm nehmen, so verzweifelt, wie sie aussieht, wie plötzlich vernichtet, aber dazu ist es noch zu früh. »Es ist wahr«, sagt Alwine stattdessen. »Frag Schüttpelz, er ist ein exzellenter Privatdetektiv. Ich habe ihn auf Dorkas angesetzt ...«

»Du hast WAS?«

»Er kann dir alles bestätigen. Glaubst du mir jetzt endlich, dass die fabelhafte Dorkas dich von hinten bis vorne belogen und betrogen hat? Typisch Gimmler eben!«

Oda starrt sie vollkommen fassungslos an und wird noch blasser. Himmel, sogar totenbleich. Sie schwankt so stark, dass

Hilkmar sie mit beiden Armen stützen muss. Raissa springt ebenfalls auf, um Hilfe zu leisten.

»Ich, ich will hier weg«, stöhnt Oda. »Bringt mich sofort von hier weg.«

Gemeinsam begleiten Raissa und Hilkmar sie zur Tür.

Herrje, so ein Aufruhr! Das hat Alwine nicht gewollt. Nein, wirklich nicht. Sie hat ja damit gerechnet, dass ihre Schwester die Neuigkeiten über Dorkas nicht gut aufnehmen würde, aber dass sie derart an dem Mädchen hängt, konnte sie nun wirklich nicht ahnen. Es ist auch reichlich übertrieben! Geradezu hysterisch. Wahrscheinlich ist die Schauspielerin mit Oda durchgegangen.

Sie tut ja fast so, als ob Dorkas ihr eigen Fleisch und Blut wäre. Eine wildfremde Person einfach als Erbin einzusetzen, als handele es sich um ihr Kind! Wie albern. In Odas Alter spielt man doch nicht mehr Mutter, da ist man allenfalls noch vernarrte Großmu…

Oh nein.

Oh doch!

Nein, nein, nein, wehrt sich Alwine gegen die Wahrheit. Das darf nicht wahr sein.

Ist es aber.

Schon der grauen Augen wegen. Ferdinands Augen, ihre Augen, Dorkas' Augen. Alle schauen sie mit einem Mal an. Selbst ihre eigenen. Die gucken sogar besonders scharf hin. Richtig böse.

Jetzt gerät Alwine ins Schwanken, tastet hinter sich nach Halt an Lady Darnsdales Backensessel, greift ins Leere. Nein, nicht ganz ins Leere, sondern in Sir Percivals flaumigen Althundebauch. Bevor Alwine die Hand zurückziehen kann, erwacht der Mops und beißt beherzt zu.

»Au«, sagt Alwine tonlos. Ein Schmerzensschrei klingt

anders. Aber den gönnt sie sich nicht, denn den Biss hat sie verdient. Als Nachschlag wäre ihr eine kräftige Ohrfeige recht. Oder ein Tritt in den Hintern.

Aber so gnädig ist das Schicksal nicht mit einer so abscheulichen, herzlosen, eigensüchtigen, verbohrten, strunzdummen, grausamen Krawallschachtel wie ihr.

Im Gegenteil.

»Wie wäre es mit einem Schlückchen Dubonnet, Eure Königliche Hoheit«, bietet Lady Darnsdale ihr, aus seligem Schlummer erwachend, ein Schlückchen Wermut an.

Na ja, nicht ihr, sondern Queen Mum. Wenigstens das. Einen Dubonnet hat sich Alwine nun wirklich nicht verdient.

## 17.

Endlich auf der Autobahn!

Nils beschleunigt, setzt den Blinker, schert nach rechts aus. Der frisch betankte Jeep prescht auf die Überholspur der M 20 zwischen dem Kanalhafen Folkstone und London. Mit röhrendem Motor zieht der Wagen an einer dichten Autokolonne auf der Nachbarspur vorbei.

Vor und neben Nils drängen Sonntagsausflügler von Kent zurück nach London. Er legt Gang fünf ein und kneift die Augen gegen das blendende Licht der untergehenden Sonne zusammen. Der Himmel glüht in Orange und Purpurtönen. Das Wetter hat sich gegen einen weiteren Sturm und für einen herrlichen Spätsommerabend entschieden.

»Sind Sie nicht zu erschöpft für eine Fahrt bis London?«, fragt seine Beifahrerin besorgt.

»Nein«, erwidert Nils grimmig. »Auf die eine Stunde kommt es jetzt auch nicht mehr an. Übrigens wäre mir lieb, wenn wir endlich ›Du‹ sagen würden.«

»Sehr gerne, wenn Sie, ich meine, wenn *du* das möchtest.«

Wieder nickt Nils, und Oda durchströmt ein Gefühl von Dankbarkeit und Zuneigung für Hilkmars Sohn, den sie erst auf dieser Reise richtig kennenlernen durfte. Nils Seelentag gleicht seinem Vater ungemein.

Nicht äußerlich, das nicht, aber dem Wesen nach. Er ist genau solch ein Ritter ohne Furcht und Tadel wie Hilkmar. Wenn auch in schrofferer, streitbarer Version.

Aber auch dafür ist sie dankbar. Allein Nils' grimmiger Entschlossenheit ist es zu verdanken, dass sie knapp eine Stunde nach der schrecklichen Szene mit Alwine bereits auf dem Weg nach London und – so Gott will – auf dem Weg zu Dorkas sind.

In Rye hatte Nils kein Glück mit seiner Suche. Das Mädchen war plötzlich wie vom Erdboden verschluckt. Samt Miss Marple. Zurück auf Upton Manor hat Nils dann von Alwines Auftritt in der Bibliothek erfahren. Dass Dorkas' Mutter noch lebt, wusste er allerdings bereits.

Vor seiner Rückkehr aus Rye hat er kurz den Friedhof und das Grab aufgesucht, vor dem er Dorkas am Mittag entdeckt hatte, um dort vielleicht eine Spur zu ihr zu finden. Die Inschrift auf dem Grabstein – »Erich Gimmler 1959–2011« – hat ihm verraten, dass allein Dorkas' Vater darin bestattet ist.

Jetzt sind sie auf dem Weg zu ihrer Mutter. In der Hoffnung, dass sie ihnen Auskunft über den Verbleib ihrer Tochter geben kann oder darüber, welches Geheimnis das Mädchen umtreibt, quält und zur Schwindlerin macht.

Vielleicht – so hoffen Oda und Nils – ist Dorkas sogar bei ihr. Schließlich hat sie keine Papiere, keine Scheckkarten und vermutlich kaum Geld dabei. Das alles liegt in dem Rucksack, den Jurek vom Friedhof mitgebracht und gewissenhaft durchforstet hat.

Die Londoner Adresse von Frau Mendel verdanken sie Herrn Schüttpelz. Jurek, der in Dorkas' Handy nachgeschaut hat, kennt auch ihre Telefonnummer, aber Nils hat von einem Anruf abgeraten.

»Wenn wir ihrer Mutter unseren Besuch ankündigen, besteht die Gefahr, dass sie Dorkas warnt.« Er will mit allen Mitteln verhindern, dass sie noch einmal Reißaus nimmt. Vor ihm oder vor ihrer Großmutter Oda. Aus welchem Grund auch immer.

Die Gründe sind sowohl Nils als auch Oda herzlich egal! Sie sind sich mit Hilkmar einig, dass Dorkas keine Verbrecherin ist. Keine Sekunde glaubt Oda an Alwines absurde Verdächtigungen. Dorkas als Spionin der Familie Gimmler? Auf so einen Unsinn kann allein ihre verbohrte Schwester kommen!

Wer Dorkas nur ein wenig kennt, muss doch sehen, dass sie alles andere als berechnend oder eine Betrügerin ist! Noch idiotischer ist Alwines Idee, dass sie das anscheinend schwer angeschlagene Unternehmen Wilhelmi endgültig zu Fall bringen will.

Allein, was Nils über die Brandstiftung im Pub zu berichten wusste, deutet doch in eine andere Richtung. Wer sich in Lebensgefahr bringt, um einen Papagei vor dem Flammentod zu retten, kann kein gewissenloser Mensch sein.

Oda braucht nicht lange in ihrem Gedächtnis zu kramen, um sich an tausend Gesten und Kleinigkeiten zu erinnern, mit denen Dorkas sich als die freundliche und fürsorgliche Person erwiesen hat, die sie von Anfang an in ihr erkannt hat. Dorkas ist eben eine echte Nachfahrin von Ferdinand Wilhelmi. Basta!

»Grundgütig«, wie Hilkmar es in seiner altmodischen Weise ausdrückt.

Zugegeben, sie kann auch »verdammt störrisch, aufbrausend und unvernünftig« sein, wie Nils zornig angemerkt hat. Tja, diese Charakterzüge dürfte Dorkas von Alwine geerbt haben – genau wie die grauen Augen!

Schon merkwürdig, was sich im Genpool eines Menschen aus ungezählten Generationen mischt und zusammenfindet, um das ewig neue Wunder eines einzigartigen, unwiederholbaren Menschen hervorzubringen.

Bei Dorkas sind es, neben den Augen und dem aufbrausenden Temperament ihrer Großtante Alwine die Nase von Urgroßvater Ferdinand, der Mund von Urgroßmutter Friederike, das Kinn der Gimmlers – leider – und das unvergleichliche Lächeln von ihrer Großmutter Oda, behauptet Hilkmar.

»Das hat sie von dir. Genau wie deinen Hang zur Schauspielerei!«

Aber alles in allem, entscheidet Oda, ist Dorkas einfach Dorkas. Ganz sie selbst. Ein unvergleichlich liebenswertes Geschöpf.

Im Herzen hat Oda das immer gewusst. Seufzend lehnt sie sich im Sitzpolster zurück.

Sie hätte ihrer Enkeltochter früher reinen Wein über ihre Abstammung einschenken sollen. Vielleicht hätte Dorkas sich ihr dann ganz offenbart. Sie hätte Dorkas helfen können, wenn sie nur rechtzeitig gebeichtet hätte, dass Erich Gimmler – Dorkas verstorbener Vater – ihr leiblicher Sohn war. Aber mein Gott, sie hatte so furchtbare Angst, dass Dorkas ihr nicht verzeihen würde, nicht verzeihen könnte, dass sie Erich kurz nach seiner Geburt im Stich gelassen hat.

Sie hat es sich ja selbst nie verziehen.

Oda kämpft aufsteigende Tränen nieder, schluckt hart gegen den engen Knoten in ihrem Hals an, bis der Schmerz in den Brustraum abwandert und dort langsam versickert. Fürs Erste.

Er wird wiederkehren. Hinterrücks, unvermittelt, wann und wo es ihm passt. Erst recht, seit sie weiß, dass Erich tot ist. Für immer gegangen. Vor ihr und ohne sie – seine Mutter – je kennengelernt zu haben.

Hat er überhaupt von ihr gewusst? Zur Zeit seiner Geburt gab es ein Gesetz, das Behörden und Krankenhäuser zu absolutem Stillschweigen über die leibliche Mutter eines zur Adoption freigegebenen Säuglings verpflichtete. Wer sein Kind fortgab, tat das für immer.

Es ist einmal mehr an der Zeit, sich diesem Schmerz zu stellen, ihn zu betrachten. In den ersten Jahren genügte der Anblick eines Kindermützchens in einer Schaufensterauslage oder ein Babyflaschensortiment im Kaufhaus, um sie mit einem Schlag zu vernichten.

Da war sie wie alt? Achtzehn! Selber noch ein Kind, aber das hat sie als Entschuldigung nie gelten lassen. Genauso wenig wie die Tatsache, dass der Vater ihres Kindes sie sitzengelassen hat. Auf Anweisung des elenden Familientyrannen Heinrich Gimmler, der nur seinen Enkel Erich, aber in keinem Fall eine Schwiegertochter Wilhelmi haben wollte. Noch dazu eine, die nur Anspruch auf eine einzige Bäckerei statt auf das gesamte Unternehmen geerbt hatte.

Wäre sie die Universalerbin gewesen – so hat Heinrich Gimmler ihr bei einem denkwürdigen Besuch auf der Wöchnerinnenstation in Hamburg erklärt –, hätte man über eine Ehe mit seinem Sohn Joseph reden können. Nur dann.

Völlig verängstigt hat Oda schließlich zugestimmt, ihren frischgeborenen Sohn in geordneten Verhältnissen, bei den Gimmlers, aufwachsen zu lassen.

Eine andere Möglichkeit hat sie damals nicht gesehen.

Zu Alwine hätte sie mit diesem Baby doch nie und nimmer zurückkehren können! Allein und auf sich gestellt hat sie sich das Aufziehen des Kindes nicht zugetraut. Von ihrer Familiengeschichte einmal abgesehen waren minderjährige, unverheiratete, alleinerziehende Mütter 1959 ein ganz fürchterlicher Skandal.

Das haben ihr in der Hamburger Klinik schon vor der Geburt die Besuche von kirchlichen Wohlfahrtsorganisationen deutlich gemacht, die ihr angesichts ihrer Lage dringend rieten, das Baby zur Adoption freizugeben. Selbst die wunderbaren Zwiesels haben ihr zugeraten, das Kind abzugeben, weil doch ihr ganzes Leben noch vor ihr läge.

Völlig verzweifelt über Josephs Verrat hat sie sich für eine Adoption entschieden – durch seinen leiblichen Vater, der bald darauf geheiratet und mit ihrem Baby eine Familie gegründet hat. Damit hatte sie alle Rechte an ihrem Kind verloren.

Allein die Patenschaft hatte sie sich ausbedungen, aber ihr fehlte nach der Taufe die Kraft, die Rolle als Patin des eigenen Sohnes, die ihr nur widerwillig gewährt wurde, wirklich einzunehmen.

Bescheidene Geldsummen und Geschenke, die sie anfangs schickte, kamen postwendend zurück. Begleitet von geharnischten Briefen aus der Feder Heinrich Gimmlers, der damit drohte, ihrer Schwester Alwine ihren Fehltritt zu offenbaren, sollte sie sich nicht endlich ganz aus Erichs Leben zurückziehen.

Dieser elende Schnüffler und Despot wusste sein Leben lang, die Geheimnisse anderer Menschen zu seinen Gunsten zu nutzen, und sie war zu feige, ihm die Stirn zu bieten. Dafür hat sie teuer bezahlt.

Noch Jahre nach Erichs Geburt konnte Oda der Besuch einer weihnachtlich dekorierten Spielzeugabteilung von einer Sekunde auf die andere den Boden unter den Füßen wegreißen.

In solchen Momenten kostete es sie eine unmenschliche Anstrengung, normal zu erscheinen, einfach ungerührt weiterzuschlendern durchs Leben.

Wenn sie sich in Köln aufhielt, galt es, das Firmenlogo der Gimmlers zu meiden und jede Möglichkeit, ihnen persönlich zu begegnen. Darum war sie so selten wie möglich dort, darum hat sie gelernt, ihrer Schwester immer nur das Nötigste über sich mitzuteilen.

Die Abstände zwischen den vernichtenden Attacken aus Reue, Schuld und Schamgefühlen wurden mit den Jahren größer, das ja, aber an Intensität hat der Schmerz über den Verzicht auf ihr Kind nie verloren, und es kam ja kein Kind nach, das den Schmerz dieser Liebe vielleicht hätte verringern können.

Oft hat sie sich gefragt, wie viele Menschen ähnliche unsichtbare Lasten mit sich herumtragen, während sie sich tapfer durch die nur scheinbar einfache Welt des Alltags bewegen. Einkaufen, arbeiten, essen, ohne dabei verrückt zu werden.

Eine Hand legt sich von hinten auf ihre Schulter. »Geht es dir gut, meine Liebe?«, fragt Hilkmar von der Rückbank aus.

»Ich glaube schon. Ja«, sagt Oda dankbar für sein Einfühlungsvermögen und Zartgefühl. Sie wendet ihm das Gesicht zu. »Was ist mit Jurek?«, fragt sie.

»Der schläft.«

»Vielleicht hätten wir ihn besser auf Upton Manor bei Tina gelassen«, meint Oda zweifelnd.

»Keine Chance«, kommt es von Nils, nachdem er im Rückspiegel einen prüfenden Blick auf seinen Junior geworfen hat. »Erstens hält er das ganze Unternehmen für einen Krimi, und zweitens ist er sich sicher, dass seine geliebte Miss Marple bei Dorkas ist.«

»Das wäre allerdings ein außergewöhnlicher Zufall«, bemerkt Hilkmar skeptisch.

»Glaub mir, Vater, Miss Marple ist auch ein außergewöhnlicher Hund. Zuzutrauen ist ihr alles. Vor allem, wenn es um Dorkas geht. Sie ist ihr nachgetobt wie ein Bluthund.«

»Der Hund wäre sicher ein Trost für sie«, glaubt Oda. »Dorkas mag Tiere sehr gern, wisst ihr. Denkt nur an den Papagei! Und in der alten Backstube hatten wir anfangs Probleme mit Mäusen. Dorkas hat sich standhaft gegen einen Kammerjäger gewehrt und Lebendfallen aufgestellt, um sie zu fangen. Sie hat sie jeden Morgen gewissenhaft geprüft und alle Gefangenen in einer Keksdose gesammelt. Mit der ist sie schnurstracks in den Park gegangen, um die Mäuse freizulassen! Außerdem haben wir jeden Morgen unser Rotkehlchen gefüttert, und erst die vielen Katzen!«

»Das muss sie von dir haben«, schmunzelt Hilkmar auf dem Rücksitz. »Ich erinnere mich, dass du als Kind jede Salatschnecke in den Wald getragen hast, um sie vor einem Tod im Abflussrohr zu retten.«

Oda erinnert sich auch.

Aber was bedeutet schon die Rettung einer Salatschnecke gegen die Rettung des eigenen Enkelkindes?

# 18.

Zugegeben, Dubonnet ist lecker und fast so wirksam wie Melissengeist. Nach zwei, drei Gläschen, die Lady Darnsdale ihr aufgedrängt hat, ist Alwine allem Kummer und allen Selbstvorwürfen zum Trotz gegen acht Uhr auf ihr Zimmer gegangen, um sich ein wenig hinzulegen. Sie ist umgehend eingenickt.

Aber nun ist es mit der Nachtruhe vorbei. Sie ist wieder wach. Hellwach, genau wie ihr schlechtes Gewissen. Viertel nach elf zeigt ihr Reisewecker an. Durchs Fenster schielt ein knochenbleicher Mond. Vorsichtig schiebt sich Alwine in ihren Kissen nach oben.

Na, so was, sie ist noch nicht einmal ausgezogen. Nur das Gazehäubchen, das sie zum Schutz ihrer geliebten Frisur trägt, sitzt auf ihrem Kopf. Und sogar Lockenwickler hat sie im Haar. Hat sie sich die etwa hineingedreht?

Nein, so akkurat und fest kann sie das nicht, schon gar nicht mit Dubonnet im Blut, stellt sie nach kurzem Betasten ihres Kopfes fest. Das war ein Profi.

Aber natürlich, das muss die umsichtige Raissa gewesen sein, die ihr Zimmer an die unerträgliche Tina abgetreten hat und nun neben ihr liegt und schläft. Kaum auszuhalten, diese Frau.

Also Tina, nicht ihr Goldstück Raissa.

Allein, wie Tina Jurek behandelt, ist eine Affenschande. Statt den Kleinen nach ihrem Schönheitsschlaf umgehend in die Arme zu schließen, hat sie ihre Joghurtübungen oder irgendsolchen Quatsch geturnt. Allein. »Der inneren Versenkung wegen«, hat sie hinterher erklärt, als Jurek längst mit Hilkmar,

Oda und Nils verschwunden war, um Dorkas in London zu suchen.

»Ohne auf mich zu warten«, hat Tina sich kurz empört, um sich sodann der Frage nach ihrer Abendgarderobe zu widmen, mit der sie ihren alten Schwarm Lord Darnsdale beeindrucken wollte. »Diese verdammte Trish hat mir sämtliche Kleider verknittert«, hat sie gewettert. »Hoffentlich kann sie bügeln!«

Alwine ist froh, dass sie das Dinner ausgelassen hat, bei dem Nils' kapriziöse Ex und lauter völlig verkehrte Paare am Tisch gesessen und gegessen haben. Auf ihre Kosten! Wo sie doch gar kein Vermögen mehr hat.

Jetzt ist sie ein wenig hungrig, und wenn sie hungrig ist, kann sie schlecht nachdenken. Das muss sie aber. Über eine ganze Menge sogar. Aber ihr Hirn will nicht anspringen, stattdessen fordert ihr Magen sein Recht.

Hm. Auf ihrem Nachttisch liegen neben einem Glas Wasser, ihrer Lesebrille und einem Krimi lediglich die Kekse mit den barbusigen Frauen aus Biddenden. Solch ein unsinniges Gebäck können sich auch nur Briten ausdenken. Man muss sich glatt schämen, in so was hineinzubeißen. Sie versucht es trotzdem. Immerhin hat Dorkas das Zeug extra für sie in eine Serviette gepackt.

Ach, Dorkas, gönnt sie sich einen Anflug von Rührseligkeit.

Autsch!

Ein Bissen Keks, und der gesamte Kiefer knirscht. Alwine ist immer stolz auf ihre kerngesunden Zähne gewesen, von denen neben ein paar Implantaten so einige übrig sind, aber mit diesem Souvenirkeks werden sie kaum fertig. Alwine kaut und schluckt gewaltsam, presst das Gebäck an ihren Mandeln vorbei, ein böses Kratzen wandert die ganze Speiseröhre hinunter. Mit einem großen Schluck Wasser spült sie nach.

Herrje, das war kein Wasser, sondern noch mehr Dubonnet. Na, der stärkt auch, lässt die Kekse rutschen und das Zimmer munter kreisen. Queen Mum wusste, was sie an dem Zeug hatte.

Aber ums eigene Wohlbefinden geht es jetzt nicht, ermahnt sich Alwine streng. Jetzt geht es um Dorkas und darum, umgehend etwas zu unternehmen. Irgendetwas muss sie unternehmen, um den Schlamassel, den sie angerichtet hat, wiedergutzumachen. Dringend. Und dabei geht es nicht um Geld oder das Unternehmen Wilhelmi. Beides hat sie völlig blind gemacht für die Dinge, die im Leben wirklich zählen.

Obwohl ...

Wenn sie es recht bedenkt, geht es auch um Geld und ihr Unternehmen. Jawohl. Dorkas' Erbe muss schließlich gerettet werden. Und zwar weit dringender als das von Nils. Der braucht doch gar keins! Was ist außerdem ein Patensohn gegen eine Großnichte und echte Wilhelmi, die zudem ihre Augen besitzt. Und ihren Unternehmungsgeist. Das Mädchen hat Mumm, ohne Zweifel.

Zwar rätselt Alwine nach wie vor darüber, was Dorkas dazu getrieben hat, einen Pub anzuzünden, und warum sie nicht einmal Oda gegenüber mit offenen Karten gespielt und sich aus dem Staub gemacht hat, aber das Mädchen wird Gründe haben. Und sei es nur der, dass sie in Schüttpelz einen Verfolger erkannt hat. Oder in ihr. Dummes Ding. Gleichgültig, was das Mädchen auf dem Kerbholz haben mag, ihre Großtante wird ihr helfen!

Aber nicht, indem sie tatenlos im Bett herumliegt und Trübsal bläst. Alwine schlägt die Bettdecke zurück. Sie hat genug Zeit verplempert mit Selbstmitleid, Likör und Keksen. Was Oda kann, kann sie schon lange. Nämlich irgendwie nach London kommen. Bei der Wiedervereinigung der letzten Wilhelmis darf sie keinesfalls fehlen.

Die Adresse von Dorkas' Mutter hat sie auch. Von Schüttpelz. Steckt irgendwo in ihrer Handtasche. Wie gut, dass sie bereits bekleidet und abmarschbereit ist. Fehlt nur noch ein Automobil.

Daran mangelt es auf Upton Manor sicher nicht. Im Gegenteil, ihr fällt der Bentley ein. Sie braucht nur den Schlüssel. Na, den wird Lady Darnsdale ihr als Freundin sicher nicht verweigern.

Nur wo zum Teufel sind ihre Schuhe?

Leise schwankend tastet sich Alwine durchs Dunkel, hangelt sich an Möbelkanten und Sessellehnen vorbei auf einen stummen Diener zu, an den sie Handtasche und Regenschirm gehängt hat. Bisschen gruselig, der Gute, aber zu seinen Füßen – vier Stück aus Holz – findet sie tatsächlich ihr Schuhwerk und daneben einen vom Mond beschienenen Stuhl, auf dem sie Platz nehmen kann, um sie anzuziehen.

Jetzt noch zum Kleiderschrank, einen Mantel holen. Die Nacht ist sicher kühl. Hoffentlich quietscht die Schranktür nicht. Nein, aber dafür klappern die Kleiderbügel wie Skelette.

Vorsichtig schielt Alwine über die Schulter zum Bett. Sie will Raissa nicht wecken, die Einwände gegen ihren Abstecher nach London erheben könnte. Raissa dreht sich mit einem Seufzer um und umarmt Alwines Kissen. So einen seligen Schlaf hätte sie auch gerne noch mal.

Alwine schlüpft in ihren Mantel. Fertig!

Wenige, beinahe atemlose Minuten später drückt sie die Türklinke hinunter und huscht auf den Flur. Er liegt im Dämmerlicht. Hinter kleinen runden Fenstern – im Dienstbotentrakt unterm Dach hat man an Glas gespart – tüpfeln Sterne den Himmel.

Leise Erregung ergreift Alwine. Wann hat sie sich zuletzt auf ein solches Abenteuer begeben? Muss Jahrzehnte her sein. Sie schleicht sich langsam an den Zimmern von Trish und ihren Kolleginnen vorbei. Hinter ein, zwei Türen wird noch geschwatzt und leise Musik gehört. Ein leises Kichern stiehlt sich in Alwine hoch. Es ist herrlich, sich selber noch einmal so jung zu fühlen, und das so kurz vor dem fünfundachtzigsten Geburtstag!

Da ist die Treppe. Es handelt sich mehr um eine Stiege, verglichen mit den Aufgängen in den beiden Stockwerken unter ihr, aber am Fuß der Dienstbotentreppe erwartet sie wieder die gediegene Pracht Upton Manors.

Lady Darnsdales Zimmer liegen im ersten Stock. Alwine zählt stolze vierzig Marmorstufen, bis sie dort anlangt, und schaut sich ratlos um. Zwei lange Flurfluchten liegen rechts und links von ihr. Was nun? Sie kann unmöglich an alle Zimmertüren klopfen, um herauszufinden, wo Lady Darnsdale ruht. Oder auch nicht ruht.

Von unten – aus der Bibliothek, wie sie annimmt – dringt gedämpftes Gelächter zu ihr hinauf. Und lärmendes Klavierspiel. Mein Gott, Giovanni trägt wieder italienisches Liedgut vor. Keine Arien, sondern einen Gassenhauer. Der arme Lord!

»Azurroooo«, jault es an ihr Ohr.

Den Refrain quietscht ein Ferkel mit. Die Gräfin ist also auch noch wach.

»What a terrible noise! Just like a slaughterhouse.«

Alwine fährt herum. Lady Darnsdale ist ebenfalls wach. Dem schrecklichen Schlachthaus-Lärm sei Dank!

Sie schaut – gewandet in einen chinesischen Morgenrock mit Drachenmotiven und Mops im Arm – verwirrt hinter einer Ebenholztür in den Flur hinaus.

»I need the Bentley«, hält sich Alwine nicht lange mit Erklärungen auf.

Lady Darnsdale runzelt kurz die Brauen. Wenn es um den Bentley geht, scheint sie keinen Spaß zu verstehen.

Alwine runzelt ihre Brauen ebenfalls. Gott, wie ihre Stirnhaut plötzlich spannt. Verdammt, sie trägt noch immer Lockenwickler. Na, die kann sie während der Fahrt herausdrehen, dann hält die Frisur auch bis London.

»Whatever you want, your majesty«, bescheidet Lady Darnsdale nach einer kurzen Gedankenpause.

Sehr schön, die Lady scheint wieder ihre dollen fünf Minuten zu haben und ist für Abenteuer mit Cookie aufgeschlossen. Alwine neigt das Haupt um einige Millimeter, um hoheitsvollen Dank zu bekunden. Im Schleichgang führt sie die Expedition mit Lady und Mops nach draußen in die Nacht.

Lange darf Alwine ihre Beförderung zur Königinmutter allerdings nicht genießen. Als die Lady und sie den Kiesplatz vor den Stallungen erreichen, kehrt die Lady die Herrschaftsverhältnisse wieder um.

»I will drive, Pfrau won Wilhelmi«, sichert sie sich den Platz am Lenkrad und stößt mit beachtlicher Energie und einem Gehstock ein Scheunentor auf. Außerdem muss Sir Percival auf den Beifahrersitz, schiebt sie mit blitzvergnügten Augen hinterher. Weil er den Weg kenne. Sie zieht den Gürtel ihres Morgenmantels straff, reicht Alwine ihren Gehstock und klettert auf den Fahrersitz, den sie so weit nach vorne schiebt, dass ihre Nase mit dem Lenkrad verschmilzt.

Alwine ist alles recht. Zumal man in England verkehrt herum fährt, und ob sie das in ihrer Aufregung, mit zu viel Dubonnet im Blut und im Dunkeln hinbekäme, bezweifelt selbst sie.

Holla! Die Lady gibt sehr sportlich Gas. Alwine wird in ihr Polster gedrückt. Muss wirklich mal Rennfahrerin gewesen sein, die Gute, so wie sie beschleunigt und den Kies aufspritzen lässt. Wie zum Beweis legt die Witwe Darnsdale juchzend eine

Schleudereinlage vor dem Hauptportal ein, bevor sie den Bentley auf die Ausfahrt zusteuert. Alwine tastet mit mulmigem Gefühl nach dem Sicherheitsgurt. Na, Hauptsache, sie sind unterwegs. Nach London. Zu Dorkas. Das Mädchen gehört nach Hause.

Zu ihr.

Und Oda.

Und Nils! Das vor allem.

Eine Verlobungsfeier auf ihrem Geburtstagsball in zwei Tagen wäre ein ganz bezauberndes Geschenk. Das beste von allen. Sie wird dafür sorgen, dass sie es bekommt. Dem Himmel sei Dank ist Nils ein erfreulich stürmischer Liebender, wenn er erst einmal in Gang kommt, und sie wünscht sich ja sonst nichts.

Hach, hätte sie das alles nur eher gewusst! Dann hätte sie sich eine Menge unnütze Kosten sparen können. Vor allem für »Love anonymous«. Von denen wird sie jeden Cent zurückverlangen! Außer für Raissa. Die hat ihr Honorar redlich verdient, auch wenn sie die völlig falschen Menschen zusammengebracht hat. Nun ja, so einem jungen Dingelchen mangelt es eben an ihrer Erfahrung und ihrem Weitblick.

Genau wie Lady Darnsdale.

»Vorsicht«, kreischt Alwine. »Da kommt eine Kurve.«

Zu spät. Die Lady nimmt zwar kurz den Fuß vom Gas, fährt aber geradeaus. Der Wagen nimmt keinerlei Rücksicht auf ihre Versuche gegenzulenken, während er mit Schwung über einer Böschung abhebt.

Nein, so was – ein Bentley kann sogar fliegen, wundert sich Alwine. Ein Baumriese rast auf sie zu. Mops Percival schlägt einen Salto, oder ist sie das selber? Herrje, so sang- und klanglos hat sie sich ihren Abtritt von der Lebensbühne nicht vorgestellt.

## 19.

Sie haben eine kleine Frühstückspension nahe der Tubestation Aldgate East gefunden. Eine bescheidene Unterkunft für Backpacker und weniger betuchte Touristen. Hier wird Hilkmar auf Oda und Nils warten und auf Jurek aufpassen, bis sie von Dorkas' Mutter zurückkehren. Ein Fußweg von zwanzig Minuten trennt sie von ihrem Ziel.

Vergeblich hat Hilkmar vorgeschlagen, Frau Mendel erst am Morgen aufzusuchen. Fürsorglich wie immer wollte er, dass Oda sich erst einmal gründlich ausruht. »Sieh doch! Es beginnt wieder zu regnen«, hat er zu bedenken gegeben und den Vorhang vom Fenster ihres Zimmers beiseitegeschoben. »Außerdem gleichen Besuche von Fremden nach zehn Uhr einem Überfall. Das wäre kaum vertrauenerweckend. Genauso wenig, wie es die Adresse von Frau Mendel ist. Wenn ich nicht irre, hat in Spitalfields doch Jack the Ripper sein Unwesen getrieben, oder?«

Nichts da, hat Oda seine Einwände beiseitegeschoben. »Ein bisschen Regen schadet mir nicht. Ich bin nicht aus Zucker, und Jack the Ripper ist seit zweihundert Jahren tot. Ich muss sofort los. Es handelt es sich hier um einen Notfall.«

Nils sieht das nicht anders.

Ihrer Müdigkeit zum Trotz haben sie sich auf den Weg in das Herz des einst berüchtigten East Ends gemacht.

Zunächst folgen sie einer verkehrsumtosten Hauptstraße. Immer vorbei an futuristischen Hochhaustürmen, spiegelverglasten Verwaltungsgebäuden und gesichtslosen Geschäftszentren, die vereinzelt von putzig anmutenden viktorianischen Brownstone-Häuschen mit farbenfroh lackierten Türen durchsetzt sind.

Unweit der berühmten Markthallen von Spitalfields tauchen sie in eine regenglänzende Seitengasse ab, deren Aussehen für Odas Geschmack wenig Gutes verheißt. Grell erleuchtete Imbissbuden, Liquor stores, eine neonflackernde Spielhalle und Gebrauchtwarenläden säumen eingesunkene Bürgersteige. Im Rinnstein faulen Marktabfälle. Auf dem Asphalt kleben vom Regen durchweichte Reklamezettel für »Senorita's massage« wie Abziehbilder. Die Gegend scheint nur rudimentär mit den Segnungen der Straßenreinigung bekannt zu sein. Dafür dröhnt aus den Ladenlokalen Musik jeglicher Stilrichtung, was der freudlosen Atmosphäre keinen Abbruch tut.

Oda fühlt sich nach den wenigen Tagen, die sie im lieblichen Kent verbracht hat, überrumpelt von dem Lärm, den Gerüchen und der Hässlichkeit in diesem Teil Londons.

Sie hat sich zuhause gefühlt in der offenen Landschaft und unter freiem Himmel. Hier versetzt sie alles in Alarmbereitschaft. Die Gebäude, der Schmutz, die Passanten, die Nachtschwärmer, der Verkehrslärm, das Klingeln von Handys. Sie presst sich enger an Nils, der sie unterhakt und um überquellende Mülltonnen und eine Schnapsleiche herumlotst, neben der sich Bierbüchsen türmen.

Das alles erinnert zwar nicht mehr an Charles Dickens' viktorianische Elendsviertel, aber auch mit Musik und Leuchtreklame lässt sich die Trostlosigkeit dieser Straße nicht übertünchen. Kaum zu glauben, dass Touristenattraktionen wie der Tower kaum eine Meile entfernt liegen.

Beklommen fragt sich Oda, warum Dorkas' Mutter in einem Viertel wie diesem lebt. Leben muss?

»Gleich wird es besser«, versichert ihr Nils. »Diese Straße ist eine gewaltige Ausnahme in Spital Fields. Der Kern des Viertels ist längst von hippen Künstlern, Musikern und Modemachern entdeckt worden. Kein Wunder bei der Nähe zur City.« Mit unverkennbar verächtlichem Ton fügt er hinzu. »Inzwischen ziehen auch Banker und Spekulanten hierhin und treiben die Preise für alte georgianische Häuser, die jahrzehntelang nur als Bruchbuden für Einwanderer galten, in astronomische Höhen.«

Zweifelnd lässt Oda ihren Blick an einer mit Graffitis geschmückten Hausfassade emporklettern. Hinter den Fenstern kleben Pappe oder flattern Plastikplanen. Ein schwankender Schatten hinter einem der Fenster lässt ahnen, dass man die Wohnung dahinter nur im Suff ertragen kann.

»Hier entlang«, sagt Nils und zieht sie um eine Ecke in eine Stichstraße, die nach ein paar Biegungen auf einer kleinen Kreuzung mündet, deren Bebauung aus allen möglichen Jahrhunderten außer dem unsrigen stammen muss.

»Meine Güte«, staunt Oda. »Das ist wirklich eine vollkommen andere Welt als die von vorhin.«

Wie zur Bestätigung setzt sogar der Regen aus.

Nils nickt grimmig. »Und eine absurd teure.«

Restaurierte Eckpubs, altertümelnde Ladenfronten mit Sprossenfenstern und historisierende Gaslaternen säumen die vier abgehenden Sträßchen. Schick herausgeputzte indische, pakistanische und libanesische Restaurants parfümieren die Nachtluft mit exotischen Düften und sind Zeugnis dafür, dass Spitalfields eine lange Tradition als Einwandererviertel hat.

Ziegelhäuser mit Stufengiebeln, wie man sie aus Hollands Grachtenstädten kennt. Hellblau gestrichene Fensterläden liegen aufgeschlagen an den Mauern, die im Laternenlicht rosafarben leuchten.

»Hier haben im achtzehnten Jahrhundert französische und

niederländische Hugenotten und Seidenweber gewohnt«, erklärt Nils. »Wobei ihre Häuser zu dieser Zeit weniger pittoresk und gepflegt ausgesehen haben dürften. Bisschen viel Disneyland-Kitsch für meinen Geschmack. Das East End war nie eine Puppenstube.«

Er hat ja recht, gesteht Oda sich ein. So viel Idylle ist nicht von dieser Welt, schon gar nicht in einer Metropole wie London. Dennoch ist sie erleichtert, dass Dorkas' Mutter in einer Disneyland-Version der Stadt zu wohnen scheint und nicht in der postapokalyptischen Version von Dickens' Elendsquartieren.

Nils kramt den Zettel mit der Adresse aus seinem Jackett hervor und blickt sich suchend um. Hausnummern sind in England eine eher selten anzutreffende Annehmlichkeit. Endlich wird er fündig. Er reckt das Kinn in Richtung eines kleinen Take-away-Restaurants, das unter dem hübschen Namen »Peace & Plenty« – »Frieden & Fülle« – für vegetarische Spezialitäten aus Sri Lanka wirbt.

Das Lokal ist nicht so gediegen wie seine Nachbarn, scheint sich aber tapfer zu halten. Was an den großzügigen Öffnungszeiten liegen könnte. Ein Werbebanner quer über dem Fenster wirbt für »delicious hot and cold meals« bis drei Uhr morgens.

Oda und Nils entdecken im Näherkommen, dass die winzigen Plastiktische auch jetzt – um Viertel nach elf – vollbesetzt sind. Mit einem kunterbunten, bohemehaften Publikum aus Künstlertypen und schrill gekleideten Nachteulen. Was sie nicht entdecken, sind ein Hauseingang und Klingelschilder neben der Ladenfront.

»Hm, muss hintenherum reingehen«, sagt Nils mit Blick auf eine Pforte zum Hof. Er drückt kurz dagegen, aber sie ist verschlossen. »Am besten, ich frage kurz im Restaurant nach.«

Oda beobachtet durch die Schaufensterscheibe, wie Nils

sich dem Bestelltresen nähert, hinter dem Betriebsamkeit und, wie es scheint, große Hitze herrschen. Ein junger Inder und eine nicht ganz so junge Engländerin, die ihr Haar unter einem bunt gemusterten Tuch trägt, rufen einander etwas zu. Wahrscheinlich die Bestellungen.

Sie hasten hin und her zwischen Theke, Kasse und einer Essensausgabe im Hintergrund und schenken Nils, der sich in die Schlange der Besteller einreiht, keine Beachtung.

Nils drängelt sich ohne zu zögern nach vorn.

Gut so.

Als sich die Tür zum Restaurant kurz öffnet, schlängeln sich, mit dem Duft nach scharfen Kokosnussgerichten, Girlanden von Sitarmusik an Odas Ohr. Eine meditativ gemeinte Musik, die zu den Buddha-Bildern an den Lokalwänden passt. Beides vermag allerdings nichts gegen Odas Unruhe auszurichten.

Mein Gott. Warum übertreibt es Nils mit einem Mal mit der Höflichkeit, ärgert sie sich. Eine Frage hat er zwar gestellt, aber anscheinend keine Antwort bekommen. Statt hartnäckig nachzufragen, steht er nun einfach da und starrt. Starrt die Frau hinter dem Tresen an, die einen Teller mit Essen fallen lässt und ihrem Kollegen Anweisungen zu geben scheint, einen Putzlappen zu holen und ... oh ... was passiert jetzt? Die Frau eilt hinter dem Tresen hervor und fasst Nils aufgeregt an beiden Armen.

Mindestens so aufgeregt wie Oda muss sie sein.

Kein Wunder, denn bei der Frau handelt es sich zweifelsohne um Dorkas' Mutter.

Oda erkennt es an der anmutig beiläufigen Bewegung, mit der sie sich eine dunkle Haarsträhne unter ihren Kopfputz schiebt. Eine Geste, die sie von Dorkas kennt, wenn sie sich ihre blaue Strähne aus der Stirn streicht.

Oda stößt die Lokaltür auf, fängt Gesprächsfetzen in deutscher Sprache auf, die ihr verraten, dass Dorkas' Mutter jede

Menge Fragen, aber leider keine Antworten über den Verbleib ihrer Tochter hat.

Überdies scheint sie in Sorge.

In großer Sorge.

## 20.

»Am I dead?« Bin ich tot?, will eine erstaunte Stimme wissen. »I think I must be dead.« Ich glaube, ich muss tot sein, fügt Lady Darnsdale hinzu, weil Alwine nicht antwortet.

Das ist auch schwerlich möglich, wenn eine zitternde Mopspfote samt Hinterteil einem den Mund verschließt. Hundeschwanzhaare kitzeln Alwine in der Nase und ein Geruch, der einem altägyptischen Grab entstammen muss. Oder Sir Percivals Fell.

Igitt!

Immerhin ist sie nicht tot, so viel steht fest. Vorsichtig bewegt Alwine die Finger, dann ihre Hände, dann die Arme, die schlaff an ihrem Körper herabhängen, aber noch gehorchen. Gut so. Sie wackelt mit den Zehen und spürt die Innenseiten beider Schuhspitzen. Scheint so weit alles noch dran zu sein.

Sie öffnet die Augen, bewegt kurz den Kopf. Au! Das tut ja ganz gemein weh. Hinter ihrer Schädeldecke sticht es, und außen – weiß der Himmel, warum – ziept es. Hach, das kommt von den dämlichen Lockenwicklern! Aber die Blitze, die ihr Hirn bei der leisesten Kopfbewegung durchzucken, müssen eine andere Ursache haben. Sie wagt eine weitere Nackenbewegung und löst ein Gewitter in ihrem Schädel aus.

Na, immerhin wird sie dabei die Hundepfote quitt. Mops Percival rutscht winselnd auf ihren Brustkorb herab und nutzt ihn als Sprungschanze, um in den Fußraum zu springen. Erstaunlich gelenkiges Kerlchen. Nun, wer in diesem Alter noch

Saltos schlagen kann, vermag auch das. Percival ist ein zähes Biest, genau wie sie und Witwe Darnsdale.

Die hält sich noch immer für tot und auf direktem Weg zum Himmel, der nicht ganz so aussieht, wie sie sich das vorgestellt hat: »Dear me, it's not quite what I expected.«

Vom Mops befreit, kann Alwine der Lady, die sich wundert, dass im Himmel pure Finsternis herrscht, endlich versichern, dass sie lebt.

»Oh«, exklamiert die Lady mit jener sorgsam gezügelten Freude, mit der Briten auf einen glimpflichen Ausgang von Katastrophen zu reagieren pflegen. Um die Unerschüttlichkeit englischen Humors zu beweisen, setzt sie hinzu: »Doesn't feel like a big difference for me.« – »Ich merke keinen großen Unterschied.«

Alwines Nacken beginnt erneut zu schmerzen. Verflucht noch eins! Sie kann ihren Kopf keinen Zentimeter bewegen, ohne dass ein stechender Schmerz jeden Wirbel und ihr Hirn durchjagt. Mit zusammengebissenen Zähnen dreht sie ihn dennoch nach rechts, wo ein verdammtes Wagenfenster sein muss. Sie muss wissen, wo sie gelandet sind.

Langsam lichtet sich die Finsternis vor ihren Augen. Der gute alte Mond schiebt einen knochenbleichen Finger aus Licht in den Fond. Alwine erkennt hinter dem Glas eine sanft abfallende Böschung und einen hoch aufragenden, meterdicken Baumstamm. Nur gut, dass sie da nicht reingerast sind!

Aber, wie zum Teufel konnten sie diesen Absturz mit Flugeinlage überleben?

Alwine kneift die Augen zusammen, tastet nach dem elektrischen Fensterheber. Meine Güte, die Elektronik hat den Bentley-Flug überlebt. Und da heißt es immer, englische Ingenieure täten sich schwer, technische Qualitätsprodukte zu entwickeln. Mit leisem Surren senkt sich die Fensterscheibe.

Kühle Nachtluft dringt in den Wagen und mit ihr ein unerträglich penetranter Geruchsschwall.

»Oh, look! You are wrong. We must be dead!«, ruft Lady Darnsdale aus, die zu Alwines Ärger eine geradezu morbide Freude am eigenen Hinscheiden zu haben scheint. »I can see an angel in front of us«, verkündet Lady Darnsdale erneut ihren Tod und die Ankunft eines Engels direkt vor ihnen.

Alwine zwingt sich eine weitere Kopfbewegung auf. Wieder surrt eine Fensterscheibe. Diesmal auf der Fahrerseite neben Lady Darnsdale.

Im Scheibenrahmen taucht tatsächlich ein Frauengesicht auf. Ein wunderhübsches Gesicht, fürwahr ein Engelsgesicht. Dem bestialischen Gestank, der sich nun auch von vorne im Wageninneren ausbreitet, tut das allerdings keinen Abbruch.

*

Es ist sehr still im »Peace & Plenty«. Die Lichter sind ausgeschaltet, um Kunden fernzuhalten. Eine Straßenlaterne taucht den Fenstertisch, an dem Oda, Nils und Dorkas' Mutter Platz genommen haben, in fahlgelbes Licht. Als Geschäftsführerin des Lokals hat Johanna Mendel unmittelbar nach Nils' Auftauchen alle Gäste aus dem Restaurant gescheucht, die Küche geschlossen und ihre überraschten Mitarbeiter in einen vorzeitigen Feierabend entlassen.

Jetzt rührt sie den vierten Löffel Zucker in einen dampfenden Chai Latte, der vor ihr auf einem Plastiktisch im »Peace & Plenty« steht.

Entweder ist sie ein echter »sweet tooth« – ein »Süßzahn«, wie es die Engländer nennen –, oder sie ist in Gedanken nicht bei der Sache, denkt Nils.

Getrunken hat sie bislang keinen Schluck, obwohl der

Zucker ihren offensichtlichen Schock darüber, dass ihre seit Langem verschwundene Tochter sich in Kent aufhält – oder auch nicht –, vielleicht lindern könnte.

So viel wissen Nils und Oda inzwischen von ihr: Nach dem Gerichtsprozess wegen der Brandstiftung in Eastbourne hat sie nicht mehr mit Dorkas gesprochen, geschweige denn, sie gesehen.

»Ich habe sie nicht im Gefängnis besucht. Das war Dorkas' ausdrücklicher Wunsch. Sie wollte nach ihrer Verurteilung keinerlei Kontakt zu mir.« Über das Warum bleibt Johanna Mendel ihren gespannten Besuchern eine Antwort schuldig. »Das alles ist eine sehr traurige Geschichte«, murmelt sie ausweichend, lässt den Satz im Raum verschweben. Sie wirft Nils und Oda einen kurzen, prüfenden Blick zu. Dann wechselt sie rasch das Thema.

So rasch, wie auch ihre Tochter das kann, bemerkt Nils.

»Bitte erzählen Sie mir, wo sie Dorkas zuletzt gesehen haben«, bittet ihn Johanna Mendel. »Vielleicht gibt mir das einen Hinweis, was sie vorhaben könnte oder wo sie hinwill.«

In knappen Worten berichtet er von der Busreise, über Dorkas' Flucht aus Upton Manor nach ihrer Begegnung mit einer ehemaligen Zellengenossin, streift kurz seine Nachforschungen im »Lucky Parrot« und endet mit seiner vergeblichen Verfolgungsjagd durch Rye.

Die Nacht auf der Apfelfarm lässt er aus. Die gehört nur ihm und Dorkas und geht keinen etwas an. Gewisse Geschichten – wohl eher gewisse Gefühle – möchte er in dieser Runde noch für sich behalten.

»Dorkas ist also nach Deutschland zurückgegangen«, sagt ihre Mutter nachdenklich. »Aber warum ausgerechnet nach Köln?«

Nils horcht auf. Das Wörtchen »ausgerechnet« und der resignierte Ton, in dem Johanna Mendel den Namen der Stadt nennt, müssen eine Bedeutung haben.

Dorkas' Mutter scheint in ihren Gedanken bereits woanders. »Wir haben ihr seit ihrer Kindheit viel zu viele Ortswechsel zugemutet. Ich glaube, Dorkas hat immer an einem verheerenden Heimweh gelitten, weil sie kein wirkliches Zuhause hatte. Nur mich und ihren Vater.« Sie pausiert kurz. »Die meiste Zeit jedenfalls.«

Nils weiß, worauf sie damit anspielt. Sie meint die Trennungsepisode zwischen ihr und Erich Gimmler, als Dorkas gerade elf Jahre alt war.

»Und dann dieser schreckliche ... Unfall ..., ausgerechnet bei den Klippen von Beachy Head. Das musste Dorkas auf falsche Gedanken bringen«, sie unterbricht sich und holt tief Luft. »Kurz vor dem Unglück hatten mein Mann und ich einen Streit, den Dorkas völlig missverstanden haben muss.« Sie verfällt wieder in Schweigen.

Nils wirft Oda einen auffordernden Blick zu. Bislang hat sie wenig zu der Unterhaltung beigetragen, sich nur als Teilnehmerin der Busreise und Arbeitgeberin von Dorkas vorgestellt. Warum zum Kuckuck gibt sie sich nicht endlich als Dorkas' Großmutter und Mutter von Johanna Mendels Mann zu erkennen? Warum stellt sie nicht die Fragen, die er sich als Fremder unmöglich erlauben kann?

Oda fängt seinen Blick auf, senkt die Augenlider und schüttelt stumm, fast unmerklich den Kopf.

Nils behagt diese verdammte Geheimniskrämerei nicht. Tausend Fragen würde er Johanna Mendel über Dorkas gerne stellen, herausfinden, was sie verschweigt, oder aber auf dem schnellstmöglichen Weg zurück nach Kent fahren, um dort seine Suche nach Dorkas fortzusetzen.

Zum Teufel, vielleicht hat sie mit dem Geld, das in seiner Jacke steckte, längst ein Fährticket gekauft und befindet sich bereits auf dem Ärmelkanal.

Auf Nimmerwiedersehen.

Was dann?

Dann kann allenfalls ihre Mutter eine Fahndung nach ihr auslösen lassen. Wenn sie das überhaupt will, und falls es einen halbwegs triftigen Grund dafür gäbe. Nils fällt keiner ein. Dorkas ist erwachsen. Sie kann hingehen, abhauen oder flüchten, wohin sie will. Sie darf ihre Geheimnisse bewahren, und sie hat ein Recht, ihn zu meiden, genau wie sie ein Recht hat, ihre Mutter zu hassen – warum auch immer sie das tut.

Aber tut sie das überhaupt?

Eine Antwort darauf kann nur Johanna Mendel ihnen geben, und darum bleibt er sitzen. In der Hoffnung, dass die beiden Frauen am Tisch, die nicht zu wissen scheinen, was sie voneinander halten sollen, endlich beginnen, sich einander über ihre verwickelten Familienangelegenheiten auszutauschen, ein Band zu knüpfen. Ungeduldig schaut er zwischen den beiden Gesichtern hin und her. Dem alten und dem jungen. Einem erstaunlich jungen Gesicht. Johanna Mendel kann kaum älter als Mitte vierzig sein. Auch wenn ihre Miene – genau wie Odas – von großer Müdigkeit und Zeichen der Reue gezeichnet ist.

Verdammt, so kommen sie nicht weiter, verflucht noch mal.

»Hat Dorkas irgendwelche Freunde hier in England, zu denen sie gehen könnte?«, fragt er in energischem Tonfall.

Johanna Mendel runzelt die Stirn. »In Eastbourne hat sie einen jungen Mann kennengelernt …«

Nils' Mund wird zu einem harten Strich. Ach, so ist das. Eine merkwürdige Kälte breitet sich in ihm aus, und die längst fällige Erschöpfung übermannt ihn. Wie hat er es nur geschafft, *diese* Möglichkeit bislang vollkommen auszublenden? Meine Güte, was ist er nur für ein alberner, selbstbezogener Esel!

*

»Raissa«, ruft Alwine begeistert aus.

»Raissa? I don't want to be saved by a *Russian* angel. Communists don't belong in heaven«, beschwert sich Lady Darnsdale über das Rettungsangebot eines möglicherweise kommunistischen Engels, der in ihrem Himmel nichts zu suchen habe. Sie rappelt sich empört im Fahrersitz hoch.

Mops Percival ergreift kläffend ihre Partei.

»Stoi! Nicht bewegen«, befiehlt Raissa streng wie ein Politkommissar und gerät wie der Bentley leise ins Schwanken.

»Wie kommen Sie hierher?«, will Alwine wissen.

»Mit dem Bus. Giovanni hat mich gefahren.«

»Wunderbar, dann helfen Sie uns bitte sofort beim Umsteigen«, verlangt Alwine. »Ich gehöre ins Bett und brauche dringend mein Farina. Eine ganze Flasche Farina. Hier stinkt es zum Himmel.«

»Nichts da! Sie bleiben sitzen, bis die Ambulanz kommt. Sind Sie verletzt? Haben Sie Schmerzen?«

»Keine Bange, uns geht es gut«, versichert Alwine eilends. »Aber was bitte stinkt hier so entsetzlich? Ich meine, bis auf Percival.«

»Der riesige Misthaufen, auf dem sie gelandet sind«, erwidert Raissa.

»Wir stecken in einem Misthaufen?«

»Ja! Meine brandneuen Hello-Kitty-Stiefel sind völlig hinüber. Der Bentley übrigens auch.«

Ein Misthaufen, nein so was!

Nun, das erklärt, warum Raissa und der Wagen leicht schwanken. Der Gipfel des Dunghaufens scheint weder dem Auto noch ihr einen sicheren Stand zu ermöglichen. Alwine entscheidet sich, die Nasenatmung einzustellen, und holt mit offenem Mund Luft.

»Ich brauche wirklich Farina«, japst sie.

Neben Rinderfladen, Stallmist und Stroh muss dieser Dunghügel fässerweise Schweinegülle enthalten. Widerliches Zeugs, aber – dem Himmel sei Dank – es hat eine erfreulich abfedernde Wirkung und Konsistenz.

*

»Das mit dem jungen Mann ist allerdings längst vorbei«, fährt Johanna Mendel fort. »Er hat sich nach der Sache mit dem ›Lucky Parrot‹ sofort von meiner Tochter getrennt. Das Ganze war nur ein Flirt. Nein, zu ihm wird sie sicher nicht gehen.« Sie schüttelt wieder den Kopf, seufzt, prüft noch einmal die Gesichter ihrer Besucher und holt tief Luft.

Nils nickt ihr auffordernd zu. Er nickt ihr mit einem Gefühl geradezu irrsinniger Begeisterung zu. Und das zeigt Wirkung.

Johanna Mendels Zunge löst sich. »Ich habe immer gehofft, Dorkas würde irgendwann zu mir zurückkommen und ihre fixe Idee aufgeben, dass sie mir irgendetwas schuldig ist. Wenn hier jemand wem etwas schuldig war, bin ich es. Mein Gott, ich wollte ihr wirklich nur helfen! Dieses verdammte Geld, als ob das noch eine Rolle spielt. Wir haben immer bescheiden gelebt und ...«

»Geld?«, fragt Nils verwirrt dazwischen. »Welches Geld?«

»Das Geld für Dorkas' Anwälte und die zweihunderttausend Pfund für den Wiederaufbau des ›Lucky Parrot‹, sagt Johanna Mendel trocken. »Dorkas will mir unbedingt die Summe aus der Lebensversicherung ihres Vaters wiederbeschaffen, die ich dafür aufgewendet habe. Sie glaubt, dass sie mich ruiniert und seinen letzten Wunsch verraten hat. Erich wollte uns gut versorgt hinterlassen, wissen Sie.«

»Ach, darum ist sie zu den Gimmlers gegangen«, entfährt es Oda. »Sie will ein Erbe!«

Johanna Mendel wirft ihr einen verstörten, deutlich abweisenden Blick zu. Ihre Finger umklammern den Teelöffel so fest, dass die Knöchel weiß hervortreten »Sie kennen die Familie meines Mannes?«

»Ja«, sagt Oda entschlossen.

»Erich hat sie gehasst«, sagt Johanna erzürnt. »Er hat sie alle gehasst.«

Oda nickt. »Mir ging es lange nicht anders. Frau Mendel, ich glaube, es ist an der Zeit, dass ich Ihnen verrate, wer ich bin.«

Und das tut sie.

Endlich, seufzt Nils und weiß, dass ein paar dringend notwendige Erklärungen und eine lange Nacht vor ihnen liegen.

Oder auch nicht.

Sein Blackberry summt.

Mist, Anrufe kann er jetzt überhaupt nicht gebrauchen, aber er hat Hilkmar gebeten, ihn anzurufen, falls irgendetwas mit Jurek ist. Er unterdrückt seinen Unmut. Eine Nacht in einem fremden Zimmer, einer fremden Stadt ohne ihn ist sicher eine Zumutung. Widerwillig zieht er sein Smartphone aus der Tasche, drückt auf Empfang. »Seelentag«, meldet er sich und lauscht in den Hörer. Lauscht mit gerunzelter Stirn und sichtlich wachsender Sorge. »Sie hatte einen Autounfall? ... Verstehe.«

Neben ihm schreckt Oda hoch. Auch Johanna Mendel wird blass. Kein Wunder, beide sind in ihren Gedanken natürlich bei Dorkas.

Nils beendet eilig das Gespräch. »Das war Frau Popow. Oda,

es tut mir leid, aber deine Schwester und Lady Darnsdale hatten einen Autounfall.«

»Oh mein Gott, ist Alwine, ist sie verletzt, ist sie ... tot?«

»Nein, nein. Ihr geht es offenbar gut. Bis auf ein Schleudertrauma«, sagt Nils rasch.

Und bis auf etwa 1,8 Promille, die die Polizei im Blut seiner Patentante entdeckt hat, und die Tatsache, dass der Bentley die Bergung von einem Misthaufen nicht überlebt hat.

»Ich, ich muss sofort zu ihr«, stammelt Oda nach wie vor entsetzt und erhebt sich.

Ja, das sieht Nils ein, auch wenn er seine verdammte Patentante in diesem Moment zur Hölle wünscht. Instinktiv tastet er nach den Autoschlüsseln.

»Du wirst mich nicht fahren. Du musst todmüde sein«, sagt Oda entschieden.

Wie recht sie hat. Schlaf erscheint Nils nach den heutigen Erlebnissen in etwa so begehrenswert wie das letzte Seelenheil einem Sünder.

»Ich nehme einfach den nächstbesten Zug«, sagt Oda.

»Um Mitternacht?« Nils schüttelt den Kopf. »Ich glaube kaum, dass noch ein Zug nach Kent geht.«

»Ich werde Sie fahren, Frau Wilhelmi«, sagt Johanna Mendel. »Wenn Sie nichts dagegen haben, würde ich unser Gespräch gerne fortsetzen. Außerdem muss sich in Kent doch irgendeine Spur zu meiner Tochter finden lassen! Vielleicht weiß diese Trish etwas.«

# IV. Teil

# 1.

Ein schöner Geburtstagsball wird das heute Abend werden! So ganz ohne Dorkas und ohne Nils. Derartig einsam und nutzlos hat sich Alwine am Morgen ihres Ehrentages noch nie, niemals in ihrem ganzen Leben gefühlt.

Am liebsten würde sie die ganze Sause absagen, aber das hat Lady Darnsdale verboten. Schließlich kämen zu dem Ball einige ihrer »dearest and oldest friends«. Englands halben Adelskalender hat sie als Gästeliste heruntergezitiert. Trotzdem ist Alwine nicht in Feierlaune.

Und wie sie aussieht!

Missmutig wirft sie einen Blick in den Frisierspiegel und stellt fest, dass der Anblick eines dreibeinigen Hundes kein größeres Mitleid in ihr auslösen könnte.

Um ihren Hals trägt sie eine Halskrause aus dickem beigefarbigen Gummischaumstoff. Die sorgt zwar für eine aufrechte Kopfhaltung und schont den Nacken, sieht aber aus, als wolle sie als Clown beim Ball erscheinen.

Ihr rechter Arm hängt in einer albernen Schlinge, und über ihrer Stirn prangt eine rote Schramme, als habe ihr jemand eins mit dem Bügeleisen übergezogen. Ein Veilchen in schillernd grünen Violetttönen hat sie auch. Alwine hasst Violett, es steht ihr überhaupt nicht zu Gesicht und beißt sich mit dem Blauweiß ihrer Haare. Sie wird eine Sonnenbrille aufsetzen müssen und aussehen wie ein einarmiger Bandit mit Mafiaverbindungen oder die Urgroßtante von Ray Charles.

Zu allem Überfluss sitzt sie in einem Rollstuhl.

Hilkmar, der mit Oda noch in der Nacht ihres Unfalls an ihr Bett geeilt ist, hat auf das dumme Ding bestanden. »Gönn' deinen lädierten Knochen eine Ruhepause«, hat er gesagt. »Bei dem Unfall bist du tüchtig durchgeschüttelt worden.«

Pah, das ist kein Grund, wie eine Schildkröte auf Rädern durch Upton Manor zu karriolen. Lady Darnsdale hat ihr heute Morgen doch einen so praktischen Gehstock mit silbernem Fuchskopf als Griff geschenkt. Zärtlich streichelt sie den Stock, der von der Armlehne ihres Sessels herabbaumelt. Der Griff besitzt einen Schraubverschluss, und im Hohlraum des Stocks hat der Inhalt eines Taschenflakons Klosterfrau Platz. Oder Dubonnet.

Nein, kein Dubonnet mehr.

Jedenfalls ist dieser Stock eine wunderbar nützliche Erfindung, auch wenn man ihn nicht in aller Öffentlichkeit an den Mund setzen sollte.

Angeblich stammt er aus dem Besitz Winston Churchills, mit dem die Lady in jüngeren Jahren eine innige Freundschaft gepflegt haben will. Dem Hüsteln nach zu urteilen, mit dem die Witwe diese Erklärung eben vorgetragen hat, sogar weit mehr.

Nach einem herzlichen »Happy Birthday, Pfrau won Wilhelmi« ist sie sodann in einem Lehnstuhl neben Alwines Bett eingenickt. Wie immer samt Percival.

Fiiiieep und Rattatatapüh, schnarchen beide selig vor sich hin, und manchmal gibt die schlafende Lady mit dem Fuß ein wenig Gas auf dem Schlafzimmerteppich. Der Unfall hat sie keineswegs eines Besseren belehrt. Im Gegensatz zu Alwine hat sie ihn nämlich völlig unbeschadet überstanden.

Alwine greift nach einer Perlenkette und hält sie gegen die Halskrause. Bäh, so sieht es noch dämlicher aus.

Hinter ihr klappt die Schlafzimmertür. Von Schals und Seidentüchern umweht, betritt Raissa den Raum. »Alle Gäste haben für Sie die Koffer geplündert«, verkündet sie fröhlich. »Verena hat sogar einen Hermès-Schal rausgerückt.« Sie hebt die Stoffwolke hoch. »Wenn sich hierunter nichts für ihren Hals findet, werde ich einen kleinen Shoppingbummel unternehmen. Giovanni hat angeboten, mich in Eastbourne abzusetzen, während die anderen einen Ausflug zu den Steilklippen von Beachy Head unternehmen.«

»Kein Shoppingbummel«, sagt Alwine streng. »Sie wissen doch, dass ich keinen Pfennig mehr für irgendwelche Extravaganzen besitze.«

Raissa tritt hinter sie und zuckt mit den Achseln. »Ich habe eigenes Geld, machen Sie sich keine Gedanken.«

»Ich nehme nichts geschenkt«, fährt Alwine auf.

»Pfrau won Wilhelmi«, erwidert Raissa tadelnd und drapiert ein Tuch um Alwines Hals. »Heute ist Ihr Geburtstag!«

»Schöner Geburtstag«, spricht Alwine aus, was sie eben gedacht hat.

»Ach, das wird schon«, meint Raissa. »Warten Sie nur ab. Der Abend wird bestimmt ein Erfolg. Meine Lenormand-Karten kündigen für heute einen Überraschungsgast an!«

Ganz gegen ihren Willen flackert in Alwine ein Hoffnungsfünkchen auf. »Tatsächlich«, entschlüpft es ihr.

Raissa nickt. »Erst habe ich einen Blumenstrauß gezogen – der steht für Besuch, Freundschaft oder ein Geschenk – sehr passend für einen Geburtstag –, und dann kam eine Sense.«

Alwine durchfährt ein Schaudern. »Eine Sense? Das klingt für mich keineswegs nach einem freudigen Ereignis.«

»Immer mit der Stille!«

»RUHE! Es heißt immer mit der *Ruhe*, Herrgott noch mal.«

»Sag ich doch. Die Sense lag ja hinter dem Strauß. Das bedeutet, dass Sie ein kleiner Schrecken erwartet. Ein Freudenschreck! Verlassen Sie sich drauf, es wird eine schöne Überraschung sein. In etwa wie auf Schneewittchens Ball mit den sieben Zwergen.«

»Schneewittchen feiert keinen Ball! Schon gar nicht mit den Zwergen. Die finden Schneewittchen scheintot im Wald und legen es in einen Sarg. Sie meinen Aschenputtel!«

Raissa seufzt. »Ah, mit all diesen Prinzessinnen in euren deutschen Märchen komme ich nicht zurecht! In den russischen Märchen meiner Mutter ging es immer um menschenfressende Wölfe oder Bären. Bären vor allem.« Mit kritisch gerunzelten Brauen zieht sie Verenas Hermèstuch von Alwines Hals weg. »Rosa ist viel zu brav für Sie.«

»Ich hoffe nicht, dass heute Abend ein Wolf und ein Bär zum Ball kommen«, grummelt Alwine. »Hat Nils sich zwischenzeitlich mal gemeldet?«

Raissa schüttelt den Kopf. »Nein, Hilkmar, er und Jurek sind immer noch im Hafen von Dover unterwegs. Jurek will unbedingt Zettel mit Suchmeldungen aufhängen. Leider haben sie aber nur ein Foto von dem Hund.«

Was für eine Zeitverschwendung, denkt Alwine grimmig. Bei der Menge an Passagieren, die in Dover täglich an Bord gehen, werden die drei wohl kaum eine einzelne junge Frau entdecken. Selbst wenn sie eine markante blaue Strähne trägt. Nur gut, dass sie Schüttpelz auf die Sache angesetzt hat. Dem traut sie mehr zu als ihrem liebesblinden Patensohn. Völlig kopflos, der Gute.

Zunächst hat der Detektiv sich freilich gesträubt. »Frau Wilhelmi, ich betrachte unsere Geschäftsbeziehung als beendet, nachdem sie unserer Agentur bereits mehrere tausend Euro schulden und – wie wir inzwischen wissen – wohl auch nie werden zahlen können.«

»Mein Patensohn zahlt den Einsatz«, konnte sie diesem undankbaren Gierhals versichern, denn das tut Nils. Ja, das tut er. Guter Junge.

Überhaupt will er sich ab sofort um ihre maroden Finanzen kümmern und endlich die Geschäftsunterlagen lesen, die sie ihm bereits vor Wochen geschickt hat. Tina hat dabei ihre Hilfe angeboten. Was Alwine allerdings dankend abgelehnt hat. Tina hat nämlich irgendwas von gewinnträchtigen Investitionen in eine europaweite Kette ihrer Joghurtstudios gefaselt. Pah, darauf kann sie verzichten. Mit windigen Immobilienfonds hat sie ihr Unternehmen doch überhaupt erst in den Ruin getrieben.

Die Gräfin war trotz der gesicherten Bezahlung von Schüttpelz gegen den Arbeitseinsatz ihres Liebhabers. »Wir machen hier Urlaub! Horst muss sich dringend ausruhen.«

Unsinn, hat Alwine gewettert: »Sie werden in Deutschland noch genug Zeit für Ihre ungezogenen Freizeitspiele mit Reitgerten und für Filmabende mit Lady Peitschenknall finden.«

Alwine erkennt im Frisierspiegel, dass sie kräftig errötet. Aus gutem Grund. Das mit den »adult videos«, rund um »Lady Whiplash«, hat sie nämlich – wie so ziemlich alles auf dieser Reise – gründlich missverstanden. Zu ärgerlich.

Bei besagter Lady Peitschenknall handelt es sich nämlich um Anna Wallace, die respektable Tochter eines schottischen Großgrundbesitzers, die dereinst Prince Charles den Laufpass gab, bevor der Lady Di entdeckte. Als Pferdenärrin und Parforcereiterin hat die Dame ein Video über Reitkünste produziert, das nur deshalb nicht jugendfrei ist, weil die Pferdezucht und der wenig appetitliche Vorgang tierischer Paarung mittels eindeutiger Bilder von Hengsten in Wallung und duldsamen Stuten gezeigt werden.

Alwines Gesichtsröte vertieft sich. So intim, wie sie immer geglaubt hat, sind ihre Kenntnisse der englischen Königsfamilie wohl doch nicht.

»Hm«, macht Raissa hinter ihr, »zu Ihrer Gesichtsfarbe passt momentan ein Puderblau, aber in der Farbe habe ich nichts da. Am besten, ich mache erst einmal ein Probeschminken, dann sehen wir weiter. Vor allem das Veilchen muss weggeschminkt werden. Dafür brauche ich sehr viel Covercreme und eine grüne Grundierung.«

Alwine hebt protestierend ihren freien linken Arm. »Das hat Zeit bis später! Erst will ich mit Oda sprechen.«

»Die macht sich gerade für den Ausflug nach Eastbourne und Beachy Head fertig.«

»Fährt diese Frau Mendel auch mit?«, will Alwine wie beiläufig wissen.

Raissa bejaht. »Die beiden wollen den Ort besuchen, an dem Erich Gimmler verunglückt ist. Nahe Beachy Head ist er von den Klippen gestürzt.«

Alwine schnaubt. »Möchte wissen, wozu ein Besuch dort gut sein soll!«

»Sie wollen Abschied nehmen«, sagt Raissa schlicht.

Und sich wahrscheinlich wieder gegenseitig vorjammern, was für entsetzliche Rabenmütter sie gewesen sind, denkt Alwine. Herrjemine, irgendwann muss es mal gut sein damit! Irgendwann wird doch alles Geschichte, und immerhin haben sie beide Anteil am Entstehen, Wachsen und Gedeihen eines wundervollen jungen Mädchens. Etwas, das ihr ein Leben lang nicht vergönnt gewesen ist.

Ach, Dorkas.

»Au! Nehmen Sie diesen dämlichen Schwamm aus meinem Gesicht. Mein Auge tut schon weh genug. Ich will lieber etwas Sinnvolles tun!«

»Und was?«

»Backen! Fahren Sie mich in die Küche.«

»Trish und das gesamte Team kümmern sich bereits um das Essen und Ihre Geburtstagstorte!«

»Papperlapapp. Die wissen nicht, was für eine Torte ich will! Helfen Sie mir aus diesem dämlichen Rollstuhl. Ich nehme den Stock.«

»Mit einem Arm können Sie nicht backen, und Dr. Seelentag will nicht, dass sie öfter als einmal am Tag die Treppe hinabsteigen. Und das werden Sie erst heute Abend tun. Ihr Schleudertrauma könnte außerdem für unangenehme Schwindelgefühle sorgen.«

»Wenn Sie mir helfen, dürfen Sie einen Einkaufsbummel nach Eastbourne machen«, versucht es Alwine mit Bestechung.

»Nur, wenn ich Ihnen dort ein Kleid kaufen darf – als Geschenk!«

Das gefällt Alwine zwar überhaupt nicht, aber Hauptsache, sie hat was zu tun. »In Ordnung!«

Einarmig backen ist besser als geschminkt werden. Viel besser, vor allem, weil sie ein fabelhaftes neues Rezept ausprobieren will, das sie sich gestern Nacht ausgedacht hat.

Ein Rezept für Möhrenkuchen.

Den Dorkas doch so gerne mag.

Möhrenkuchen muss heutzutage ja nicht mehr nach Krieg und Elend schmecken. Nicht, wenn man echte Vanilleschoten nimmt, dazu ausreichend Zimt, etwas Kardamom, einen Hauch Ingwer und Haselnusskrokant. Ja, das klingt gut, und als Krönung schweben Alwine hellgrüne Pistaziensahne und handgeformte Marzipankarotten vor.

Das ist dann ganz was anderes als der Möhrenkuchen mit Eichelmehl und Kunstaroma, den sie direkt nach dem Krieg ihren ersten Gästen angeboten hat. Scheußliches Zeug. Gebacken nach einem Notrezept aus einer dieser unsäglichen Koch- und Backfibeln, die damals kursierten.

Wo die wohl hingekommen ist?

Na, besser, sie bleibt verschwunden. Es standen ja nicht nur

Rezepte drin, sondern lauter Albernheiten, die niemanden mehr etwas angehen. Schon gar nicht Oda. Muss ihre kleine Schwester ja nicht wissen, dass diese trübe Tasse Joseph Gimmler zunächst versucht hat, bei ihr zu landen. Mit Gedichten und Mehlzuteilungen, die er in ihrem Auftrag aus Papas Backstube besorgt hat. Gegen nicht ganz lupenreine Lebensmittelmarken. Man musste damals eben verdammt listig sein, um zu überleben. So listig wie sie.

## 2.

Westwind drückt Weidelgras und Wiesenkrebel zu Boden. Wie mit letzter Kraft krallen sich Schlehen und Ginstergestrüpp in den Kreideboden. Das Felsplateau von Beachy Head, Englands höchster Klippenformation, ist heute ein ungemütlicher Ort. Trotz klaren Himmels, dem blendenden Weiß der Steilküste, Sonnengefunkel und blauem Meer.

In unberechenbaren Böen treiben die letzten Ausläufer des Sturms Touristen und Ausflügler vor sich her. Hosen flattern, Kapuzen werden festgezurrt, Mützen mit der Hand auf den Kopf gedrückt, Kinder energisch bei der Hand genommen. Selbst verwegene Mountainbiker steigen an dieser Stelle des Küstenpfades, der unmittelbar neben den Klippen verläuft, ab.

Die kleinste Unachtsamkeit kann – bei Wind oder bei Nebel – tödliche Folgen haben. Ein Schritt ins Leere, und man fällt hundert Meter, an einigen Stellen hundertsechzig Meter senkrecht in die Tiefe. Ein Sechs-Sekunden-Tod.

Die Touristen verständigen sich untereinander mit Winkzeichen und Geschrei. Wortfetzen hallen über das Felsplateau, werden vom Wind verschluckt, verwehen über dem Meer. Dass Warnrufe darunter sind, sobald sich ein Tourist zu nah an die Abbruchkante wagt, ist unverkennbar.

Selbst hier oben auf dem Wandelgang des stillgelegten Leuchtturms Belle Tout. Fünfzehn Meter über dem Boden und hundertfünfzehn Meter über dem Ärmelkanal.

An das umlaufende Geländer des Laternenraums gepresst,

beobachtet Oda an Johannas Seite das Treiben tief unter ihnen. Der Wind stellt beiden die Haare auf, zerrt an ihren Mänteln, die Seeluft schmeckt in Odas Mund scharf wie Zahnpasta.

Wer der Aussicht wegen hergekommen ist, wird auf der Spitze von Belle Tout mit einem atemberaubenden Rundumblick auf Englands grüne Landschaft, die Südküste, das Seebad Eastbourne und aufs Meer belohnt.

Aber deswegen sind sie nicht hier.

Oda wirft Johanna einen fragenden Blick zu. Die löst langsam die Augen vom funkelnden Meer, das am Horizont mit dem Himmel zu verschmelzen scheint.

Johanna bietet Oda stumm ihren Arm an. Oda hakt sich ein, und sie kämpfen sich gegen den Wind zur Tür in den Laternenraum des Turms vor. Johanna schiebt sie auf und hilft Oda über eine hohe Schwelle, steigt selbst hinüber und schließt sorgfältig die Tür.

Köstliche Stille und Wärme umfangen sie. Dazu ein unwirklich schöner, runder Raum, der aus nichts als Himmel, Luft und Licht gemacht zu sein scheint. Nach allen Seiten ist er verglast. Direkt unter den Fenstern verlaufen weiße, weich gepolsterte Bänke. Ein Teleskop erlaubt die Erkundung des nächtlichen Sternenzeltes.

Oda stellt es sich bei Dunkelheit allerdings weit romantischer vor, sich auf den Polstern auszustrecken und mit den Sternen ein Stück Unendlichkeit zu teilen. Oder wie jetzt, einfach den Kopf in den Nacken zu legen und mit den Möwen mitzusegeln, die den Turm umkreisen.

Beeindruckt, fast ehrfurchtsvoll nimmt sie Platz. Einen Raum wie diesen – dem Himmel so nah – hätte sie sich als kleines Mädchen nicht schöner ausdenken können.

»Möchtest du etwas trinken?«, fragt Johanna und schiebt eine diskrete Holztür auf, hinter der sich eine Bar und eine winzige Teeküche – ähnlich einer Schiffskombüse – verbergen. »Vielleicht einen Tee? Oder etwas Stärkeres?«

Oda schüttelt den Kopf. »Diesen Raum hat also Erich entworfen?«

Johanna nickt. »Er hat ihn nicht nur entworfen, sondern auch diese Sofabänke und die verborgenen Schränke gebaut. Es war der letzte Raum, den er vollenden konnte. Dabei hatte er noch so viele Pläne. Nicht nur für Belle Tout.«

Johanna schenkt sich einen Sherry ein und nimmt Oda gegenüber Platz. »Die Räume unter uns, die Schlafzimmer, das Kaminzimmer und der Frühstücksraum, stammen aus anderer Hand. Jeder einzelne ist von ihm entworfen und wundervoll, wie aus einer anderen Welt, aber Erichs Laternenraum ist für mich der schönste. Er meinte immer, es sei nicht schwer, einen Raum wie diesen zu gestalten, man müsse nur darauf hören, was er einem erzählt.«

Oda lässt ihre Blicke an den Fenstern entlanggleiten. Dieser Raum erzählt von Licht und Liebe zu allem Schönen, was die Erde zu bieten hat. Er ist ein Geschenk an Gäste, die Stille und Einkehr suchen und beides auszuhalten wissen.

Davon scheint es einige zu geben. Der alte Leuchtturm, der seit über hundert Jahren keine Signale mehr an Schiffe sendet, weil sein Leuchtfeuer bei Nebel kaum auszumachen war, dient inzwischen erfolgreich als Bed-&-Breakfast-Pension.

»Mein Mann«, beginnt Johanna, zögert und beginnt noch einmal. »Dein Sohn war ein sehr geschickter Handwerker. Er liebte es, mit den Händen zu arbeiten, und hat sich mit unendlicher Geduld alles selber beigebracht. Genau wie damals auf dem Bauernhof. Belle Tout war sein erster großer Auftrag als Dekorateur und Zimmermann.«

»Also daher hat Dorkas ihr Talent für Inneneinrichtung«, ruft Oda aus.

Johanna lächelt wehmütig. »Ich glaube schon, sie hat ihm hier manchmal geholfen. Die beiden waren von jeher ein verschworenes Team. Darum habe ich Dorkas nicht einfach mitgenommen, als ich für zwei Jahre nach Amerika gegangen bin. Es hätte ihnen das Herz gebrochen. Ich konnte sie nicht trennen, nur weil ich eine Auszeit brauchte. Während ich fort war, sind sie noch enger zusammengewachsen.«

Sie kraust die Stirn, und Oda weiß, worüber Johanna nachdenkt. Darüber, dass sie vielleicht nicht hätte gehen oder nicht hätte zurückkommen dürfen. Darüber, wie verlassen sich Dorkas von ihr gefühlt hat, wie rebellisch sie auf die Wiedervereinigung ihrer Eltern reagiert hat.

Nur, wem hilft das jetzt noch?

Niemandem.

Schon gar nicht Dorkas' Mutter.

»Du musst unbedingt sehen«, sagt Oda rasch, »was deine Tochter aus meiner alten Bäckerei in Köln gemacht hat!«

Johanna nickt abwesend und trinkt den Rest ihres Sherrys in einem Zug.

Unter ihnen werden Schritte auf der Wendeltreppe laut. Lord Darnsdales Stimme klingt zu ihnen herauf. Er hat noch einmal Nils' Job als Fremdenführer übernommen. Gerade erläutert er dem Rest der Busgruppe die Umbauarbeiten in der ehemaligen Wachstube der Leuchtturmwärter. Verena Beutel übersetzt. Wobei sie des Öfteren von Tina ergänzt und korrigiert wird, die sich einen Ausflug an der Seite ihres ehemaligen Schwarms Darnsdale nicht entgehen lassen wollte.

»Im Jahr 1999«, dolmetscht soeben Verena, »drohte der Leuchtturm aufgrund der starken Küstenerosion ins Meer zu stürzen. Er wurde auf ein bewegliches Betonfundament gehoben und mehrere Meter landeinwärts versetzt, was ...«

»Um genau zu sein, waren es sechsundfünfzig feet oder

umgerechnet siebzehn Meter«, wirft Tina ein. »Eine beachtliche Strecke, ein Meisterstück der Ingenieurskunst ...«

»Das ich gerade erläutern wollte«, sagt eine beleidigte Verena Beutel schnippisch.

»Signoras, Sie klinge genau wie meine Navis«, scherzt Giovanni.

Lord Darnsdale macht rasch eine Bemerkung zum herrlichen Ausblick auf das nahegelegene Eastbourne.

Giovanni will wissen, mit welcher Geschwindigkeit der Leuchtturm vorangekommen ist.

»Wollen wir uns auf den Weg machen, bevor die Gruppe hier hochkommt?«, fragt Johanna leise.

»Ja«, sagt Oda entschlossen.

Sie will den schwersten Teil des Abschieds hinter sich bringen. Es ist der Weg zu der Stelle, an der Erich von den Klippen in den Tod gefallen ist. Gefallen, nicht gefahren. Es gab keinen Autounfall, wie Dorkas behauptet hat, sondern einen tödlichen Sturz von einer brüchigen Klippe, der jedoch lange als Selbstmord gewertet wurde.

Vom Gericht und vor allem von Dorkas.

Bis Johanna Mendel in endlosen Prozessen beweisen konnte, dass es ein Unfall war, und sich so die Lebensversicherung ihres Mannes sichern konnte, die wegen einer Ausschlussklausel bei Suizid nicht zahlen wollte.

Heute will Johanna diesen Beweis gegenüber Oda noch einmal antreten und den Verdacht ausräumen, dass Erich nach einem heftigen Streit mit ihr und aus Angst davor, dass sie ihn noch einmal verlassen würde, den Tod gesucht hat.

Rasch klettert Johanna die Spindeltreppe herab.

Oda verharrt kurz auf der obersten Stufe des Laternenraums und betrachtet ihn ein letztes Mal. Sie ahnt, warum Johanna sie zuerst hierher geführt hat. Nichts in diesem Raum spricht für Selbstmordabsichten. Wer einen Ort wie diesen schafft, den können keine finsteren Todesgedanken quälen, oder doch?

Am Fuß des Turms und im Freien angelangt, werden sie wieder vom Wind gepackt, er fährt ihnen unter die Jacken, weht und drückt sie in Richtung der Klippen.

»Am besten, wir gehen hier entlang«, ruft Johanna gegen den Wind an und deutet landeinwärts. Sie hakt Oda unter und führt sie die Zufahrt zum Leuchtturm hoch.

Nach dreihundert Metern ebbt das Brausen des Windes ab. Sie folgen einem Pfad, der sie an ein, zwei herrlich gelegenen Farmhäusern, sattgrünen Hügeln, Schafweiden und windgebeugten Krüppeleichen vorbei nach Osten führt, zum höchsten Punkt von Beachy Head, bekannt als »the edge«, die Kante.

Es ist ein Ort von trauriger Berühmtheit. Die Kante ist berüchtigt, weil sie Selbstmörder so magisch anzieht wie sonst nur San Franciscos Golden Gate Bridge. Nirgends in Europa stürzen sich mehr Menschen zu Tode als hier. Zwanzig sind es mindestens im Jahr, oft mehr. Gescheiterte und verhinderte Versuche nicht eingerechnet.

Englands ansonsten enthüllungsfreudige Presse hält sich freiwillig daran, so gut wie nichts über die Opfer der Todesklippen zu berichten, um Nachahmer fernzuhalten.

All das hat Johanna ihr vorab erzählt, um sie vorzubereiten.

Kaum zu glauben, findet Oda, dass ein Ort von solch überwältigender Schönheit für manche Menschen offenbar eine Einladung zum Sterben ist.

Und das seit dem Mittelalter, als ein Freitod noch als Schwerverbrechen galt, das bei Misslingen den noch qualvolleren Tod auf dem Scheiterhaufen nach sich zog.

Damals glaubte man, der Ort sei verflucht, werde von bösen Geistern heimgesucht oder vom Leibhaftigen, der in eine graue

Mönchskutte gehüllt die Menschen in den Abgrund locke. Manche Engländer glauben das heute noch und wollen den grauen Mönch gar gesehen haben. Bevorzugt bei Nebel.

Nach einem zwanzigminütigen Fußmarsch bleibt Johanna stehen. Sie deutet auf eine einsame Telefonzelle, die auf einer Anhöhe über dem Meer steht. Die Samariter haben sie errichten lassen, in der Hoffnung, jeden, der den Pfad zu »the edge« mit Selbstmordabsichten einschlägt, zu einem letzten, rettenden Gespräch bewegen zu können. Außerdem, erklärt Johanna, patroullieren bei Tag und Nacht Mitglieder eines Priesterteams in signalroten Fleecejacken auf den Klippen. Allein im vergangenen Monat haben sie neun Menschen auf ihren letzten Metern in den Tod zur Umkehr bewegt.

»Sämtliche Taxifahrer Eastbournes sind angewiesen, Fahrgäste, die bei Nacht allein hierherwollen, genau in Augenschein zu nehmen«, erzählt sie. »Es gibt ein geheimes Funksignal, mit dem sie die Seelsorger und die Polizei verständigen können. Einige Fahrer haben es auf eigene Faust geschafft, Menschen vom Sprung abzuhalten. Genau wie so mancher Pubwirt in dieser Gegend. Fremde, die die dunkelste Nische oder den einsamsten Barhocker wählen, um sich stumm zu betrinken, behalten sie diskret im Auge. Viele machen eine Schulung bei dem Priesterteam, um richtig zu reagieren. Dorkas hat an einer teilgenommen, bevor sie im ›Lucky Parrot‹ angefangen hat. Die Kneipe liegt nicht weit weg von hier.« Sie deutet mit dem Kinn Richtung Osten.

Oda nickt nachdenklich.

Neben der heftigen Auseinandersetzung zwischen ihren Eltern, die Dorkas kurz vor dem Tod ihres Vaters belauscht und als Trennungsstreit gedeutet haben muss, könnte diese Schulung ein Grund dafür sein, dass sie Erichs Sturz von einer Klippkante spontan für Selbstmord gehalten hat.

Oda runzelt die Stirn. Reicht das tatsächlich als Erklärung? Sie wirft Johanna einen scheuen Blick zu. Irgendetwas – so glaubt sie – verschweigt Dorkas' Mutter ihr immer noch.

Weil sie sich schützen will?

Oder sie?

Oda schüttelt kaum merklich den Kopf. Sie will nicht geschont werden, sie will ganz genau wissen, wie und warum ihr Sohn gestorben ist. Jede Ungewissheit wäre schwerer zu ertragen.

Sie erklimmen eine Anhöhe. Die Sonne scheint erstaunlich warm auf sie herab, der Wind hat sich gelegt, so, als wolle er seinen verdienten Mittagsschlaf halten.

Oda und Johanna passieren gespannte Drahtseile und Warnschilder, die vor Kliffabbrüchen und dem Weitergehen warnen. Der dünne Draht kann freilich niemanden davon abhalten.

Auch jetzt bewegen sich hinter der dürren Absperrung Besucher und fotografierende Touristen. Besonders waghalsige Fotokünstler, die schwere Ausrüstungen und gewaltige Objektive hergeschleppt haben, liegen bäuchlings auf dem Felsboden. Sie recken die Hälse über die Kante und schießen Fotos vom Geröll und der Brandung, die gegen den Fuß der Steilklippe schlägt.

Oda wendet ihren Blick den Zaunpfählen zu, an denen Rosenkränze, welke und in Plastik verschweißte Abschiedsgrüße baumeln. An einem ist ein Stofftier befestigt. Hier und da sind Kreuze in den Boden gerammt.

»Etwa zehn Meter von hier ist es passiert«, sagt Johanna endlich.

Sie schreiten den Zaun ab, bis sie eine Holzbank erreichen. Vor der Bank liegt ein unscheinbarer Findling im Gras. Blauer Natternkopf und Meerkohl blühen unter einem Weißdorngestrüpp. Nur wenige Meter trennen die Bank von »the edge«.

»Erich hat diesen Stein immer seinen Denkerstein genannt«, sagt Johanna. »Er hat oft hier gesessen, um aufs Meer zu schauen.«

Oda wirft einen scheuen Blick auf den Stein im kurzen Gras. Ein einzelnes »E« für Erich ist hineingemeißelt. Mehr nicht. Aber das ist genug, um sie den Blick rasch abwenden zu lassen. Sie hatte sich gewappnet gefühlt, aber der Schmerz über den endgültigen Verlust trifft sie wie ein Fausthieb. Sie wird ihn aushalten, den Schmerz, das ja, darin musste sie sich ein Leben lang üben, aber er wird immer wieder zurückkehren.

»Wie ist es passiert?«, fragt sie mit heiserer Stimme.

»Erich muss aufgestanden und ein paar Meter auf die Klippe zugegangen sein«, erzählt Johanna. »Unter der Kliffkante hat sich dann unvermittelt eine Kreidescholle gelöst. Ein seltener, aber keineswegs ungewöhnlicher Vorfall an dieser Küste. Erich ist mit dem Klippenvorsprung in die Tiefe gestürzt. Das Gutachten eines Geologen konnte den Abbruch schließlich beweisen. Ich habe nie daran gezweifelt, dass es ein Unfall war, weil Erich Dorkas und mich nicht ohne einen Abschiedsbrief zurückgelassen hätte. Außerdem waren da alle seine Pläne, die Arbeit an Belle Tout. Er war zum Zeitpunkt seines Todes ein glücklicher Mann.«

Langsam lässt Oda sich auf die Bank sinken, schließt die Augen, sucht Trost in den Bildern von dem Laternenraum, der ihr so viel über einen lebensfrohen, begabten, schöpferischen Erich erzählt hat.

»Zunächst sprach in den Augen der Polizei und des Untersuchungsrichters allerdings alles dafür, dass er Selbstmord begangen hat«, beginnt Johanna erneut. Sie hat ihre Beweisführung noch nicht beendet.

Dabei spielt das alles doch gar keine Rolle mehr, denkt Oda erschöpft. Tot ist tot, ob durch Unfall oder Suizid.

»Allein dieser Ort und vor allem unser vorangegangener Streit ...«, fährt Johanna fort.

Oda schreckt aus ihren grauen Gedanken hoch. »Woher wussten die Polizei und der Richter von dem Streit?«

Johanna zögert.

Oda wendet den Blick nicht ab.

»Von Dorkas«, sagt sie endlich.

»Mein Gott, sie hat das vor Gericht ausgesagt?« Oda ist fassungslos. Niemals hätte sie Dorkas für so erbarmungslos gehalten. Der eigenen Mutter den Tod ihres Mannes anzulasten. Zumindest implizit. Das passt so gar nicht zu ihr.

Johanna Mendel hebt abwehrend die Hände. »Zieh keine voreiligen Schlüsse. Dorkas wollte mir damit helfen ... Sie wollte dafür sorgen, dass Erich für depressiv und zum Todeszeitpunkt nicht zurechnungsfähig erklärt werden könnte. Sie wusste, dass ich nur so eine winzige Chance hatte, vor einem Zivilgericht um das Geld aus seiner Lebensversicherung zu kämpfen.« Sie streicht sich das Haar aus der Stirn. Ihre typische Geste, wenn sie nicht weiterweiß. Eine Geste, die Oda jedes Mal aufs Neue anrührt, weil sie so unverkennbar an Dorkas erinnert. »Das Traurige ist, dass Dorkas wirklich geglaubt hat, Erich habe sich umgebracht und dass es mir nur um das verdammte Geld und meine eigene Absicherung ginge. Dabei wollte ich damit den Wiederaufbau des ›Lucky Parrot‹ und ihre Anwälte für den Brandstifterprozess finanzieren. Wenigstens das. Mein Gott, sie war gerade einundzwanzig! Ich wollte, dass meine Tochter eine Zukunft und nicht Schulden bis an ihr Lebensende hat.«

Oda nickt. Ja, das kann sie verstehen, das kann sie gut verstehen. Nur eines wundert sie immer noch. »Warum hast du ihr das alles nicht erklärt?«

Johanna schüttelt den Kopf. »Sie hat mir keine Chance für

Erklärungen gegeben. Als die Polizei zu unserem Haus kam, um uns über den Tod von Erich zu benachrichtigen, war sie alleine. Als ich mitten in der Nacht von meiner Spätschicht im ›Peace & Plenty‹ aus London zurückkam, habe ich gleichzeitig von Erichs Tod und von Dorkas' Verhaftung wegen Brandstiftung erfahren. Ich bin sofort zur Wache gefahren, aber sie wollte nicht mit mir sprechen. Nie mehr, wie sie mir durch einen Beamten mitteilen ließ. Sie hat auch nie auf die Briefe geantwortet, die ich ihr später ins Gefängnis geschickt habe. Dorkas kann sehr stur sein, wenn sie sich etwas in den Kopf gesetzt hat.« Johanna wischt sich mit dem Handrücken über die Augen und sinkt neben Oda auf die Bank. »In einer einzigen Nacht hatte ich die beiden Menschen verloren, die ich am meisten liebte. Und das wegen des dummen Streits mit Erich, den Dorkas völlig missverstanden hat.«

»Worum ging es in dem Streit?«, wagt Oda endlich zu fragen, auch wenn sie nach wie vor findet, dass es sie nichts angeht.

Johanna lächelt bitter. »Ebenfalls um Geld. Um Geld von den verfluchten Gimmlers. Erich und ich haben am Abend vor seinem Tod darüber gestritten, warum er nicht endlich einen Versuch unternehmen wollte, sein Erbe einzuklagen. Zumindest den Pflichtteil. Wir haben nie genug verdient, um etwas für Dorkas' Ausbildung beiseitelegen oder ihr ein Studium finanzieren zu können. Ich wollte nicht, dass sie – wie ich – bis ans Lebensende in Pubs oder Restaurants kellnern müsste. Also habe ich Erich gebeten, Kontakt zu seiner Familie aufzunehmen.«

Oda runzelt verwirrt die Stirn. »Und du hast gedroht, ihn zu verlassen, falls er es nicht tut?«

»Wo denkst du hin!« Johanna schüttelt den Kopf. »Aber Dorkas muss es so verstanden haben. Sie platzte in den Raum, als ich etwas sagte wie: ›Wenn du es nicht tust, dann gehe ich!‹ Ich meinte natürlich, dass *ich* zu den Gimmlers gehen würde, um Erichs Ansprüche anzumelden, nicht, dass ich ihn verlassen würde. An diesem Punkt ist Erich wortlos hinausgegangen. In Dorkas' Augen war ich wieder einmal die Furie und er der duldsame Schweiger.«

Eine nicht unübliche Rollenverteilung bei Streitigkeiten zwischen Paaren, denkt Oda, aber hier geht es um mehr. Weit mehr, das sieht sie Johanna an.

Die pausiert kurz, holt tief Luft. »Seine Familie war Erichs wunder Punkt. Die Gimmlers existierten nicht mehr für ihn, seit er in jungen Jahren herausgefunden hatte, was der Firmengründer so alles für seine Karriere und sein Vermögen getan hat.« Sie schnaubt verächtlich.

»Du meinst Heinrich Gimmler«, wirft Oda ein.

Johanna nickt. »Erich hat ihn schon als Kind nur als Tyrannen erlebt, der bis zu seinem Tod mit neunzig Jahren erbarmungslos das Leben seines Sohnes und seiner Enkel regiert hat. Er hat entschieden, wo sie wohnen sollten – in direkter Nachbarschaft zu ihm –, mit wem sie Freundschaft schließen, wen sie meiden sollten. Er hat die Schulen für die Kinder ausgesucht, den richtigen Hockeyclub, die passenden Hobbys, er hat über ihren gesamten Werdegang entschieden. Wer nicht parierte, wurde kurzerhand enterbt. Erichs Eltern haben pariert. Immer.«

Nein, nicht immer, ergänzt Oda im Stillen traurig. Wenigstens einmal hat Joseph Gimmler den Wünschen seines übermächtigen Vater getrotzt, als er sich in sie verliebt hat – wenn auch nur für kurze Zeit.

»Heinrich Gimmler«, fährt Johanna fort, »hat Erichs Vater so systematisch gedemütigt, dass er nie auf die Idee kam, sich eine unabhängige Existenz aufbauen zu können. Er hat sich nie gegen ihn aufgelehnt. Das hat Erich dann umso gründlicher nachgeholt. Statt die ihm zugedachte Rolle als künftiger Firmenlenker zu übernehmen, wollte er die braune Vergangenheit des Gimmler-Imperiums offenlegen. Darum hat sein Großvater ihn vom Erbe ausgeschlossen. Nicht einmal seine Eltern haben gewagt, Einspruch zu erheben. Dabei wollte Erich ohnehin kein Erbe, ›an dem brauner Dreck klebt‹. Stattdessen hat er versucht, so viel Abstand wie möglich zwischen sich und den Gimmlers zu schaffen.«

»Hat Erich von mir gewusst?«, fragt Oda leise, obwohl sie sich die Antwort denken kann. Schließlich musste sie Heinrich Gimmler versprechen, nach der Taufe für immer aus Erichs Leben zu verschwinden.

Johanna schüttelt den Kopf und legt ihre rechte Hand auf die von Oda. »Ich bin mir sicher, dass er Kontakt zu dir gesucht hätte, wenn er es gewusst hätte. Seine Mutter – pardon, ich meine seine Adoptivmutter – hat er mir immer als kühl und distanziert beschrieben. Seinen späteren Geschwistern war sie anscheinend weit mehr zugetan. Tja, nun weiß zumindest ich, warum das so war.«

Odas Blick kehrt schuldbewusst zu dem Stein zurück, der sie an all die Dinge erinnert, die für sie auf immer unerreichbar sind. Wenn nur Dorkas nicht verschwunden wäre, vielleicht ließe sich der Schmerz dann besser aushalten.

Es ist schrecklich, hier zu sitzen und nichts tun zu können, außer darauf zu warten, dass sie sich meldet.

Aber wird sie das tun? Immerhin war Dorkas stur genug, sich bald zwei Jahre von ihrer eigenen Mutter fernzuhalten. So wie ihr Vater über Jahrzehnte seine Familie gemieden hat.

Moment mal, Oda runzelt nachdenklich die Stirn. Erich hat seine Familie gemieden – aus nachvollziehbaren Gründen –, aber seine Tochter hat das glatte Gegenteil getan.

Kaum aus dem Gefängnis entlassen, ist sie nach Köln gekommen, um die Gimmlers aufzusuchen!

»Hast du Dorkas in deinen Briefen ins Gefängnis all das geschrieben, was du mir gerade erzählt hast?«, fragt sie Johanna.

»Ja natürlich, aber sie kamen ungeöffnet zurück.«

»Alle?«

»Die meisten. Beantwortet hat sie jedenfalls keinen.«

Oda erhebt sich energisch von der Bank. Sie weiß zwar nicht, wo Dorkas im Moment steckt, aber sie hat eine Idee, wo sie hinwill – stur wie dieses Mädchen nun mal ist. »Ich muss dringend einen Anruf machen.«

Johanna nestelt mit fragendem Blick ein Smartphone aus ihrer Jackentasche.

»Nein«, winkt Oda heftig ab. »Nicht hier.«

Die Fragen und die Bitte, die sie an die Gimmlers hat, will sie auf keinen Fall über Handy stellen.

## 3.

Hilkmar drückt die Brille fester ans Nasenbein, legt stufenweise den Kopf in den Nacken, seine Augen erklimmen die Stahlstiegen eines Lastkrans.

Jurek tut es seinem Großvater nach und gerät leicht ins Schwanken. Der Kran ist sehr hoch.

Was soll denn das?, ärgert sich Nils. Die beiden werden Dorkas doch wohl nicht an der Spitze eines Krans vermuten? Er schiebt grimmig seine Sonnenbrille vom Kopf über die Augen. Diese Suchaktion im Fährhafen von Dover ist eine absolut alberne Idee, die sich nur mit seinem beträchtlichen Schlafmangel der letzten Tage erklären lässt.

Begleitet vom Tuten einlaufender Fähren und umhüllt vom Dieselgestank unzähliger Lastwagenmotoren, sind sie den gesamten Vormittag zwischen Auffahrtrampen, Wechselstuben, Schnellrestaurants und Ticketbuden hin- und hergelaufen.

Sie haben zu dritt riesige Parkplatzflächen gequert, mit Wohnmobilfahrern, Bustouristen, Hafenwächtern in orangefarbenen Sicherheitswesten, Ticketverkäufern, Zollbeamten und Polizisten geredet.

Jurek hat unter Überwindung sämtlicher Furcht sogar einen Trupp schwer bewaffneter Soldaten angesprochen. Keine Frage, sein Sohn hat Dorkas zuliebe den Helden in sich entdeckt. Leider umsonst. Die Suche ist ergebnislos verlaufen.

Nils rollt seine Schultern, um die Spannung in seinen Nackenmuskeln zu lösen.

»Wir könnten doch noch auf den Schiffen nachschauen«,

schlägt neben ihm Jurek vor und deutet mit einem Eishörnchen auf eine eben eingelaufene Fähre. »Vielleicht will Dorkas ja als blinder Passagier mitfahren.«

Nils schüttelt müde den Kopf. »Erstens dürfen wir ohne Tickets nicht an Bord, und außerdem haben wir dazu keine Zeit.« Er schaut auf die Uhr. »Um eins sind wir mit Schüttpelz verabredet. Vielleicht war er in Folkestone erfolgreicher als wir.«

Was Nils trotz des Tagessatzes von fünfhundert Euro plus Spesen und Auslandszulage für unwahrscheinlich hält. Er hat den Detektiv lediglich Alwine zuliebe beauftragt. Es ist eine Art Geburtstagsgeschenk. Der alte Drachen tat ihm einfach leid. Eine Geschäftspleite mit fünfundachtzig Jahren und den Untergang ihres Lebenswerks hat seine verrückte Patentante nicht verdient. Genauso wenig wie ein Übernahmeangebot von der Firma Gimmler. Noch dazu zu einem Schleuderpreis.

Egal, wie anstrengend Alwine ist, er wird sich in Köln gründlich mit ihren Geschäftsunterlagen auseinandersetzen, die schon seit einigen Wochen auf seinem Schreibtisch schmoren. Ein Wust aus Papier, altmodischen Rechnungsbüchern und Kontoauszügen, die Alwine völlig außer Kontrolle geraten sind. Wer weiß, vielleicht ist noch etwas zu retten. Zumindest einen anderen Käufer will er für das Unternehmen finden.

»Irgendwann wird Dorkas schon wieder auftauchen«, holt Hilkmar ihn zurück in die Gegenwart. »Das Mädchen würde Oda sicher nicht einfach so im Stich lassen.«

»Oder uns«, wirft Jurek ein.

»Genau«, nickt Hilkmar. »Wo sollte sie außerdem hin ohne Geld?«

Für ein Fährticket dürfte mein Geld gereicht haben, denkt Nils. Wahrscheinlich ist Dorkas längst auf der anderen Kanalseite, aber das sagt er nicht. Er will Hilkmars und vor allem

Jureks Hoffnung auf ein baldiges Wiedersehen nicht zerstören.

Sein Sohn ist überzeugt, dass irgendjemand im Fährhafen zumindest Miss Marple erkennen wird, weil sie unverwechselbar ist und weil er an die hundert Fotokopien mit einem Bild vom Beagle, einer Beschreibung von Dorkas und Nils' Handynummer an Laternenmasten, Ampeln, in Souvenirbuden und Kaffeestuben aufgehängt hat.

Bei McDonald's hängt Miss Marple sogar in den Toiletten. In jeder Kabine einmal, das hat eine nette Putzfrau seinem Sohn versprochen, weil sie selber einen Hund hat.

Jurek konnte das erstaunlicherweise ohne Übersetzungshilfe verstehen. Die Putzfrau hat ihm nämlich Fotos gezeigt und gemeint, dass Jurek ein »Darling boy« sei. Den »Darling boy« musste Nils dann doch übersetzen. Er hat es mit »Schätzchen« und »Goldjunge« versucht, was Jurek sichtlich ehrverletzend fand, aber immerhin hat der »Goldjunge« ihm Bonbons und einen Gratis-Hamburger beschert.

Als Nachtisch trägt er ein Eishörnchen wie eine Fackel vor sich her. Erdbeere, was sonst. Er hat sein »strohberri«-Eis sogar selbst bestellt. »Schmeckt viel besser als ›schoklät‹«, findet er, »auch wenn's rosa ist.«

Verfluchte Dorkas, sein ganzes Leben hat sie auf den Kopf gestellt, ärgert sich Nils. Ob er damit das Leben von Jurek oder sein eigenes meint, ist ihm im Moment selber nicht klar.

»Ich möchte noch mal in den Souvenirshop da vorn«, verlangt sein eisschleckender Sohn, der den Hafenausflug richtig zu genießen scheint.

Nun ja, Kinder eben.

Jureks Begeisterung für Dorkas wird sich sicher in Kürze ganz legen. Aus den Augen, aus dem Sinn. Und für Miss Marple findet sich sicherlich auch ein Ersatz. Man – also er, Nils – sollte sich ein Beispiel daran nehmen, wie unbekümmert Kinder mit Verlusten umgehen.

»Aber in dem Souvenirladen haben wir doch vorhin schon gefragt, Jurek«, wundert sich Hilkmar.

»Ich glaube kaum, das Dorkas sich momentan für Souvenirs interessiert«, ergänzt Nils missmutig.

»Aber ich brauch eins«, beharrt sein Sohn und verschlingt mit einem Happs den Rest seines Eishörnchens. »Koschtet auch nur schehn Pfund«, sagt er unter heftigem Waffelkauen.

Erstaunt hebt Nils die Brauen. Dass Jurek seine Begeisterung für Dorkas derart schnell zugunsten von bemalten Muscheln und Plüschtierkitsch überwinden würde, wundert ihn dann doch.

»Da gibt es nämlich so Ohrringe mit blauen Seemöwen dran. Die würden prima zu Dorkas' Haaren passen. Es gibt auch welche mit grünen Dackeln, aber die brauchen wir nicht, wir haben ja bald wieder Miss Marple. Bitte, Papa, kauf die Ohrringe. Du musst Dorkas was schenken, wenn wir sie treffen. Für Miss Marple haben wir ja auch was.«

In der Tat. Jurek hat Dorkas' Rucksack – den er nicht mehr hergeben will und als Talisman auf seinem Rücken trägt – bis zum Rand mit Kauknochen und Hundedrops gefüllt.

Nils schaut erneut auf seine Uhr. »Also gut, wir haben noch eine Viertelstunde bis zu unserer Verabredung mit Schüttpelz.«

Sie wollen sich in einem Restaurant – wo sonst? – mit ihm treffen.

Angeführt von Nils schlängeln sich Hilkmar und Jurek durch eine Reihe wartender Autos auf den weißen Holzpavillon zu. Nils stößt die mit britischen Wimpeln geschmückte Tür auf und direkt in den Rücken eines Kunden, der sich verzückt über eine Plüschbär-Pyramide beugt.

»Sorry, Sir«, entschuldigt sich Nils, während der Kunde herumfährt. Er presst einen Teddybären in kariertem Tweedmantel mit Pelerine, markanter Mütze und Pfeife gegen seine Brust.

»Sherlock Holmes«, ruft Jurek begeistert aus.

»Schüttpelz«, ergänzt sein Vater und betrachtet statt des Sherlock-Teddys den leibhaftigen Detektiv. »Wie lange sind Sie schon hier?«

»Seit ungefähr einer halben Stunde. Ich wollte vor unserem Mittagessen noch in Ruhe ein Geschenk für Gräfin von Eschlohe aussuchen. Ich schwanke zwischen Sherlock und dem hier.« Er dreht sich flugs um und zieht einen Bären in royaler Horse-Guard-Uniform und Reitstiefeln aus dem Regal. »Was meinen Sie?«

»Auf jeden Fall den Sherlock«, schaltet sich Jurek mit Expertenmiene ein. »Der andere guckt doof.«

»Ein Teddybär für die Dame! Was für eine reizende Idee«, freut sich gleichzeitig Hilkmar und beginnt zwischen den Plüschtieren herumzugrabbeln. »Da findet sich bestimmt auch einer für Oda. Und für Alwine, wo sie doch Geburtstag hat!«

»Die haben auch Bäckerbären, Opa!«

»Und William Shakespeare«, freut sich Hilkmar. »Oda liebt Shakespeare.« Er hält triumphierend einen Bären im Wams, mit Samtbarett und Schreibfeder hoch.

»Ach, das soll Shakespeare sein?!«, ruft Schüttpelz aus. »Ich dachte, es handele sich um Heinrich VIII.«

»Nein, der ist dicker und hält ein Henkersbeil in der Pfote«, korrigiert Hilkmar und kramt zwischen den Teddys. »Schauen Sie mal, das ist er. Es klebt sogar Blut am Beil. Sehr schaurig.«

»Opa, das ist bloß Farbe.«

Horst Schüttpelz ist entzückt. »Wunderbar. Der stechende Blick ist äußerst lebensecht, aber ich glaube, Heinrich VIII. ist kein passendes Geschenk für meine künftige Ehefrau.«

»Ach, Sie wollen heiraten? Dann wäre doch eine Bärenbraut passend«, regt Hilkmar an.

»Ausgezeichnete Idee«, bedankt sich der Detektiv. »Am besten ist es wohl, wenn ich Sherlock und die Braut nehme. Oder sieht das zu plump aus? Ich habe Kristin schließlich noch nicht gefragt.«

»Mein Papa auch nicht«, wirft Nils ein.

Schüttpelz runzelt verwirrt die Stirn »Dein Vater? Er hat doch hoffentlich keine Absichten auf meine Gräfin?«

»Nee, auf Dorkas. Papa, sollen wir auch eine Braut kaufen?«

Jetzt ist aber Schluss!

»Herr Schüttpelz«, unterbricht Nils unter Umgehung der Brautfrage energisch die allgemeine Bärenbegeisterung. »Mich würde mehr interessieren, ob Sie in Folkestone etwas über den Verbleib von Dorkas Mendel in Erfahrung gebracht haben.«

»Wie? Ach so, nein. Nichts.«

Was zu erwarten war, denkt Nils resigniert und verärgert darüber, dass dieser sogenannte Privatdetektiv seinen fürstlichen Tagessatz in Plüschtiere investiert. Wer weiß, wie lange sich dieser Kerl schon hier herumtreibt, er scheint sämtliche Bären persönlich zu kennen.

»Nichts scheint mir ein bisschen wenig angesichts des Honorars, das ich Ihnen zahle«, knurrt Nils. »Wie lange waren Sie überhaupt in Folkestone?«

»Überhaupt nicht«, sagt Schüttpelz munter, klemmt sich Sherlock links, die Braut rechts unter den Arm und geht zur Kasse, wo Jurek bereits mit der Durchsicht von Armbändern beschäftigt ist.

»Was soll das heißen?« Nils folgt dem Detektiv wutentbrannt durch den Laden.

Schüttpelz beachtet ihn nicht, reicht Geld über die Ladentheke, diskutiert mit der Kaugummi kauenden Bedienung über eine Geschenkverpackung, nimmt endlich in aller Seelenruhe seine Tüte mit Teddybären entgegen und begutachtet dann Jureks Schmuckauswahl. »Das Armband geht auf meine Rechnung, Junge«, sagt er. »Du hast mich nämlich auf eine entscheidende Spur gebracht, die mir unnütze Lauferei erspart hat.«

»Echt?«, freut sich Jurek.

»Welche Spur?«, will Nils wissen.

Schüttpelz geht nicht auf die Frage ein. Er nickt Jurek zu. »Du hast das Zeug zu einem fantastischen Ermittler. Ein echter Detektiv rennt nämlich niemals planlos durch die Gegend, sondern benutzt sein Hirn.«

»Die kleinen grauen Zellen«, zitiert Jurek ehrfürchtig eines seiner größten Vorbilder – Hercule Poirot.

»Genau die.« Schüttpelz nickt.

»Aber ich hab nicht viele davon«, gibt Jurek zu bedenken.

»Wie bitte? Du hast sogar eine ganze Menge«, widerspricht Schüttpelz, bevor Nils oder Hilkmar es tun können. »Deine Idee, Ausschau nach dem Hund statt nach dem Mädchen zu halten, war brillant.«

Jurek reißt die Augen auf. »Haben Sie Miss Marple gefunden?«

»Nicht direkt ...«

»Verdammt«, mischt sich Nils ein, der mit seinen Nerven am Ende ist. »Machen Sie es nicht so spannend! Was haben Sie herausgefunden?«

Schüttpelz mustert ihn kurz. »Ich habe der Seuchenschutzabteilung des Zolls gestern Nacht den Tipp gegeben, nach einer blaugesträhnten jungen Frau mit einem Beagle-Mischling Ausschau zu halten, die höchstwahrscheinlich eine Fähre nach Calais nehmen wolle und vorher ein Ticket kaufen müsse.«

»Dorkas!«, jubelt Jurek.

Schüttpelz nickt.

»Weiter!«, verlangt Nils knapp.

»Nun, die Zollabteilung hat die Ticketverkäufer im Hafen informiert, und Dorkas wollte tatsächlich eine Fähre besteigen, durfte es aber nicht. Sie als Reiseleiter müssten die scharfen Bestimmungen über die Ein- und Ausfuhr von Hunden auf den Britischen Inseln doch kennen. Drei Monate Quarantäne sind für alle mitgebrachten Hund ein Muss, schließlich will man das Einschleppen von Seuchen wie Tollwut verhindern.«

»Ich kenne die Bestimmungen so gut wie Sie«, gibt Nils ungeduldig zurück, »aber Dorkas wollte nicht ein-, sondern ausreisen. Warum sollten die Beamten sie und den Hund zurückhalten?«

»Ganz einfach«, erwidert Schüttpelz und zückt einen Geldschein, um Jureks Möwenarmband zu bezahlen, »weil sie nicht nachweisen konnte, dass ihr Hund vor ihrer Einreise unter Quarantäne gestanden hat! Eine schwere Ordnungswidrigkeit, bei der die Briten keinen Spaß verstehen.«

»Wurde Miss Marple verhaftet?«, fragt Jurek aufgeregt.

»Dazu hatten die Beamten keine Gelegenheit. Dorkas hat sich mit einem Sprung von der Passagierrampe gerettet, und Miss Marple hat unter Einsatz von Gebiss und Gebell ihren Rückzug gesichert. Danach hat sie sich selbst mit einem Sprung übers Geländer gerettet. Deine Miss Marple scheint ein ausgesprochen heller und schneller Hund zu sein.«

»Sie sind uns also wieder entwischt«, stöhnt Nils.

»Aber immerhin haben wir jetzt eine Spur«, tröstet ihn Hilkmar.

»Genau«, sagt Schüttpelz.

»Und wo führt die hin?«, will Nils wissen.

»Können Sie sich das nicht denken?«, wundert sich Schüttpelz.

»Nein, verflucht noch mal!«

»Dann erzähle ich es Ihnen beim Mittagessen. Im ›Marquis‹ über dem Hafen soll es exzellente ›Dover Soles‹ geben. Die berühmten gebackenen Seezungen in Weißweinsoße wollte ich schon immer probieren.«

## 4.

»Wuff!«

»Psst. Sei still«, zischt Dorkas und legt Miss Marple die Hand ums Maul. Dieser verflixte Hund. Sie seufzt und wirft dem Beagle im Licht der Abenddämmerung einen warnenden Blick zu.

Miss Marple erwidert ihn aus treuen Hundeaugen und wedelt munter mit dem Schwanz.

Sie hat den Weg, den sie von der Bushaltestelle aus eingeschlagen haben, längst erkannt, obwohl Dorkas sie durch tiefes Dickicht geführt und einen mehr als großzügigen Umweg gewählt hat.

Schnüffelnd begrüßt der Beagle-Mix einen mächtigen Ahorn, der ein alter Bekannter zu sein scheint, und hebt kurz das Bein. Dann tollt er auf ein ausladendes Holundergebüsch zu, das das Ende des Waldstücks markiert. Der herbsüße Geruch seiner Beerendolden parfümiert die feuchte Luft. Miss Marple umkreist den Strauch mit freudigem Winseln und zerrt eine sehr tote Wühlmaus darunter hervor.

»Komm zurück!«, mahnt Dorkas.

Verflixt noch eins, sie muss unbedingt verhindern, dass Miss Marple vor ihr und im letzten Licht der Dämmerung beim Haus eintrifft und damit ihre Rückkehr verrät.

»Jetzt komm schon und lass die Maus liegen.«

Miss Marple gehorcht, wenn auch widerwillig.

»Brav gemacht!«

Dorkas klopft ihr den Rücken und krault ihre Ohren,

schließlich kann Miss Marple nichts dafür, dass die Briten derart strenge Seuchenschutzgesetze haben.

Mit einer Kontrolle des Hundes hat sie nicht gerechnet. Schon gar nicht mitten in der Nacht, und nachdem sie an Bord eines britischen LKW, der sie von Eastbourne aus mitgenommen hat, die Passbehörde bei der Hafeneinfahrt glücklich umgehen konnte.

Beim Ticketkauf gab es ebenfalls keine Probleme. Erst als sie mit Miss Marple die Fußgängerrampe hochgelaufen ist, hat sie die Beamten entdeckt, die nur auf sie zu warten schienen.

Wäre Miss Marple nicht gewesen, die sehr überzeugend die rasende Bestie gespielt hat, wäre es verdammt brenzlig geworden! Andererseits ... wäre Miss Marple nicht gewesen, könnte sie längst in Calais sein.

Stattdessen mussten sie den Rest der vergangenen Nacht in einem verfallenen Geräteschuppen im Park von Dover verbringen. Die Übernachtung in einem Pensionszimmer schien ihr zu riskant, außerdem will sie Nils' Geld nicht sinnlos vergeuden.

Dorkas schält sich aus seiner Jacke, breitet sie nahe dem Holunderbusch aus und nimmt Platz. Aus einer Plastiktüte fischt sie ein Käsesandwich für sich und eins mit Truthahn für Miss Marple hervor.

Der Beagle beschnuppert es mit verhaltenem Interesse, stellt sein Schwanzwedeln ein und legt – wie fragend – den Kopf schief.

»Sorry, Kumpel«, sagt Dorkas, »aber Hundefutter gab's nicht. Na, komm schon. Mach Platz!«

Mit einem tiefen Hundeseufzer legt sich Miss Marple neben sie.

»Wenn es dunkel ist, gehen wir weiter«, versichert Dorkas dem Beagle und beißt in ihr Sandwich.

Mit zusammengekniffenen Augen sucht sie die hohen schmiedeisernen Gitter, die die Gartenanlagen von Upton Manor vom Wald trennen und vor Wildbesuch schützen, nach einem Tor ab. Es gibt keines. Verdammt. Aber da, linker Hand, geht die Umzäunung in eine Ziegelmauer über.

Hm, muss sich um die Umfriedung des alten Gemüsegartens handeln. Sie entdeckt eine vergitterte Pforte. Hoffentlich wird die abends nicht geschlossen.

Egal, irgendwie wird sie die Mauer schon überwinden und sich zum Kücheneingang durchschlagen. Dorkas hegt die vage Hoffnung, dass sie dort irgendwie Trish erwischen kann und über sie ihren Rucksack zurückbekommt.

Ganz bestimmt arbeitet Trish in der Küche. Das haben sie schließlich im Gefängnis von Sutton gelernt, und Trish hat sich mit Begeisterung und offensichtlich mit Erfolg für das Programm des »The Prince's Trust« beworben. Außerdem findet heute Alwines Geburtstagsfest statt, da müsste es in der Küche mehr als genug zu tun geben. Die Gäste und Darnsdale werden sich im vorderen Teil des Hauses aufhalten. Einen günstigeren Zeitpunkt für ihren ungeplanten Abstecher nach Upton Manor und die Rückgabe von Miss Marple könnte es also nicht geben.

Dorkas zerpflückt das Truthahnsandwich, füttert Miss Marple mit den Fleischstückchen und gießt ihr Mineralwasser in einen Plastikbecher.

Als sie die Mahlzeit beendet haben, steht ein runder, blasser Mond am Himmel. Dorkas linst nach oben. Erste Sterne stanzen Löcher in den Nachthimmel, tanzen und blinken. Es ist halb neun. In einer halben Stunde wird sie sich auf den Weg machen, dann dürfte Alwines Fest in vollem Gange und jedermann abgelenkt sein.

## 5.

Verzückt beobachtet Lady Darnsdale die Gäste, die aus dem Esszimmer auf der anderen Seite der Halle in den renovierten Ballsaal strömen, um ein Tänzchen zu wagen. Das Streichquartett hat sich eingestimmt, der Pianist gibt einen Walzertakt vor.

»What a marvellous ball«, freut sich die Lady.

Quatsch fabelhaft, grummelt Alwine. Dieser Ball ist das reinste Lumpensammlerspektakel, oder hat die Lady übersehen, was Giovanni unter festlicher Abendgarderobe versteht?

Weiße Hosen zu einem fliederfarbenen Samtjackett und rosa Einstecktuch. Ein Ensemble, wie es zuletzt Dieter Thomas Heck als Hitparadenmoderator getragen haben dürfte.

Seine Herzdame Ingeborg – von allen guten Geistern verlassen – ist mit wippender Feder im Haar und in einer Art knallrotem Schlauch mit Glitzerperlen erschienen.

Giovanni fängt Alwines prüfenden Blick auf und scheint ihn für einen Ausdruck tiefer Bewunderung zu halten. Er schwenkt Ingeborg in einer gewagten Drehung bis auf wenige Zentimeter an ihren Rollstuhl heran. »Ingeborg è bellissima, no?«, verlangt er nach Komplimenten über die Schönheit seiner Partnerin.

»Non parlo italiano«, zieht sich Alwine aus der Affäre, und das ist ausnahmsweise nicht geflunkert.

Bah, wie sich Ingeborgs Kleid mit Giovannis Jacke beißt. Alwine will schaudernd den Blick abwenden, aber das verhindert die Gummikrause um ihren Hals. Verdammt, wo steckt nur Raissa, sie will hier endlich weg.

Lady Darnsdale prostet Giovanni begeistert mit Champagner zu und rätselt kurz, ob es sich bei ihm um den Botschafter von Britisch Honduras oder den Handelssekretär der Falklandinseln handelt.

Keine Frage, die Dame ist ganz in ihrem Element.

Selbst das quiekende Lachen von Gräfin Eschlohe, die bar jeden Taktgefühls mit Schüttpelz einen stolpernden Schieber zu einer Walzermelodie hinlegt, kann der festiven Stimmung der Lady nichts anhaben. Ebenso wenig wie der dämliche Teddy mit Brautschleier, der seit dem Abendessen in Kristins Armbeuge klemmt.

Abscheuliches Vieh!

Genau wie der Teddy, den Hilkmar ihr soeben verehrt hat. Wenn das die Überraschung gewesen ist, die Raissa heute Morgen in ihren Karten gesehen haben will, dann prost Mahlzeit. Sie feiert hier doch nicht ihren fünften Geburtstag! Nur gut, dass Mops Percival das Plüschtier hinter eine Palme verschleppt und, den Geräuschen nach zu urteilen, zum Fressen gern hat.

Sie will keine Teddybären, sie will Dorkas!

Es ist bereits halb neun.

Wo bleibt das Mädchen nur? Horst Schüttpelz und Nils haben ihr versichert, dass Dorkas nach Upton Manor komme. Kommen müsse, um Miss Marple abzuliefern.

Weshalb Nils, Jurek und Johanna Mendel, unterstützt von einigen Angestellten des Lords, seit Stunden im Park patrouillieren, um sie abzufangen. Auch Oda ist mit draußen.

Nur ihr hat Hilkmar die Teilnahme am Wachdienst verboten und außerdem den Rollstuhl verordnet. Schöner Blödsinn. Sie ist doch nicht schwerverletzt.

Allenfalls ein bisschen wacklig ist sie auf den Beinen und etwas schwindelig im Kopf, nachdem sie den Nachmittag über das Küchenpersonal von Upton Manor ein wenig auf Vordermann gebracht hat. Selbst mit nur einem Arm war sie ganz in ihrem Element. Küchenmannschaften waren in ihrem Leben das, was einer Familie am nächsten kam.

Hilkmar, der schon den ganzen Abend ihren Wachhund spielt, winkt ihr aus einer plaudernden Gruppe englischer Gäste zu, die sich um Tina schart. Ärgerlicherweise – aber nicht anders zu erwarten – ist ausgerechnet Tina der weibliche Mittelpunkt des Balls. Blond ist eine reichlich überschätzte Haarfarbe.

Na, Hauptsache, sie lässt ihre Finger von Nils und hört auf, ihn ständig mit Plänen für deutsche Joghurtstudios zu belästigen oder Jurek zu merkwürdigen Turnübungen zu zwingen. Der Kleine ist regelrecht auf der Flucht vor seiner Mutter. Johanna Mendel, die von der Sache Ahnung zu haben scheint, meint, dass Tinas wilde Verrenkungen nichts, aber auch gar nichts mit der ursprünglichen Idee zu tun haben.

Dorkas' Mutter muss das wissen, schließlich ist sie jahrelang in Indien gewesen und trotzdem eine recht vernünftige Person, auch wenn ihr der bewundernswerte Unternehmungsgeist und Elan ihrer Tochter abgeht.

Genau wie Oda.

Viel zu empfindsam, diese zwei.

Haben sich heute Nachmittag von den Gimmlers am Telefon einfach abwimmeln lassen, als sie sich nach Dorkas erkundigt und gebeten haben, Bescheid zu geben, falls das Mädchen bei ihnen auftauchen sollte.

Die Gimmlers haben mit ihrem Anwalt und Strafanzeigen wegen versuchter Erpressung gedroht, falls Dorkas sich noch einmal blicken lässt. Auf ihrer Vorstrafe wegen Brandstiftung sind sie auch herumgeritten. Ausgerechnet die Nachfahren von Heinrich Gimmler, diesem Verbrecher!

Na, drohen kann Alwine auch. Und das viel, viel besser als

mit irgendwelchen Rechtsverdrehern! Von wegen *versuchte* Erpressung. Was sie den Gimmlers in einem zweiten Telefonat mitzuteilen hatte, war kein *Versuch* von Erpressung, sondern ein Volltreffer. Schließlich hat sie den Aufstieg von Heinrich Gimmler wie Himmler hautnah miterlebt. Sie könnte so einige Geschichten erzählen.

Und das wird sie auch gerne tun. Etwa anlässlich des achtzigjährigen Firmenjubliäums, das die Gimmlers demnächst feiern wollen. Sie hat treue Freunde bei der Kölner Lokalpresse und Oda beim Funk. Das sie da nicht schon viel eher drauf gekommen ist!

So allergisch, wie die Gimmlers reagiert haben, dürfte für Dorkas einiges an Geld drin sein, und wenn das Mädchen das in Odas Bäckerei steckt und Nils ihr bei der Rettung ihres »Domcafés« hilft, stünde einem Neuanfang der Wilhelmis nichts mehr im Weg. Mit freundlicher Unterstützung der Gimmlers. Die haben schließlich einiges wiedergutzumachen. Alwines Stimmung hebt sich. Sie nickt zufrieden.

»Cookie would love your carrot cake«, freut sich Lady Darnsdale neben ihr und nimmt huldvoll ein drittes Tellerchen Kuchen von einer Servierkraft entgegen.

Ob die tote Königinmutter ihren Kuchen geliebt hätte oder nicht, ist Alwine schnurzpiepe. Entscheidender ist, dass Dorkas endlich auftaucht, damit sie gemeinsam die Details der Operation Gimmler ausarbeiten können. Gemeinsam sind sie und ihre Großnichte sicher unschlagbar.

Na, da kommt wenigstens schon mal Raissa. Alwine kneift die Augen zusammen. Scheint, als habe sie von Lord Darnsdale bekommen, was sie brauchen. Wie gut, dass der Mann ein passionierter Jäger ist. Raissa schlängelt sich an einigen Gästen vorbei zu ihr vor, über der Schulter trägt sie eine Ledertasche.

»Ich hab es bekommen«, sagt sie und legt die Tasche in

Alwines Schoß, die sie sofort öffnet, um den Inhalt zu inspizieren. »Sehr gut, meine Liebe, und jetzt rollen sich mich bitte sofort nach draußen in den Garten!«

»Nur auf die Terrasse«, bestimmt Raissa, »und allenfalls für ein Viertelstündchen. Die Nachtluft ist ziemlich frisch.«

»Ich habe meinen Melissengeist dabei«, antwortet Alwine und tätschelt ihren praktischen neuen Stock.

Raissa konfisziert den Stock und packt die Griffe des Rollstuhls. Sie schwenkt Alwine zu den bodentiefen Fenstern herum, die auf die Gartenterrasse führen.

»You can't go hunting in the garden«, bemerkt Lady Darnsdale mit Blick auf die Ledertasche in Alwines Schoß und in der Annahme, dass Alwine eine Pirsch im Garten plant.

Womit sie nicht ganz falschliegt.

»Wir wollen nur ein wenig die Aussicht genießen«, erklärt Alwine auf Englisch und hängt sich Lord Darnsdales Nachtsichtfernrohr über Kopf, Nacken und Halskrause. »Ich studiere gern die Sterne.«

Lady Darnsdale verzieht beleidigt den Mund und vertritt beiden den Weg zur Terrassentür. »You'll spoil my surprise, if you go out stargazing!«

Es tut Alwine zwar aufrichtig leid, der alten Dame eine Überraschung zu verderben, wenn sie Sterne anschaut, aber Dorkas ist die einzige Überraschung, die sie sich wirklich wünscht.

»Lassen Sie mich durch«, verlangt sie energisch.

Die Lady weicht keinen Millimeter.

Unvermutet kommt Giovanni Alwine zu Hilfe.

Mit Ingeborg am Arm taucht er hinter ihrem Rollstuhl auf. »Signora Wilhelmi, die Orchester macht eine Pause. I habe gedacht, i kann mache ein bisschen Geburtstagsmusik fur Sie an die Klavier. Haben Sie eine Wunsch?«

Raissa dreht Alwines Rollstuhl wieder in Richtung Saal um.

»Was für eine reizende Idee«, sagt Alwine.

Lady Darnsdale will wissen, was der Botschafter von Honduras von ihr möchte.

Alwine erklärt es ihr, dann tuschelt sie Giovanni einen Musikwunsch zu.

Er staunt und nickt, Ingeborg kichert, beide eilen ans Klavier.

»I kenne eine sehr lustige Tanz«, verkündet Giovanni mit raumfüllender Stimme. Er vollführt mit angewinkelten Armen ein paar Flügelschläge und drängelt den Pianisten vom Hocker. »Sie musse alle mitmachen!«

Ingeborg übersetzt seine Ausführungen und wiederholt die Flügelschläge, begleitet von dezenten Quaklauten.

Lady Darnsdale hebt keineswegs desinteressiert die Brauen.

»Er heißt ›die Entetanz‹«, ruft Giovanni.

Verena Beutel eilt quer durch den Saal zum Klavier und will Giovanni vom Hocker zerren. »Wenn Sie das spielen, sind Sie gefeuert! Das hier ist ein Ball und kein Kirmesfest.«

»I spiel auf die Wunsch von signora Alwine!«

»Liebling, bitte, du darfst dich in deinem Zustand nicht aufregen«, ruft Matthias Beutel und eilt ihr hinterher, während Gräfin von Eschlohe den englischen Gästen quietschvergnügt ihre Version des »Duckdance« vorführt, und das kann sie gut.

Energisch schlägt Giovanni die ersten Takte an, und Ingeborg führt mit wippender Feder den kompletten Bewegungsablauf vor.

Dieser lateinamerikanische Tanz, merkt Lady Darnsdale an, sei »a little bit silly«.

Nicht so albern wie schumanische Grußformeln über

Eicheln, findet Alwine und beteuert in ihrem besten Englisch ihr Bedauern darüber, nicht mittanzen zu können.

»Der Botschafter von Honduras ist darüber außerordentlich betrübt! Könnten Sie eventuell für mich einspringen?«

»Of course«, nickt Lady Darnsdale und strebt flügelschlagend auf den Tanzboden.

»Sehr gut«, freut sich Alwine. »Und jetzt nichts wie raus!«, befiehlt sie Raissa.

## 6.

Dorkas kann ihr Glück kaum fassen. Die Pforte zum Gemüsegarten stand tatsächlich offen. Leicht geduckt stiehlt sie sich an gemauerten Kompostbecken, Gewächshäusern und Gemüsebeeten vorbei.

Miss Marple folgt ihr auf leisen Pfoten. Sie scheint den Geheimcharakter dieses Ausflugs endlich erkannt zu haben.

Sie erreichen eine Pforte, die in einen Obsthain führt. Dorkas schlüpft hinein und sieht sich suchend zwischen den in Reihen gepflanzten Bäumen und Beerensträuchern um. Stämme und Astwerk glänzen silbern im Mondlicht. Rasch durchquert sie auch dieses Gartenstück. Wenn sie nicht irrt, müsste sie mit der nächsten Pforte endlich den Küchengarten erreichen.

Richtig geraten. Nur leider wird der letzte Teil der Nutzgärten von dem Licht erhellt, das aus den Fenstern des Küchentrakts dringt. Dorkas verharrt im Schatten der Mauerpforte.

Wie vermutet scheint in der Küche Hochbetrieb zu herrschen. Topfklappern, das Klirren von Geschirr und aufgeregtes Stimmengewirr dringen durch ein geöffnetes Fenster in die Nacht. Eine Stimme verlangt laut nach mehr Dubonnet für Lady Darnsdale, eine andere nach dem zweiten ... wie bitte? Ja, sie hat richtig verstanden. Verlangt wird nach dem zweiten *Möhrenkuchen* für Miss Alwine.

Dorkas zögert. Taghell ist es zwischen den Salat-, Zwiebel- und Kräuterbeeten zwar nicht, aber zu hell, um sich lange unbemerkt dort aufzuhalten und auf ein zufälliges Erscheinen von Trish zu warten.

Außerdem beginnt Miss Marple erwartungsvoll mit dem Schwanz zu wedeln. Aufgeregt trippelt sie auf der Stelle, hebt sehnsuchtsvoll schnuppernd die Nase. Sie scheint köstliche Gerüche auszumachen. Keine Frage, sie steht kurz davor, in glückseliges Gebell auszubrechen.

Dorkas packt sie beim Halsband. Muss sie wirklich ihren Rucksack wiederhaben? Sie könnte den Beagle doch einfach bei der Tür zum Küchentrakt anbinden und verschwinden.

Nein, kann sie nicht.

Im Rucksack steckt ihr Handy, und im Handy wartet vielleicht eine Antwort von Kolja, dem Kochbuchfreak, die ihr endlich Ort und Zeit ihres in Köln geplanten Treffens verrät. Wenigstens einen letzten Versuch will sie unternehmen, etwas Brauchbares über die verdammten Gimmlers zu erfahren. Egal wie, sie muss irgendwie an Trish heran oder zur Not allein in ihr Zimmer gelangen.

Dorkas tritt entschlossen durch die Pforte. Viel weiter kommt sie nicht. Eine Hand legt sich von hinten auf ihre Schulter. Dorkas macht einen Satz nach vorn, Miss Marple Männchen.

*

»Können Sie etwas erkennen?«, will Raissa wissen und schiebt Alwines Rollstuhl näher an die Terrassenbrüstung heran.

»Nein. Da stehen viel zu viele Bäume herum«, knurrt Alwine. Und alberne Statuen, die sie im ersten Moment für die versprochenen Wachtposten gehalten hat. Aber Wachtposten wären wohl kaum splitternackt und mit Diskusscheiben bewaffnet.

»Versuchen Sie es mal weiter links, bei den Nutzgärten. Da wollten sich Nils und Jurek auf die Lauer legen. Jurek glaubt, dass Dorkas und Miss Marple bestimmt etwas zu essen brauchen.«

Alwine schwenkt das Fernrohr in die angegebene Richtung. Ihr Blick prallt an einer schier endlosen Ziegelmauer ab. Aber da! Kurz vor dem Waldrand, da bewegt sich was. Sie zoomt näher an den Waldrand heran. Mist, falsche Taste, der Wald verschwimmt, und ihr gerät ein wogendes Gebirge vor die Linse. Quatsch, das ist kein Gebirge, sondern Raissas Dekolleté. Auch falsch.

»Hallo Alwine«, grüßt das Dekolleté. »Weißt du, wo Nils steckt?«

Alwine setzt verärgert das Fernglas ab. »Was machst *du* denn hier?«

Tina schwenkt einen kleinen Dessertteller vor ihrer Nase. »Ich möchte Nils gerne etwas von deinem Geburtstagskuchen bringen.«

»Nicht nötig«, grummelt Alwine. »Lord Darnsdale hat ihn mit einem Picknickkorb ausgestattet.«

»Mag sein, aber ich möchte mich außerdem von Jurek verabschieden. Morgen muss ich ganz früh zu einer Geschäftsbesprechung.«

»Du reist ab?«, fragt Alwine überrascht, aber keineswegs bedauernd.

»Nachdem ich Nils nicht für eine Investition in unsere europäische Studiokette ins Boot holen konnte, wäre es reine Zeitverschwendung zu bleiben. Also, wo ist er?«

»Sie finden die beiden im Rosengarten«, sagt Raissa rasch und deutet mit weit ausholender Handbewegung nach rechts. »Hoffentlich haben Sie festes Schuhwerk an, es ist ein ziemlicher Weg«, fügt sie mit ehrlich besorgtem Blick auf Tinas Stilettosandalen hinzu. »Das sind Vera Wangs, oder?«

»Oh, keine Sorge. Ich habe ausreichend Ersatzpaare eingepackt.« Tina wirft den Kopf zurück und stöckelt entschlossen die Stufen zum Park herab.

»Verdammt«, flucht Alwine. »Die können wir hier im Moment überhaupt nicht gebrauchen.«

»Das habe ich Ihnen von Anfang an gesagt«, seufzt Raissa.

»Papperlapapp. Sie haben mir auch eine freudige Überraschung für den heutigen Abend versprochen, und davon ist nichts in Sicht.«

Sie drückt erneut das Fernglas vor ihre Augen und nimmt noch einmal den Waldrand ins Visier. Nein, da tut sich nichts mehr. Langsam bewegt sie das Nachtsichtgerät nach rechts. Aber da, beim See, den sie kürzlich von der Bibliothek aus bewundert hat, ist eindeutig etwas los. Sogar jede Menge. Sie erkennt drei, vier, nein, sogar fünf eifrig beschäftigte und schwer beladene Männer und Frauen. Sie tragen Arbeitsjacken, Stiefel, packen Kisten aus und schultern – was ist denn das? – Speere oder Spaten? Hm, schwer zu erkennen. Ziemlich skandalös, dass der Lord seine Gärtner auch nachts schuften lässt!

»Pfrau won Wilhelmi«, zetert neben ihr Lady Darnsdale und entwindet Alwine das Nachtsichtgerät. »The stars are above«, belehrt sie Alwine und deutet in den Sternenhimmel über ihnen.

*

Dorkas wirbelt herum.

»Thanks god it's you«, stößt sie grenzenlos erleichtert hervor.

Trish nickt knapp und bringt die bellende Miss Marple mit einem Napf Hundefutter zum Schweigen.

»Hast du uns etwa erwartet?«, will die verblüffte Dorkas auf Englisch wissen.

Trish nickt wieder und zieht Dorkas hinter einen Verschlag für die Müllcontainer.

»Sie suchen dich im ganzen Park«, beginnt sie flüsternd einen Bericht über die Wachtposten im Park und in den Gartenanlagen. Sie selber hat sich gemeldet, um im Küchenhof Ausschau zu halten, in der Hoffnung, dass Dorkas genau da nach ihr suchen würde. »Was hast du ausgefressen?«, fragt sie endlich, und Dorkas entnimmt Trishs Miene, dass sie an einen kriminellen Rückfall glaubt.

»Nichts«, erwidert Dorkas scharf.

Trish runzelt zweifelnd die Stirn. »Warum kommst du dann nicht einfach ins Haus?«, will sie wissen und versichert ihrer Freundin, dass im Haus alle auf sie warten. Vor allem »this lovely, amiable old Lady«, die ihr den ganzen Nachmittag beim Backen eines Möhrenkuchens geholfen habe, um Dorkas gebührend willkommen zu heißen.

Dorkas verzieht schuldbewusst das Gesicht. »Ich weiß, dass Oda nett und liebenswert ist.« Ach was, Oda ist weit mehr als nett, sie ist …

»Oda?«, wirft Trish überrascht ein. »Ich meine Miss Alwine! So ein Schatz! Sie kann gar nicht aufhören, über dich zu reden!«

*Alwine?*

Dorkas prallt zurück.

Die ist nun wahrlich alles andere als liebenswürdig und ganz sicher kein Schatz. Und dass diese aufdringliche Schnüfflerin unablässig von ihr, Dorkas, reden will, vertieft ihren Verdacht, dass Alwine Wilhelmi den lästigen Schüttpelz auf sie angesetzt haben muss und wahrscheinlich auch ihren Patensohn Nils. Immerhin ist er der Erbe ihres Millionenvermögens.

Trishs ahnungslose Begeisterung für die alte Schreckschraube ist nicht zu bremsen. Sie schwärmt über die Kenntnisse von

»Darling« Alwine, speziell bei der Herstellung von Marzipanverzierungen, und scheint fest entschlossen, einen Job, den ihr die alte Dame in ihrem Kölner Café angeboten hat, anzunehmen. Die versprochene Bezahlung sei fürstlich, versichert sie Dorkas, und ein Neuanfang in einem anderen Land eine Riesenchance. Darum hat sie auch Dorkas als Bereicherung von Alwines Team vorgeschlagen.

Dorkas' Misstrauen wächst. »Hast du ihr irgendwas über mich erzählt?«

»Wo denkst du hin?«, wehrt sich Trish empört gegen den Verdacht, sie habe irgendetwas über Dorkas ausgeplaudert, außer, dass sie eine exzellente Bäckerin sei.

Genug davon, entscheidet Dorkas. Sie will nur noch auf dem schnellsten Weg von hier weg.

»Hör zu«, unterbricht sie unwirsch Trishs nicht enden wollende Elogen auf Alwine und gibt ihrer Freundin genaue Anweisungen darüber, was sie aus dem Haus braucht, beschreibt ihr Handy, ihr Portemonnaie und die Jeansjacke, in der die Kochfibel steckt.

Trish seufzt ergeben, nickt zu allem und macht sich auf den Weg ins Haus.

»Stopp!«, ruft Dorkas sie leise zurück. Sie schlüpft aus Nils' Jacke, kramt dessen restliches Geld aus ihrer Hose und übergibt beides an Trish. Mit der Bitte, ihm nach der morgigen Abreise der Reisegesellschaft alles nachzusenden.

Trish bedenkt sie mit einem Blick, aus dem leise Enttäuschung spricht. »Du hast also Geld geklaut?«, schließt sie auf einen Diebstahl und betrachtet mit aufgerissenen Augen das stattliche Geldbündel in ihrer Hand.

»Nein, nein«, wehrt sich Dorkas. »Ich habe es mir lediglich geborgt. Nie im Leben würde ich Nils bestehlen«, versichert sie inbrünstig. »Ich zahle alles zurück.«

Trishs Mund verzieht sich zu einem verschmitzten Grinsen. »Er ist ein umwerfender Kerl, nicht wahr? Bist du scharf auf ihn?«

Ob Nils ein umwerfender Mann ist, protestiert Dorkas mit einer Heftigkeit, die sie selbst verwundert, hat nichts mit der Geldrückgabe zu tun, und, nein, sie ist keinesfalls scharf auf ihn.

»Ist auch besser für dich«, nickt Trish. Nach einer kleinen Pause setzt sie hinzu: »Seine alberne Ehefrau würde dir nämlich den Kopf abbeißen.«

*Nils' dämliche Frau würde ihr den Kopf abbeißen?* Woher zum Kuckuck kennt Trish die Ex-Frau von Nils? Dorkas kann sich eine Nachfrage nicht verkneifen: »Seine *Frau?*«

»Ja, diese grauenhafte Tina«, schnaubt Trish verächtlich und macht ihrem Ärger über deren Ankunft und Auftreten Luft.

Dorkas lauscht schweigend. Ganz so getrennt, wie Nils am Abend auf der Apfelfarm vorgegeben hat, sind die beiden wohl nicht. Nun, das kennt sie. Das kennt sie nur allzu gut von ihren Eltern. Manche Liebespaare können eben nicht voneinander lassen.

Trish verschwindet in einem Seiteneingang zum Küchentrakt.

Die sichtlich gestärkte Miss Marple betätigt sich als Wühlmausdetektiv in den Küchenbeeten, während Dorkas mit wild klopfendem Herzen der Rückkehr ihrer Freundin entgegenfiebert.

Was zum Teufel denken sich all diese Menschen dabei, nach ihr zu suchen? Die halbe Busbesatzung scheint Posten zu stehen, statt auf Alwines Geburtstagsball zu tanzen.

Was hat der alte Drachen ihnen nur über sie erzählt?

Ganz mulmig wird ihr bei diesem Gedanken.

Unsicher späht sie zu der Mauerpforte hinüber, durch die sie gleich verschwinden muss. Zurück in Richtung Wald. Ob dieser Rückweg sicher ist? Trish muss ihr dringend verraten, wer genau wo auf sie lauert.

Ein Lichtstrahl fällt in den Hof. Die Tür zum Seiteneingang öffnet sich erneut. Trish schlüpft hinaus. Leider ohne den Rucksack, dafür mit einer kleinen Reisetasche. »Ich kann den Rucksack nicht finden«, wispert sie ihrer Freundin zu. »Der kleine Junge schleppt ihn ständig mit sich herum.«

Der kleine Junge, der ihren Rucksack ständig mit sich herumschleppt, muss Jurek sein. Hoffentlich hat er ihre Sachen nicht allzu gründlich durchsucht oder – noch schlimmer! – sein Vater.

Trish reicht ihr triumphierend eine kleine Reisetasche.

»Dafür habe ich das hier gefunden«, sagt Trish und zeigt auf die Reisetasche.

Dorkas öffnet die Tasche, entdeckt ihr Waschzeug und Kleidung zum Wechseln. Sie kramt weiter und entdeckt ihr Portemonnaie samt Papieren und sogar ihr Handy.

»Wunderbar«, lobt sie Trish, die offensichtlich helle genug war, auch in Jureks und Nils' Zimmer nach ihren wichtigsten Besitztümern zu suchen. Nur die Jeansjacke mit der Kochfibel fehlt. Verdammt, wo ist die hin?

Trish zuckt mit den Schultern. Nein, eine Jeansjacke hat sie auf dem Klamottenhaufen in Nils' und Jureks Zimmer nicht entdeckt. Auch kein Rezeptheft. Nur ein paar zerfledderte Taschenbuchkrimis lagen neben dem Bett, lauter »old stuff« von Agatha Christie.

Egal, seufzt Dorkas. Sie kann diesen Kolja in Köln auch ohne das Heftchen treffen. Er will es ja ohnehin nicht zurückhaben. Dorkas schließt die Tasche.

»Kannst du mir einen sicheren Weg nach draußen zeigen?«,

will sie von Trish wissen. »Irgendeinen, der heute Abend nicht bewacht ist?«

Trish überlegt kurz, dann schlägt sie den Rosengarten vor, den einer ihrer Kollegen beaufsichtigt. Besser gesagt, beaufsichtigt hat, denn gerade eben ist er auf der Suche nach einem Sandwich in der Küche aufgetaucht.

Bleibt die Frage, wo sie Miss Marple über Nacht möglichst unsichtbar unterbringen können, bis Dorkas endgültig verschwunden und sicher auf dem Weg zum Fährhafen ist.

Trish schlägt ihr Zimmer vor.

Dorkas fahndet zwischen den Beeten nach Miss Marple. Vergeblich. Ihr Blick fällt auf den Seiteneingang zum Küchentrakt. Die Tür steht immer noch offen. Verdammt! Miss Marple hat offenbar selbst entschieden, wo sie die Nacht verbringen will, und das ganz sicher nicht unsichtbar.

*

»Du musst jetzt ins Bett«, entscheidet Nils und löst sich aus dem Schatten eines Baumes, hinter dem er und Jurek, unterbrochen von einem Picknick in einem Gewächshaus, seit zwei Stunden Wache halten. Allmählich beginnt er an Schüttpelz zu zweifeln, egal, wie überzeugend der Detektiv seine Schlussfolgerungen vorgetragen hat und wie unerschütterlich Alwine an ihn glaubt.

»Och nö«, protestiert Jurek. »Ich will noch bleiben. Wenigstens ein bisschen.«

»Keine Widerrede. Wir haben bald zehn, und es wird kalt.«

»Mir nicht«, versichert Jurek. »Außerdem kann ich doch die da anziehen.« Er deutet auf Dorkas' Jeansjacke, die er über einen Beerenstrauch gleich neben einem Kiesweg gehängt hat, damit Miss Marple sie erschnuppern kann.

»Die ist viel zu groß und zu dünn«, sagt sein Vater streng. »Komm jetzt. Ich halte die Stellung auch allein. Falls Dorkas wirklich herkommen will, wird sie sicher bis spätnachts warten.«

»Dann muss ich auf jeden Fall hierbleiben. Du bist nach dem Essen im Gewächshaus eben einfach eingeschlafen«, mault sein Sohn.

»Nur weil es dadrinnen so warm war. Wird nicht wieder vorkommen«, versichert Nils, knipst seine Taschenlampe an und leuchtet auf den Kiesweg. »Und jetzt Abmarsch.«

»Können wir nicht erst noch mal im Wald nachgucken?«, bettelt Jurek. »Wenigstens fünf Minuten.«

»Deine fünf Minuten dauern mindestens eine halbe Stunde.«

»Bitte, Papa, ich hab in Köln doch noch eine Woche Ferien!«

»Du musst dich vor unserer Rückfahrt ausschlafen«, erklärt Nils streng.

»Kann ich auch im Bus. Oder wir holen meinen Schlafsack raus! Du hast doch total doll gewollt, dass ich in England mal im Schlafsack übernachte, damit ich ein Abenteuer erlebe.«

Stimmt. Die Zusage galt allerdings für die Apfelfarm.

»Ich kann mich ins Gewächshaus legen«, schlägt Jurek eifrig vor. »Wie du eben.«

Nils betrachtet Jureks vor Aufregung rotes Gesicht. Gegen so viel Begeisterung hat er nicht den Hauch einer Chance. Nicht wiederzuerkennen ist sein Sohn nach nicht einmal sechs Tagen Ferien. Kaum zu glauben, was die Bekanntschaft mit Dorkas in Jurek ausgelöst hat. Und in ihm.

»Also gut, wir gehen kurz zum Wald und ...«

»Dann holen wir den Schlafsack«, jubelt Jurek flink und ist bereits auf dem Weg zur Hinterpforte. Mitten im Lauf stoppt er ab. »Moment«, sagt er und saust zurück zum Beerenstrauch, über dem Dorkas' Jacke hängt. »Die muss mit. Sonst kann Miss Marple mich nicht riechen.« Er zerrt an der Jacke, die sich im Geäst verfangen hat.

Nils greift danach und befreit sie mit einem Ruck. Aus einer Innentasche fällt ein eingerolltes Heft auf den Kies. Wird wohl einer von Jureks Comics sein. Während sein Sohn in die Jacke schlüpft, bückt Nils sich rasch, um ihn aufzulesen. Seltsamer Comic. Kein bisschen bunt. Kurz leuchtet er das Heft mit der Taschenlampe an.

»Kommst du, Papa?«

Nils antwortet nicht.

Jurek macht ein paar Schritte in Richtung Wald. »Papa, das kannste doch später lesen«, drängelt er.

Nein, das kann Nils nicht. Wie gebannt starrt er auf das vergilbte Deckblatt, liest den Titel. Einmal, dann noch einmal.

»Zeitgemäße Sparrezepte für die kluge Hausfrau«.

»Was ist das?«, will Jurek jetzt wissen und kommt wieder zurück.

»Halt mal die Taschenlampe«, sagt Nils knapp und schlägt das Heft auf. Überfliegt das eng gedruckte Inhaltsverzeichnis mit, entziffert einzelne Kapitelüberschriften, »Köstliche Kartoffelschalen!« ... »Es gibt keine Küchenabfälle!« ... »Knochenbrühe«.

»Ich glaub, das kenn ich«, sagt Jurek und runzelt die Stirn. »So ein Ähnliches lag mal auf deinem Schreibtisch.«

Nils schaut kurz hoch. »Hast du es im Internet verkauft?«

Jurek senkt schuldbewusst den Blick.

Mit wachsender Aufregung flippt Nils durch die Seiten. Kann es wirklich sein, dass ... Nein, das ist doch unmöglich, er muss sich irren, oder?

»Gräten und Fischreste! Die Fantasie der klugen Köchin überschlägt sich ...«, liest er stumm.

Seine Fantasie anscheinend auch, denkt Nils flüchtig und kann die Augen nicht von dem Heft lösen.

»Schmackhafte Wildgemüse«, liest er weiter. »Brennnesseln! Gesund und köstlich« ... »vielfältig in der Verwendung« ... »überall zu finden«.

Mag sein, aber was er unter einem Rezept für Brennnesselsuppe mit Bucheckernklößchen entdeckt, macht das Heft zu einem einzigartigen, kostbaren Fundstück. Zumindest für ihn.

Und für Dorkas »Bäckerblume« Mendel.

Es ist eine Gedichtzeile.

»Ohne deine Liebe ist jeder Tag Last, jede Musik nur Geräusch ...«

Heulende Pfeiftöne, Jaulen und eine rasche Abfolge zischender Geräusche unterbrechen Nils' Lektüre. Es folgt ohrenbetäubendes Knallen hoch über ihren Köpfen. Sterne regnen vom Himmel.

»Oh, guck mal, Papa. Ein Feuerwerk für Tante Alwine!«

*

Eine alte Frau wie sie so zu erschrecken!

Alwine sitzt mit zusammengekniffenen Augen und hochgezogenen Schultern in ihrem Rollstuhl. Am liebsten würde sie sich den vermaledeiten Gummikragen über die Ohren ziehen. Lady Darnsdale hätte sich keine schlimmere Überraschung für sie ausdenken können. Lieber Gott, mach, dass es schnell vorbeigeht, betet sie still. Feuerwerk hat sie noch nie leiden können! Auch nicht an Silvester.

Den Jahreswechsel verbringt sie gewöhnlich im Bett, unter einer dicken Decke und mit reichlich Ohropax versorgt. Dieser knallende Budenzauber, all das Geböller und Gekrache, dazu das gemeine Jaulen und Zischen, erinnern sie verlässlich an die

Bombennächte ihrer Kindheit, an die Nächte im Bunker oder im Kellerverschlag unter Papas erster Backstube. Und an den Volltreffer, der sein wunderbares »Domcafé« in Schutt und Asche gelegt hat.

Da helfen auch die schönsten Farben nichts, mit denen die Feuerräder und Raketen Blumen, Sterne, Fontänen und Silberregen an den Nachthimmel zaubern. Sie will so etwas nicht sehen und schon gar nicht hören, egal, wie entzückt die auf der Terrasse versammelte Festgesellschaft mit »Aaaaahs« und »Oooohs« das Höllenspektakel bestaunt.

Sie duckt sich noch tiefer in ihren Rollstuhl und tastet nach dem Gehstock, den Lady Darnsdale ihr geschenkt hat. Ein Schluck Melissengeist wäre dringend nötig, bevor sie sich in ein zitterndes Häufchen Elend verwandelt. Wo ist das dumme Ding? Ach, verflucht, den Stock hat ja Raissa konfisziert.

»Come on«, beschwert sich neben ihr Lady Darnsdale. »This is fun and not the Blitz. Have a champagne!«

Quatsch, Champagner! Das alberne Blubberwasser hilft nicht gegen Schockzustände und Panikattacken. Alwine zuckt zusammen, als sich eine Hand auf ihre Schulter legt.

»Frau Wilhelmi, ich sehe was«, raunt Raissa ihr zu. »Vor uns auf dem Rasen. Machen Sie die Augen auf! Ich denke, da kommt Ihre Überraschung.«

Ein Böllerteppich explodiert. Stakkatoartig wie von einem Maschinengewehr. Verzweifelt presst Alwine ihre Hände auf die Ohren. Nie im Leben wird sie da auch noch hingucken. Himmel, wie viel Munition haben die denn noch auf Lager? Jetzt geht der Lärm sogar auf der Terrasse los. Das martialische Rattatatata aus dem Park wird vor ihr mit einer Art bellendem Gewehrfeuer beantwortet. Ein wilder Kugelblitz tobt sich direkt zu ihren Füßen aus.

»Hilfe«, schreit Alwine, als ein rotierendes Geschoss sie

trifft. Mitten in die Magengrube. Aua. Muss eine Kanonenkugel sein, so groß ist es.

Halt, das kann doch keine Kanonenkugel ein. Alwine lupft ihr linkes Lid und schaut in treue Beagle-Augen.

»Miss Marple!«

Ein triumphierendes »Wuff« ist die Antwort. Es gilt nicht Alwine, sondern Sir Percival, den Alwine mit einem energischen Schubs von ihrem Schoß verstoßen hat. Reinrassig oder nicht, Lady Darnsdales Mops neigt zu entschieden schlechtem Benehmen. Miss Marple aber auch. Himmel, was hat sie denn da in ihren Schoß plumpsen lassen. Ein Bein von Percival? Ach nein, das muss von Hilkmars Teddy stammen. Auch egal, sie hat jetzt Wichtigeres zu tun, als Hundegezänk zu schlichten.

»Nehmen Sie den Hund weg«, befiehlt sie Raissa und macht Anstalten, sich zu erheben. »Ich muss sofort in den Park!«

Raissa drückt sie in den Rollstuhl zurück. »Sie bleiben sitzen! Es sind mehr als genug Menschen unterwegs, um Dorkas zu suchen.«

Doch leider nicht genug, um sie zu finden. Bis Mitternacht durchkämmt eine illustre Suchmannschaft, der sich Giovanni, Ingeborg, die Gräfin, Schüttpelz und sogar die Beutels anschließen, die Gartenanlagen von Upton Manor.

Dorkas ist und bleibt verschwunden.

Schöner Geburtstag, so was, resümiert Alwine kurz nach Mitternacht und zurück auf ihrem Zimmer. Nicht mal ihr Melissengeist kann sie am Ende dieses Tages trösten.

Und schon gar nicht ihr dämlicher Patensohn, der, statt nach Dorkas zu suchen, einfach zu Bett gegangen ist. Um zu lesen. Mit Jurek und Miss Marple, die nach dem Auftauchen des Jungen nur noch als Schmusehund zu gebrauchen war.

»Lasst Dorkas einfach laufen, und legt euch zu Bett«, hat

Nils auch Oda, Hilkmar und ihr empfohlen. »Wir brauchen endlich etwas Schlaf.«

Da hört sich doch alles auf!

Sie und Dorkas so im Stich zu lassen, nach allem, was sie für ihren Patensohn schon getan und für seine Zukunft geplant hat.

Eins ist mal klar, der Junge wird aus ihrem Testament gestrichen. Endgültig. Eine Schlafmütze wie Nils Seelentag hat nicht einmal ihre Schulden verdient! Und eine unternehmungslustige Braut wie Dorkas schon gar nicht. Ihre Großnichte ist zu schade für einen Kerl, der lieber mit Büchern als mit ihr ins Bett geht.

Sie wird sich dringend nach jemand anderem für das Mädchen umschauen müssen. Gleich morgen will sie Raissa fragen, ob »Love anonymous« auch heiratswillige Männer im Programm hat. Möglichst mit Erfahrung in handwerklich ausgerichteten Familienunternehmen mit Tradition.

Oda muss natürlich Schüttpelz dafür bezahlen, weiter nach dem Mädchen zu suchen.

Die Sache mit den Gimmlers wird sie selber in die Hand nehmen. Ihr schwebt eine Entschädigung für Dorkas' entgangenes Erbe in Höhe von mindestens zweihunderttausend Euro vor. Na, sie will nicht tiefstapeln, eine Viertel Million dürfte auch drin sein, wenn sie erst einmal richtig loslegt. Nein, das ist noch zu wenig. Man muss auch an Johanna Mendel denken. Schließlich hat Dorkas ebenso viel Familiensinn wie sie selber und wird darauf bestehen, ihrer Mutter etwas abzugeben. Gleich morgen wird sie noch mal bei den Gimmlers anrufen.

Ein Klopfen an der Zimmertür wirft Alwines Planungen über den Haufen.

# V. Teil

## 1.

»Wenn du nicht sofort aufhörst zu nörgeln und dich hinlegst, schiebe ich dich samt Rollstuhl in den Hof und schließe meine Backstube hinter dir ab, verstanden?« Oda entknotet mit strenger Miene ihre Schürze und hängt sie an den Haken neben dem Lagerraum. Dorthin, wo Ferdinand Wilhelmis Kittel immer hing. An ihrem Gefühl, hier ganz und gar zuhause zu sein, hat sich nichts geändert. Steht zu hoffen, dass ihre Enkelin das eines Tages auch tut.

»*Deine* Backstube? Das wird Dorkas' Backstube, und hinlegen kann ich mich, wenn ich tot bin!«, zetert Alwine unbeirrt weiter. »Diese nutzlose Warterei macht mich wahnsinnig. Warum dürfen wir nicht alle dabei sein, wenn Nils sich mit Dorkas trifft? Wir sind doch ihre Familie, und ich habe mit den beiden unser geschäftliches Vorgehen zu besprechen!«

»Nils will uns auf keinen Fall dabeihaben, und das ist ganz richtig so. Was die beiden sich zu sagen haben, geht nur sie etwas an«, entgegnet Oda in entschiedenem Ton und schiebt eine Schüssel Hefeteig näher ans Fenster und ins Sonnenlicht.

»Mich geht alles was an. Außerdem ist Nils ein Trottel, wenn es um Frauen geht!«

»Herrje, Alwine, sei doch einfach dankbar, dass dein Patensohn gestern Abend so klug kombiniert und flink reagiert hat, sonst wären wir nicht hier.«

»Das nennst du flink?« Alwine schnaubt verächtlich. »Und von wegen klug. Ich finde es reichlich unvernünftig, dass er sich in diesen albernen Elektrobriefen vor ihr immer noch als Kolja ausgibt!«

»Das ist nicht unvernünftig, sondern clever. Wer weiß, ob Dorkas einem Treffen mit ihm sonst zugestimmt hätte.«

»Einem Treffen mit mir hätte sie sicher zugestimmt! Niemand weiß besser als ich, wie man den Gimmlers beikommt und Dorkas' Erbe sichert. Hätte dieses starrköpfige Mädchen nur gleich mich gefragt, anstatt zu dir zu laufen!«

»Bei dem Treffen der beiden wird es hoffentlich um Wichtigeres als die Gimmlers oder die Zukunft deiner Firma gehen«, erwidert ihre Schwester verärgert.

»*Dorkas*' künftige Cafés«, korrigiert Alwine. »Heiraten ist keine lebensfüllende Beschäftigung. Wenn sie in dieser Hinsicht auf dich kommt, taugt sie ohnehin nicht zum Ehealltag. Das Mädchen braucht eine Aufgabe. Da ist sie wie ich.«

»Dorkas ist Dorkas. Lass sie selber über ihr Leben entscheiden.«

»Papperlapapp. Den Fehler habe ich damals bei dir gemacht und werde ihn nicht wiederholen. Das Kind ist die geborene Bäckerin«, entgegnet Alwine und schielt zu Odas Teigschüssel hinüber. »Im Gegensatz zu dir. Du hast den Safran vergessen.«

»An Ferdinands Brioches gehört kein Safran! Ich kenne das Rezept in- und auswendig.«

»Dorkas hat Safran hineingetan, und das war eine enorme Verbesserung«, quengelt Alwine. Sie setzt die Füße auf den Boden und stößt ihren Rollstuhl in Richtung Backtisch ab. »Lass mich noch mal an den Teig. Außerdem will ich noch meinen Möhrenkuchen backen. Deine Brioches sind nur was für den hohlen Zahn.«

»Nichts da!« Oda packt energisch nach den Rollstuhlgriffen und stoppt ihre Schwester ab. »Ich bringe dich jetzt nach oben, und du legst dich hin! Du bist fünfundachtzig, dein Ball gestern

Nacht und der plötzliche Rückflug um sechs Uhr morgens waren anstrengend genug.«

»Ich bleibe! Du gehst ja auch nicht schlafen.«

»Hilkmar hält in meinem Bett ein Nickerchen.«

»Als ob ein Mann im Bett dich je gestört hätte! Ihr habt doch eine Menge nachzuholen, und wie ich dich kenne ...«

»Er braucht seine Ruhe«, unterbricht Oda hastig ihre Schwester und macht eine mahnende Kopfbewegung in Richtung eines alten Küchentischs.

Daran sitzt Jurek, baumelt mit den Beinen und schreibt einen Brief. An Miss Marple, die sie im Flugzeug zu seinem unendlichen Bedauern nicht direkt mitnehmen konnten.

»Wenn wir nur wüssten, wann Dorkas ankommt«, lamentiert Alwine mit Blick auf die Uhr über dem Lagerraum. »Falls sie überhaupt kommt.«

»Die kommt«, sagt Jurek, ohne den Blick von seinem Brief zu heben. »Guck mal, ich hab schon ein Willkommen-Schild gemalt.« Stolz hebt er einen Zeichenblock hoch. »Dorkas will kommen« steht darauf.

Oda nickt anerkennend. »Sehr schön. Das wird ihr bestimmt gefallen.«

»Falls sie es je zu Gesicht bekommt«, zweifelt Alwine noch immer.

»Du hast doch gehört, was Nils gesagt hat«, seufzt Oda. »Er hat Dorkas per E-Mail noch gestern Nacht ein Treffen in Köln vorgeschlagen, und sie hat für ein Uhr zugesagt. Das heißt, sie muss eine Nachtfähre erwischt haben und dürfte gegen zwölf Uhr mit dem Zug aus Calais eintreffen.«

»Ha! Dann haben wir genug Zeit, um meinen Kuchen zu backen«, triumphiert Alwine. »Es ist gerade mal elf durch. Außerdem brauchen wir Kaffee. Das Mädchen wird sicher erschöpft sein.«

»Wenn sie auf dich kommt, wie du so gern betonst, ganz sicher nicht«, glaubt Oda.

»Wenn sie auf mich kommt, wird sie einen anständigen Kaffee zu schätzen wissen. Nur nichts von diesem billigen afrikanischen Zeug zum Mitnehmen.«

»Kaffee to go ist kein afrikanischer Kaffee, wie oft soll ich dir das noch erklären?«

»Gar nicht. Fahr mich zur Kaffeedose!«

»Ich mach das. Du hast doch nur einen Arm frei.« Oda eilt geschäftig zu einem Regal.

»Ich kann auch mit einem Arm Kaffee aufschütten. Von mir aus auch afrikanischen. Irgendetwas werde ich ja wohl für meine einzige Großnichte tun dürfen«, schimpft Alwine und will sich mit der linken Hand aus dem Rollstuhl stemmen.

Das Bimmeln der Ladenglocke unterbricht sie mitten in der Bewegung.

»Himmel, ist das Dorkas?«

»Nein, der Briefträger. Ich lasse immer die Tür für ihn offen«, erklärt Oda und macht sich auf den Weg zum Vorraum.

»Nee du, das ist nicht der Briefträger«, sagt Jurek, hopst vom Stuhl und läuft ebenfalls zur Tür. »Der hat vorhin schon gebimmelt und Post auf die Theke gelegt, als du bei Opa Hilkmar warst und Alwine auf dem Klo.«

»Eine Dame geht nicht aufs Klo, sondern allenfalls auf die Toilette, junger Mann, und darüber spricht man nicht«, zürnt Alwine.

»Der Briefträger war schon da?« Oda runzelt verwirrt die Stirn und wirft einen kurzen Blick durch das kleine Sichtfenster in der Tür zum Café. Ihre Hand zuckt von der Klinke zurück, rasch dreht sie sich vom Fenster weg.

»Es ist tatsächlich Dorkas«, sagt sie flüsternd. »Viel zu früh und ohne Nils!«

»Ich sag doch, er ist ein Trottel, wenn es um Frauen geht«, grummelt Alwine.

»Ssscht«, macht Oda und späht vorsichtig erneut durch das Fenster in ihr Café. »Ich glaube, sie hat Nils noch gar nicht getroffen! Sie trägt ihre Reisetasche bei sich und sieht völlig übernächtigt aus. Was will sie nur hier?«

»Duschen und schminken«, tippt Jurek. »Das machen Mädchen doch immer, wenn sie einen Mann treffen.«

Oda wendet ihm kurz den Kopf zu. »Ich glaube, du hast recht. Sie geht in Richtung Treppenhaus. Sie muss in ihre Wohnung wollen. Was machen wir jetzt?«

»Lasst mich sofort durch«, verlangt Alwine. »Ich muss ihr hinterher.«

»Nein«, sagt Oda. »Du hältst dich jetzt endlich einmal aus allem heraus!«

»Papperlapapp!«

## 2.

Nils ist nicht nervös. Dazu ist er zu müde. Vor ihm auf einem Holztisch liegen neben einer leeren Doppeltasse Espresso – der nichts gegen seine Erschöpfung ausrichten konnte – die Kochfibel und sein Smartphone. Wieder und wieder hat er seit gestern Nacht die Mails von Bäckerblume gelesen und gestaunt, dass er die Absenderin je für betulich und ein »Muttchen« gehalten hat.

Aber hat er das wirklich?

Im Nachhinein ist Nils sich nicht ganz sicher. Immerhin hat er keine der Mails gelöscht, weil sie ihm unerklärlicherweise kostbar waren, weil sie ihn amüsiert und gelegentlich verärgert haben. Gleichgültig waren sie ihm jedenfalls nie. So wenig wie Dorkas es ist. Deren letzte Botschaft – gesendet um fünf Uhr dreißig – ist sehr schlicht, aber die bislang aufregendste von allen.

»Bin gegen eins da!«

Hoffentlich. Jede weitere Verfolgungsjagd will er sich ersparen. Entweder sie kommt, oder sie kommt nicht. Und ob sie bleibt, um sich anzuhören, was er zu sagen hat, ist alleine ihre Entscheidung. Basta. In einer Dreiviertelstunde wird er es wissen. Jetzt ist es Viertel nach zwölf.

Sicherheitshalber sitzt er bereits seit elf in dem versteckt liegenden kleinen Bistro am Ehrenfelder Bahnhof, das er als Treffpunkt vorgeschlagen hat. Direkt neben der Eingangstür und so, dass er sie beim Hereinkommen sehen kann, ohne dass sie ihn sieht.

Es ist seine Stammkneipe, ein Büchercafé und daher sehr ruhig. An den Wänden reiht sich Regal an Regal voller Lesestoff und sorgt für eine entspannte Atmosphäre, die einer längst untergegangenen Welt angehört. Handytelefonate und die Benutzung von Notebooks sind hier unerwünscht.

Sein Blick fällt auf die Schiefertafel mit den Tagesangeboten. So was, es gibt heute tatsächlich Sauerampfersuppe und Holunderbeerenparfait. Er schenkt der Kochfibel ein müdes Lächeln. Drei ganze Kapitel sind darin solchem und anderem Unkraut gewidmet. Bäckerblume war darüber ehrlich begeistert.

Dorkas auch?

Oder ging es ihr am Ende wirklich nur um einen Erpressungsversuch bei den verdammten Gimmlers, wie Alwine annimmt. Schwer zu sagen. Er kennt sie ja kaum, nicht diese Dorkas, aber seltsamerweise muss man jemanden nicht kennen, um zu wissen, dass man ihn liebt und mit ihm zusammen sein will.

Ganz im Gegenteil.

Eins steht für ihn mittlerweile felsenfest. Er will sich Zeit damit lassen, diese unberechenbare, eigenwillige, starrköpfige Frau kennenzulernen, viel Zeit. Falls sie ihm Gelegenheit dazu geben will. Gelingen wird es ihm wohl trotzdem nicht, sie ganz zu enträtseln. Dorkas ist eine Frau, die ihn immer wieder überraschen wird. Und faszinieren. Und herausfordern. Das ist sicher.

In Zeiten, in denen die virtuelle Welt zu Seelenergüssen und Gefühlsbeziehungen unter Wildfremden einlädt und jedermann sein Innerstes nach außen stülpt, ist ein Mensch wie Dorkas ein seltenes Geschenk. Sie hört zu, bevor sie redet, und sie kann schweigen. Das sogar am besten und am liebsten über sich.

Er hebt die Augen und die rechte Hand, um einen weiteren

Espresso zu ordern. Eine lässige Gewohnheitsgeste. Völlig unangemessen für den Moment, auf den er sehnsüchtig gewartet hat.

Dorkas öffnet die Tür. Macht ein paar vorsichtige Schritte, bleibt stehen. Die Tür schwingt hinter ihr ins Schloss, sie tastet mit ihren Blicken den Raum ab.

Nils sitzt da wie festgefroren. Mit leerem Kopf, übervollem Herzen und der Hand in der Luft.

»Noch einen Espresso?«, ruft die Bedienung fragend von der Theke zu ihm hinüber.

Dorkas' Augen finden Nils und sagen alles.

Unmissverständlich.

Die Jagd nach ihr ist vorbei.

Für immer.

Nie zuvor in seinem Leben hat Nils im Blick einer Frau einen derartigen Ausdruck blanken Entsetzens gesehen. Auch die Farbe ihrer Augen spricht Bände. Totengrau sind sie.

Haargenau so grau, wie er sich fühlt. Untröstlich.

Trotzdem nein, er wird ihr nicht mehr nachlaufen. Nie mehr. Es wäre sinnlos.

Obwohl Dorkas sich diesmal durchaus Zeit damit lässt zu verschwinden. Sie greift sich wortlos die Kochfibel von seinem Tisch, dann dreht sie sich um und geht.

Will gehen.

Muss aber erst die Tür öffnen.

Für eine Rollstuhlfahrerin, die keinerlei Anstalten macht zu weichen und energisch nach einem Kaffee verlangt. »Aber kein afrikanisches Zeugs!«

Draußen triumphiert goldene Junisonne an einem blitzblauen Himmel. Das idyllische Hafenstädtchen Rye sieht an diesem Samstagmorgen aus, als habe man es aus einem Reiseprospekt der Firma Beutel ausgeschnitten. Englands Wetterprobleme werden sagenhaft überschätzt, findet Alwine.

Lediglich in der Kirche von Rye herrscht trübes Licht und ein bedenklich feuchtes Klima. Alberne Sitte, bei Hochzeiten zu weinen. Erst recht bei dieser!

Überall sind Taschentücher in Gebrauch, dabei ist die Braut noch gar nicht erschienen.

Weshalb Lady Darnsdale neben ihr ein kleines Nickerchen eingelegt hat und geräuschvoll schnarcht. Immer noch besser als heulen.

Alwine dreht den Kopf und bedenkt die schniefenden Mitglieder der kleinen Hochzeitsgesellschaft mit missbilligenden Blicken. Unmittelbar hinter ihr tupft sich Raissa die Augen mit einem rosa Spitzentüchlein, das mit einem neckischen Kätzchen namens Kitty bestickt ist. Trish schnäuzt sich neben ihr in ein geblümtes. Ein paar weitere Knastkolleginnen von Dorkas benutzen diskret ihre Handrücken, um Tränen wegzuwischen. Wenigstens benutzen sie alle keine ordinären Tempos.

Anders als – ausgerechnet! – die Gräfin von Eschlohe.

Die reicht auf der anderen Gangseite eine Schachtel Kleenex durch ihre Sitzreihe, und alle greifen zu: ihr Dauerverlobter Horst Schüttpelz, um sich die Reste einer Cornish Pastry aus den Mundwinkeln zu tupfen. Ingeborg zerrt eine ganze Wolke

Tücher hervor, um ihren und vor allem Giovannis Tränenfluss zu stoppen. Der gibt die Box schniefend an Matthias Beutel weiter. Verena langt kräftig zu, schnäuzt sich ebenfalls und behält die Schachtel auf dem Schoß. Sie wird sie brauchen.

Im Kinderwagen neben ihr greint und sabbert nämlich im Doppelpack die nächste Generation Beutel. Maximilian und Emil. Zwei erstaunlich prachtvolle Moppel. Wenigstens machen die beiden sich nicht wegen der Heirat nass.

Es war Odas Wunsch, per Bus nach Rye zu reisen und den gesamten Trupp ihrer letzten Reise mitzunehmen. Was das wieder kostet! Na, Schwamm drüber, die Geschäfte laufen ja gut im »Café Ährensache«.

Sie laufen sogar prächtig. Dank des von ihr entschieden verbesserten Möhrenkuchens.

Genau wie in Alwines »Domcafé«. Sie nickt zufrieden. Ihre Augen suchen Nils. Der steht neben dem Altar, dem Trauzeugen Lord Darnsdale und Hilkmar. Angemessen nervös tritt der Bräutigam von einem Fuß auf den anderen.

Prachtvoller Junge, ihr Patensohn. Wirklich prachtvoll. Wenn er denn mal loslegt. Nils hat nicht nur ihre Schulden geschickt heruntergerechnet, mit den Banken einen neuen Kreditrahmen ausgearbeitet und den einträglichen Verkauf einiger Außenfilialen geregelt – nein – er hat auch eine gehörige Summe eigenes Geld in das Unternehmen Wilhelmi investiert!

Dorkas zuliebe.

Die hingegen hat sich geziert, die Entschädigungssumme der Gimmlers für das ihr entgangene väterliche Erbe bei den Wilhelmis einzubringen. Dabei handelt es sich nur um hundertfünfzigtausend Euro. Der reinste Kleckerbetrag. Zu dumm, dass Dorkas ihr strikt verboten hat, noch mal bei den Gimmlers anzurufen. Mit zwei, drei sehr höflichen Telefonaten hätte

Alwine die Summe spielend auf eine Viertel Million hochtreiben können!

Aber nein, Dorkas wollte sich bescheiden und zudem die ganze Summe ihrer Mutter schenken. War das ein Hin und Her zwischen den beiden! Bis Johanna Mendel das Geld endlich angenommen und ins Unternehmen Wilhelmi eingebracht hat! Um Dorkas' künftiges Erbe aufzuwerten. Das konnte ihre Tochter ihr schließlich nicht verbieten!

Zumal Alwine Johanna zum Dank zur Geschäftsführerin im »Domcafé« gemacht hat. Sehr gern sogar, denn Johanna ist eine versierte Spitzenkraft.

Genau wie Trish in der Küche.

»Wilhelmi & Mendel« wird die Firma nun künftig heißen. Falls Dorkas nicht doch noch den Namen Seelentag annimmt. Aber auch darin ist dieses sture Mädchen eigen, sehr eigen sogar.

Na, Hauptsache, sie schlägt nicht Gimmler vor. Nein, das wird sie natürlich nicht tun. Schon ihrem Vater zuliebe, von dem sie, Oda und Johanna auf dem Kirchhof gerade zu dritt Abschied nehmen oder ihm von der Hochzeit erzählen.

Hoffentlich kommen die gleich nicht alle mit verheulten Augen in die Kirche. Wie sähe denn das aus? Eine Braut in Tränen auf dem Weg zum Altar!

Die goldenen Glockenbuben am Kirchturm schlagen dreimal an. Alwine zählt mit. Viertel vor elf. Jetzt wird es aber langsam Zeit. Alwine verrenkt sich den Hals, um das geschlossene Eingangsportal im Auge zu behalten.

Na endlich, es öffnet sich, und hinein schreitet, nein, tapst an erster Stelle Miss Marple!

Diese Idee hätte man Jurek wirklich ausreden müssen, aber Dorkas war auch dafür.

Zugegeben, der Hund macht seine Sache gut, hält den Korb

mit den Rosenblättern fest im Maul und setzt die Pfoten zu Pachelbels Kanon recht zierlich voreinander. Anders als Jurek, der ihm mit schiefem Grinsen folgt und ständig ins Stolpern gerät, weil er an seiner Krawatte herumzerrt.

Wenn Alwine nicht irrt, glitzert in den Hundeaugen unverhohlener Triumph. Aus gutem Grund. Sir Percival darf nämlich keine Blumen apportieren. Der standesstolze Mops muss die Trauung im Bentley verbringen – um mögliche Turbulenzen zu vermeiden. Von fern hört man sein Jaulen.

Neben Alwine erwacht Lady Darnsdale aus dem Schlaf. »Has the bride arrived?«, fragt sie.

Noch nicht, will Alwine sagen, als die Braut tatsächlich erscheint! Sie trägt lichtes Taubengrau und keinen züchtigen Schleier. Das wäre auch kaum mehr passend.

In dem Alter.

Oda ist immerhin zweiundsiebzig und alles andere als eine Jungfrau. Trotzdem sieht ihre kleine Schwester als späte Braut passabel aus. Sehr passabel, muss man zugeben. Raissa hat einmal mehr ihr Händchen für stilvolle Outfits bewiesen.

Genau wie Dorkas, die an der Seite ihrer Mutter und hinter Oda die Rolle der Brautjungfer erfüllt. Ihrer Großnichte steht ihr hellblaues Etuikleid zu ihren grauen Augen prachtvoll. In einem Brautkleid würde sie zweifelsohne hinreißend aussehen!

Will sie aber nicht.

Na, noch ist nicht aller Tage Abend. Alwine hat bereits Pläne, wie sie aus der wilden Ehe von Nils und Dorkas eine für immer und ewig machen kann. Aber eins nach dem anderen.

Zunächst muss sie Nils mal die Apfelfarm ausreden. Der dumme Junge liebäugelt nämlich nach wie vor mit einem Leben auf Upton Farm. Fernab von Köln, dem Unternehmen Wilhelmi und ihr will er leben.

Sehr undankbar, der Gute, höchst undankbar. Immerhin ist es allein ihrem entschiedenen Eingreifen zu verdanken, dass es damals im Café endlich zur entscheidenden Aussprache zwischen ihm und Dorkas gekommen ist. Bei bedauerlich mittelmäßigem Kaffee, aber mit bemerkenswertem Erfolg, nachdem Nils der zögerlichen Dorkas glaubhaft versichern konnte, dass Tina wirklich und für immer seine Ex-Frau ist.

Weshalb einer Hochzeit nun wirklich nichts im Wege steht. Außer Dorkas' Geschwätz von wahrer Liebe, die keinen Trauschein braucht.

Papperlapapp.

Alwine will einen und wird ihn bekommen.

# *Danksagung*

Allen Menschen, die mir für dieses Buch ihre aufregenden, originellen und anrührenden Geschichten erzählt und geschenkt haben, danke ich aus vollem Herzen.

So auch meiner geliebten, tapferen Mutter, die gerade durch schwere Zeiten geht. Viel Liebe, Kraft und Licht für dich und danke für alles, was du mir mit auf den Weg gegeben hast – Schwierigkeiten inklusive.

Großer Dank gilt auch der unvergleichlichen Martina Hille-Peters und ihrer Familie.

Genau wie Angelika Plogsties für tatkräftige Hilfe und belebende Gespräche.

Iris und Jupp Dünnwald und der Familienkreis der evangelischen Matthäusgemeinde haben mich aufgemuntert und handfest unterstützt. Danke, danke, danke!

Bei Harry und Phebe Grillo durfte ich meine unverbrüchliche Liebe zu England auffrischen, echte countryside genießen und meine Leidenschaft für britische Gartenkunst ausleben.

Meinen Freunden von den Heartland Travellers verdanke ich wundervolle Stunden gemeinsamen Musizierens und Feierns.

Ein Lied hat mir während des Schreibens Mut gemacht, auch schwere Dinge leichtzunehmen. Iris Dement: »There's a whole lotta heaven shining through this river of tears«.

Und nicht zuletzt denke ich mit Freuden an meine stillen Schreibklausuren im Kloster Knechtsteden.